"十四五"时期国家重点出版物专项出版规划项目

国王

［波兰］
什切潘·特瓦多赫 著
张潇 谢建文 译

Król
SZCZEPAN TWARDOCH

上海文艺出版社

"当代丝路文库"书目

K.的绝命之旅
〔沙特阿拉伯〕阿齐兹·穆罕默德

国王
〔波兰〕什切潘·特瓦多赫
……

波兰犹太人群体的挣扎与救赎

——《国王》译序

波兰的历史漫长而曲折。曾经的欧陆大国波兰立陶宛联邦从18世纪下半叶开始盛极转衰，被多国瓜分。一百多年的亡国期后，波兰于1918年恢复独立。然而好景不长。第二次世界大战期间，它曾深受纳粹德国戕害，东西方冷战期也颇不平静。而东欧剧变之后，波兰国内的政治局势因众多党派与团体之间的斗争而在相当长时间内并不稳定。尤其是随着北约的持续东扩和欧盟的扩展，它一方面因为成为欧盟和北约成员国，在相关联盟框架内存在感与活跃度逐渐上升；但另一方面，也显见地被推至地缘政治博弈的前沿。

中国和波兰自1949年10月建交以来，在和平共处五项原则基础上保持和发展两国关系。特别是2011年中波建立战略伙伴关系以来，两国政治、经济和文化交往进一步加强，并在"一带一路"倡议框架下共同推进彼此间经贸等方面的合作和建设，取得良好成效，以此造福两国人民，乃至世界。

如果我们选择中波文学关系略加探究，则不难发现，波兰在欧洲与国际舞台上的地位以及中波关系在一定程度上也影响了波兰文学在中国的接受状况。在外国文学研究领域，国内学者对中东欧文学的翻译与研究总体上远不及对俄、美、英、日、法、德等国家文学，虽然近年来得益于多方面发展的利好，特别是随着中国与包括波兰在内的中东欧国家在政治、经济和文化方面的交流深入发展，出于内在需求正逐步深化。鲁迅先生在20世纪初开始介绍波兰文学，带来被压迫民族的心声；上世纪50年代末，第一批由波兰原文译为中文的文学作品面世；改革开放以来，《你往何处去》《农民》《呼唤雪人》等名篇佳作，亨利克·显克维奇（Henryk Sienkiewicz）、弗拉迪斯拉夫·莱蒙特（Władysław Reymont）等名家作品逐渐为中国读者所知，国内学界对波兰文学史的研究也日趋丰富。

自文艺复兴时期以来，波兰文坛多有经典呈现。曲折的民族命运与深沉的民族情感赋予波兰文学历史的厚重感和内在的激情。自20世纪伊始，尤其是进入21世纪后丰富多元的波兰文学作品中，仍时时可见对民族、宗教、国家和个体命运等深刻的反思与批判。

在过去一个多世纪的时间里，波兰已有5位作家与诗人获得诺贝尔文学奖。这从一个侧面也彰显了该国文学所取得的成就。毫无疑问，波兰文学是东欧文坛乃至世界文坛上一颗璀璨的明星。2018年诺贝尔文学奖授予波兰作家奥尔加·托卡尔丘克（Olga Tokarczuk），这也再一次推动了国内读者与研究者对波兰文学的关注和理解。

所译小说《国王》（*Król*，2017）的作者什切潘·特瓦多赫（Szczepan Twardoch，1979— ）是波兰当代文学的重要代表，被视为

"21世纪波兰最优秀作家之一"。他凭借2012年出版的小说《吗啡》(*Morfina*)在波兰文坛崭露头角,此后获得波兰多项重要文学奖项与荣誉。社会学与哲学专业出身的特瓦多赫将其锐利的观察与深邃的思想,熔铸于其辩证的批判之中,在写作方式上大量引证历史,融合历史与虚构,并因此而被视为"比肩昆汀·塔伦蒂诺的波兰历史书写者"。《国王》是继《吗啡》《龙》(*Drach*,2016)等小说后的又一力作,出版后引起波兰、英语世界乃至国际文坛广泛的关注与高度赞誉。2019年,波兰著名剧场导演伊薇琳娜·马西尼亚克(Ewelina Marciniak)将根据《国王》改编的同名戏剧搬上戏剧舞台,该剧一举荣获2020戏剧浮士德奖,此后又在汉堡剧院等德国众多主要剧院内上演。根据《国王》改编的同名电视剧(*Król*)入围C21国际剧集奖。奥拉夫·库尔(Olaf Kühl,1955—)译为德文的《国王》于2018年出版,得到《法兰克福汇报》《南德意志报》等重要报刊高度评价。《国王》英文版则被列入《柯克斯评论》2020年度最佳翻译类图书名单,并被《泰晤士报》评为2020年4月最佳历史小说。小说还斩获了2020年度欧洲复兴开发银行文学奖。

德文版译者库尔是德国当代最重要的波德与俄德翻译家。他本人也是作家,2013年创作的小说《真正的儿子》(*Der wahre Sohn*)获得德国图书奖提名。此外,他也是斯拉夫语、东欧史与当代史研究专家。从2016年起,库尔与特瓦多赫展开合作,已先后将后者的五部小说译为德文出版。其中德文版《龙》获得了"柏林之桥"(Brücke Berlin)这一重要的文学与翻译奖。可以说,扎实的波德双语水平,颇高的文学造诣,有关波兰社会历史文化的丰富知识,对作家本人的了解以及系列翻译特瓦多赫作品所积累的丰富经验使库尔成为翻译《国王》的不二人选，其德文译本体现了很高的艺术水准。

《国王》的叙述以回忆录形式展开。退役将军莫设·因巴坐在打字机前回忆自己数十年的人生经历，展现了迁延至第一次世界大战结束后那一段时间，但主体为1937年前后的华沙城鲜为人知的一面——暴力王国的图景：以"教父"卡普里卡为首的犹太帮派横行华沙，他们的反对派蓄谋政变；犹太人与波兰人，极右翼反犹分子与锡安复国主义者等之间的较量与斗争日益白热化。同时也是经历者的第一人称叙述者莫伊热什·伯恩斯坦出生在华沙这座"受咒诅的，令人窒息的，到处散发出烂泥、粪便、大蒜和熏香的"城市，在其父亲瑙姆·伯恩斯坦被卡普里卡的心腹、拳击手夏皮罗残害后，被后者收养，并跟随后者出入妓院与酒吧，参与密谋活动与街头暴动，其人生轨迹与整个社会多种激烈的冲突和当时在族裔与个人层面存在的多重内外在纠葛相交织并发生剧变。然而，随着回忆的推进，回忆的眼光与虚构情景中向前发展的时间线开始交错，纠缠，"我"这个叙述者对自己的身份越发困惑，不知自己究竟是作为叙述者的可怜的犹太人之子，还是作为叙述对象的叱咤风云的华沙拳王夏皮罗，或者在虚构现实层不同交往圈偶尔也被人称呼的亚库布。

特瓦多赫在这部小说里充分利用回忆叙事的框架和特性，采用高超的不确定叙述技法，充分展现了情节层面惊天的逆转，从而使小说在暴力叙事的表层保持了必有的、足够的张力，同时在人物命运、内心情感、伦理道德和与之相关的主题揭示上，表现出非常鲜明的矛盾性与激烈的冲突性。当谜底被小说中另一重要的角色解开并迫使这个作为叙述者的主角认识到并承认自己是谁，我们便看到，从小说一开始，第一人称叙述者一方面自报家门,但紧接着就说这个"我"并不存在——这种否定性叙述足够诡异,令作为读者的我们刚进入文本世界就困惑不已。而且,非常有意思的是,这种困惑虽时隐时现地伴随着我们这些读者的阅读和品咂,在虚构现实层也同样困扰或迷惑着夏皮罗,因为我们看到如影随形的莫伊热什依次和交混地展现着对暴力的冷静穿透力和以戏谑与嘲弄体现的蔑视,对所处犹太人街区及其之外的各种力量和氛围纠葛的审察力,对自身爱恨情仇的冷静剖析和批判力以及在性爱问题上的冲动力与僭越性。然而,这个17岁的犹太少年在为父复仇时就已被夏皮罗击杀,他的生命实际上已定格在17岁;但是他却在夏皮罗的世界,尤其是在他的内心留存了下来,而且在交流、交往过程中一同经历他们自身的暴力和暴力的世界。夏皮罗是暴力走卒,是英武并保留着帮派侠义的拳王,淫狂债张如潘神,似乎又在欲海之中谋求某种情感的慰藉,无心并分明清晰地在犹太复国梦与作为家园的浑浊和暴烈的犹太街区间挣扎,但他将那个作为弱者的少年保留在心中,内心撕裂出为那名少年保留着的一部分,这一部分未必更高,更纯或更符合道德。其实也未必是已成为表面上强者的夏皮罗想要成为那个被他击杀的少年那样的弱者,虽然他的确将自己置换成了那个少年。而是,他本质上就停留在一种弱者状态。童年和少年时代的他同莫伊热什在更悲惨的层面上高度相似。他保留的是他作为少年的自己那段隐伏的黑暗时光——不仅是岁月上的,而且也是这个角色心理意义上的黑暗时光。他通过另一个自我的他者眼光,不仅省察地经历了自己最重要的人生阶段,而且展现了自己在一系列恶的关联中向善与寻求救赎的微弱努力和可能性。因此,作家是在回忆、叙事和角色心理的分裂性与分叉性上相当高妙地游戏了一把。

作家延续了他一贯的创作风格，在搜集与研究大量史料的基础上创作了《国王》。他将纳粹德国入侵波兰前涌动的反犹暗流，波兰在国际力量发生剧变背景下国内政治权力斗争的态势，东欧犹太人群体内部和与族裔之外力量的斗争，揉入笔调顿挫而又汪洋恣肆的文本建构中。内中的欲与情，暴力与秩序，仇恨与恩情，背叛与忠诚，野蛮与文明，堕落与虔诚，奴役现状与自由渴望交织，激荡在一起。《国王》兼具黑道小说、历史小说、回忆小说与社会批判小说的多元特征，游走于现实与幻想之间，具有鲜明的黑色幽默与魔幻色彩。

在小说所展现的恶的世界里，罪与罚和救赎交织。小说中的人物形象立体饱满，具有丰富多面的性格特征。这是一组罪与恶的群像，是恶之花联翩呈现，但向善的、超越环境的、面向希望的品质也不时闪现，在内外在关系中矛盾地、竞争地展开，因此而赋予小说丰富并值得认真反思的内涵，从而在角色塑造及其关系处理上也丝丝入扣地调用了一系列矛盾的动力学力量。主人公夏皮罗在上文刻画的性格与品质之外，更细致展现出的形态包括：作为拳手与犯罪分子时凶狠决绝，作为丈夫与父亲时温情脉脉；对宿敌毫不手软，对所爱的宿敌之女却百般隐忍；健硕俊美、爱憎分明的他用远超拳击手的气度与尊严引得了身边人极度的爱与极度的恨。其他重要角色，如集本质性的凶残与坚韧于一身的"教父"，阴诈、毒辣与变态的"博士"等，也都令人印象深刻。小说中的女性角色也在或多或少具有黑暗和失规问题的层面外，让人感受到有些明亮的人格光彩：妓院"老鸨"蕾夫卡勇于反抗，智慧镇静，夏皮罗的妻子艾米利亚忠贞勇敢，大度隐忍，弟弟的女友左西娅机智博学，自由脱俗，宿敌之女安娜爱憎分明，刚毅果断。也就是说，首先是这些女性角色，令小说暴力、黑暗、沉重的整体氛围中闪现出人性真实的光晕。

特别值得一提的是小说中反复出现的一头穿梭在华沙城的巨型抹香鲸与"教父"手下潘塔莱翁的"魔鬼兄弟"。两者均具有清晰的虚幻色彩，但是更重要的是，前者具有强烈的象征意味并被赋予救赎的力量，后者暗含着人的主体性丧失之命题。

这条游走在华沙上空，贯穿小说故事始终的抹香鲸与作为小说开篇引导词的《白鲸》引文的巧妙呼应绝非偶然。它反复出现在华沙街头上方的天空，差不多始终伴随着华沙这群挣扎的犹太人，就像历史和族裔的命运那样紧紧笼罩在他们头顶。当然，在叙事的表层，可以非常清晰地探查它的虚幻色彩。这种色彩一方面体现在抹香鲸的不可视性——只有叙述者可以看到；另一方面通过其奇特的外形与非凡的能力呈现出来。它长着尖牙利齿，闪着火焰般的目光，有着无比庞大、鲜活有力的动物之躯，在城市上空以及维斯瓦河里自由游转，轨迹莫测。随着叙述节奏加快，暴力与阴谋升级，人们对意志与权力的追求近乎达到极致，抹香鲸也逐渐褪去缓慢从容的龙钟老态，变得越发躁动且兴奋，开始对人紧紧尾随，积极窥探。从它体内深处的力量与威势迸发出歌声。它通过反复吟唱自己的名字——"利塔尼"——洞察万物，"一切都暴露无遗。在它的歌声和它那火焰般的目光面前，没有什么能够隐藏"。它也通过这歌声进行捕猎："……人们怎样消失在它的咽喉里，一个接一个；它把他们吸了进去，吞进腹中；我也知道，世上再无其他力量能与之匹敌，或能抵挡它。"如特瓦多赫在一次采访中所说，"利塔尼"（Litani）意为"利维坦"（Leviathan），是出现在《圣经·约伯记》与其他神话传说中的食人海怪，而"抹香鲸与它'利塔尼'的呼声构成了对人类存在之威胁的双重隐喻"[1]。小说中的抹香鲸是人类生命的掌握者,更是那群犹太人命运的掌控者,无人可以逃脱它的咽喉。这一生命隐喻也通过两个意象——它所用以果腹的"黑色的乳汁",以及"让人不禁联想到精液"的头骨——明确揭示出来。

抹香鲸无疑是令人畏惧的,同时却也是充满爱意的。夏皮罗与敌人之女在密谋杀父计划之时,抹香鲸"注视着他们两个,爱着他们,也爱着这座造就了他们的城市。他也爱他们策划的诡计,甚至希望他们永远活着;他也爱他们的梦想和计划"。绝望无依的犹太小子莫伊热什被抹香鲸吞进腹内后,并没有被消化,而是被携带着"最终离开了这个被咒诅的城市",似乎肉体生命的湮灭并不意味着沉沦,反倒引向了某种意义上的救赎。抹香鲸对人的这种矛盾情感与关系也像极了小说所引《圣经·约拿书》中的先知约拿。街头暴动之中的叙述者自感"我就像是鲸腹中的约拿[2]";相应地,彼时的华沙在叙述者看来已无异于曾经罪恶滔天的索多玛城,只不过,"不管犹太人还是波兰人,穷人还是富人,女人还是男人,孩童还是青年,瞎眼的还是能看见的,正直的人还是流氓,没有一人把灰扬到头上,没有一人禁食,悔改。上帝才不会怜悯这座受咒诅的罪恶之城"。这似乎也成了对波兰即将落入纳粹黑暗统治及其即将犯下深重罪恶的预言与控告。

可以说,抹香鲸是一个杂糅了基督教与神秘主义色彩的"有血有肉的异教神灵",是超越时间与空间,洞察一切又统摄一切的更高力量。

---

[1] https://www.lr-online.de/nachrichten/polen/interview-_das_buch-hiob-ist-sehr-wichtig-fuer-mich_-37959932.html (2021/12/18)
[2] 出自《圣经·约拿书》。上帝差遣先知约拿前往尼尼微城,劝人悔改。约拿拒绝前往,乘船逃离。船因风浪险些沉没,约拿被投入海中。上帝派一条大鱼将其吞入腹中。后者在鱼腹中三天三夜后作出悔改,被鱼吐在岸上,后遵照上帝旨意去了尼尼微。——译者注

Król

它是窥探者,怀着关切之态与控制欲望关注着每一个大小人物的举动;它是先知,用古老的歌谣沟通着历史与当下,对人们不倦讲述,不断警诫;它是捕食者,将所有人吞入腹中;最后,它也是守护者与救赎者,当众人陷入权力、暴力与一切黑暗欲望的泥沼中时,带领人通过最极端的方式——死亡——脱离贫穷、羞辱、孤单、仇恨与绝望,最终得到某种意义上的救赎。

下面我们将分析的目光转向"魔鬼兄弟"。他是长在潘塔莱翁后脑勺上的第二张脸,时常做出畸形、扭曲之态,并与潘塔莱翁本人形成了鲜明的对照与激烈的对立。特瓦多赫使用了以爱德华·莫德拉克(Edward Mordrake)与其"魔鬼双胞胎"(Devil Twin)为原型的"双面人"母题,并将其刻画到极致。潘塔莱翁本是虔诚的犹太教徒,滴酒不沾,不近女色,甚至看不得同性恋场景;却会在"魔鬼兄弟"的蛊惑下残害敌人,性虐妻子,而后者"无关情色……是纯粹的暴力,纯粹是因为暴力的欲望……只是希望后者承受痛苦"。对叙述者而言,"魔鬼兄弟"俨然是"活生生的撒旦",让人看一眼便能"坠入深渊"。"魔鬼兄弟"虽"寄生"在潘塔莱翁身上,依靠后者的生命而存活,却常对后者发号施令。潘塔莱翁不论是向上帝祈祷,还是喝酒求醉,都无济于事,只能对其言听计从。他的一次次奋力对抗——无数次用刀划伤左肩上属于魔鬼兄弟的那片皮肤,直到鲜血汩汩、疤痕叠加——都只能勉强暂时压抑。"魔鬼兄弟"对潘塔莱翁的支配能力是绝对的,永恒的;潘塔莱翁作为躯体的主人,反倒成了"魔鬼兄弟"豢养的奴隶与宠物,丧失自我,深受分裂之苦。

这种自我丧失与分裂,在潘塔莱翁看来似乎是普遍与必然的:"每个人都有神,这是人生来就注定了的。要么是基督教的神,要么是犹太教的神,要么是中国人或黑人的某个神。谁注定有哪个神,就会被这个神所支配。就像动物被人类支配一样。神能让人吃饱,也能让他挨饿;可以充满爱意地看着他在壁炉前打盹,就像小妇人对她心爱的小狗那样,也可以用杖打它,或者割开它的喉咙,掏出它的内脏,剥下它的皮,朵颐它的肉,再扔掉剩下的零碎。神也可以对注定属于他的人做同样的事情。"人这一受奴役者的地位与处境,与小说开篇所引《白鲸》中的那句"孰非奴隶"形成了隐秘的契合。

"魔鬼兄弟"所影射的人主体性丧失的问题,早在叙述者整理"畸形手册"时就令其困惑不已。诸如连体婴儿等的一切畸形病症尽管从生物学与医学角度看仍属"自然"现象,却使叙述者这个虔诚的犹太人之子对人的存在产生了强烈质疑,最终走向了对上帝的否定。"上帝是不存在的,如果有人能长两个脑袋,或者更糟的情况——长了两张脸——的话,肯定没有上帝,因为人也是不存在的。难道人不该有专属自己的脸吗?如果婴儿一生下来就没有大脑,眼睛上面只有一个血淋淋的、敞开着的颅腔,那么生出来的这个到底是什么呢?一个人?还是一块肉?"稍后,叙述者又从一系列尖锐的问题过渡到有理有据的理性分析,并通过潘塔莱翁的魔鬼兄弟反思每个人类个体:"我们中又有多少人在自己没有意识到的情况下,始终背负着一个兄弟或姐妹;后者早已融入他们体内,只是像囊肿般存活着……人必须是独一无二的。拉丁语中的'人'说得更有道理,因为 persona 是面具,源自伊特拉斯坎语中的 Phersu 一词。面具是戴在那块会思考的肉上的东西,用来充分展示那块肉自以为独有的东西。Persona 并非真实的东西,并非原本就长在脸部那块肉上的东西。"

可以说，如果我们对所谓"人"这种存在无法作个体的区分，意即不能把某个人与其他人区分开来，那么就不存在这样一个独立于世界上其他一切事物和其他一切同类个体的人。可见，叙述者判断人之存在的根本依据在于其独立自主性。这不仅就人本身而言（个体之间的区别），就人作为一种存在形式（人与其他存在形式）而言同样具有重要意义；倘若没有独立的头脑与灵魂，甚至没有对自己的基本自主权，就是奴隶、行尸走肉，从根本上算不得人。

"魔鬼兄弟"无疑令读者恐惧战兢，更令人毛骨悚然的却是："魔鬼兄弟"与潘塔莱翁之间并非表面上那种绝对、单向的支配与服从关系。"兄弟"一词本身便暗示着一种无法切断的血亲关系。事实上，魔鬼兄弟与潘塔莱翁真正的脸之间的确有着一种"有些模糊，却清晰可辨的相似性"，二者"一起大笑，一起死去"。这种奇特的相似性与共生关系似乎指向另一种可能："魔鬼兄弟"并非超自然神秘力量，而是潘塔莱翁不为人知的天然本性——暴力、占有欲、动物性等一切黑暗力量——的外显。而这种植根于，隐藏于人内心深处的黑暗在夏皮罗身上也得以体现，"夏皮罗的体内，胸膛里的某处，仍潜伏着一个微小、坚硬的黑球。人们从他的外在看不到的一切东西多年来一直围着这颗黑球结晶成形"。特瓦多赫似乎想说明，人人心中都藏有无法克服的黑暗欲望与卑劣人性，表面的和平不能掩盖其本质，宗教、权力或道德也无法将其消灭，人只要尚存生命气息，就必受分裂之苦。

通过小说中的众多人物与非人物，自然与非自然形象，可以认识到特瓦多赫意欲表达的深层思想主旨。若用一个词作为整部小说的关键词,"存在危机"应是合适的,这一危机既可见于宏观层面(国家与民族),也可见于微观层面(个体的人)。前述人之主体性与个性的丧失无疑是存在危机的一大力证;此外,这种危机还可从另外两个角度——分裂的身份与悲剧式英雄——加以理解。

就"分裂"而言,宏观层面上的分裂是显而易见的。二战前的波兰可谓内忧外患。与外部矛盾——波兰与欧洲其他国家的紧张关系与其作为独立国家的身份问题——相比,内部的宗教与政治分裂更为明显:波兰人与犹太人"说着两种语言,生活在各自的世界,读着不同的报刊;好则对对方漠不关心,差则彼此仇视,一般情况下则是保持着有距离感的厌恶,好像他们并非毗邻而居,而是隔着一片汪洋"。犹太教与基督教,国家民族主义等左翼力量与社会工人党等右翼阵营处于紧张的对峙关系中。

微观层面上,小说人物同样几无例外地处于"分裂"状态。造成"分裂"的一大原因在于身份的不确定性。身份的确立无疑是重要的,正如凯尔采拉克集市上的犹太裁缝,他之所以为保缝纫机而甘愿落入暴徒之手,是因为若没了缝纫机,他就是"一个没有生存意义、没有使命……的穷鬼……那台胜家牌缝纫机定义了他的存在"。然而,叙述者开篇那句"我不是人,我什么都不是,而且我不存在"在一开始便点明了身份的不确定性与分裂性问题。他厌恶自己的犹太人身份,于是剪掉长发,换上基督徒式着装,摇身变成帮派成员手下的一个闪米特族青年,后来甚至改了名字。然而,"摆脱犹太人的身份就像变成汤姆·米克斯一样不可能",他仍会选择犹太洁食,仍会在与女友交往时因新身份而感尴尬与羞耻,对"天然"身份的矛盾情感与新旧身份之间的矛盾关系可见一斑。这一根源于民族与宗教出身的身份之分裂性在其他许多形象上也有体现。夏皮罗对自己犹太人身份的态度也是分裂的：他尽管对犹太复国行动无动于衷，"虽然既不在乎上帝也不关心犹太传统，但从不会带着不信与轻蔑之态伤害看重这些的人"，并宁愿住在贫穷脏臭的犹太人聚居区。而身份的不确定性与不自主性又必然地带来了分裂的痛苦。

对这一点，不仅小说中的人物，特瓦多赫本人也有切身体会。生于西里西亚（今为波兰、捷克与德国所属，大部分属于波兰）的特瓦多赫一方面将自己归入这一少数群体，在家人与朋友范围内坚持使用西里西亚语；另一方面又对波兰与德国有着特殊的情感，并称自己的身份具有流动性。小说中叙述者的那句"在我真正意识到欧洲的存在之前，当然，也早在我某次萌生出自己会变成欧洲人的想法之前，我就不再喜欢欧洲了。我又能变成什么样的欧洲人呢？"一定程度上也可视为特瓦多赫的自白。在后者看来，确立身份的标准不仅有民族或国籍，还应包括笃信与自主，而自主性问题又能从前述抹香鲸与"魔鬼兄弟"两大形象与小说人物的关系上得到反映。

与"分裂的身份"密切相关的，是"悲剧式英雄"这一人物类型。英雄主义色彩在小说的几大主要人物身上都是显而易见的。在叙述者身上，对夏皮罗的敬仰与想变成后者的强烈愿望体现了他对英雄气概的追求。在夏皮罗与"教父"身上，个人的权力欲望与对华沙城、犹太人与工人阶级的使命感交织在一起，"华沙是属于教父的。华沙属于我……华沙是我们的。我们既没有宗教也没有国籍。教父不是波兰人。我也不是犹太人。教父就是教父，我就是夏皮罗。华沙是我们的城市，我们就是华沙"。带着这样的英雄主义抱负与气概，教父在抗击反犹主义的游行活动大声疾呼："我们抗击一切分裂势力的努力，我们在一九二〇年那场战争里抛洒热血，可不是为了这样一个波兰！……我们要让这群波兰法西斯分子瞧瞧工人们的怒火！"夏皮罗则在登上去往巴勒斯坦的飞机后毅然返回华沙，要拯救、治理养育了自己的国家。对夏皮罗的弟弟与其他犹太青年学生而言，甚至"所有那些年轻的联盟成员、共产国际者、民族义士、民族激进阵营分子、犹太复国主义者、社会主义分子、共产主义者和国家民主党成员都是如此。每个人都想献身于某项事业"。生命的意义与价值唯有在献身于伟大事业时才能得以实现。

然而，小说中一切的英雄主义理想终都破灭，一切建功立业的努力都以失败告终，他们渴望并努力打破旧的社会结构与权力机制，确立身份，拓展权力，建立新的秩序，却都在暴力与政治阴谋的打击下陷入迷茫、不甘、恐惧与绝望。天然身份的劣势与国内外政治力量的操控构成了英雄主义破灭的外因与主因。而且这些角色，特别是主角夏皮罗，其个体意义上向善的努力也常常经受挫败和幻灭。夏皮罗在暴力的世界里，俨然要成为一朵力量和精神之花。他在权力的争夺过程中，逐渐自视为和被推为犹太人群体的带领者，也的确在犹太人隔离区爆发起义时一度成为领导者，仿佛真就是华沙之王。然而，他并未拯救他的族裔于迫害和死亡，并未引领他们走出罪恶之城，奔向应许之地，而是在衰老之年，在并不能止痛的回忆深处，不得不一再审视并充分意识到自己的衰老之躯。尤其残酷的是，他一直想保有的那个少年——作为具有审视力的另一个自我，却因为不得不被揭穿，而永远地失去。也就是说，这个站在个体角度上为了在族群中生存且似乎为了族群的生存而超越的向善过程,在现实中遭遇了致命的困境,而意欲以回忆的方式一劳永逸地转化为一种臆想的游戏。夏皮罗有意逃避、不愿承认和执意期待的心理、情感与人格游戏,最终宣告失败。因此,若说夏皮罗自视为,或可以被称为国王,那么他也只是在多重意义上遭受失败的一个悲情却并不悲壮的虚拟国王。当然,也恰恰是基于这一解释视角,我们未将这部小说的名字参照德文版译为"拳击手",而是概括凝聚地理解并意译为"国王",以期更加精准地揭示小说内涵中的这种悲情性的虚幻与反讽。

此外,作家特瓦多赫又巧妙地增添了神秘主义、因果论与宿命论的色彩。如潘塔莱翁所言,"每个人都会被另一个人折磨",都像赎罪日上的赎罪鸡一样,被当作祭物献上,或为自己,或为集体的罪责祈求得到宽恕,却无果而终。人人都被一股复杂多元、难以言说的力量裹挟着,冲荡着;这股力量或来自某个人,或来自某股势力,或出于社会历史发展的规律,又或是人内在的黑暗欲望。总之,人人都在为自己的一切罪责付着代价,却永远得不到救赎。那句"死亡之轮还要继续转动,还要继续播种暴力,收获暴力……人出自上帝的创造之手,最后也要回到上帝那里;人由泥土造成,末了也要归回尘土"更是指出:个人不管如何艰难地与敌人,或与自我进行斗争,不管曾收获多少权力与地位,都将被死亡吞噬,归入毫无差别的虚无。这一无法避免的悲剧结局通过小说中反复出现的几种意象得以暗示:吞噬所有人的抹香鲸,希伯来文"死亡"的文身图样与写字桌上那架精致美观却站立不住的飞机模型等。

除了鲜活多元的人物形象、跌宕起伏的故事情节与丰富深刻的思想意涵,小说在形式上同样达到了极高的艺术水准。在结构方面,特瓦多赫设计了七个章节，以希伯来语中的前七个数字为编号，并未另拟标题。这样一来，既保留了叙述的流畅性，突出了故事情节环环相扣、因果相系的特点；又因 7 是犹太教/基督教中的重要数字而巧妙地构成了宗教隐喻，并与许多相关情节——叙述者的父亲在安息日（第七天）被害，在七月举行的赎罪日活动等——形成了隐秘呼应。在句子构造上，长句与短句穿插轮换，相得益彰，不仅赋予小说一种韵律感与建筑美，也让读者的心绪随情节发展一同波动起伏。在语言使用方面，特瓦多赫在常规叙述中加入了体育、宗教、政治、军事等领域的专业词汇，波兰街头俚语，意第绪语，希伯来语与地区方言，以及大量的黑帮行话，为读者带来了一场语言的盛宴。他用生硬露骨的语言刻画出暴力背后的细腻情感，用戏谑癫狂的文字揭示出荒谬之中的真实人性，一切都展现出语言的丰富性、艺术性与穿透力。而现实与非现实、超现实的结合则凸显了特瓦多赫极高的想象力与思辨力。

　　小说在叙述故事的同时，也影射了当今波兰的众多社会问题。前述个人与民族的身份与主体性问题，以及主观罪责与客观历史发展规律之间的辩证关系具有极大的现实意义。就前者而言，犹太人与犹太人文化不仅在小说中与波兰历史上是社会矛盾的中心。小说中，夏皮罗尽管俊美剽悍，令人生畏，却始终受到非犹太人的鄙视与厌恶；叙述者作为虔诚的犹太人之子在"去犹化"的过程中苦苦挣扎；犹太人的教育、节期、礼仪与伦理要求与波兰（基督教）传统格格不入；波兰大学里设置了犹太学生专用坐椅；激进分子对犹太商贩驱逐凌虐；左翼党密谋将犹太人悉数关进集中营等。波兰历史上，犹太人群体也几乎始终是贫穷、无助的弱势一方，遭受着不同程度、不同形式的歧视、排挤甚至迫害。

在当今波兰，犹太问题仍是亟待解决的问题，反犹主义仍未革除。现任波兰总统安杰伊·杜达（Andrzej Duda）于2018年2月6日签字通过了在国家纪念研究所——起诉危害波兰民族罪行委员会最初使命宣言之基础上增订的若干条款，其中第五十五条要求"任何人公开地与事实相反地宣称波兰民族或波兰共和国对第三帝国犯下的纳粹罪行负有责任或负有共同责任……将被处以罚款或最高三年的监禁"。借此撇清波兰在二战期间（尤其）在犹太人问题上的罪责，将其置于绝对的受害者地位，此举在国际社会与波兰国内都备受争议。而犹太问题又涉及民族融合、文化包容与宗教世俗化等一系列重大问题。

特瓦多赫在面对犹太问题时，无疑站在了人道主义立场上。他通过揭露与批判纳粹与其他反犹主义集团的罪责，并通过一定程度上"美化"犹太角色——赋予夏皮罗以"波兰人和基督徒所羡慕的一切"，赞扬犹太裁缝的勇敢、忠诚与敬业，以犹太教徒诵唱《柯尔尼德拉》①的敬虔祥和讽刺右翼武装分子的暴力疯狂等，展现出对犹太民族及其历史文化的尊重。

从多个角度看，小说《国王》都是一部思想性与艺术性出色结合的悲喜剧。

小说在形式与内容上的结合非常有个性。特瓦多赫以回忆的审度、反思方式，充分利用回忆的选择性和不确定性特质，以形式上细切、直接却也连绵酣畅的语言，以粗粝、强悍的叙述口吻，以戏谑、反讽、黑色幽默杂糅的叙事风格，描述一个恶的世界中，族裔、人性和救赎希望

---

① 《柯尔尼德拉》(Kol Nidre)，犹太人在赎罪日开始时吟唱的一段悔罪晚祷。——译者注

的挣扎，同时将政治权力、族群和个体尊严、身份、主体自主性以及宗教、民族、阶级、教育、道德等话语收纳其中，兼及或者说也颇为着力地去把握角色们细腻、复杂又多变的情感。比较突出的一点是，《国王》展现了限度与矛盾意义上的"暴力美学"，只是并未刻意去美化暴力，反而以暴力凸显温情，以仇恨反衬恩情，以背叛凸显忠诚，以野蛮廓显文明，以奴役映射自由。在一定程度还可说，作家非常明确地调用了畅销小说的某些模式性操作手法，例如暴力，施展在不同族裔、不同阶层、不同身份群体甚至不同性别的目标上的暴力，特别是施展向女性的暴力；例如性爱场景，虽有限度，但在小说虚构世界内强悍的暴力逻辑带动下不时逸出；例如所采用的不确定叙述，大大强化了情节发展与冲突的张力。然而，我们仍非常清晰地看到，在这些并不需要价值性贬抑的表层操作之外，也并非只是因为要展现前述所谓重大的话语，作家乃是很深沉地表达了对东欧犹太人在特定历史危机语境下命运的关注和思考，这也令他的这部《国王》颇显出几分历史的厚重感。

《国王》在虚构与现实之间具有鲜明的历史与时代联系性。特瓦多赫通过一系列非现实与超现实元素，在神秘主义关照下，再一次激发起人们对犹太民族问题、宗教与文化包容问题的思考。小说还给读者带来了关于人之存在的深刻思索：例如不同民族、国家与利益群体之间在生存权和发展权上的竞争，以及这种竞争关系中个体层面主体性与自由丧失的问题等。

关于《国王》的翻译，我们也略有心得。翻译之前的阅读颇为受用。有着古希腊雕像一般美好躯体的夏皮罗站在镜前"打扮"的一幕让人惊羡不已，拳击场上汗血纷飞、人声鼎沸的场景让人屏息凝神，嫖客得报、检察官蒙羞的场景可谓大快人心，叙述者的父亲被肢解、被嘲弄的场景让人恐惧战兢，酒吧中两个犹太人被迫跳舞的景象让人义愤填膺，一代霸王老态龙钟、妻离子散的境地又让人嗟叹唏嘘。读后的整体感觉是：仿佛观看了一部宏大的悲喜剧，也似乎在一定程度上经历了亚里士多德意义上的"净化"。

但涉及翻译，既要精准，又要充分传递这部言语、文体风格鲜明，主题也颇为深沉的作品在内容和形式上的内涵，实属不易。不易有三：之一在于语言层面，即波兰语、德语与汉语间存在语言特色与语用习惯等的差异，而且文本具有高度口语化特征，但又不避某些带有切口、行话或特定文化标记性质的词汇，以及长句套匣；之二在于文化层面，即波兰乃至东欧的民族、宗教、历史、语言等背景知识于我们多少有相当的距离；之三在于思维与心理层面，即原文中一些涉及暴力、伦理等的情节与表述具有相当的冲击力。然而，笔者相信，《国王》经过德文与中文两度创造性的转换，定能，甚至更能激发读者阅读与审美真切的体验，增强读者对波兰与东欧文学的兴趣，并在交流与互鉴的意义上，批判性地反思与接受。

是为序。

2022 年 4 月 25 日于上海

谢建文　张潇

孰非奴隶?

——赫尔曼·麦尔维尔,《白鲸》

一 א
ALEF

    一名犹太人杀了我的父亲。此人高大英俊，肩膀宽厚，有着马加比战士那样的虎背熊腰。现在，他站在拳击台上，进行本晚最后一场、本场最后一回合比赛。我坐在第一排观众席观看。我叫莫伊热什·伯恩斯坦。十七岁。我并不存在。

    我叫莫伊热什·伯恩斯坦，十七岁，我不是人，我什么都不是，而且我不存在。我是一个无名小卒的儿子，又瘦又穷，看着这个杀死我父亲的凶手，看着他怎样站在拳击台上，那般英俊而强壮。

    我已改名，现在叫莫伊热什·因巴，七十岁。此刻我正坐在打字机前写作。我依然不是人，也没有姓名。

    那个拳击手叫亚库布·夏皮罗，有两个儿子：大卫和丹尼尔。我当时不知道，后来才知道他有儿子。他也长着一头黑发。头发因涂了厚厚的发蜡而很有光泽。

    他杀死了我的父亲，现在却在台上打着拳赛。

这是他本场比赛的最后一回合。

对战双方是华沙的团队双雄莱吉亚与马卡比①。比赛从次最轻量级②开始。赛前曾发生过两起轰动性事件：一起是巴希凯维奇与多罗巴进行过较高重量级对垒，一起是双方裁判之间发生的冲突。那时的我对这些还不甚了然，兴趣也不大，只是从身边观众的议论中听到过这些。这些人说得很激动，既是因为那晚的比赛，也是因为两次轰动性事件。

我坐在第一排，坐在乌加街和希波泰奇那街交叉口的市区影院大厅内。这个大厅常被外租，也被租作拳击赛场。回想起来才发现，那真是我生平第一次看拳击比赛。

华沙这两群彼此陌生的人围在拳击台旁。我坐在他们中间，紧挨拳击台，却又感到是坐在任何一个位置上，可以从每一个犹太观众所坐的地方，同时或近或远地观看比赛。没有人看见我。

两拨华沙人围着赛场，说着两种语言，生活在各自的世界，读着不同的报刊；好则对对方漠不关心，差则彼此仇视，一般情况下则是保持着有距离感的厌恶，好像他们并非毗邻而居，而是隔着一片汪洋。而我，只是一个皮肤苍白的瘦弱少年，在华沙某个我已记不起来是哪儿的地方出生。我可能是十七年前出生的，姑且算是一九二〇年吧。我的名是莫伊热什，姓则按照传统随了我父亲璐姆；我母亲米利亚姆也随了父亲的姓。我虽的确是新恢复独立的波兰共和国的公民，但与其他波兰人相比，却像这个共和国低一等的公民坐在市区影院的观众厅里。这家位

---

① 华沙莱吉亚（Legia）是1916年成立的竞技与大众体育俱乐部，二战后成为波兰国家体育俱乐部。马卡比（Makkabi）是华沙的犹太人体育协会，与犹太复国主义联系密切。——译者注
② 国际职业拳击比赛中，设有17个重量级别。此处的次最轻量级为49—50.8公斤级，下文中出现的最轻量级为52.2—53.5公斤级，次轻量级为55.2—57.2公斤级，轻量级为59—61.2公斤级，次中量级为63.5—66.7公斤级，中量级为69.9—72.6公斤级，轻重量级为76.2—79.9公斤级，重量级为90.7公斤以上级。——译者注

于乌加街与希波泰奇那街街角的影院最初是家上演新潮戏剧的剧院；后来博古斯瓦夫斯基①剧院迁了进来，最后成了影院和拳击赛场。

最先开始的是小块头拳手间的次最轻量级比赛。比赛结束，当裁判举起鲁德斯坦的手臂时，在场的犹太观众都欢呼起来。而莱吉亚俱乐部那个骨瘦嶙峋的拳手卡明斯基在第一轮比赛中就已负伤累累，宣告弃赛。

紧接着是最轻量级的比赛。在第一轮中，根据我所听到的犹太观众的呼声，似乎是马卡比俱乐部的拳手占了上风。此人名叫亚库波夫奇。但这场比赛的波兰裁判明显偏向莱吉亚，因此总是换着花样地给亚库波夫奇不合理的警告以削弱后者的点数优势。三回合比赛过后，计分裁判竟然宣布莱吉亚的拳手巴希凯维奇获胜。观众席里随即发生了骚动：一个戴眼镜的胖子犹太人把一个装满樱桃的纸袋扔向裁判，大喊着："把这些也算上吧！"正说着，一个阿帕奇人②扑向他，这个胖子则灵活地予以反抗。最后两人终于被拉开了，但比赛却不得不中断几分钟。

场内秩序恢复后，次轻量级选手登上拳击台。拳手泰德轻而易举地拿下了动作迟钝的什皮盖尔曼，点数差距拉得很开。泰德的真名是塔德乌什·皮特尔兹科夫斯基，他算得上是华沙的拳王，就是后来被关进诺因加默和奥斯维辛集中营的那个拳手。

在接下来的轻量级比赛中，罗森布卢姆在与耐力极强的劲敌巴雷亚苦战一场后取得胜利。在次中量级比赛环节，涅多比尔相对普尔泽武兹基而言有着明显优势，而裁判却宣判平局。台下的犹太观众一片嘘声，

---

① Wojciech Bogusławski (1757—1829)，波兰演员、歌剧表演者、作家、翻译家、戏剧导演。——译者注
② 阿帕奇人（Apache），南美洲印第安部落某族。——译者注

基督徒观众则拍手叫好。

随后进行的是中量级比赛。莱吉亚的多罗巴在第一轮比赛刚开始时，就把我们的什拉兹压倒在拳击台上。事实上，什拉兹本想朝多罗巴打出一记右直拳，而右直拳恰恰是多罗巴的强项。后者灵巧地躲开了，让什拉兹扑了个空。犹太观众气馁了，逐渐安静下来；基督徒观众则开始尽情欢呼。

轻重量级比赛中，局面出现了反转：沃斯托夫斯基被诺尔丁打倒在地，虽然在裁判计数到第九秒时站了起来，但仍被判击败出局。

终于，重量级的拳手上场了。

"坐在拳击台右方选手席的是莱吉亚华沙俱乐部的安杰伊·杰姆宾斯基。"主持人高声介绍道。场下掌声雷动。

这人无疑是所有参赛拳手中最英俊的，甚至根本不像个拳手，而更像一名田径运动员。他身材高大；四肢肌肉发达，十分纤长，躯干也像游泳运动员的那样纤长流畅；发色很浅，接近白色，头部两侧的部分剪得较短，头顶上长一些的头发则梳成一撮；眼睛是淡蓝色的，下颌棱角分明，就像一件艺术品。有那么一瞬间，我觉得他长得像某个电影明星；但很快就发现，他与众不同。他更像德国的运动员，仿佛照片和图画里，甚至有时会出现在插图里的那些雅利安神明。他的脸甚至有几分难以言喻的阴柔而精致的感觉。现在我才知道，这些其实都是未曾尝过生活之艰辛的高贵阶层的人拥有的特质。

"而在我左侧的是，女士们，先生们……"说到这里，主持人故作停顿。

犹太观众席上已传来欢呼声。

"拳击台左边休息区，穿着马卡比华沙俱乐部队服的是……"主持人再次停顿。

观众喧闹起来。主持人得意地环视四周——不下两千五百名观众前来观战——终于大声喊出了那个名字：

"亚库布·夏皮罗！！！"

犹太粉丝们激动得要从座位上跳起来，他们热烈地鼓掌，激昂地欢呼，高喊着夏皮罗的名字。而波兰的基督徒观众则只是礼节性地鼓着掌。双方拳手列队站立。锣声响起，赛场内安静下来。

夏皮罗同样相貌英俊，但不同于杰姆宾斯基的英俊，而是似带有一丝阴郁；他没有后者高大，但至少也有一米八的个子；他也不像后者那么精瘦，而是彪悍许多。

他的外形更加坚硬粗糙，鼻梁有被打折的痕迹。即便如此，尽管他穿着一件亮闪闪的滑稽的短裤，一件胸前印有"马卡比"字样的比赛队服和一双袜子样式的运动鞋，他也仍是英俊的。他的脚像在试探一处薄冰似的触碰着聚光灯下明亮的拳击台，轻盈地跳动，一左一右，一左一右，甚至轻盈得不像一位大块头的重量级拳击手。这个九十二公斤重的、肌肉紧实的躯体里藏着坚硬的骨头；腹部扎腰带的地方也有一圈坚实的脂肪，可以在他换上西装时恰到好处地撑起里面的背心。

杰姆宾斯基重八十九公斤，看上去却没那么重，因为他没有一点多余的脂肪，几乎全身都是肌肉，由艰苦的训练雕刻出线条，就像一尊古希腊雕像。

我明显地察觉到那位犹太拳手的沉着与自信。也能感受到他听到无数观众呼喊他名字时的喜悦，一种使人颤抖的极度喜悦。也能想象在观众一遍遍的呼喊中，那种颤抖就像性欲一样在他全身涌动。

"夏——皮——罗！夏——皮——罗！夏——皮——罗！"

我看到，他那么平静，对自己的身体那么自信且能这样完美地驾驭，这一在大量训练中被不断磨炼的躯体完全听从他的意愿。像被体内若干根看不见的发条牵引着，他自如地活动着头和手臂，就像在低压的天花板横梁下运动一样。

他的拳技更是无懈可击。

他的力量来自双腿。他的双脚，尤其是内脚背，以及内扣的膝盖，都像安了弹簧一样灵巧；戴着拳套的右拳从右侧保护颌骨，左肩与左肘则紧贴身体。他出拳时，整个身体都将汇聚成一股强大的能量。

他的左侧臀部与肩膀在腹肌与背肌的带动下前后移动。肌肉发力时，横膈膜与肋骨就会被压在一起，因此每次出击都伴随着一阵空气被挤出肺部的嘶嘶声。他左脚也来回跳动着，似乎要向一侧屈身；随即又向前弹出左臂，像投掷石块那样，左拳在空中画出一道弧线，向前短距离地出击，如挥鞭一般，然后迅速收回。简而言之，他的拳头就像弹簧一样灵活。

有时拳头上没缠绷带，也没戴拳套。有时会打空拳。有时会打到对方的骨头上，牙齿也被打碎。但拳击赛有时就是这样。也不得不这样。

但现在，他正小步跳动着逼近杰姆宾斯基，在拳击台上来回转移，不断交替双腿，有点像喜剧电影里的查理·卓别林，靠得越来越近，左手在空中小心试探，似乎在寻找包裹着对手的那层茧上的破口。

杰姆宾斯基反击着，他拳技也是了得，是位出色的拳手，我现在才知道，但当时还不知道，我觉得我不懂拳击，只会看，却看不出门道，此刻回看记忆中台上的两人时,目光更加清晰,更能分析,能捕捉到老练犀利的目光所能捕捉并深谙的一举一动。因此,我的这些描述可能都是基于现在的审视,而非当时的观察。

两人的搏斗速度超过了重量级比赛的一般速度。夏皮罗一个侧滚,移动到了杰姆宾斯基可以像卢克斯托佩达①那么快出击(次日报刊报道上就是这么写的)的左拳的下方,但他却一反常规,重心并未放在靠前的左脚上,而是落在右脚上,并做出一副右拳在前、要用左拳出击的预备姿势,然后出其不意地飞速弹出右拳,朝杰姆宾斯基的脸挥去,对着他的左侧眉弓连击两拳。莱吉亚俱乐部的那位拳手还没反应过来怎么被击中的,夏皮罗却已从他身边迅速撤离,跳出一米开外,尽管他马上就能把对手打到围绳上,朝他头部与肋骨一阵猛击。

"打败他!打败他!"夏皮罗的顾问在一旁喊道。

夏皮罗确可乘胜追击。但他撤开了。他总是胸有成竹,实在太有把握了,因而没有理会顾问的呼喊。他想继续战斗。

他那时三十七岁。已不年轻。出生时正值沙皇尼古拉二世当权。当时住在诺沃利普基街23号的31号楼,离他正在比赛的拳击场不足两公里。他的出生证明上写的是俄文名Иаков,他妻子(两人并未结婚,但却是夫妻关系)会用波兰语叫他"亚库布",有时也会像他母亲一样用意第绪语叫他"扬凯夫"。他的姓则一直不变。

对我而言,他就是亚库布,当然,是在我不用再称呼他"夏皮罗先生"之后才这么叫的。

---

① Luxtorpeda,对20世纪30年代在波兰一些铁路干线上运行的某列著名火车的通称。——译者注

当时的我已带着仇恨的眼光看他,尽管我还不知他就是杀死父亲的凶手。我只知道他带走了父亲。这一切我后来才知道,后来甚至学会了爱他并想变得像他一样,或许在某些方面我已经很像他了。或许我早就知道自己变得像他了。也或许我早就知道了一切。

我亲眼看见,夏皮罗那次比赛的两天前,他抓着父亲瑙姆·伯恩斯坦的长胡子,把他从我们在纳莱夫基街和弗朗齐什卡尼斯卡街交叉口,街号 26 的 6 号楼住处拖拉出来,一边拖一边骂着。

"你个自作自受的笨蛋,愚蠢的嫖客!"夏皮罗一边骂,一边拽着父亲的胡子。

到了楼下,在人高马大的潘塔莱翁·卡平斯基和老鼠一样矮小精悍的蒙亚·韦伯——稍后我还会介绍这两人——护送下,夏皮罗把父亲塞进他别克轿车的后备厢里,驾车离去。

他们闯进来之前,我站在厨房里,母亲小声警告我不要出声,我就听话保持安静。父亲藏在衣橱里,但他们还是马上就发现了他,并把他拽了出来。我看到他们揪着父亲的胡子拽出来时,吓得不由自主地尿了出来,羊毛裤子上现出一片慢慢洇开来的尿渍。

他在我身边停了一会儿,手始终拽着父亲的胡子。

"别怕,小家伙。"他温和地说,这种温和出乎我意料。

我从很近的距离看到他右手上还文了一把淡蓝色的双刃剑,上面刻着四个希伯来字母מוות,即 mem、waw、waw 和 taw。按照从右至左的书写顺序拼读出来,就是希伯来语中的"死亡"一词。

我扑向他,要打他。我小时候很喜欢打架,比如会和犹太男孩儿与基督徒男孩儿一起"开战",赤手空拳上阵或是扔石头。在空旷的场地上，犹太儿童宗教学校与普通中学之间常会打起来，直到警察赶来制止。每次都是这样。

夏皮罗却不是这样的闹事少年。他只是躲开我一次次幼稚的攻击，转动着眼睛，并不出击，只是推开了我；妈妈哭喊着；我摔到了桌子与餐具柜中间的地上，大哭不止。我始终盯着那只紧攥着父亲胡子、刻着剑和"死亡"字样的手。

当时我就下定决心，永远不留胡子。其余的事则自然而然发生了。我决定变得像他那样。

我观看夏皮罗在新潮剧院拳击台上比赛时，并未看到他手上的文身。文身被拳套和下面的绷带遮住了。我那时也不太会希伯来语，即使现在，我有时也会觉得自己好像不太会这门语言，那时我也不知道会不会明白מוות的意思。

即便那是我生平第一次看拳击比赛，但我已被深深地吸引住了。我很小的时候就喜欢跟自己打架，因为这对我意味着成为一个全新的、不同的犹太人，一个来自我父母想要对我隐藏却始终吸引着我的世界的犹太人，尽管我还不太了解这个世界，一个不怕火车和新鲜空气的世界，一个对我们宗教学校里的老师而言是可怕的恶魔世界，一个不必留长鬓发、不必戴太利特的世界①。所以我认真地观赛。

夏皮罗尽管块头大，但弹跳十分出色。他双腿弯曲，在杰姆宾斯基周围移动着，从这个比他高大的对手的严密防守中寻找弱点。后者保持着惯有的防守姿势，右拳护住右胸，左拳平齐在前。

---

① 长鬓发（Pejes）是犹太男性大多会留的一种发型。太利特（Talit）是正统犹太教男子早祷时穿戴的祈祷披肩，通常以羊毛织成，一般折成三角形，四角饰以流苏。——译者注

二战之后拳手们才开始在防守时抬高双手，我猜。

夏皮罗一直表现积极，像上了发条，左右移动，用手肘挡住了杰姆宾斯基朝他躯干打来的为数不多的几拳，也敏捷灵巧地躲开了那些直攻面部的拳，根本不像非重量级比赛，而是在打最轻量级，他也始终躲避着对方的进攻，向四周的围绳倒退。

而杰姆宾斯基，虽然眉骨已断裂流血，但仍明显占据上风。他不断进攻，夏皮罗则只是防守，躲避，继续防守，偶尔回一记快速的左拳。

看上去，夏皮罗似乎要输了，我也非常希望他输。

但他无比镇静。他躲避，后撤，象征性地出几次左拳，像游戏似的。他就像在练习打沙袋，而非进行一场重要比赛。他戏耍着，十分放松，他看到杰姆宾斯基这位身经百战的拳手，却已因他的镇静而惊惧不已。拳击赛中，没有比一个镇静自若的对手更让人害怕了。一个拳手最令人惊恐的神情，就是他的微笑了。

我始终不相信，一个把我父亲从家中拖走的犹太人，能战胜这个穿着织有华沙莱吉亚白—黑—绿徽标队服的金发拳手。杰姆宾斯基的优势不仅体现在身材和外形上，即更加高大纤长；更体现在身份上：他是本地人，属于拥有和统治这片土地的阶层。杰姆宾斯基本可做一名普通工人，过一种比已然不在人世的瑙姆·伯恩斯坦还清贫的生活；但作为胸前佩戴着莱吉亚徽标的金发巨人，他才能在那个穿马卡比队服的犹太拳手面前保持优势。

那时的我不愿相信，一个犹太人会打败一名基督徒，即便我们会和基督徒小孩打架。但两者不可同日而语。当年我只有十七岁，对宗教小学、宗教中学、犹太人会堂和自家之外的整个世界都一无所知。

但自那之后,我开始认识不同的世界。

杰姆宾斯基把夏皮罗逼到拳台围绳上,观众都以为后者完蛋了,没想到这个犹太拳手突然往后猛倒,像要摔到地上,围绳随之被拉紧,将他向前弹出,就像弹弓上的橡皮筋把石子弹出去那样——夏皮罗以一次完美的转身躲到杰姆宾斯基挥来的右拳下方,从后者身体下侧打出一记有力的左勾拳。他自己则借助围绳伸缩产生的张力保持攻击态势,扭转双肩和臀部,伸直脊背;杰姆宾斯基被击中下巴,其力量瞬间被化解,咆哮一声轰然倒地,就像夏皮罗按下了他颌骨里的一个开关,关灯一样地关闭了他整个人。

夏皮罗跨过躺在台上的对手,走回自己的休息区;杰姆宾斯基也并非一动不动地躺在那儿,而是像癫痫发作一样无力地抽搐着,眼珠向上翻着,不断转动,双腿与双臂则像被宰杀的动物般挣扎着抽动。

观众们开始狂叫,从座位上跳起身来。人群中一片混乱,莫辨东西。他们既大感意外,也为这场甚至不到两分钟的拳击赛激动不已。只是一秒钟过后,这份狂热就厘清了方向。所有人都弄清楚了刚才发生的事情。犹太观众喜不自禁,像是他们亲手把每个曾将自己看扁的波兰人都打倒了在地似的;基督徒观众则嘘声一片,看到局面发展失控而愤怒不已。

裁判员躬身靠近杰姆宾斯基并开始计数,同时检查他的脉搏。夏皮罗则满不在乎,既不理睬裁判,也不关心瘫在地上的那个失去意识的对手。

没等裁判数到十并举手示意比赛结束,夏皮罗就吐出了保护牙套,转头给那个穿着印有"马卡比"字样的蓝色上衣顾问一个眼神示意。

一名医生跳上拳击台,小心检查着那个已失去意识、安静躺着的波兰拳手的头骨。

亚库布的顾问拿出一盒烟,点上一支,赶忙送进他嘴里。亚库布抽了几口,趴到围绳上,顾问把烟接回来踩灭了。

现在我知道了,没有哪个拳手,不管在当时还是现在,竟会这么干,但我知道也看到,戴着拳套吸烟的这一举动多么狂傲,却又多么让我着迷,因为我从未见过一个胆敢如此狂傲的犹太人。我虽然知道会有这样的犹太人,却从未亲眼见过。

我那时十七岁。

我十岁时,和妈妈一起乘车去希维德河避暑。爸爸负责看管我们放在马车上的随身行李,妈妈和我则坐在迪林杰列车的三等车厢里,一路途经法莱尼卡、梅泽申和米哈林等地,最终到达希维德河。那是我第一次度假旅行,也是第一次离开出生的城市,一切都让我欣喜无比,尤其是太阳——它与城市里的不同——那时的我被它炙热的光辉深深吸引,以至于自那以后从未,即便在这儿,在鳞次栉比的白色楼房间,在迥异的异乡天空下,在以色列炙热的阳光里,也从未将它忘怀。

妈妈和我走进一片松树林中散步,她随后在地上铺开一条毯子,从旅行包中拿出一些面包片和一瓶盖着特殊瓶盖的柠檬饮料;我则在树林里四处游荡,但也会十分小心,确保母亲不会离开我的视线范围。我兴致勃勃地收集松果。偶一抬头,见一个浅发女孩儿正站在我面前,年龄比我稍大些,叫克里斯汀,穿着蓝色连衣裙,扎着马尾辫。

"你好!"我说。

她呼哧呼哧地喘着气,转了转眼睛,就转身跑开了。

当时我能想到她急忙跑开的原因。她肯定不想被一个留着长鬈发的犹太小子问好。

后来我又猜想,她是出于其他可能的原因跑开的,或许因为害怕,或许这对她而言根本就无所谓,只是我自己非要想出个解释来罢了。

再后来我发现,我想出来的这个解释很有道理。

那时在希维德河,我这个十岁男孩收集松果时,感觉到也明白了:我再也不想经历别人这样看我的眼光,但又不知道,对此我能如何反应,甚至视之为犹太人必然会有的经历。事情就是这样,也将一直是这样,我想。我不想这样,不想做犹太人;但摆脱犹太人的身份就像变成汤姆·米克斯一样不可能。我们曾从移动摄影机的暗箱中看过他骑马冒险的默片,在我的童年时代,这种摄影机还一度在我生活的地方,在我们与世隔绝的华沙流行过。

但或许这些都从未发生,或许都是夏皮罗讲给我的故事?我们二人的生命已融为一体。

当十七岁的我坐在新潮剧院里的比赛场里时,我意识到,自己十岁时的观点并不正确。我并非只能是一个收集松果的犹太男孩。犹太人也可以有另一种活法,也可以像基督徒绅士那样优秀。

我看到女性观众们,不论犹太女性还是基督徒女性,注视夏皮罗的样子。她们看他的眼神完全不同于当年在希维德河边松树林里那个浅发女孩看我的眼神。我自己也在观察,亚库布·夏皮罗如何高仰起头;双唇有力地啜吸着烟;如何俯身,让毕恭毕敬的顾问小心地把烟从他嘴里拿出来;以及如何吐出一大片蓝色的烟云,所形成的复杂花纹又如何在聚光灯下书谱写讴歌他雄性力量的赞辞。夏皮罗甩着手臂,抖着肌肉,走向裁判,只等最终判词。十秒钟计时已过,杰姆宾斯基依旧躺在那里，一动不动。

顾问努力尝试叫醒杰姆宾斯基，后者最终恢复了意识。裁判一手拉住他，一手拉着夏皮罗的手高高举起来；杰姆宾斯基晃晃悠悠，眼神涣散；主持人宣布本晚比赛结束，马卡比华沙俱乐部的拳手获胜。观众鼓掌欢呼，我也在鼓掌。

依然神情恍惚的杰姆宾斯基向夏皮罗伸出还戴着拳套的手，而夏皮罗握手的样子，则让不喜欢夏皮罗的波兰编辑维托尔德·索科林斯基在次日的《华沙信使报》晨报上描述成"是犹太拳手众所周知地缺乏体育精神"。该编辑还称，夏皮罗根本就没有与对方握手。另一位喜欢夏皮罗的犹太编辑则在《人民论坛报》中写道，夏皮罗很自然地与杰姆宾斯基握了手。

安杰伊·杰姆宾斯基依旧迷迷糊糊，根本意识不到夏皮罗的回应。裁判把他带到休息席并交给了他的顾问。

基督徒观众看到这位犹太拳手的态度，开始吹口哨起哄；这时，第一排观众席里一个并不高大的男子站了起来，转向拳击台，直勾勾地盯着，就只是盯着，像在等着吹口哨者住嘴。口哨声戛然而止。我还不知道，这人是谁。

主持人宣布莱吉亚俱乐部获胜，比分为九比七。

亚库布·夏皮罗并不关心团队总成绩，亚库布·夏皮罗就是胜者，亚库布·夏皮罗就是战胜了非利士人和耶布斯人的大卫[①]，亚库布就是王，他那两个不在赛场的儿子就是尊贵的王子。

[①]《圣经·撒母耳记》中记载了以色列民族历史上著名的大卫王战胜非利士、耶布斯等外族的事迹。——译者注

顾问已经又点好一支烟在恭候了。夏皮罗抽了几口，示威似的以胜利者的眼神环视观众，在他目光的震慑下，仅剩的几声嘘声也停止了，然后他抬起围绳，跨来跃去，跳下拳击台。再无一人敢喝倒彩。他继续抽着烟，一个顾问用毛巾为他擦汗，另一个之前为他递烟的顾问则为他脱下了拳套与绷带。

全部比赛都已结束。赛场内一片嘈杂，到处是焦躁的脚步声。观众已接受现实，各自起身回家。明天还要继续工作，比赛已经过去，终究要回归日常生活了。

那一天，目睹了一切的我有一种奇特的感觉。仿佛我自己踏上了拳击台与那位浅发的歌利亚①搏斗，真的就像我亲身经历一样。

仿佛那场不足两分钟的拳击赛拉开了我之后整个人生的序幕。

顾问为夏皮罗脱下拳套，递上外套后，后者走向了第一排那个个头不高、肥胖臃肿的男人，就是他镇住了那些对夏皮罗的傲慢举止起哄的观众。那个男人顶着一颗打理得无比精致的脑袋，尽管上面一根头发也没有。秃头这一缺点因他那撮涂了润发油的、捻成一股的大胡子得以弥补，使他显得十分老气庄严，却与他那件昂贵而过时的、有些紧身的蓝色网球布料的西装相得益彰。那件紧裹着他浑圆肚子的马甲上，挂着亮闪闪的金表链、吊坠和钥匙；他的手指插在马甲口袋里，跷着二郎腿。那两条腿又短又粗，就像把一只手的中指和食指交叉起来那样；右腿的小腿肚刚刚能搭到左腿膝盖上。他的裤子高高卷起，露出一对男士吊袜带，裤边与袜沿中间露出一小块白白的皮肤。那双黑色鞋子的鞋头由特

---

① 《圣经·撒母耳记上》第17章中记载的非利士人巨人战士，曾四十天之久向以色列人骂阵，最后被少年大卫甩石击毙。——译者注

质皮料制成,外面贴了闪闪发光的金属片。他大笑起来,笑得浑身抖动,鞋头也随之上下点动,他的笑声很有穿透力,甚至坐在远处的我都能透过观众的呐喊声听到他尖锐的笑声。

"你可能要了他的命了,库巴,好家伙……!"他边喊边拍着肥胖的双手。

我当时还不知道他的名字,却清楚地知道他是谁。从凯尔采拉克到特沃马凯街,从我儿时的"战场"到哈拉-米罗夫斯卡,不管在根夏街、米瓦街还是在莱什诺街街上,这个矮小、乐呵却让人害怕的异教徒的名字都家喻户晓。

"教父来了。"有人小声说道。只见他迈着两条马镫样子的腿,从容地走过人行道;西装上衣没有系扣,双手拇指插在里面马甲的口袋中,嘴里叼着个烟嘴,烟斗里装满烟丝。身后,他的贴身保镖保持着严格的距离,小心跟着,一如往常;纳甘和勃朗宁手枪的枪柄始终露在外面,并没有藏进马甲里,甚至与警察迎面走过时,后者都会佯装不见。至于"教父"之名从何而来,我那时还无从得知。他的真名是扬·卡普里卡,他之所以被称为教父,是因为他会接纳每个想与他结交的人,但也一定会让后者为这段交情付出代价。

我不知道他的地位是如何建立起来的。人们只知道,他曾是波兰社会党的成员,曾在沙皇统治时期搞过各种枪击活动,也在社会党战斗组织内部领导过几次分裂斗争,据说,他后来也是该战斗组织的成员,再后来发生了什么就没人知道了。但确定无疑的是,当警察逮捕他时,波兰总统或是总理或是另一位政府高官曾亲自致电要求放人,某位检察官或专员甚或部长本人亲自用专车将他送回住处,像他的司机一样为他开门,又向他诚挚地鞠躬道歉。

我当时也不知道,就是教父指使亚库布·夏皮罗杀害了我的父亲。我也搞不明白,为什么像他这样的人,这个彻头彻尾的恶霸,怎么会知道我父亲这个在犹太疗养院工作的默默无闻的行管人员,一个不成功的小店主呢?但从父亲遇害一事来看,教父很可能对我父亲了如指掌。

在父亲被亚库布·夏皮罗及其手下害死的那一天,教父一如往常,七点之后便坐在位于莱什诺街 22 号新教教区旁索本斯基开的小馅饼店里的专用餐桌前。没人敢凑近他坐的那张桌子。店主索本斯基,一个很大程度上已经去犹太化了的犹太人,从不去犹太教徒的敬拜场所,最多会去一次主会堂,那里的诗班领唱都是用波兰语赞美他们的上帝。每早六点前,他都亲自赶到店里,确保在卡普里卡到来前就把热乎乎的馅饼和咖啡准备好。只要卡普里卡有要求,即便在安息日,索本斯基也会开店营业。

早上七点,卡普里卡准时进了店。他把圆顶礼帽挂到衣架上;秋天则会把他的外套,冬天就把毛皮大衣挂上去;如遇阵雨或毛毛雨天气,他多套了一层橡胶雨靴的话,就会把靴子脱下来,放到衣架下面。

放好衣服后,他会极其热情地跟店主打招呼,然后就坐;接着翻开《华沙信使报》,边看边默读着什么,粗短的手指划过一行行文字。索本斯基总是亲自给他端上一大杯黑咖啡和一些符合犹太洁食要求的热乎乎的馅饼。七点半之前,任何人都不能打扰卡普里卡。

"这是我的时间,一天中只有这短短的半个小时是属于我自己的!"卡普里卡常这么说,并认真阅读报纸上的小专栏和宣传广告,也会被尾页的幽默漫画和稀奇古怪的短诗逗乐。

七点半时，博士拉齐维韦克到了。他也会点上一杯咖啡，拿过《人民论坛报》，坐到卡普里卡所在的那张圆桌上。两人一起阅读，有时也会详细地讨论些什么。关于拉齐维韦克这个人，我之后还会提到，他将是整个故事中一个重要的角色；现在只需说明，他是卡普里卡最亲近的盟友，也是后者的代言人。

七点半时，卡普里卡通常也会邀夏皮罗前来，并允许他在一旁听自己和拉齐维韦克的谈话。他的手下中，只有夏皮罗有此殊荣。卡普里卡通过这种形式的考察，把夏皮罗选为自己的主将。

八点时，卡普里卡的其他手下会鱼贯而入。整个馅饼店都是他的人。这些人有吃有喝，东拉西扯，用波兰语、意第绪语和俄语高声叫嚷，向卡普里卡汇报各自一早的任务，并上交卡普里卡应得的一沓沓钞票；卡普里卡则稳坐桌旁，给他们一一分派接下来一天一夜的新任务。

父亲遇害的那天，也是这样开始的。

一九三七年七月九日，华沙天气暖和，但不热，二十摄氏度，全天略有云彩，间或下点小雨。

那天七点钟时，卡普里卡舒舒服服地坐在索本斯基的馅饼店里，喝着咖啡，吃了四张夹了羊肉酱和葡萄干馅的馅饼。索本斯基打开收音机，卡普里卡听着晨间新闻；等播放起唱片时，卡普里卡就开始读《信使报》里一篇关于西班牙局势的文章了。

"佛朗哥将军可是给我们上了一课啊。"卡普里卡关切地说。一旁的索本斯基也连连点头，马上做出一副忧心忡忡的样子，尽管除了自己店的收入情况外，他对什么都毫不在乎，不管是西班牙、内战还是什么佛朗哥将军。

卡普里卡也不再关心什么西班牙不西班牙的了，转而一头扎在尤利乌什·盖尔曼长篇小说《苋菜》的第九十九章里。这一章讲的是波尼亚托夫斯基公爵在华沙剧院做了一次演讲。全章内容让他觉得乏味，直到最后一段出现了"年轻又有魔力般的机智女士"，才激起他的兴趣。他叹了口气，打了个响指，索本斯基随即为他续了一杯咖啡。

拉齐维韦克没有出现，因为他正在罗兹脱不开身。七点半时，夏皮罗开着他的别克车来了；他穿着一件灰色双排扣西装，戴一顶软帽。他跟卡普里卡和索本斯基打了声招呼，也点了一杯咖啡；并利用拉齐维韦克去准备的间隙，拿了一份崭新的《周报》，因为他不喜欢搓皱了的报纸；然后在他头儿的旁边坐下来，报纸还没翻开。

"昨天，他们把那些人从格罗胡夫抓来了。"他笃定地说道。

"哦？"教父兴趣一般。

"嗯，就在他们那个叫娅季卡的妓女那里。同警察还发生了枪战。"

"然后呢？"

"加茨开枪杀了几个警察，其他的都投降了。"

"就是那个从第八步兵营里跑出来的逃兵加茨？"

"正是他。"

"他们活该。从雷姆贝尔图夫和米沃斯那来的那群乡巴佬还以为他们能在华沙混出名堂呢。"卡普里卡冷笑道。

这时，夏皮罗翻开报纸，使劲抖平了它，读了起来。

"他们是怎么跟你谈这个约瑟克·彭德拉克的？"他还在看第一篇文章，就被教父打断了。

"老一套，老样子。"拳手耸了耸肩。

"不可能是老样子。"

"怎么说呢，要是巴拉不是斯塔尼斯瓦夫而是什姆乌，而彭德拉克也不叫约瑟克而叫尤焦的话，那就是自卫，但现在却是谋杀。"夏皮罗说着又耸了耸肩。

教父想了想，同意了夏皮罗的说法。

他一向三思而后言。

"你说得对。如果他是斯塔尼斯瓦夫而不是什姆乌的话，就是自卫了。但事实却是谋杀，就是因为他是约瑟克。"

教父点上一根烟。夏皮罗注意到，他的打火机上贴着火柴制造大亨的印花。

"这种打火机多少钱？"夏皮罗好奇地问道。

"一兹罗提一个。"

"您就这么爱国守法，为了个小打火机还专门买个印花？"夏皮罗有些吃惊。

"当然。这可是公民义务。为了我们的祖国。你没买？"

"没有。"

"要是你的非法打火机被没收了，可别怪别人。"

说着，两人都笑了起来，跷着二郎腿又读了一会儿报刊，喝着咖啡，抽着烟。收音机里传出华尔兹舞曲的旋律，节目到八点就停止了，然后一直休息到中午。

"亚库布，你知道纳莱夫基街上住着个小犹太人吗？叫伯恩斯坦，瑙姆·伯恩斯坦。你知道吗？"过了一会儿后，卡普里卡问道，同时把有专栏广告的那页折了起来。

"我知道这个人,卡普里卡先生。"夏皮罗一边回答,一边也合上了自己那份报纸。他知道,轻松时刻已过,现在要开始谈正事了。

"那就好。这个犹太小卒认为,他不需要孝敬我呢。"卡普里卡说着,目光并未从报纸上的广告栏移开。

"愚蠢的犹太人,竟有这种想法。"

"的确是蠢,"卡普里卡表示赞同,"但他是对的。他不会付给我半毛钱,因为他一无所有。蒙亚也核实过了。这个伯恩斯坦真是一穷二白。从他身上啥也弄不到。想从一条干抹布里挤出水来,得拧很久。"

夏皮罗若有所思地点了点头,似乎也认同他头儿的看法,知道这事儿不会有什么好结果。

我当时不知道,瑙姆·伯恩斯坦,这个犹太疗养院里低调老实的小职员,竟会欠卡普里卡钱。瑙姆没让我知道,这倒可以理解,但他对母亲竟也只字未提。他欠债是因为不想继续做一个一文不名的小职员,而恰好那时候又有人愿意把在根夏街的一家出售橡胶制品的店面租给他。于是,他从家里借用了一笔钱缴了补偿费,接手了那家店。从早到晚,他都是一个人看店。他绞尽脑汁,却依旧想不出可以付清债务的办法;尽管店的生意不错,但始终没有盈利。

这时,卡普里卡出现了,他来店里买了一双PPG橡胶靴子,和伯恩斯坦友好地攀谈一番,然后告诉他,当周安息日之前要上交五十兹罗提。只要父亲的店还开着,以后每个安息日前,他都要交这么多,因为这五十兹罗提是这家店开在根夏街的价码。五十兹罗提上缴教父,每周安息日前。

第一次安息日前,瑙姆按时交费了。第二次也交了。但第三次他没交,因为实在拿不出钱来了。他到卡普里卡面前苦苦哀求。夏皮罗狠狠地一拳打到他鼻子上,以强调事情的严重性;伯恩斯坦不得不捂着被打断的鼻梁郑重起誓,下次安息日前不仅要交上拖欠的五十兹罗提和当周的五十兹罗提,还要多交二十五兹罗提罚金。

但他没有这么做。他要去哪儿搞到这么多钱呢?最后,他放弃了这家店,没拿到一分补偿费,大家都知道他的处境,所以没人愿意给他补偿费盘下这家店。他躲了起来,白天不敢出门。教父派一个手下捎来口信说,一百二十五兹罗提欠款的利息为每周百分之二十。

这些我都不知道。瑙姆只是告诉家人他病了,于是躺在床上等着。

"我们逃吧,"母亲恳求道,"逃吧,瑙姆。我们可以先去罗兹找我姐姐,然后再去以色列家园或者美国。我们快逃吧,瑙姆,谁都不能让我们摆脱这个恶霸的愤怒,神明也救不了我们!"

母亲是个虔诚的犹太教徒,但生活的现实让她明白,敬爱的上帝常常并不能保护虔诚的犹太人不受异教徒的迫害。

父亲则只是摆摆手,朝墙翻过身去。他等着。他既不逃往罗兹,也不去巴勒斯坦或美国或其他什么地方。

那些人终于来了。敲门声传来。母亲开了门,想着就算救不了自己的丈夫,至少能保护门锁不被砸坏。他们抓住了父亲。我扑向夏皮罗,他把我推开。

后来,我多次回忆那幕情景,就是我扑向重我两倍的夏皮罗的那一刻,我被挂在他的前臂上,用意第绪语喊了些什么。可一个毛头小子的叫喊又有什么用?

夏皮罗揪着父亲的胡子把他拖了出去。父亲像一只要被送去屠宰的牛犊一样反抗着，被拉扯着灰白的长胡子，边走边抵抗。

听到母亲的哭喊；目睹胡子剃得干干净净的夏皮罗押着父亲，抓着他的胡子，那一刻，我发誓，永远不留胡子。我正开始长胡子，但我当天就跑去商店了。我偷了母亲的一点钱。她看到了，却无力拦阻，只顾着哭。我没哭。我还是去了商店。我脱了外套和上衣，买了短款的衣服，换掉了身上那件偷来的长袍。买来的衣服其实已经十分破旧，但至少不是犹太人穿的样式。然后我去了一家基督徒开的理发店。我让理发师帮我剃掉长鬈发和胡子。理发师笑了，说稀疏的几根没什么好剃的，但我坚持，也付了钱，于是他把一块热毛巾敷在我的脸上，涂了按摩油，又用刷子打出泡沫，涂在我脸上，然后轻轻松松地来回三五次就刮干净了，最后用冷水帮我把脸冲洗干净——我跑出理发店，从橱窗的镜子里看到了一个全新的自己，一个新的、更好的犹太人，发须打理得清爽干净，穿着利索的短衣，也没留长鬈发。

"我祝你一切顺利，伯恩斯坦！祝你一路顺风！"我模仿亚库布·夏皮罗的声音对着镜子里的自己说道。

同一时刻，父亲正躺在别克车的后备厢里，向着他的终点站行驶。我们都在前往同一终点的进程中挣扎着，等真的到了终点，就不再挣扎了。

两天后，即七月十一号周日，晚上，新潮剧院大厅里的比赛结束后，夏皮罗走到卡普里卡那里，后者热情地拥抱了他。

"你大概把那个畜生打死了，"卡普里卡十分欣喜，"让那些法西斯好好看看！"

我没听到这些话,但我知道,他肯定是这么说的。

赛场内的人群逐渐散开。卡普里卡起身,和夏皮罗一起走向换衣间。两人走过我所在的位置时,披着拳击外套的夏皮罗稍微停了一下,向卡普里卡用头指了指我。

"就是那个。"他告诉卡普里卡。

"谁?"卡普里卡问道,像没看到我一样。

"伯恩斯坦的儿子,教父。"

卡普里卡看向夏皮罗,看了好一会儿。

然后朝我看过来。我低了下头。卡普里卡用他粗短的拇指和食指托住我的下巴,抬起我的头,用他那双深色的小眼睛看着我,面无表情。然后突然放开手,捏住我的脸蛋,大笑起来,似乎他已从刚刚盯着我看的眼神里得知了关于我的一切。可能事实就是如此吧。

"还是个俊小子,可惜了。"卡普里卡耸了耸肩,然后就把我抛在脑后了。

他目不斜视地走了。夏皮罗又朝我扭头示意了一下,有时母亲也会用同样的方式躲在父亲背后偷偷提醒我:"父亲说什么,都要马上去做,这是为你自己好。"

我站起来,跟在他们后面。我无比紧张,不知道其他人有没有看到。在我之前并不漫长的人生中,我一直像隐形人一样地存在着。我只是个来自纳莱夫基街的矮小、瘦削的普通犹太男孩。无数来自纳莱夫基街的矮小、瘦削的犹太男孩中的一个。

又有一个戴帽子的女士俯身向身边穿浅色西装的男伴耳语了几句,眼睛一直看着我。时至今日我还记得她的目光。不过,她看的也可能是夏皮罗和教父，看他们走着，走着，迈着步伐，看这两个西装革履的恶霸在整个城市里穿行，就像在他们自家庭院里一样。

我们进了换衣间，以前都是演员们在这里换衣服，现在则供拳手使用。夏皮罗用眼神示意我坐到一张椅子上。我照做了。卡普里卡口若悬河地描述着刚刚结束的比赛，无比兴奋。

"你知道吗，库巴，我看过他和芬恩的比赛，所以本来还有点担心，他会利用他的强大耐力把你放倒，因为你毕竟是战士，而他的防守堪称完美，整个人就像一直被蒸汽或是电力驱动着一样，他从没有疲惫的时候，而你打败了他，大获全胜，库巴！"

"有些他们的人也在场来着。"夏皮罗很肯定地说着，坐了下来。

肾上腺素的刺激已经过去，他现在突然感受到每块肌肉、每个关节、每条筋腱的酸痛，正如以往经验那样，比赛当时并不会注意到身体各部位的感觉。现在他的大腿在颤抖。

"有好几个？"卡普里卡抓住这个关键词问道。

"长枪党派、'波皮亚'分子，或是民族激进阵营的人，反正我分不清，总之肯定是些法西斯分子。我看到他们了。有几个甚至是穿着他们又脏又臭的制服来的呢。"

"每个人的鼻子上都该挨上狠狠的一拳，那些希特勒崽子！"教父满意而激动地说道，"很好！"

说着，他打了个响指，喊了句话，一个一脸严肃的年轻人就大跨步地走了进来，这人比夏皮罗高出一头，比卡普里卡高出一半。

"潘塔莱翁，把干邑酒拿来，我车里放着一瓶，我们要庆祝庆祝。"卡普里卡命令道，同时把一张唱片放到一台便携式唱机上。

那个高个子头都没点,立刻转身去拿了。卡普里卡调整好摇柄,放下拾音臂,接着就从扩音器中传出一阵轻柔的探戈旋律。

"在车里……?您把那辆克莱斯勒提来了?"夏皮罗一边问,一边按摩放松仍在发抖的大腿肌肉。

"是的!提来了!"卡普里卡喜不自胜地高声答道,并点起一根烟送进嘴里。"可不就是提来了嘛! 你马上能见到了。"

夏皮罗费力地站起来,脱掉被汗浸透的拳击服、软底鞋和拳击短裤。他里面没再穿别的,所以就赤裸着站在那儿。他一点都不觉得尴尬。我却觉得羞耻,但更感到害怕,所以努力不让别人看出我的异样。

他的体毛并不旺盛,只是身体比一般人更强壮些;割了包皮的阴茎也没有特别长,看上去甚至没有我的长,不过却很粗壮。

这个拳手缓慢地做着一系列动作,拉伸各处肌肉,放松双肩、手臂和大腿;然后把热水倒入浴盆,把自己泼湿,又抓起香皂,涂遍全身,然后洗掉,最后用毛巾仔细擦干。他对着镜子,抓起剃须工具,用余光瞥了眼对着唱机喷云吐雾的卡普里卡,尽管卡普里卡一点都不着急,但夏皮洛还是很快地把刷子和英国香皂放到一边,省去了刮胡子这一步。他直接开始喷古龙水,又从挂钩上拿下一条换洗的底裤和一件白色上衣穿上,嘴里因疼痛发出嘶嘶声。随后,他系上了一条带有棕色格子图案的蓝色领带,又披上一件精致的灰色西装,没穿背心;连我都能看出来,他这套西装不仅价格不菲,而且样式时髦:裤腰偏高,扣子系在肚脐以上;裤腿宽松,非常适合他这样身材健美的人穿。夹克的底部收紧,配了大翻领,肩部加了厚厚的衬垫,这些都突出了夏皮罗那魁梧的运动员体形。在一边看着的卡普里卡穿着过时的西装,像个老绅士,或是省级官员，或是影星与花花公子身边的会计或审计员。

这个拳手穿上一双优雅的鞋子，系好鞋带；又拉开抽屉，拿出一块手表——是格拉苏蒂牌的，我后来才知道——又取来一张信封、一把弹簧刀和两块手巾，一块格子图案的，一块丝白色的，然后把所有这些都放在该放的位置上：手表戴在左腕上，信封插到夹克的内侧口袋里，弹簧刀藏进袜子，一条手巾塞进裤子口袋，另一条则放入夹克的胸袋。这些门道我都是很久之后才发现的。对所有的事情，我都是后知后觉。我的整个人生都落在后面了。

夏皮罗又从花瓶中抽出一支丁香花，放到化妆台上；又从袜子中拿出他刚塞进去的刀，将刀刃迅速弹出，把茎斩短，再把花朵插到西装扣眼里。

他拿出一把梳子和一瓶润发油，揉搓均匀，涂到长发上，看着镜子里的自己，尽显男性的虚荣、俊美、强壮，以及其他一切我没有的特质。

但也是我以后会拥有的。

或许也只是我想拥有的，我一生都想成为夏皮罗，那个对着镜子涂润发油的夏皮罗，然而我后来却变成了另外一副样子。

"你还要继续打扮吗？"卡普里卡问道，转眼看向他，但语气里没有生气。

"要给别人留下深刻的印象，这点您了解的，教父。"夏皮罗回答道。

接着，他小心地跪下，因为肌肉还在酸痛；他把手伸到摆了一面围着一圈灯泡的镜子的化妆台后面，掏出一把小巧、扁平的手枪，上面还刻有花纹和珠母闪光层。他没有取出弹匣，也没有拉下保险闩，就这么把枪直接插进了裤子口袋。

我那时对武器一无所知，只能勉强区分手枪和左轮手枪——跟汤姆·米克斯的那把长得差不多的，十有八九是左轮手枪。不久之后，我对武器的了解越来越多，多过了我愿意了解的程度，现在我也知道了，当时夏皮罗那把扁平的手枪是柯尔特M1903型七毫米口径的口袋型手枪，击锤巧妙地隐藏在枪体中，这样一来，当紧急情况下不得不把枪迅速从口袋里掏出时，枪就不会钩住任何地方而拿不出来。后来很久之后，在别的地方我不得不随身配戴武器时，我的第一件武器同样是一把七毫米口径的手枪，是联合会的一位同事给我弄来的德国瓦尔特小手枪。有一次，这把手枪险些要了我的命：有个胸部被我打了三枪的阿拉伯人，因鸦片吸食过量生命已处于危险状态，但仍全力向我冲来，手里握着把刀，边咆哮边流血；而我的弹药已经耗尽，正拉弹匣之时被他捅了一刀，所幸刀刃只是划过我的肋骨；一秒钟后，他就被我方的指挥官射中头部，一枪毙命。

我一出院，就寻机把我那把瓦尔特换成了一把美产四点五毫米口径的枪。后来这把枪我一直保留到现在。由于常年放在皮套中随身带着，枪身已被磨平了一些，现在正在我写字桌的抽屉里；我现在就坐在桌前，在电动打字机轻巧的键盘上敲字，打字机的字盘上只有拉丁语字母，没有波兰语中的特殊字符——每次要输入这些符号时，我都要手动添加，即用铅笔写到每份打字稿上。

写字桌上方，透明电源线上，挂着一个由合成材料制成的精美飞机模型，型号为一九三六年的洛克希德L-10伊莱克特拉。我很喜欢观察它。我已记不得它是我自己做的，还是别人做的了……它只是挂在这儿，就能让我心情愉悦。把它组装起来并涂上漆的那个人，给它配了适合驾车而非飞机专用的起落架，所以它立不住，只能挂在那儿。

我偶尔会看向窗外，俯视着下面的街道。一个阿拉伯少年推着一辆小车，上面堆了高高的一摞家具，已经十分老旧，或是刻意做成了复古的风格，单人椅和沙发上精致的木制腿和带有条纹图案的坐垫堆叠在一起。

汽车驶过少年身旁：菲亚特、标致、斯巴鲁，还有大众，车喇叭声此起彼伏，与民族或国家无关。报刊亭那里，有个身着黑色长袍的东正教徒正在抽烟，像在等什么。一个穿着绿色军装的女孩从他身边走过，肩上背着一把黑色的枪。我不知道她长得漂不漂亮，因为隔得太远看不清，我也懒得戴上眼镜。

房间里非常安静，窗户隔绝了一切噪音。

母亲曾经的那种忙乱，那些吹毛求疵和不绝于耳的抱怨，都已不复存在，我曾一直想摆脱这些，摆脱她的艰辛，她的绝望，和对曾经存在过、后来不复存在之人的悲痛之情——这是一种我不愿感受的悲痛，因为他们的受难与离去让我厌恶；后来我成熟了，这种厌恶感便消失了，我会回忆他们的受难，就像人们想到一个恼人的熟人，仍会包容他，因为习惯了与他相处。

我总是躲避她用波兰语滔滔不绝地说着的闲话，我不想听这门语言，所以，在家里常常是这种情况：我跟她说意第绪语，她则用波兰语回答。

我们在家里不说希伯来语。我们也总是为此起争执，我质问她，为何她总要跟我说波兰语,明明是她最想离开波兰的,是她比我更恨这个国家,却还在说这个国家的语言,真像驴一样,冥顽不化。她则耸耸肩,然后我们会吵起来,互相叫骂,而现在,屋子却空空如也。

然后我们就不吵了,觉得没意思,也没必要吵;后来,不久之前,孩子们也搬出去了,我顿时感觉,仿佛他们都从未在这里生活过,孩子们没有过,她也没有过,仿佛我在这里形单影只地过了一生,只有我和他们的亡魂。

那个阿拉伯少年正推着一辆装满旧家具的车。

在我长大的这一带的街道上,我还见到过其他类似的男孩,见过贫穷的犹太马车夫和搬运工的穷儿子。他们作为成年人的人生就是从推车开始的。只要车里能放得下,他们什么都运,他们推车走过沙皇时代还有的铺石路,后来就往返于铺了沥青的路上,然后回到北区泥泞的内院,回到破败的出租屋大院,这些房间外贴了各类营生的招牌,但里面的招牌没有一块值得了三分钱。

我感觉自己比实际年龄苍老多了。

五十年前,我不需要戴眼镜就把夏皮罗更衣的过程看得一清二楚。我一言不发地坐在那儿。卡普里卡一直在旁喋喋不休,分析比赛情况,一根接一根地抽烟。潘塔莱翁,被卡普里卡叫作莱翁,拿来了那瓶干邑,倒出两杯,让夏皮罗和卡普里卡喝,他自己却没喝。

当时我并不知道,他在我父亲遇难一事上扮演了什么角色。

卡普里卡喝完那杯干邑,用手背擦了擦嘴,又递烟给夏皮罗和潘塔莱翁。然后我们就离开了那座曾叫作博古斯瓦夫斯基剧院的建筑物,驶上了希波泰奇那街。时值夜晚,万里无云,天气炎热,星辰清晰可见,煤气路灯那昏暗的灯光与之相比简直相形见绌。剧院门口停着一辆我所见过的最漂亮的轿车。

"怎么样？"卡普里卡看着夏皮罗，得意地问道。

"哎哟，哎哟，卡普里卡先生……"

这辆豪华轿车很大，是红色的，像消防车。车漆闪闪发亮，流线型的柔畅车身是当时，即五十年前，人们能在路上见到的任何轿车都不具备的。汽车后轮几乎看不到，因为被放下来的水滴形状的挡泥板遮挡住了；红漆上的镀铬条也在微微闪烁；坐在驾驶座上的是老鼠模样的蒙亚·韦伯，他一看到卡普里卡走来就急忙跳下车，把向后开的车门打开。

要想知道这辆豪车在当时的华沙究竟引起了多大的轰动，就得说到，教父不仅乘车驶过铺了不多沥青的主干道，比如著名的诺维-希维亚特迪街、马佐维卡街或是马沙科夫斯卡街——对教父来说，朴实自然的环境还是在阿莱耶-耶罗佐利姆斯凯北边城中心的一条条铺石路或泥泞小巷道上。那辆红色的克莱斯勒停在穆拉努夫街残破的出租房前；或在沃拉的营房前，房子里腐坏的木头顶板偶尔还会掉落下来，砸到住在里面的人。触摸那层红漆的，是些衣衫褴褛的光脚汉，倒不是骑马的高贵女士。车上的镀铬保险杠映出泥泞浑浊的水洼。

"这可是克莱斯勒啊，库巴。"卡普里卡说道，而且是用波兰语说"克莱斯勒"那个词的，带着"可"的音，以至于我立马以为，那肯定是一辆基督徒开的车。"克莱斯勒"跟"基督"听上去很像[①]。"还是克莱斯勒帝国版。全新的。专为我从里尔波尔进口的。花了我两万八呢！"

[①] "基督"（Christus）一词与"克莱斯勒"（Chrysler）一词的开头辅音组合chris、chrys分别发"克里斯"与"克莱斯"音，较为相似。——译者注

全波兰仅此一辆！不管是总统还是那个浑蛋元帅希米格维都没有。我们上车吧！"

两万八兹罗提。我的父亲瑙姆·伯恩斯坦在世时，最好的情况下，每月也才赚一百兹罗提。算下来一年只有一千二而已。教父那辆车比父亲二十三年的工作还值钱。根据道听途说的消息：华沙市市长斯塔任斯基每月赚三千五。穷人们会蹲在他府邸的围墙下，坐在前面的过道上，琢磨着一个月三千五应该怎么花。幻想的内容往往是丰富的饭食，一场为整个郊区举办的大型宴会，到时人们会摆好桌子；安排一支演奏舞曲的管弦乐队；再来一桶啤酒，以及很多箱伏特加；还得从卢塞尔饭店订一整头猪；一连庆祝三天，像在婚礼上那样。仿佛只要拥有三五块钱，就能实现这个梦想，像斯塔任斯基那样。然而，就连斯塔任斯基也买不起教父的那种车。教父比他富得多。

这种大型宴会教父偶尔会在户外绿地上组织。每逢这种宴会，我们都坐在临时用支架架起来的桌板边，他的人则负责维持秩序。宴会上会有一头猪、一头符合犹太洁食要求的牛犊、很多伏特加和一支小型管弦乐队，人们在社会主义风格的歌曲声中，与站在周围楼房门口处的少女们搂搂抱抱。时而有人无比兴奋地高喊："卡普里卡万岁！"对这些工人或是流氓无产阶级者而言，教父的慷慨是他们在可悲的日常生活中可以彻底放松与开怀大笑的唯一机会。

我们上了那辆克莱斯勒。我虽然之前坐过几次车，但从未坐过这样一辆豪车。车内像火车车厢里那样宽敞，配有浅色的真皮坐椅。卡普里卡和夏皮罗坐在后座；蒙亚戴着一顶标准的带檐司机帽，让我坐在折叠坐椅上，坐在上面的人是面向车尾的。卡普里卡介绍起这辆车来，说它有八汽缸发动机，自动离合，变速器有高速挡位；我自然是听得似懂非懂，但我知道的是，我进入了一个新的世界。一个完全不同的世界。

"看这里，"教父激动地指着说，"还有个录音机！"

"录音机"这个词他也是用波兰语说的，所以我听着很顺耳，因为我那时既不懂法语，也不会英语，只会波兰语、意第绪语和一点希伯来语。

"现在开始！"卡普里卡说着，开始一本正经地摆弄录音机。他从安在坐椅间的一个盒子里拉出一小根电源线，线的另一端接着黑色的胶木话筒。蒙亚没有下车，只是按下了发动机的按钮，车上的电磁发动机就带动了主发动机，引擎猛地抽动了一下，发动了起来，车便咕噜咕噜地响着向前开了，八台轻型铝合金气缸推动大功率曲轴转动起来。

"你现在想象一下，库巴，我就在这里演讲，我说的每句话都会录进去，录到留声机的那个圆筒里，我再把它交给那个女机械师，她就可以回听，并把我说的话记录下来，怎么样？"

司机稍稍减了速，从中央车站前拐进了达尼沃维乔夫斯卡街。

夏皮罗拿过话筒，卡普里卡按下了录音机木箱上的一个金属按钮，把模式从"播放"调成了"录音"。

"现在开始说吧！"卡普里卡示意他，一边把手伸进夹克的侧兜里，掏出一罐润须油。

"可是要说什么呀？"夏皮罗一下子懵了，一脸茫然。

"想说什么都行。但是要注意，你说的都会被录下来。"教父笑了起来。他打开罐子，用手指抹了些润须油，用双手的大拇指、食指和中指揉匀，把他那浓厚的、样式传统的长胡子抬高了搓捻着，先用左手搓右边的胡子,再用右手搓左边的胡子。一股檀香木的味道在车里弥漫开来,这种味道很好闻,有东方风情,也很浓重。

"我还从来没录过音呢。"夏皮罗对着话筒说道。他犹豫了一会儿,接着说:"我从没录过音,但现在我正在说话,并且会录下来。我叫亚库布·夏皮罗,是华沙的一名拳击手,三十七岁,一九〇〇年五月十二日在华沙出生,我一直生活在这里。我的母亲叫多拉,父亲叫扬凯夫;我的名字随父亲,但我更喜欢它的波兰语叫法,即亚库布。我刚刚打败了莱吉亚俱乐部的拳手安杰伊·杰姆宾斯基,他是长枪党有名的法西斯分子。现在比赛完了,我正全身酸痛;不过,他则是躺在拳击台上,像只被割开喉咙的牛犊一样抽搐着。"

他开玩笑似的说着,面带微笑,但仍是全神贯注的,好像有什么东西被录进那个黑色话筒的话控制着一样。我则在一旁默默地注视他。

"我作为华沙马卡比俱乐部的成员,打了十五年拳击比赛,但日常训练时,我还是更喜欢在格维亚兹达的大厅里。我不会再参加比赛了。我们自己得明白,什么时候该让位于更年轻的拳手。我为卡普里卡先生效力。现在我们正坐着他漂亮的新车在华沙城里穿行,我们刚刚经过达尼沃维乔夫斯卡街上的那座监狱,但愿我们永远不会被关进去。卡普里卡先生也坐在车里,驾驶座上坐的是蒙亚,我坐在……"

卡普里卡的车向左拐了,朝剧院广场方向行驶;卡普里卡看向我。我羞愧地低下了头。那时的我很容易感到羞愧。现在回想自己当时的羞耻感,也会感到尴尬。但我现在不会再在别人面前低下头了。

"……那个小伯恩斯坦也得说两句。"

夏皮罗把录音机的话筒递给我。

"该你了。说吧！"他说道。

我手里拿着话筒，像个傻子一样，不知道该说什么，能说什么，或者敢说什么。

我万般无奈地试着组织语言，最后决定顺着夏皮罗刚刚说的来。

"我从来没录过音。现在是我在说话。"我很小声地说。

"大声点！"夏皮罗呵斥一声，真把我吓了一跳。

卡普里卡完全无视我，拿出烟灰缸，里面一点烟灰都没有。他又拿出一条包了什么东西的小纸卷，小心翼翼地把纸卷打开，把里面地白色粉末吸进了鼻子。

"我从没录过音，"我重复了一遍，"嗯，现在是我在说话。我叫莫伊热什·伯恩斯坦，是瑠姆·伯恩斯坦的儿子，他是个虔诚的犹太教徒，我住在纳莱夫基街26号，6号楼。"

卡普里卡听到我父亲的名字后，微微笑了笑；夏皮罗则流露出一种怪异的表情，像是厌恶的表情；而我却什么都不知道，一无所知，不知道父亲发生了什么，在接下去的几天里也没法知道，后来我才终于了解了真相。

但当时却被蒙在鼓里。

或许是我记错了。或许我根本就没对着录音机说过什么。

"现在去哪儿呢？"司机问道。

卡普里卡探询地看着夏皮罗。后者耸了耸肩，说："那就去蕾夫卡那儿吧。"

"得先去大都会处理点事情，"他突然补上一句，好像临时想到了什么，"三下五除二就能搞定，用不了多久。"

"那就先去特沃马凯街，再去找蕾夫卡。在这儿，拳王先生说了算。"卡普里卡命令道，说着从我手中把话筒拿了回去。除非我手里压根儿就没拿话筒，不然他也就不会从我手里拿走话筒了。

司机掉了三次头，然后我们开上别拉尼斯卡街，从波兰国家银行和别拉尼斯卡街5号的犹太剧院路过。我曾从家里偷溜出来，跑到那个剧院里看意第绪语的喜剧，我对这种喜剧的喜爱甚至能赶上电影了。

我突然想起了那个小女孩。我们原本约了次日见面。我忧心地问自己，不知道还能不能再见到她。

会再见的。而且会不止一次。但约定的那天我们却未能见到。

我们从别拉尼斯卡街拐出来，经由一个狭窄的通道驶向广场，然后炫耀地缓慢滑行，先后路过犹太学图书馆和犹太主会堂。我问自己，如果我的某个同学看到我坐着豪车在特沃马凯街上行驶，会有什么反应。况且还是坐在教父卡普里卡本人的专车里！我也设想，如果我的父亲，虔诚的犹太人瑙姆·伯恩斯坦，看到我坐在这辆车里，会作何感想。

我们把车停在了位于特沃马凯街13号的白鹰公馆前，里面一楼是一间名叫"大都会"的酒吧，通常会有很多犹太作家光顾这里，因为二楼就是犹太文学家与记者联合会的所在地。我当时不知道这个联合会的名字，但可以肯定，《海恩特》和《超快报》[①]的编辑们就是在那里开会。父亲每天都读这两份报纸，却始终对用波兰语出版的、现代的、如其所言已严重去犹太化的《人民论坛报》嗤之以鼻。如他所说，他只是为了给小孩子看，才会买《论坛报》精简版；我小时候的确每天都读

---

① 《海恩特》(Hajnt) 是由犹太复国主义者撒母耳·扬凯夫·亚茨坎 (Shmuel Yankev Yatskan) 于一九〇六年创办的意第绪语日报，一九〇六至一九三九年间在华沙出版发行。《超快报》(Undser Ekspres)，波兰晚报。——译者注

它。直到现在，我还会时不时地偷看一眼。父亲还会读《意第绪日报》。这是一份阿古达人创办的杂志，尽管在特沃马凯街这一带几乎见不到阿古达人。

当我，莫伊热什·伯恩斯坦，璐姆·伯恩斯坦的儿子，坐在大都会酒吧前停着的红色克莱斯勒里时，父亲已经再也没有机会读报了。但当时我还什么都不知道。或许我根本就没坐过这辆克莱斯勒，或许这都只是夏皮罗给我描述的？

"请您再等一分钟吧？"司机把车停下来时，夏皮罗问卡普里卡。

"没问题！我也想再喝一杯。但喝之前得先……"卡普里卡说着递给了夏皮罗一个小纸卷，里面包着白色粉末，我当时不知道，那就是可卡因，但后来就明白了。

夏皮罗舔了舔手指，捏了不少填进嘴里，把粉末抿到牙肉上，用舌头来回舔舐，然后咽了下去。卡普里卡很自然地把纸里剩下的部分舔得一点不剩，把纸揉成一团扔到地上；他用力一吸，呼哧呼哧地喘着，又用肥胖的手心搓了把脸。

"出发。"他高兴地大喊道，一边继续呼哧呼哧地喘。

"这个胆小鬼呢？"夏皮罗用头指了指我。至少我觉得他这么做了。

"当然跟着我们咯！"卡普里卡回答。

于是我们开路了。

"大都会"酒吧并不是很大，现在由沃尔夫·汉德谢经营，并已改名为"新大都会"，因为之前隶属于联合会的那家已在一九三三年破产。协会成员原本还开了个熟食店，就在犹太区的中心，橱窗里摆着一只挂着"配萝卜丁"标志的猪仔,还有洋葱配火腿或是鳗鱼碎,所以这家店最后遭到了抵制。

幸好汉德谢卖的是犹太洁食,进酒吧的那一刻我暗自想着,也松了一口气。尽管已是深夜,过十一点了,但里面还是坐满了人,音乐也放着,各种观众都有;真正虔诚的犹太人肯定不会尝试泡酒吧这种罪过,然而,两个蓄着胡子、穿着昂贵长袍的犹太男人正坐在其中的一张桌子上,点了一瓶酒,低声讨论着什么长袍生意。理论上,酒馆午夜就得关门;但似乎没人急着走,服务员还在桌子间游走,为顾客下单。也正因酒馆常常不按时关门,酒馆老板就得定期交付罚款。但这显然是划得来的。他总是千恩万谢地领受法院判的罚款,即便罚款高达两千兹罗提。他也因此而出了名。

当我们走进去时,卡普里卡、夏皮罗和我,所有人都看了过来。没有立马看过来的人,也很快反应过来,又赶忙用胳膊肘碰一下,或在桌子底下用脚踢一下邻座的同伴,这个跟那个耳语几句,到处都在窃窃私语,然后所有人又都马上移开目光,生怕让卡普里卡感到不自在。

这时有一个人,后来成了两个人,接着就有第三个人,再后来大家都开始谈论"夏皮罗"而不是卡普里卡的名字;突然有人开始鼓掌,随即欢呼起来,即便欢呼声没有持续很久,也有一些人并未参与其中,但已经足够热烈了。众人为夏皮罗在拳击台上把杰姆宾斯基打到不省人事而欢呼雀跃。比赛的消息传得很快。夏皮罗笑了笑,很随意地鞠了个躬示意。

这时,管弦乐队奏起了一支舞曲,我没听过那段旋律,因为那时的我不去电影院;现在我知道了,那是电影《又上一层楼》的插曲。

不行，我不能继续打字了。

我从打字机前站起身来，看向窗外，街上一片安静。一个男孩推着一车家具。一个女孩背着一把卡宾枪。我无法忍受这种寂静，便打开了收音机。以前，在华沙的时候，收音机并不是一直播放节目的，早上八点到中午没有节目，夜里也是，现在则是一刻不停地播着。用美国人的话说就是二十四小时不间断。二十四小时。广播里正用波兰语报道。关于在以色列发生的事。

在厄里斯检查点那里，我们的一辆坦克运输车与一辆巴勒斯坦的轿车相撞。四人死亡。

"他妈的……"我用波兰语大声吼道，"他妈的。"

我感觉自己很老很老，比现在六十七岁的实际年龄老得多。

我又想，现在可以开始了。我关掉了收音机。从架子上拿出一张唱片。里面是奥埃盖纽什·博多和汉卡·奥多诺夫娜的作品。我把它放到唱机上，仔细搜寻着五十年前我们踏进"大都会"酒吧时正在播放的、我第一次听的那首歌。我找到了。

"我们来找什么？"五十年前的那天，教父一边问，一边环视酒吧。

"伯纳德·辛格。"夏皮罗答道。

"那个记者？"这个大胡子歹徒一脸吃惊。

夏皮罗点了点头。

这时，一个穿着棕色西装、戴着圆框眼镜的瘦高个从吧台那里一路挤过人群，快步朝我们走来，径直走到卡普里卡面前，就像所有靠服侍别人养家糊口的人那样,卑躬屈膝地向他问了好,保证马上就为我们安排一张桌子。

"我们不要桌子,汉德谢先生,"夏皮罗答道。在我看来,夏皮罗在卡普里卡面前这么做很不得体。倒是卡普里卡不以为意。

"不不,怎么也得给您预备一张桌子,今晚本馆请客……"店主说道。

"坐下吧。"卡普里卡下了命令。

汉德谢礼貌地把两位略有醉意的年轻顾客送出酒吧,他们刚刚坐在那两个大胡子犹太人旁边,喝到只剩一杯茶了,汉德谢一只手把桌子快速擦干净,又添了两把椅子。

"我们需要三把。"卡普里卡低声说道。于是第三把椅子马上就摆上来了。不过也可能他什么都没说,或许是汉德谢自己决定给我也搬一把来。抑或我根本就只是站在边上?我不记清了。

那两个大胡子犹太人喝完了他们的伏特加,然后犯了一个不可原谅的错误:他们依然留在原位,而没有赶紧离开这个是非之地。

而我却是隐形人。其实也还是看得间的,因为是我跟着卡普里卡一起来的;然而究竟没人注意到我,一个穿着破烂、身材瘦削、走路时自己都会绊倒自己的短发犹太男孩。我仿佛不存在一样。

一个服务员拿着一瓶酒和一个托盘快步走来,上面放着一只玻璃杯和一个装了面包、黄瓜与夹馅鱼肉的盘子。他看着卡普里卡,等待进一步指示。

"那个小家伙当然也得喝点儿。"卡普里卡说道。

于是,服务员把杯子放好,倒入伏特加,鞠了个躬便退下了。夏皮罗没有坐下。他在酒吧里四处打量,在吧台那里发现了什么人。他毫不费力地穿过人群,人群就像摩西伸杖后的红海水一样给他让出道来①。吧台那里站着的正是伯纳德·辛格,并不高,瘦瘦的,黑头发,穿了一套优雅的西装。可以毫不夸张地说,他应该是华沙最有名的犹太记者了。连我都听说过他。甚至我母亲也非常欣赏他发表在《人民论坛报》上的评论文章。

"辛格先生?"夏皮罗问道。

辛格满眼不屑地把夏皮罗从头到脚打量了一番,没有回答,又转向吧台,继续喝他的啤酒。

"辛格先生,我们得谈谈。"夏皮罗说。

辛格依然没有反应。

"好,那就不用这种方式了⋯⋯"亚库布无奈地耸了耸肩,把辛格的脑袋猛地按倒在柜台上。

乐手停止了演奏。观众们都不敢说话了。瞬间失去意识了的辛格从柜台滑倒在地,被打断的鼻梁处流出了鲜血。夏皮罗回到我们的桌子,右肩吊着。

"我猜,亚库布可能只是不喜欢伯纳德先生在上一期《论坛报》里写的那篇文章。拳击手搞起文学批评来,就是这个结果,"卡普里卡高声说着,狂傲地笑着,"所以,下次你们这些蹩脚的写手如果还想把夏皮罗先生称作强盗,说他是披着运动员外皮的强盗的话——我如果没记错的话,是这么说的——可要想清楚了再说。"

---

① 《圣经·出埃及记》14中,摩西带领以色列民逃避法老军队的追杀时,上帝命他用杖击打红海,于是海水分开,旱地露出,以色列民得以穿过红海,而法老的军队则被红海吞没。——译者注

汉德谢惊恐万分，关切又无奈地跑向辛格，想把他叫醒。酒吧里的人都站着，一声不吭地看着事情如何发展。

有个爱看热闹的人比其他人都大胆放肆，夏皮罗走过他身边时，突然向他转身，像要打出一记勾拳似的，实际上只是发出嗬的一声就走了。那人被吓得不轻，手里的啤酒都洒了出来。

夏皮罗在我们的桌旁坐了下来。

"搞得我肩膀都脱臼了，他妈的。来，喝！"他烦闷地说。

在那之前我从未喝过伏特加。我的双手不停地颤抖。

"喝呀，小子！"卡普里卡命令道。

我拿起了杯子。

"就这样，看好了。"他做给我看，端起杯子，胡尖蘸到了酒里，然后头猛地后仰，把整杯酒一饮而尽。

我把杯沿贴近嘴唇，酒味刺鼻。我用酒湿了湿嘴唇，感到一股灼烧感。

"喝！"夏皮罗不耐烦地说道。

我果真喝了。或者更确切地说，我把伏特加灌进了嘴里。那味道实在恶心，以至于我扑哧一下子就把酒喷了出来，还呛到了，险些窒息。卡普里卡和夏皮罗则大笑起来。

辛格这时已从昏迷中醒来，有人把他带出了酒吧。

"可能他跑去找警察了。"夏皮罗戏谑道。

"那他就会因为扰乱公共秩序而收到律师函。"卡普里卡说。

我当时并不知道，他们二人其实在一唱一和地自我吹嘘，在我面前。两个凶暴的成年恶霸竟在我一个胆小鬼面前耍威风。

人人都需要自己的观众。

"这成何体统！"那两个穿着昂贵长袍的犹太人中的一个这样说道。我一听到他说意第绪语，就知道，他不是华沙本地人。

"这样是不应该的，先生们。真是耻辱啊。没人站出来做点什么吗？"另一个犹太人接着说，一边环顾着酒吧。

卡普里卡微微笑着，若有所思。他打了个响指招呼服务员，后者拿着酒瓶赶来，给他续上酒，他一饮而尽，然后朝那两个抗议者转过身去。

"看来这两位尊敬的先生不喜欢这种形式的文学批评咯？"他用礼貌客气的语气问道。

那两个犹太人面面相觑。

"两位先生擅长哪个艺术领域呢？唱歌？绘画？还是跳舞？"他继续问道。

"此事与艺术无关，您知道吗……"其中一个虔诚的犹太人——年轻一点、留着浓密的黑色胡须的那个，说着微微站起身来。他戴着一顶硬檐的丝绒帽。

"那我还真希望您二位给我们展示展示。我们都会认真观看。"

"您听着……"另一个年长一点的犹太人也从桌前站了起来。

他五十岁左右，身材高挑，肩膀宽大，比卡普里卡高出一头。他身上的长袍由昂贵的羊毛制成，翻领是丝绒料的；左手上还戴着一块价格不菲的金表。

卡普里卡笑了，露出了一口假牙。

"您要给我们跳探戈。"他说。

043

"自己跳吧,你这个疯子。"那个犹太人回击道。

"叔叔……"年轻的那个想拦住他。

这时,惊恐万分的沃尔夫·汉德谢跑了过来。

"您快走吧,我的先生们哪,今晚的费用本店包了,只请二位赶快离开,快走吧……"

"这两位先生哪儿都不去,"卡普里卡低沉地呵斥道,声音都变了,"他们要跳探戈呢。乐队准备!"

乐手们你看看我,我看看你,吓得直打哆嗦的汉德谢不得不点头示意,随即开始演奏。探戈舞曲响起。

"跳啊,他妈的!开始跳!"卡普里卡怒吼道。

这两个穿长袍的犹太人已经吓得完全没了胆量。

客人们纷纷逃离酒吧。

"我的先生们,咱们还是别再惹卡普里卡先生生气了,或许您跳上一段就能平安回家了……"汉德谢焦急地小声劝告他们。

卡普里卡站起身来。他走向年长些的犹太人,向上伸了伸脖子,盯着那人的眼睛。我看到,卡普里卡眼里闪过一丝犹豫不决,然而夏皮罗也紧接着站了起来。

"快跳,废物,"卡普里卡低沉地命令道,"你演女士,你同伴演爱慕她的绅士。开始!"

年轻犹太人的双手已开始发抖。

"亲爱的叔叔……我们跳吧,求你了……"他小声说着。

他搂住叔叔的腰,左手挽住叔叔的右手向上抬起,舞姿十分奇怪滑稽。卡普里卡拍起手来,蹦蹦跳跳地围着那两个常常踩到对方脚的犹太人看，边看边大笑着喊道："犹太人跳得可真好啊！啊，多棒啊！"

那两个犹太人的胡须常常碰到一起。年长的犹太人已经眼含泪水。夏皮罗的手放在口袋里，连我也能想到，他肯定正紧握着手枪。他环视四周，并没有笑，既未幸灾乐祸也未制止什么。那两个犹太人所受的屈辱他不在乎，因为他早已习惯了痛苦，习惯了自己和亲友遭受的痛苦。所以夏皮罗只负责执行自己的任务，即保护卡普里卡的安全。

我当时又害怕又羞愧，但羞愧之情比害怕之心更甚，我因自己因跟一个以侮辱别人为乐的人同桌而坐感到羞愧。更让我无地自容的是，我宁愿跟这样的恶人同坐，也绝不愿与那两个受辱的犹太人一起跳这段让人无法忍受的舞蹈。

那之后的好多年里，我都没有再想过这件事。大约十五年前，在本·吉尔正奋力抵御叙利亚军队，保卫眼泪谷，我连续四晚没能合眼的那段时间，这段回忆重新涌上心头。我埋头于大量的文件、汇报和卡片，每日靠咖啡和香烟支撑，没有时间顾及其他。但就在那时，"大都会"酒吧里那两个虔诚的犹太人突然闪现在我脑海里。他们在卡普里卡的逼迫下跳探戈时常常碰到一起的胡子，握着手枪保护卡普里卡的夏皮罗，还有让人畏惧的卡普里卡本人，以及他迈着那两条短腿快乐地围着犹太人蹦跳的样子，都历历在目。从那以后，我再也没有忘记他们。

既没有忘记卡普里卡和夏皮罗，也没有忘记那两个跳舞的犹太人。

正当他们跳的时候，一个又高又瘦、长着浓密黑发的男人闯进了"大都会"。我注意到，他手里拿着一把勃朗宁手枪，长得与亚库布·夏皮罗，即我的杀父凶手，有几分相似。

"够了！"他大吼一声，挤过人群。

他名叫莫雷茨·夏皮罗，亚库布的弟弟，犹太复国主义的活跃分子，这些我那时都不知道。他当时手握勃朗宁，穿着无领白色上衣，袖子高高卷起，登着一对高筒靴子，裤腿塞进了靴子里，就是这么一个人；现在回想起来，好像我当时就知道了关于这个人的一切，就像知道黑夜过后即白天这一事实那样肯定。

乐队停止了演奏。

"你们快走吧，快。"沃尔夫·汉德谢小声跟那两个犹太人说道，自己也赶忙跑开，躲到了吧台后面。

"卡普里卡先生，我警告您！"莫雷茨郑重地说道。

卡普里卡闻声转过身来，盯着这个小夏皮罗看。两个犹太人慌忙逃了，乐手们也跑出了酒吧。卡普里卡和小夏皮罗两人眼神对峙了一会儿，现在酒吧里只剩下我们四人，即卡普里卡，夏皮罗兄弟俩，还有——吓坏了的、没人注意到的——我。

"莫雷茨，快回家去！"亚库布叫道。

"闭嘴，亚库布，"莫雷茨回答道，"我没跟你说话。卡普里卡先生，我警告您。不要再欺辱这些人了。您不会想招惹我们的。"

"好了好了，小子，"卡普里卡说着，手插进口袋，"都是些小事，一切都再正常不过，亲爱的孩子。我们走吧，库巴！"

于是他离开了酒吧。夏皮罗紧跟其后。我这个没人注意的无名小卒则跟在他们后面。我又钻进了那辆红色豪车。

我们驾车离开了。

两天前，我的父亲瑙姆·伯恩斯坦没能跟我一起上车，而是被扔进了一辆棕色别克轿车的后备厢里，那是辆型号为48的双门旅行轿车，别克的公司宣传册上是这么描述的,多年后,为了弄明白我十七岁那年看到的究竟是辆什么车,我曾翻阅过宣传册……然而,目睹那一幕的真的是我吗?目睹一切的我,和事后回忆的我,是同一个我吗?

好吧,我通过别克汽车公司的宣传册认出了那辆让十七岁的莫伊热什·伯恩斯坦永生难忘的车。亚库布·夏皮罗开的车。它的后备厢与现在的普通轿车相比略显狭小,但在当时已算很宽敞了,而且是在车体内部的,这在当时还很罕见,因为很多轿车所谓的后备厢都是一个用皮带固定在车尾后面的箱子。

要把我父亲扔进这么小的一个箱子里,绝非易事。而用装在车体内部的后备厢就容易得多,即便它没那么大。毕竟,我父亲也不高大,不论如何总能被装进去的。

夏皮罗负责驾驶。还有两个我后来才认识的夏皮罗的同伙:潘塔莱翁·卡平斯基,即那晚拳击赛结束后开着卡普里卡的克莱斯勒的人;蒙亚·韦伯,经常载着卡普里卡外出。这两人一个坐在后座,一个坐在副驾驶位。他们驶过路况很差的道路,先后经过科沃、乌尔里希的花园街,古尔采街和布利兹内街,然后绕到布利兹内街后面,在拉特霍泽夫街前从主街转弯,又颠簸着经过一片坑坑洼洼的路段,最终到了一个黏土坑。

这些肯定是夏皮罗事后告诉我的,肯定是他向我描述的,所以我才会知道他们当时经过了哪些路。但是,他为什么要告诉我这些呢?我不知道。

到了黏土坑,夏皮罗、利昂和蒙亚下了车,父亲被从后备厢里拖了出来。他叫喊着,反抗着,招致的结果是嘴上被潘塔莱翁——一个残忍的变态，之后我可能还会讲到他——用钉了铁掌的靴子跟踹到了他嘴上。

潘塔莱翁留着一种奇怪的发型——长而浓密的头发从头顶往后梳过去，一直梳到脖颈。当时没人会梳这种发型。后来我才知道，他为什么留长发。那么之后我再解释吧。现在我只是突然想起了他的怪异发型。

蒙亚命令父亲脱衣服。没人知道那个体型似老鼠、又瘦又矮的蒙亚是从哪儿来华沙的。

他的皮肤是棕色的，头发是黑色的，留着黑色胡子；大部分人都以为他是个吉卜赛人，他还有一些亚洲人的特点，然而他声称自己是犹太人，已经有些"波兰化"了，但仍是犹太人。他出生在哈尔滨，一九二五年来到了波兰，据说还会一点中文。

但他不会意第绪语，也不遵守东欧犹太人的风俗礼仪，以在拳击赛中会用刀，在用刀搏斗时会拿枪而出名。他就是这么个人。没人尊重他，大家都怕他，因为蒙亚用他的顽强和好斗弥补了并不剽悍的身材。他嗜酒如命，还有个像长了胡子似的的丑老婆，他怕她比怕卡普里卡更厉害，以至于他每周最多回家一次。

就是这个蒙亚命令父亲脱掉衣服，父亲不脱，他就挥拳，用指节铜环打掉了父亲的两颗门牙。父亲一边疼得呻吟，一边流着泪脱了衣服，赤裸裸地站在那个身材瘦削、脸色苍白、腿又细又弯的刽子手面前。夏皮罗从车里拿来了一个三公斤重的大锤子，一锤抡到了父亲的头上，砸裂了父亲的头骨，使他失去知觉，还导致了脑出血，却没让他当场毙命。

潘塔莱翁和蒙亚都脱下了夹克衫，系上了屠夫穿的围裙，潘塔莱翁从车上拿下一个医药包，里面有两把剁肉刀，一把取内脏时用的剪刀，还有一把外科医生用来截肢的锯子。紧接着，潘塔莱翁用一条皮带把已经神志不清的父亲的双脚绑起来，毫不费力地把他吊到一根树枝上，他，我那赤身裸体的父亲，就那样吊着，手臂、长发和割了包皮的阴茎因重力作用下垂并摆动着，尽管它们在父亲暗淡无光的一生里也一直垂挂在父亲的身体上，只不过是反方向而已。

夏皮罗走过去，打开弹簧刀，割开了父亲的喉咙，他小心地站好姿势，以免从父亲还活着的身体里喷涌而出的血液溅到他的鞋子和裤子上。

我常常想，我才是割开父亲喉咙的那个人，而不是华沙的某个恶棍，是我亲自为之，是我自己的错，是我害父亲像头牲畜一样被掏空内脏，害他被吊在那里，鲜血从喉头流出。

他们还需等父亲的血流尽。潘塔莱翁吃起他老婆做的脆面包片来，一边抱怨着里面夹的肉酱太少；蒙亚磨着那两把剁肉刀；夏皮罗则稍稍走开，独自坐到水边，从他夹克衫的侧兜里拿出一本沙勒姆·阿施题为《村庄》的小说集，然后脱下夹克，整齐地叠放到一边，点上一支烟，读了起来。

"听说你要对阵杰姆宾斯基，是吗？"蒙亚像以往那样十分好奇地问道。

夏皮罗嗯了一声，并没有抬头看他。"他就是那个长枪党分子吧？据说他也参与了炮击联邦总部那次行动。"蒙亚·韦伯继续说道。

"我才不管这些。我是名拳击手。"亚库布说着耸了耸肩。

父亲随着血液的流失离开了自己的躯体，就像屠刀下的牛犊离开了自己的躯体一样,而潘塔莱翁和蒙亚则要开始忙活了。

这一部分的工作,夏皮罗不再参与。

他们要把父亲的头割了下来,潘塔莱翁用刀片在颈椎处熟练地一划。根本用不着用锯。他们将父亲的双臂和双腿精准地沿着肩关节和髋关节处的骨头砍了下来,接着又把肌腱和关节囊剖离下来。然后把骨头从它们在父亲身体里待了几十年的地方扭转着剔拔了出来。

一切完成后,他们喊了喊夏皮罗,就像喊我自己过去一样。

夏皮罗把瑙姆·伯恩斯坦,我父亲,把他的头和装了一点钱与证件的钱包裹到父亲自己的长袍里。瑙姆·伯恩斯坦的头颅里现在装着一个已经死亡的大脑,现在想来,可以说瑙姆·伯恩斯坦的头才是瑙姆·伯恩斯坦真正的居所;只要瑙姆还活着,他就栖居在这颗头颅中、这个大脑里的,否则瑙姆·伯恩斯坦是什么呢? 瑙姆·伯恩斯坦不是瑙姆·伯恩斯坦的躯体,后者已经被肢解为四部分摆在地上。瑙姆·伯恩斯坦是瑙姆·伯恩斯坦关于自己的一切思想;是瑙姆·伯恩斯坦的一切记忆;是瑙姆·伯恩斯坦的躯体内释放出各种物质进入到血液循环中时,瑙姆·伯恩斯坦脑子里的一切活动,这些物质刺激瑙姆·伯恩斯坦产生各种情感,包括他瑙姆·伯恩斯坦的内啡肽、肾上腺素、皮质醇和其他作为人类情感源头的物质。当他与我母亲做爱时——他经常在安息日这样做,即使对一个虔诚的犹太教徒而言,这也是相宜的;当母亲身体的一举一动刺激他身体内发生某些变化,促使他亲近她时;或者当亚库布·夏皮罗拽着父亲的胡子从我们在纳莱夫基街 26 号的住处拖出来,父亲感到害怕时——他感到害怕理所当然——正是这种种情感造就了瑙姆·伯恩斯坦这个人。而在他脑子里的血液和氧气都被排干,他真正的居所消亡后，那他会怎么样呢？

瑠姆·伯恩斯坦栖居过的地方，那个由瑠姆·伯恩斯坦关于瑠姆·伯恩斯坦的思想，他的记忆与恐惧组成的空间，不断萎缩，然后消失。而当瑠姆·伯恩斯坦栖居过的空间萎缩、消失后，瑠姆·伯恩斯坦也就不复存在了，而他消失后，世界上仿佛从未有过他这个人。仅存的只有我对他的记忆，而我或许是这世界上唯一一个还记得瑠姆·伯恩斯坦，一个虔诚的犹太人，住在华沙，纳莱夫基街26号，6号楼，曾活过一回的人。然而，我对于瑠姆·伯恩斯坦的记忆却不是瑠姆·伯恩斯坦，我的记忆是我自己，被强制退休的塔特·阿鲁夫，前准将莫设·因巴，六十七岁，正坐在IBM Selectric II 电动打字机前。莫设·因巴将军正听着留声机唱片里播着的奥埃盖纽什·博多和汉卡·奥多诺夫娜唱的歌，回想着他父亲瑠姆·伯恩斯坦，回想着他的死与他那被百般折磨的躯体后续的命运。

莫设·因巴将军和莫伊热什·伯恩斯坦有共通之处吗？

莫伊热什·伯恩斯坦，波兰语叫作莫伊热什的这个人到底存在过吗？他活过，就是为了有朝一日变成这个希伯来语叫作莫设·因巴的人吗？

夏皮罗一行人把别克轿车后备厢里的一张帐篷帆布铺开，把砍碎的肉块丢了进去，这些肉块拼起来就是我的父亲，然而却不再是我的父亲了。没有了血液，没有四肢和头颅的躯干被他们扔进了黏土坑。

他们从拉特霍泽夫街出发，经过乡间道路，驶向帕斯哈林和巴比采，来到下一个黏土坑，把瑠姆·伯恩斯坦生时用来奔走的双腿扔了进去；然后继续前行，开往赫尔扎诺夫和马切尔齐什，把瑠姆·伯恩斯坦用来轻拂我脑袋的双臂与双手扔进了那里的一处池塘；最后是头，包在瑙姆·伯恩斯坦的衣服里，连同一些证明瑙姆·伯恩斯坦的身份，证明他是波兰共和国公民，有犹太教信仰的文件，一并被沉入奥多拉内的一处小湖泊里。在那里，不论瑙姆·伯恩斯坦曾有的信仰，还是他已经支离破碎的惨状，都已无关紧要了。

然后他们驱车赶回了波兰。

蒙亚·韦伯去索本斯基的馅饼店打牌了。他没有理由非要回家不可。潘塔莱翁·卡平斯基则赶了回家，一巴掌扇在了妻子的脸上，掀起她的短裙，把她按到餐桌上，以一种绝不会让她怀孕的方式，即从臀部进入，和她性交。她没有反抗，因为她知道，一旦她反抗了，潘塔莱翁就会毫不犹豫地要了她的命，就像传闻中他前任妻子的下场那样。他们两人已经有五个孩子了，所以她理解潘塔莱翁不再要孩子的想法。她耐心地忍受痛苦，等着，等到他射精，他很快就射了，然后就要喝茶，她赶忙煮好，因为她知道，潘塔莱翁最讨厌等了。

"你该庆幸他不酗酒。"她母亲常这么说。潘塔莱翁·卡平斯基的妻子也这么认为。潘塔莱翁是个禁酒主义者。他认为，伏特加会让人把最丑恶的本性暴露出来。他鄙视喝酒者。所以他只喝了茶，配一片面包，又把闹钟调到三点半——四点开始，他就要在屠宰店里忙活了——然后就去睡了。

亚库布·夏皮罗把别克车停在了迪纳西车库里后，坐出租车回到了他在纳莱夫基街上的住处。他爬到三楼，正碰上家人在吃晚饭。他问候了妻子埃米利亚·夏皮罗，她原姓卡汉；又亲了亲他的双胞胎儿子大卫和丹尼尔，随后在桌边坐了下来。

埃米利亚身上有家的味道。给人平静的感觉。给人心安的感觉,这种感觉正是亚库布苦苦追求的,他也是为此回家的,连我也渴望这种心安之感。

她递给他一盘肉汤、两片面包,坐到他旁边,抱怨起大卫来。大卫的女老师说他在课堂上总是瞎闹。

"哪个女老师?"他问道。

"教波兰语的那个。"

"原来是那个蠢女人。不用在意,小子。"他对大卫说。埃米利亚翻了翻眼珠。

"你知道,我没说错。"亚库布笑道。

她的确知道。

"我把两个小家伙送去睡觉,"他建议道,"你休息会儿。"

她同意了,但并没有躺下休息,而是收拾了剩余的晚饭。亚库布看着两个儿子洗完澡,刷完牙后,给他们读了五页马库申斯基的那本《七年级的撒旦》,直到他们沉沉地睡了。然后他也脱衣,洗漱,又亲了亲已经在小床上熟睡的儿子们,然后躺到双人床上。手枪、刀子、手表和信封都放进了床头柜抽屉里。

妻子走过来时,他让她脱掉睡裙。她照做了,也由他看着。她有着运动员强健的身体,他们是在马卡比认识的,她当时在掷标枪,而现在,她那强壮的身体已显出孕态——腹部和胸部的皮肤上已经有了稀疏的、珍珠白色的妊娠纹,胸部也比他们相识时丰满了很多。

她钻进被子凑近他。

"我们去那里吧,亚库布。那里一切都将不同。"她说。

他慵懒地躺着，还玩味着她的口水，床单散发着两人身体的气味，她把头靠在他的胸前，他则轻抚着她的头发。

"我在那儿能干什么呢？"他问道，"我会的希伯来词都不到五个。"

"我在《时评》里读到，英国人想在那里建立一座犹太国家。你知道吗，亚库布？一个犹太人的国度，你可以想象吗，扬凯夫？"

"我也读到了。"

"那你觉得呢？"

"一个犹太国家，也是一个阿拉伯国家。但没有耶路撒冷。"

"那又怎样呢，扬凯夫？你难道不明白，拥有一个自己的国家意味着……孩子们在那里生活，不会低人一等。他们将在特拉维夫长大，在那里生活，就像波兰人在华沙生活一样，他们在那里会有家的感觉，不像我们在这里一样。"

"我在这很好，埃米利亚。这里就是我的家。我拥有这座城市已经足够了。"

"华沙……？"她问道，尽管她知道亚库布指的就是这座城市。

"当然。就是华沙。"

"扬凯夫，华沙是波兰人的。"

他扑哧一声笑了出来。

"不，埃米利亚。华沙不是波兰人的。华沙是属于教父的。华沙属于我。亚库布·夏皮罗，不是什么扬凯夫。华沙是我们的。我们既没有宗教也没有国籍。教父不是波兰人。我也不是犹太人。教父就是教父，我就是夏皮罗。华沙是我们的城市，我们就是华沙。"

"我当然也知道那首歌,扬凯夫,"她笑着说,"你不是犹太人。但也不是马卡比的拳击手啊。完全不是。你要跟一个异教徒说你不是犹太人,他才不会信呢。"

"那我就把他干掉,用我的拳头。"他也跟着笑了起来。

"你到底想要什么呢?"

他不再笑了。沉默了片刻。

"我要做这座城市的王,"他缓慢而坚定地说道,每个字都掷地有声,"我会成为这座城市之王的。"

"我知道,扬凯夫。我知道。要么你如愿以偿,要么他们就先把你杀掉了。但就我对你的了解,世界上也没有人比我更了解你了,你会如愿以偿,扬凯夫。你会成为国王的。但你称王之后要做什么呢?你要用你国王的地位做什么?你还要跟下一个更年轻的亚库布·夏皮罗较量吗?"

"我不知道,埃米利亚。"

"我们离开这里吧,亚库布。"

"我去巴勒斯坦到底要干什么呢,埃米利亚?开一家店?做个农夫?我唯一会做的,就是打架,射击,追捕浑蛋。"

埃米利亚靠在夏皮罗怀里,微笑着,在昏暗的夜色中微笑着。

"我敢保证,巴勒斯坦那儿的人正急需一个会打架、会射击、能追捕浑蛋的人呢。"她小声呢喃着,并吻了吻他的耳朵。

他也吻了吻她。

她坚信,最终总能说服夏皮罗,卖掉他们在这里的一切,不带一件无用的身外之物,然后起程离开。她知道,亚库布有钱,有很多钱。他会把车和家具也卖掉,带上自己藏在某个安全之地的积蓄。他们会坐火车去康斯坦茨,会坐船,直到海法他们都还可以用波兰货币,到了海法之后,一切就不一样了。

"我还得关照那个小伯恩斯坦来着。"他说道。他指的是关照我。

不过他可能根本就没那么说。

埃米利亚马上就猜到,亚库布为什么说不得不关照小伯恩斯坦。她听说过瑙姆·伯恩斯坦失踪的事,至于细节,她不想了解。

"你想怎么关照他,扬凯夫,你要做什么?"她带着几分压抑地问道。

"我会找人给他一张我明天拳击比赛的入场券。"

她沉默了一会儿。不再吻他了。

"你可以给他入场券。但之后就别再纠缠他了,你明白吗?让他好好生活,远离你。你帮不了他。不用你来帮。你做不到的。"

"知道了。"他回答道。

"不能这样,扬凯夫,"她斩钉截铁地说,"我爱你,但这是不行的。你做的那些事。我理解,你身不由己。但你也要理解,我必须跟你说这些。你不能带走这个男孩。"

夏皮罗没有回答。埃米利亚又吻了吻他。然后他们做爱了。

而我那时正和弟弟在我们的卧室里,都一言不发。我们都已饥肠辘辘,因为自从父亲失踪后,母亲就再也没有做饭,她一直待在厨房,紧咬着嘴唇,流泪不止,几乎一声不发,我和弟弟则默默忍受着母亲的哭泣和父亲的缺失。她已经看到我没了长发、穿着基督徒风格的短款衣服的样子。她什么也没说。

两天后,我就坐进了教父那辆红色克莱斯勒里,面向车尾的那个折叠坐椅上。我们一起穿行在华沙,在这个已今非昔比的、波兰人的、基督化了的华沙,这个我已经不认识、感到害怕、恨着却又将成为其一部分的华沙。我早就知道这一点,当我和在毒品、酒精与暴力刺激下无比兴奋的异教徒卡普里卡和犹太人夏皮罗一起坐车时,就知道了。

连我也感受到了这种刺激与兴奋。

卡普里卡飞驰过马沙科夫斯卡街的豪车后面,有一头鲸在空中追随,一条深灰色、身形笨重的抹香鲸。鲸游过一幅画着波罗的海—美洲航线的广告牌,牌子上印着一艘有装饰派艺术风格的航行中的轮船。鲸穿梭在路灯与电车的电线之间。

抹香鲸坚固的颌骨一开一合,健壮的躯体缓慢而小幅地摆动着,强有力的头部与出租房的屋顶摩擦而过,带落了几片屋瓦。它的尾鳍则碰到了维也纳车站的塔楼,塔楼上的钢板颤抖起来。

我只是从眼角瞥见了它,但我的确看到它了。它的眼里闪着光,从它张开的大嘴里飘荡出一首轻柔的、沙沙作响的歌曲。它已经很老了。它也看见了我,并在歌里轻吟出它的名字。

利塔尼。利塔尼。利塔尼。

我是利塔尼。

我们横穿过耶罗佐利姆斯凯街,驶向蕾夫卡·基伊。我老老实实地坐在座位上。

二 ב
BET

夏皮罗，潘塔莱翁和蒙亚在周五，一九三七年七月九日，杀了我的父亲。

周五晚上，安息日开始。周六，家里本该进行的一切活动都没有进行。母亲整夜都坐在厨房里的桌子旁。周五晚上她也没有把乔伦特[①]送去面包房。我们都饿极了。弟弟终于忍不住去找邻居，从几个好心人那里拿到了一块没有做成功，没有发起来的乔伦特；他们本有两块，把差的那一块给了我们，而我们也不好埋怨什么。母亲不吃，我们两个吃了。

亚库布·夏皮罗常说，三千年前的人们在蛮荒之地发明出来的那些礼仪对他来说什么都不是。他不守安息日，吃不洁的食物；还标榜自己喜欢读马克思，然而他更喜欢读报，最喜欢读红色报刊和用意第绪语写

[①] 乔伦特（Tschulent、Cholent 或 hamin），（东欧）犹太人安息日食用的一种传统炖菜。于安息日前一天开始制作，作为安息日午餐食用，故符合犹太人禁止在安息日做饭的规定。——译者注

的短文。

安息日那天,七月十日,他和两个儿子一起吃过早餐后,给波兰最有影响力的报纸《华沙信使报》编辑部打了电话,用纸巾挡住嘴巴伪装成另一种声音,说在拉特霍泽夫街的一处黏土场里发现了一具尸体,具体细节我稍后再说。

当值的编辑部实习生很快就把这个消息传开了,整件事情开始发酵。两小时后,国家警察总部第四部门的切温斯基探员和《华沙信使报》的编辑维托尔德·索科林斯基就出现在了拉特霍泽夫街上的那处黏土场边,并讨论着四个救援员应该怎么到齐臀深的水里搜寻尸体。虽然在这样炎热的天气里下水很凉爽,但水里有具尸体,实在让人恶心。

维托尔德·索科林斯基中等身高,尖头顶,秃头;虽只是微胖,却给整个人的外形减了分,因为软塌塌的脂肪均匀地分布在全身,像个太监一样。他过着一种奇怪的独来独往的生活,身边既无女人为伴,和男人们也处不来,还用那家神似的紧张兮兮的笑容让所有人都感到害怕,他通常用这笑容掩饰自己的尴尬。他并不怎么享受这份媒体工作,工作的唯一动力就是钱,而钱却永远都不够,他最关心的问题就是,本部门或其他编辑部的同事赚多少钱。他总是怀疑,这个或那个赚得比他多,他以此为自己的耻辱。由于很不受主编待见,所以他的怀疑往往也是正确的。

此外,他很怕微生物。所以他的包里常备着一小瓶酒精,只要碰了什么不得不碰的东西,他就赶紧用它给双手消毒。但众所周知,微生物无处不在。他那件过时的西装口袋里装着两条手巾:一条用来擦脸上和头顶上的汗;一条是泡过酒精的,一旦他不得不跟别人握了手,就会拿它来擦手。这些习惯都不利于建立一个好名声。甚至开门时他都要用胳膊肘按动门把手。他有一个长相丑陋的妻子和三个没有教养的儿子,连儿子们都不尊敬他。

警方明确地告诉他,事情远没有那么简单。

"滚开,你这个臭死尸……"巡警巴尔利茨基正嘀咕着,看见了编辑。正是巴尔利茨基发现了被砍掉头和四肢的躯干。

"仇杀。"一脸阴森的警官切温斯基叹气道。他是个生活条件不错的华沙市民,看上去更像是个会计而不是个警官。但外表有欺骗性的强盗的报复手段往往更狠。

"是犹太人。"巡警巴尔利茨基说着,指了指父亲那割过包皮的阴茎,潘塔莱翁和蒙亚并未把它扔掉。

"肯定是欠钱没还。"编辑索科林斯基补充道。

"看到了吧,还是要乖乖给卡普里卡钱的。"切温斯基似乎已下了结论。

"您认为,是他……?"索科林斯基满腹狐疑。

"当然了。正是他的犯罪手法。"

索科林斯基掏出了笔记本和铅笔,写下了什么东西。

"我可以记下您说的吗?"

"当然不行,"切温斯基吓得变了脸色,"您不想要命了吗?"

索科林斯基吓坏了。他非常害怕人身暴力。

"如果真是他,卡普里卡的话,那么他只会有一个目的……您说不是吗?"索科林斯基无奈地停顿了一下。"就是想让《信使报》报道此事。这样一来,所有人都会怕他了。"他思考了片刻,笃定地说道。

切温斯基全神贯注地听着，没有回答。

"您知道吗，凡事都有科学依据。都有合理的原因。科学是基础，不是吗？只有通过科学的方法才能发现真相。我是受过专门的化学培训的，您知道吗？从优生学角度看，犹太人是一个低等的种族，您知道吗？这是经过科学证实的。很科学。"

切温斯基摇了摇头，去做笔录了。索科林斯基也摇了摇头，跟着过去了。切温斯基有限的智性似乎不足以让他理解这些。

"您肯定还相信，某个神明用泥土捏出了人，相信地球是平的吧。"索科林斯基看着切温斯基的背影咕哝道。

切温斯基听到了，转身扑向索科林斯基，想要揍他一样。索科林斯基害怕地想躲到一边，却自己绊倒了自己，一屁股狠狠地摔进了泥沼里。

"愚蠢的玩笑……"切温斯基骂道。

巡警把父亲的尸体抬到了警车的运载板上。编辑索科林斯基则骑上自行车，帽子都没带，裤腿也满是污泥，就往华沙方向赶。要当赛车手的话，他可是太胖了。

切温斯基沉思地看着他的背影。

"巡警先生，您看，"他若有所思地对巴尔利茨基说道，"要是在这个秃头先生的头顶上钻个洞的话，他看上去就会像……"

"像个屁股，警官先生。像个长了耳朵的屁股。"

与此同时，我正在家里。一个衣衫褴褛、穿着一件宽大上衣的赤脚男孩来敲门。他递给我一个信封。我给了他十芬尼，他拿过去就跑开了。信封里装了一张在市区影院举行的拳击比赛入场券。我本该直接烧掉它,但我没这么做。我还是去了比赛现场。

今天我质问自己——我为什么要去?昨天、十年前和三十年前,我也这样问过自己,而我不知道为什么。

那个男孩离开后,玛格达来了。玛格达·阿谢。她没有敲门,直接就进来了。

她年纪比我大,虽然只大一岁。她的家庭出身跟我的完全不同:她们家里说波兰语;只有当父母不想让孩子们听懂谈话内容时,他们二人才会用意第绪语;他们几乎从不去敬拜场所,门框上没有经文盒,厨房不符合犹太洁食的要求,他们也不读《海恩特》而是读《评论报》。孩子们也得学习意第绪语,因为在这里生存却不讲意第绪语是不可能的,但玛格达更愿用波兰语。她看上去的确也不像犹太人。她长着一头浅色的鬈发,要花很多工夫才能梳顺;眼睛是深蓝色的,脸是斯拉夫人那种宽大的、颧骨高耸的脸。她算不上漂亮,但也不丑;长得不很高,但有肌肉,肩膀宽大强壮,甚至有男人那样的二头肌。这都是游泳练出来的。

后来我常常觉得,玛格达和埃米利亚·夏皮罗,亚库布的妻子,有种说不出的像。她们两个有共同之处,不仅仅是因为有运动员那种宽大的肩膀。玛格达十分喜欢游泳,每周三次去萨斯卡-肯帕码头的马卡比游泳场。她还邀过我几次,我跟她去了。虽然父亲很喜欢给我讲查迪克[①]们面对女人时如何闭眼不看,在没有其他可防止他们陷入罪孽之中

---

① 查迪克(Zaddik)指按照犹太教标准正直、有道德的人,意为"义人",是犹太教中德高望重者的称号;或指现代哈西德主义社团的精神领袖。——译者注

的男性在场时不敢待在女人附近，但我还是在一旁看着玛格达如何穿着白色泳装、戴着带子在下巴底下打结的泳帽游泳。现在我知道了，并非玛格达和埃米利亚两人像，而是她们同时代的犹太女孩和成年女性——那些最早开始训练游泳、跑步和跳高，在格罗胡夫学习农事，又会射击，而且在华沙也像在巴勒斯坦一样这么做的女性——都很像。

而我，一个戴着基帕帽、耳后留着长鬈发、穿着过膝长袍的瘦弱犹太男孩，则观察着玛格达游泳的样子，从水里走出来的样子，解开泳帽从头上脱下来，又弄干头发的样子，还有她白色泳装下微微隆起的胸部的一对乳头。

我很清楚，这样子看她确实是罪。但我不在乎。

倘若父亲是在华沙出生的，那么这对他来说也就无所谓了，可虔诚的瑙姆·伯恩斯坦是在沃姆扎出生，死在拉特霍泽夫街的一处黏土坑旁。他一战之后来到华沙，那时已经成年，成为人夫，是来自一个受人尊敬的家族里贫穷但虔诚的犹太人，从沃姆扎来的犹太人，在某些方面比华沙本地的犹太人要落后一个时代。当然并非比所有那些犹太人都落后，但至少落后于那些我整个童年时代都羡慕无比的犹太人——这些人的穿着像基督徒一样，无比优雅，胡须剃得干净利落，带有欧洲人的风范。父亲则虔诚安静，与他们完全不同。要是父亲知道我的罪过就好了！

但他不知道。他死后的第二天，安息日，一九三七年七月十日，玛格达来到我们的住处，走过无声啜泣着的母亲身边，进入我和弟弟伊马努埃尔的卧室。

"伊马努埃尔，去妈妈那儿。"我这个自私霸道的哥哥说道。他很听话地去了。

玛格达在我身边坐下来。她早就知道了。甚至知道得比我还多。

就这样,她坐在我身边,一直这样。坐了很久,直到今天。我无法忍受这种寂静,更不能忍受收音机或电视里传出的声音。于是我从打字机前站起来,走到冰箱前,拿出冰水豪饮了几口。然后拨通了她的电话。

"你好……?"

我不知如何回答。于是沉默不语。我听到了她沉重的呼吸声。

"别打给我。不要再给我打电话了。"她等了一会儿后说道,是用波兰语说的。然后挂断了。

当年她也是用这种声音跟我说话的。难以置信,她的声音竟然丝毫没变。或许我的记忆出错了。但我依然十分肯定。

"莫伊热什,我在这里……"当年她轻柔温和地对我说,并把手搭在我的膝盖上;我当时想,父亲肯定绝不允许这种行为。不会允许玛格达和我共处一室。父亲若还在世,母亲也不会允许这样的。接着,玛格达吻了吻我的额头,这才发现我已经剪掉了长鬈发。她的手抚摸我刮干净了的双鬓。

"一切都会,无论如何都会好起来的……"她轻声说道。

说着,她又吻了我一下,还是吻在额头上。我凑近她的嘴唇,像一个男人追求他生命中的第一个女人那样靠近她。但是她拒绝了我,向后躲开了。

"我是你的女朋友,莫伊热什,只是你的女朋友。你现在需要一个女朋友。我们可以去剧院。"

我没有回答。五十年后，她要搬走时，手里已拿着最后一个箱子，站在门口，回头转向我，始终那样挺拔强壮，只是金色的鬈发剪短了些，有了白发，还烫过了。

"如果你的结局和其他人一样的话，我的生活会更容易。"她大声说道。

"玛格达……"我哀叹道。

"别再叫我'玛格达'了！"她大吼一声，摔门而去。我独自留在了屋里，耳边回荡着自己愚蠢的回答和摔门的响声，继之是一阵可怕的寂静。

几十年前，这栋房子里还飘荡着我儿子们的声音，他们就像被放出来的幼犬一样在地上奔跑追逐，尖声喊叫。我却不知道他们后来发生了什么。

或许他们不想跟我说。或许他们在战争中，在我的国家很多次战争中的某一次中牺牲了。我不知道，他们怎么了。我也不知道，玛格达为什么不让我叫她玛格达。

现在回到教父卡普里卡那辆红色克莱斯勒帝国豪车。当时已有醉意的我正坐在折叠坐椅上，那是我人生中第一次微微醉酒。

"莫雷茨胆子还真不小。在我面前，没人敢掏枪的。"我们离开酒吧时，卡普里卡阴沉地说道。

"唉。"夏皮罗叹了口气，那语气甚至在我听来也带着种不同寻常的决绝与狂傲。

卡普里卡盯着他看了一会儿，一边捋着自己的胡子。

"你还能说什么呢？毕竟是骨肉。当然了。兄弟永远是兄弟。这是理所当然的。是无法改变的事实。我们现在去蕾夫卡·基伊那里。"卡普里卡话锋一转,酒吧之事就此带过。

莫雷茨是犹太复国主义左翼华沙分支里的一个重要角色,在约瑟夫·毕苏斯基大学学过法律,是当时那些义无反顾地投身于某项事业,甚至不惜为此付出生命的年轻人之一,这些年轻人坚信,只有献身于伟大的事业,生命才是有价值的。没人想只为自己而活。他们就是这样,所有人都想做大事,所有那些年轻的联盟成员、共产国际者、民族义士、民族激进阵营分子、犹太复国主义者、社会主义分子、共产主义者和国家民主党成员都是如此。每个人都想献身于某项事业。正是基于这个共同点,他们彼此之间竟也互相尊重,国家民族主义者、联盟成员、共产主义者以及犹太复国主义者尽管不认同对方的价值观,却能认同对方的个性。

亚库布则不是这样。他只想活着。这是莫雷茨不能理解的。

司机没有问地址,只是点了点头。我们开车一路驶过普拉茨-班科维街、扎比亚街和格拉尼奇纳街,经过萨克森公园的围栏,到了马沙科夫斯卡街。我们已经离开了我的华沙,并且沿着马沙科夫斯卡街越往南走,离我的华沙就越远,直到那辆克莱斯勒向右拐到庇护十一世街上。直到一九三〇年,这条街还叫平克纳,这是我当时不知道的。我不知道,是因为从未敢跑到这么远的地方。这已经不是我的城市了,而是波兰的某座城市。

这是一座随处可见亮闪闪的沥青路的城市,一座有着干净的人行道和美观的招牌的城市,招牌后面则是精致的小酒馆。这不是我的城市,二者被一条无形的界线隔开,仿佛隔着大洋,我的城市更脏,更穷,更有活力，气味也不同，常常臭味弥漫，路上的人们也说着不同于此处的语言，即便说的都是波兰语，也有差异；人们庆祝的节日也不同，即便都是基督徒在庆祝，也有不同。

我们在庇护十一世街和克希科瓦街交叉口处一座高耸的出租房前停下了车。那座房子像一艘被两条街道冲刷着的船一样，船头处有一座标准教堂式的、带着圆顶的塔楼。房子有三层，塔楼耸起，高过房子。

当然了，我当时不知道蕾夫卡·基伊是谁。但我并未为此伤脑筋，仿佛答案就装在信封里，而我随时都可以打开它。教父又从纸卷里舔了些可卡因，胡子上也沾了些白色粉末。

"走！"他命令道。

我怕极了。我怕卡普里卡也怕夏皮罗，我明明怕却还是想跟他们一起走，我不想继续做那个又矮又瘦的、眼睁睁地看着夏皮罗拽着父亲的胡子拖出住处的伯恩斯坦了。

我想成为夏皮罗。

我们进了49号楼。我从小到大还从未见过这么整洁的楼房入口。门房穿着一件比我父亲所有西装都昂贵的制服，在我们敲门前就打开了门。他深深地鞠了一躬并脱下帽子。卡普里卡扔给了他五兹罗提。我们走过一段漂亮的螺旋楼梯到达了三楼。夏皮罗敲了敲门，里面的人推开猫眼上的挡片看了看，然后开了门。

"先生们，欢迎欢迎！"一个穿着礼服的高个男人朝我们鞠了一躬。

卡普里卡高兴地搓了搓手，走了进去。房间里半明半暗，走廊的尽头是一间沙龙，里面的沙发上坐着些穿着透视短裙、薄纱披肩、短裤和长筒袜的半裸女孩儿。有的甚至袒胸露乳。我从没见过这样的情景,既没见过女人袒露的胸部,也没见过如此轻浮的装束;尽管如此,我并不觉得稀奇,到现在我自己都诧异,一个十七岁的男孩,生平第一次看到这些,竟没有激动。我记得事实就是这样。无感。

里面共有七个女孩。三个浅发的,其中两个是金发;一个是红发的;另外三个的头发是褐色的。

她们中间还坐着三个男人,其中两个穿着西装,另一个身着波兰制服。角落里,一个已经秃了头,但穿着礼服、长相还算英俊的男人在一架白色钢琴前弹奏着轻柔的乐曲。沙龙后面是一个吧台,一个同样也穿了白色夹克的人正忙着洗杯子。柜台后面的架子闪闪发光,上面摆满了各种颜色的酒瓶。我从未一下子见到这么多不同颜色的饮品。所有瓶子都在闪光,柜台桌是闪着红光的黄铜制成的,墙上挂着镜子,水晶吊灯也闪烁着。

吧台前的一张高脚凳上坐着一个身材纤瘦、穿着保守的女人。所谓保守是就此处的标准而言的,我早就知道此处是一个公共场所,一个失足女人聚集的地方,就像已逝的父亲生前常说的那样。

按照我家里的规矩——规矩是由我穿着朴素、戴着假发的母亲定的,吧台那儿的那个女人就是半裸着的——那件镶着亮片而闪闪发光的黑长连衣裙把她纤瘦的双肩和双臂袒露无遗。她的头发是那种过时了的、二十年代流行的鲍勃造型。头发里还别了一个冠冕状的发饰,像五月政变之前的风格。

卡普里卡走向她,她转过身来。她并不美,但也不丑,相貌普通;嘴唇薄而略带几分紧张;那张脸过早显出老态,与紧致的双臂和低领不太相配；唯有眼睛十分独特，在这样一张普普通通的脸上格外显眼：大而有神，极其深邃，藏在长长的黑色睫毛后面，上面还有一对浓密的眉毛——那是一双可以瞬间从热情似火转变成冷若冰霜，却从不会不温不火的眼睛。

"晚上好啊，我亲爱的女士！"卡普里卡鞠躬问候。

她伸出戴着手套的右手，卡普里卡十分郑重地在上面吻了一下。

"晚上好，卡普里卡先生。您光临这里，总是我们的荣幸。"她说道，脸上带着迷人的微笑。

"您今晚可愿赏脸作陪呢？"这个歹徒笑着问道，那笑的神态几乎可以用风骚卖俏来形容了，尽管我最不想把这个词用在卡普里卡身上。

"卡普里卡先生，美好的时光早已过去。您若年轻二十岁，再高个二十公分，那我十分乐意。但是现在……"她回答道，脸上依旧挂着笑容。

我害怕起来。他肯定会杀死她的，我想。

"如果还是现在的我，多给您两千兹罗提呢，蕾夫卡女士？"他问道，一边搓捻着胡子。

她把手搭在卡普里卡肩上。

"亲爱的教父大人，我早就不做妓女了。"她的声音温柔，却藏着某种危险的东西。那是一种威胁，是对他们两人之间的私事的提醒，一件陈年旧事。甚至连我当时都听出来了。

又或者没有听出来，我不确定，不记得，不知道我现在写下来的东西，哪些是我当时就知道的，哪些是后来才晓得的，但现在，坐在这台绿色打字机前，我清楚地知道，她的声音中带着一丝危险，因为我一辈子都生活在这样一些绵里藏针的人中间。

卡普里卡却乐在其中。

"可是蕾夫卡女士,什么样的妓女值两千兹罗提啊?"他得寸进尺地继续问道。

"一个身价高的。"她冷冷地说着,把手收了回来。

当时,这个身材瘦削、并不美丽的,尝遍生活艰辛的老鸨在我眼中无比智慧,也无比强大。她不说话了,看着卡普里卡的眼睛,似乎在表明,讨论到此为止。

"既然如此,就请您原谅咯,高贵的女士,"卡普里卡作了让步,"您可别责怪我,因为面对您这样的女人,一个矮了二十公分又老了二十岁的男人不得不采取他可以用的手段……礼貌点说,就是使用我的某种技能了,就像必须使用一些工具一样,而我天生就有这工具。"

她和解似的笑了笑,冲突就此平息。

"我当然记得您的技能和您那工具,卡普里卡先生,我也经历过那种,实话说,撕裂般的感觉。"

说着,两个人都笑了。教父也爬上一张高脚凳。那两条短腿够不到吧台下方的踩脚杆,只能来回晃荡。

"什么时候的事啊,蕾夫卡?"

"一九二二年。"

"都十五年了……时间过得真快,我们都跟不上了。"教父感叹了起来。

"约瑟夫,快给先生们倒白兰地,"她转身对吧台服务生说道,"既然您在我这儿捞不着好处,我还能为您提供些什么呢,教父?"

"玛嘉在吗?"教父问。

一听到这个名字,我心爱之人的名字,一股寒流就涌遍我全身,尽管我知道,他们说的不是玛格达。但我还是感到震颤。

"她恭候着您呢,卡普里卡先生。"蕾夫卡微笑着说。

"那就叫她过来,我们还想先喝一杯呢。"卡普里卡命令道。

"可是,卡普里卡先生,您知道的呀,她还太小,不能喝酒!"蕾夫卡扭捏作态道。

"那就让约瑟夫给她热一杯加蜂蜜的牛奶!"卡普里卡兴致盎然地拍着大腿说道。

夏皮罗并没有坐下。他靠墙站着,给自己点了一支烟。其中一个身材圆润、高鼻梁的金发女孩,带着一副慵懒而娇纵的眼神站起身来,她的眼神让我想起了苏丹宫殿里的方尖塔,这些都是我从两天前去世的父亲禁止我看的画册和书本里见过的。她朝我们走来。透过那层薄纱衬裙,我看到了她的双峰,雪白浑圆,还有深色光滑的乳晕。

"这位小先生需要什么服务吗,夏皮罗先生?"她问亚库布,然后又转头对我说,"我叫卡夏。"

她的声音低沉而有些沙哑。我感到自己看见她衣服里面的胸部时勃起了,突如又猛烈。我喜欢她的胸。至少我觉得我喜欢。

但她的眼睛里,眼神中,有种让我警惕的东西,让我失去勇气,警告我她的麻木冷漠,和一种近乎致命的危险——就像深洋之底,只要找到机会,卡夏就会遁入其中。

夏皮罗转头看向我,这个受到惊吓、脸色苍白、穿着丑陋的基督徒服装、剪了头发的犹太男孩,他的母亲已坐在厨房里哭了两天,父亲则被尸分四块。

"不用了,"他回答道,"改天吧。"

我想,那个女孩或许觉得受伤了,但这当然是不可能的。她专业的服务项目中没有受伤这一条。

"那我或许可以为您效劳咯,夏皮罗先生?"她开始卖弄风情,贴近夏皮罗,抚摸他的胸部和裆部。这时又来了一个女人,更高更瘦,一头深色的头发高高盘起,似乎想要跟那个金发女孩争抢。

"我是新来的。我叫奥拉。我免费为您服务,夏皮罗先生,只要您愿意。"她说,"您实在太性感迷人了,夏皮罗先生,简直无人能及!无人能及!"

他想了片刻。

"今天不用了,女孩儿们。下次吧。"他甚至不无遗憾地说道。

说着,他抓住我的手臂,把我带到了吧台那里。奥拉回到了原来的沙发椅上。卡夏则遁回了她那深邃的洋底。

"坐下。饿了吗?"

我点了点头。他在我旁边坐下来,脱了帽子。

"服务员,有热乎的东西吃吗?"他问服务生。

"热菜我们有牛肉块儿或者煮肘子。我推荐肘子,更美味。"

"你吃禁食吗?"夏皮罗像在调查我似的问道。

我摇了摇头。

"肉块是洁食吗?"夏皮罗又转过去问服务生。

"百分之百洁食。世界各地的查迪克都会来这儿,就是为了品尝这些肉块的,是纯正的洁食。"服务生微笑着,又主动拿来一瓶巴茨泽夫斯基牌的冰镇伏特加和两只酒杯,一只给夏皮罗,一只给我。

夏皮罗发出了爽朗的笑声。

"拉比迈克尔森还说,吃了这些牛肉块,我亲爱的先生,就算您以后一直吃猪肉配奶油酱,也不至于变得不洁净,这些无比洁净的牛肉块就是能将您变得这么洁净。"

"我个人是……怎么说来着,享乐主义者,所以请给我上一份肘子;给那个男孩就上牛肉吧,"亚库布笑着说道,"但要快点儿,我们都饿了。"

亚库布往两只杯子里都倒了伏特加,给自己那只杯子倒满了,给我倒了半杯。还递给了我一支烟。我抽过烟,所以就接了过来。他又给了我火,我便吸了一口。

"吉卜赛女郎。法国货。是最好的。"夏皮罗向我解释,于是我又吸了一口。不得不承认,这烟的确劲道十足,香味扑鼻。直到今天,我都很喜欢抽吉卜赛女郎牌的烟。只是在这里很难找到,所以我只能搞来什么烟就抽什么。大多数都非上品。

一位身着制服的官员由一位金发女郎挽着手臂离开了沙龙,这个女人之前还跟我们调情来着。另外两位顾客独自悄悄离开了。一个女孩从窗帘后面走了出来,坐到了卡普里卡旁边。夏皮罗注意到,我正盯着她看。

"她就是玛嘉。"他说。

卡普里卡把手搭在她的大腿上。那个女孩扎了两个马尾辫,穿得像个高中生。她看着很年轻,刚发育出一些女性特征。看来,这里的人找来一个长得很年轻的女孩,故意让她扮作学生的样子。从一本禁止我读的书上我读到过，有些人就是有怪异的性癖。

"别盯着看，否则卡普里卡会扇你一记耳光，"亚库布悄声告诉我，"除他以外，谁也不能碰她。"

"她多大了……？"我问了个愚蠢的问题。

"十二岁。赶紧转过头来。"

这时教父转过头，用残暴的恶霸恶狠狠的眼睛朝我看过来。这眼神里充满了威胁与挑衅。卡普里卡在挑战一个手无缚鸡之力的十七岁少年。他总爱挑战，在所有地方挑战所有人，甚至要挑战整个世界。这才是卡普里卡。或许，他是看夏皮罗，而不是我？

夏皮罗没有接受挑战。我也赶紧避开了这个眼神。继续抽我的烟。服务生把餐盘推到我们面前。我的盘子里是一块精心烹制的牛肉，还热气腾腾的，配有两根煮熟的胡萝卜、一块根芹和两块土豆，上面还淋了一层辣根酱。我敢肯定，这些不是洁食——肉可能的确是牛肉，但酱汁里肯定有牛奶或鸡蛋。掌勺的肯定也不是犹太人。

夏皮罗盘子里的则是一大块煮猪肘，带着骨头和一些鬃毛的猪皮，看着这么一大块纯猪肉，我甚至都能听到这令人作呕的动物发出的咕咕叫声。夏皮罗切下一块还冒着热气的、连皮带油的猪肉，在芥末碟里蘸了蘸，填进嘴里，一脸享受地吞了下去，就像个十足的异教徒那样。

我本以为我会作呕，但并没有，我确实觉得，那一大块猪肉看着让人很有食欲。

"一九一七年，我在沃姆扎的红监狱里……"他吃了第一口后说道。他看着我，觉察到了我对那盘牛肉块的困惑。

"吃！"他边嚼边命令道。

我乖乖地切下一块肉，塞进嘴里，默默恳求上主和父亲原谅，并咀嚼了起来。那一刻我发觉，我还从未吃过这么美味的东西。辣根酱、奶油和在口中逐渐软烂的肉……我咀嚼着，尽情享受着。

"那时，我在沃姆扎的红监狱里，"夏皮罗继续说着，"十七岁，跟你现在一样大。被关在221号牢房。单间。一张破草褥，一把凳子和一张木板床，是里面所有的东西。那所监狱是受德国人军事管制的。"

我已经喝醉了，但仍专心地听他说。

"当时监狱的头儿是指挥官施拉姆，你知道吗？他叫施拉姆，"他继续说道，"但我们不这么叫他。我们叫他叛徒。他有一条牛皮鞭从不离手，他曾用这条鞭子不止打死过一个人，也把很多人打到失去意识。我只是个普通的年轻小流氓。因为一次集体起义失败，才被关了进去。那个嫖客醒了过来，是个强壮的男人，而我则矮小瘦弱，像现在的你一样，他狠狠地打了我一耳光，紧紧地抓着我，他的儿子叫来了警察，于是我就不得不在那个监狱里蹲了。因入室偷盗情节严重，判处两年有期徒刑，他们当时是这么宣判的，在一个军事法庭上。早上只有咖啡喝，其他什么都没有；中午给一升馊了的白菜汤；四点再给点土豆汤，更确切地说，应该是煮土豆的开水，加上七十五克面包，都是面包屑，一口就吃没了。我跟你讲，伯恩斯坦，能在德国占领军的红监狱里活过一年的人，连地狱也不会让他感到害怕了。后来波兰独立，我终于被放了出来，我下定决心，以后决不会因为害怕死后下地狱而拒绝任何食物，因为地狱——就是那座监狱。我也不会容许任何人白白打我，不管是德国人、波兰人还是犹太人。指挥官施拉姆是最后一个打了我而没受到惩罚的人。你明白吗，伯恩斯坦？"

我不明白，因为我正在吃，自他抓走父亲以来第一次没想别的，只想着吃的。但我还是点了点头。

卡普里卡喝着白兰地，递了块巧克力给那个女孩，然后把手伸进她的短裙，摸到大腿间。那把浓密的髭须也掩藏不住他恣意的笑。那个女孩无动于衷的样子，仿佛很迟钝。她拆开巧克力的包装，吃了起来。卡普里卡在她耳边悄声说了些什么。

我们则一声不发地吃着。不一会儿，卡普里卡就从高脚凳上滑下来，正了正上衣和那条系在已过时的硬质衣领上的领带。

"小闺女和我现在要先撤了。"他笑着鞠了个躬。牵着女孩的手走了。那女孩没有反抗。

"她是怎么来到这儿的？"我问道。

"自己过来的。她恳求蕾夫卡收容，蕾夫卡就把她留下了。"夏皮罗回答。

"可她还是个孩子啊……？"

"流浪街头的孩子不是普通的孩子。她在这里能穿得暖，吃得饱。她宁愿留在这里，也不愿在街上吃垃圾，穿破衣，冻得打哆嗦，这难道很奇怪吗？"他说着，喝了一口伏特加，和嘴里肉一并咽了下去。

蕾夫卡走到吧台后面，拿起一只杯子，亚库布给她倒了伏特加，两人一起喝了起来。夏皮罗无奈地摊开手掌，很明显，他心情沉重，好像要说："我能怎么办呢？"蕾夫卡也只是无奈地点了点头。两人又喝了一杯。

"那个呢？要怎么办？"蕾夫卡用头指了指我。

"不知道，看着办吧。"夏皮罗耸了耸肩。

"我倒是想到能让他干什么了。"

如今回想起来，我满心愧疚。愧疚，是因为卡普里卡强奸了一个十二岁的女孩，而我却无动于衷，什么都没做。现在，在打字机上敲着键盘的我不得不说，我当时的确什么都做不了。我只是一个干瘦的十七岁男孩。但肯定我并非我，或许是其他某个人。

当时我甚至没有胆量抬头看过去，只是盯着盘子，仿佛能从那一堆酱汁和蔬菜的混合物中看见未来一样。

而我又能看到怎样的未来呢？一位垂垂老矣的将军莫设·因巴坐在位于特拉维夫的迪普戈夫街上一间空荡荡的房子里，无奈地敲着键盘，想要弄明白，他这一辈子是怎么过来的。

或者想到了别的什么人。或许我是看到了亚库布·夏皮罗坐在一间廉价公寓里，也在特拉维夫，老态龙钟，但还活着，无足轻重，已被人遗忘，靠着一点退休金和昔日荣光的回忆度日？或许他也在写回忆录，像我现在这样，坐在打字机前……

现在战事重开，却没人要莫设·因巴了。但他其实并没有那么老。他有着五十年的作战经验。自从我们转移到这里，先是对抗哈贾纳，后又打击帕尔马的军队等等，一生都在战斗。夏皮罗教给我的一切，在这片异国的土地上都派上了大用场。过去的五十年，我都是在此基础上奋斗的。

四十年前，我和来自哈雷尔旅的战友们把萨里斯村夷为平地，开过枪，扔过手榴弹，手都未抖过。这一生打过的仗教会了我很多东西，现在却已毫无用处；莫设·因巴将军不再为各种文件和地图费脑筋了，而是坐在他那台绿色的 IBM Selectric II 打字机前，用波兰语书写一段历史，一段没人需要、没人能读到也没人愿意读的历史。我不会把它寄给凯特尔出版社。我不能。无用老人莫设·因巴已经自怜自艾地在打字机前坐了三个月。他端详着那把挂在写字台上方的洛克希德 L-10 伊莱克特拉手枪。

玛格达·因巴不想再叫因巴了。马格达用回了原姓阿谢。或者其他什么姓。她甚至不愿意我再叫她玛格达。

我的一生都浪费在你身上了。我的少年时光浪费了，我的成年时光也是，现在我的老年时光依旧浪费在了你身上。若是当年你死了，我会过上更好的生活——她肯定会这么说。既然如此，我还不如想想这些年从未想过的那些事。所以，我还是回到蕾夫卡·基伊在庇护十一世街和克希科瓦街交叉口处开的那家酒吧，我平生第一次吃不洁净食物的那一刻吧。

"我倒是可以用到这男孩儿。"蕾夫卡边说边打量着我。

夏皮罗把刀叉啪啦一声扔到了铜盘上。

"你要再敢说这种话，我就打得你满地找牙！"

"好啦好啦，怎么，你跟他难道还是亲戚？长得倒也算俊，要是好好喂养，没准还不错。我是不会把他从你那儿抢走了。但说不定他自己愿意跟我呢。"

"蕾夫卡，离这个男孩远点儿。他不愿意。看在我的面子上，他是我的一个血亲，很近的血亲。"

当时我不理解，他是什么意思。不过他说的没错。的确是血把我们绑在了一起。是瑙姆·伯恩斯坦，我父亲的血。现在想想，蕾夫卡那句"没准还不错"倒有点夸我的意思，我不是同性恋，但那句话听着的确有些讨好之意。毕竟她不关心女人。

或许那段对话不是在那时发生的。又或许他们讨论的是别人，是某个送包裹的衣衫褴褛的男孩？有些东西我记不得了。

吧台后面的电话响了起来。那是台西门子牌的时髦电器，黑色胶木制成，外观精致。蕾夫卡接听了。这点是肯定的。

一句拖长的"喂"之后，她停顿了片刻，仔细听着听筒另一边的人讲。

"是的，他们在这儿，"她回答道，"当然，我们热烈欢迎您。"

她挂了电话。

"博士要来，"她随口说道，并给自己和夏皮罗续上了酒，"我都不知道他已经从美国回来了。"

"上周回来的。他喝醉了？"那个拳手问。

"还没。"

"幸好。他肯定也会把潘塔莱翁拉来。"

蕾夫卡点了点头。

"你能留在这儿吗……？"她请求道，"否则他们会把我的店搞得一团糟……"

"好。"他回答。

蕾夫卡的声音里有种出乎我意料的情绪。她从吧台后面的架子上拿下几瓶酒，藏到了带锁的柜子里。那些肯定是最贵的。

"卡塔齐娜、奥拉，今天你们就工作到这里，走吧！"她对那两个女人说。"我也想走了。"钢琴师带着颤抖的声音小心说道。

"可我需要你在这儿。继续弹。"

钢琴师叹了口气，只得听命。卡夏和奥拉一扫慵懒之态，立刻从沙发上站起来，跑出了沙龙。其余的四个妓女从沙发角落里掏出粉盒，照例开始往鼻子上扑粉。夏皮罗则点了一支烟。我看到了他右手上的文身，那把刻着"死亡"字眼的双刃剑。

我一边盯着已经空空如也的餐盘，一边偷听着蕾夫卡和夏皮罗之间简明扼要、让人费解的对话，就这么过了一刻钟后，有人敲门了，敲得很响，甚至声音穿过走廊一直传进了里面的沙龙。

来者是博士兼工程师亚努什·拉齐维韦克。当时我还不知道他是犹太人。他看上去不像。他又高又瘦，有着雅利安贵族一样的面貌和气质，这在当时都被视为无比高贵，尽管我并不知道为什么。面部表情能怎么个高贵法儿呢？拉齐维韦克的脸在我看来就是上层人士的脸，他也穿着制服，是保卫协会的军官制服，在当时的我的眼里，这就是上层人士。

他的制服的确不俗——军绿色，高领，蛇形滚边，配了一副镶着鹰图案的圆形帽盔，下面是一副眼镜，牛角圆框的，这让穿着军服的他竟也有了几分知识分子的气质。甚至他的额头也高，庄严，高贵。他脱下帽子后，可以看到，那稀薄的深色头发一直梳到后面，因涂了发蜡而油亮亮的。

连他那双黑色及膝的、鞋带一直系到筒口的军官长靴的鞋头贴皮也亮锃锃的，一眼就能看出，这是定制的。没有这双靴子和这身军服的话，他便俨然一位教授的样子，他的确有教授那样纤细的、骨节不大的手。他的小指上戴着一枚印章戒指，像伯爵那样，我也马上转念认为，他看起来更像位伯爵。比起教授，伯爵与军官更配一些。

他不是一个人来的。同行的还有一个英俊的、神情有些忧郁的年轻人。他也穿着和拉齐维韦克一样的保卫协会的制服，然而下面却穿了猎人裤而非马裤，鞋子也很普通，还戴着辖区负责人的肩章。他叫爱德华·蒂乌切夫，是一个俄国贵族之子，这个贵族一九一九年来到华沙，有过一个私生子，后来死了。据说与诗人蒂乌切夫有很远的亲缘关系。这个年轻人喜爱文学，十八岁，杀过三个人。

"晚上好哇，各位！"拉齐维韦克还在门槛那儿就尖声说道，那声音与他令人眼前一亮的外形毫不相称，而且还是用一种古怪、蹩脚的波兰语说的。"晚上好啊，蕾夫卡女士！"

蒂乌切夫随后在次座上坐了下来，点了一支烟，从上衣口袋里掏出一本诗集，专注地读了起来。

"晚上好，夏皮罗！"拉齐维韦克声音尖细地问候道。他并不带意第绪语口音，但说话声音就是奇怪。蕾夫卡在吧台后面行了一个屈膝礼。

我的母亲一直担心自己蹩脚的波兰语。父亲则对波兰语嗤之以鼻，尽管他自己说得相当好。他对波兰的世界不感兴趣，这么说吧，波兰和波兰人于他之陌生，一如葡萄牙人于他，差别仅在于，前者就在这儿，在他周围。在里斯本生活，对他来说与在华沙没什么差别。

我母亲尽管是虔诚的犹太教徒，但仍会稍微关心一下波兰的事。但又还不至于关心到会读波兰报纸，她可能从未读过《信使报》，却常趁父亲不注意的时候，阅读波兰语的《论坛报》。因此，尽管父亲坚决反对，我还是去了米奥多瓦和塞纳托斯卡街角的克伦斯基文理中学，这虽是一所犹太学校，却是用波兰语授课的。我作为里面唯一一个留着鬈发的犹太人,头发虽然捋在耳后,也并不是很长,却仍是犹太人的长鬈发。这头发我惹过不少麻烦。在家里,校服也是件麻烦事,母亲曾不得不向父亲保证,他不会看到我在家里穿校服的样子,所以我每次一回家就得赶紧换成正常的犹太服装。

我读的那所文理中学还是八年学制的,因为我在改革前,一九三〇年就开始读了。九月时我会升到最高年级,次年参加结业考试然后升入大学。母亲和我背着父亲决定:我将来要做一名医生。毕竟,我成绩优异,将会通过所有考试(当时我们还不知道,大学要实行入学名额限制),这样的话,一九四四年我将从大学毕业,成为莫伊热什·伯恩斯坦医生。

母亲是这样希望的。尽管我没有她那么大的热忱,但"莫伊热什·伯恩斯坦医生"总比"住在纳莱夫基街26号,6号楼里的某个小犹太人"好听得多。也比"住在纳莱夫基街26号,6号楼里那个出了名的虔诚的瑙姆·伯恩斯坦"好听,然而后者已不再现实,因为我爸爸瑙姆·伯恩斯坦因无法缴钱给教父卡普里而已被大卸八块并扔到好几个沙石场里去了。还在那时,我穿着非犹太人的衣服坐在蕾夫卡·基伊的酒吧里时就知道,读完文理中学最后一级、参加毕业考和学医什么的,都不用想了。

后来我的确没再想过这些。肯定也正因当年的打算未能实现,我才能活到今天,成为塔特·阿鲁夫·莫设·因巴,旅长莫设·因巴。没有医生莫伊热什·伯恩斯坦,只有将军莫设·因巴。

但在蕾夫卡·基伊那里时,我只知道不能回学校上课了,因为为我支付学费的瑙姆·伯恩斯坦已经不在了。

"我特别要问候您啊,我最亲爱的女士!"拉齐维韦克博士在一个纤瘦的金发妓女面前鞠了一躬,随后掏出一张印有东布罗夫斯基头像、五十兹罗提面值的钞票,故作郑重地塞给了她。那个妓女优雅地站起身来。拉齐维韦克伸出胳膊肘让她挎着,向蕾夫卡和夏皮罗鞠了个躬,然后径直走进了一间卧室。

"等他出来,麻烦就开始了。"蕾夫卡咕哝道,一边往一个还剩一半伏特加的酒瓶里添水。

夏皮罗吞下最后一口猪肘,伸了个腰,把杯里剩余的酒一饮而尽。

"你知道他是谁吗?"他问我。

我不知道。

"没错。人人都知道教父。但知道博士的人,只是那些必须认识他的人而已。"

我听得一头雾水。

"我来跟你讲点他的事。"他说。

于是他介绍起来,简单直接。或许他只是在自言自语。亚努什·拉齐维韦克本不叫这个名字,没人知道他的真名。肯定只是某个普普通通的犹太名,比如哈伊姆、莫德哈伊、沙勒姆或是莫伊热什,但没人能搞得很清楚。他四十四岁,头十三年是一个犹太虔信主义男孩,在犹太儿童宗教学校里学习了妥拉、密西拿和革马拉[①],像所有虔信主义教徒一样。一九〇五年的某一天,一个手持左轮手枪的蒙面士兵闯进了他的

[①]《密西拿》(Mischna),犹太教经典之一,约在公元二二〇年由耶胡达·哈纳西开始编纂,是口传《妥拉》(Torah)书面化后集结而成,也是记录了犹太教的律法、条例和传统的《塔木德》(Talmud)的第一部分。《塔木德》的第三部分是《革马拉》(Gemara),后者的主要内容是对《密西拿》中犹太口传律法之意义的解释。——译者注

学校。

男孩们的第一反应是：他是基督徒。

老师暗想：要来一场大屠杀了。

男孩们则认为：他是个革命者。

这个带着武器的斗士，波兰社会工人党武装组织的士兵，正是当时大多数十三岁犹太少年，甚至包括虔信主义家庭的孩子，心目中的英雄。

"这里有后门吗？"

"滚开，这里没有你位置！"老师朝他喊道，还未成为博士亚努什·拉齐维韦克的那个男孩觉得老师是个胆小鬼，因为他竟要赶走一个英雄。而男孩觉得自己则是勇敢无畏的马加比家族的后代。

"我带您去。"还未成为拉齐维韦克的那个男孩说。

通向学校二楼的楼梯上传来了宪兵的脚步声。

那个士兵名叫扬·卡普里卡，当时还不是教父。为了拖住敌人，争取逃跑时间，他把门打开一点，通过门缝用那把俄制左轮军官手枪朝下面的楼梯射击了两次。学校里一片慌乱。学生们喊叫着，老师则躲到了写字台下面。那个还未成为拉齐维韦克的男孩给斗士领路。靠他的帮助，卡普里卡才成功摆脱了那群沙皇宪兵。男孩不仅让卡普里卡获得了自由，甚至也救了他的命。

"你叫什么？"确认安全后，当时年仅二十五岁的卡普里卡问道。

"拉齐维乌，"还未成为拉齐维韦克的那个男孩脱口说出了他第一个想到的基督徒名字，"您带我走吧！"

卡普里卡大笑起来，疲惫地把枪重新上了膛，告诉还未成为拉齐维韦克的这个男孩，要赶紧走，快回家去。

"我不想回家。我讨厌我家。我喜欢革命。在家里没有革命，也永远都不会有。我不能回去。我救了你们。你们必须答应我的请求。"还未成为拉齐维韦克的他，也就是那个叫哈伊姆、梅尔或沙勒姆的男孩，脱口而出道。这也是他有生以来用波兰语说得最正确的句子了。

卡普里卡，这个爽快的人，答应并带上他一起走了。卡普里卡当时是一个十人战斗小组的头儿，他把这个犹太男孩介绍给了他们设在华沙的组织总部的头目。正是这个索斯恩科夫斯基大笑着说，这小子不能姓拉齐维乌，而应该姓拉齐维韦克。名字该叫亚努什。于是非常乐意的，拉齐维乌便成了拉齐维韦克。他没有再回宗教学校。他开始上世俗学校。运送地下报刊、站岗、秘藏武器，这一切都在卡普里卡的看管、保护之下进行。他再也没有回过家。把卡普里卡带出学校的那一天，他重获新生。

一九一〇年，组织为他付了学费，他去瑞士读大学，一直待到一九一八年，然后重回波兰，拥有化学博士头衔，举止优雅，有钱，略知英语、法语和德语。他的波兰语说得始终不好，意第绪语也快忘干净了，希伯来语从未真懂过。换言之，他说五种语言，但哪一种都说得不好，所以大家难免会对这位博士的智商感到失望，而事实就是如此。他回波兰不是为了从政，而是去了保卫协会，并立刻就成了区域领导人，他回到了卡普里卡和本党同志中间。依靠协会的组织架构，他四处招募熟悉勃朗宁手枪、擅长棍棒和长于搏斗者，建起一支强大的战斗部队。他甚至也把曾是参加波苏战争的退伍军人——拳手亚库布·夏皮罗吸纳了进来。直到五月政变前，街头活动十分活跃，而且他也顺便和教父一起在市中心建立了一个由他们控制的小王国。

教父负责收取凯尔采拉克一带的保护费并管理组织的日常事务；博士则从沃拉和奥霍塔街到位于但泽车站附近之若利博兹的贫民区——他就是从那里招募那些男孩做信使的——以及在整个北部犹太人聚居的城中心建立起了一个非正式的北区管控中心。

华沙维斯瓦河左侧的整个地区都十分贫穷，除了少数几个受欧洲国家管辖的和较为富裕的区域，其他地方都是贫困区，教父统治着这片区域。他的暴力统治虽然没有覆盖河对岸，名声却早已传了过去，他也很受尊敬。此外，安诺波尔的贫民区里还流传着关于教父的歌曲，罗兹、索斯诺维茨和琴斯托沃哈大街小巷里的孩子都知道这个人。

而拉齐维韦克却很低调。他没有教父的独特魅力，没有民间英雄的才能，他非常鄙视愚蠢和软弱的人，也十分贪婪。他忙于政治事务，背着卡普里卡逐渐树立起自己的威望，让所有人都知道，在这里他说了算。他除了是保卫协会的成员——他露面时通常会穿着协会的制服——外，还是波兰社会党的积极分子。他耍弄各种手段，让每一支社会主义战斗部队都效忠于他，连联盟成员也承认他的权威；左翼犹太复国主义分子对此的态度则褒贬不一。博士想得更长远，比卡普里卡更大胆，一直寻找新的市场和资金来源，也擅长结交新朋友。他与这些所谓朋友间并无真情厚谊，只是双方都知道，他们对彼此有利用价值，可以互补而已。

夏皮罗当时在酒精的作用下，只是很简单地告诉我这些，没说多少细节。具体细节是后来我自己获悉的，但当时，我在蕾夫卡那里听他的介绍，仍很快明白，这个博士的事更复杂。我也意识到，夏皮罗告诉我这些，也不仅是为了让我知道，我是在跟什么人打交道。他在讲拉齐维韦克的事时，潘塔莱翁·卡平斯基也走进了蕾夫卡·基伊的沙龙。那些女孩们，他看都没看一眼，而是径直走向吧台，刻意和我们保持距离。也没有跟我们打招呼。

"给我煮杯茶。"他用低沉的嗓音说道。

他当时就引起了我内心的恐惧：他身高两米多；后脑勺扁平，整个头形十分奇怪；头发长乱无型；戴着一顶自行车手的帽子；穿得像个普通工人——一条工装裤，裤腿高高挽起，配无领上衣，袖子卷着，露出多疤的强壮的小臂和发达的二头肌。

"马上就好，潘塔莱翁先生。"蕾夫卡随意说道。

她怕他。女孩们也怕他，彼此窃窃私语。连站在门口的大块头巴尔曼·约瑟夫也怕他，尽管我现在看不到他的表情，那个钢琴师肯定也怕他。只有夏皮罗不怕他，而他的胆量也或多或少地感染了我。

随后，卡普里卡拿着夹克，敞着上衣，一边还系着裤扣，从那些进行着玩乐的房间里出来了。

"蕾夫卡，给我来杯白兰地。"他对这个老鸨命令道，并没有使用"女士"，然后爬上挨着潘塔莱翁的一张高脚凳。"得有人去看看我那只小鸽子，她都被我搞坏了。"

两个妓女见状，立马从沙发上跳了起来，跑出了沙龙。

"你呢，怎么还坐在这儿？"他一脸友好地问潘塔莱翁。

"早上干过了。"潘塔莱翁咕哝道。

他说得很慢，中间有长长的停顿。

"那又怎样？"卡普里卡做出吃惊的表情，"一天只能干一次？"

"不允许这样。"

"嘿嘿,你们听到了吗?"卡普里卡兴奋地拍着大腿嚷道,"莱翁说,不允许一天干两次呢。"

"就是这样的,"潘塔莱翁咕哝道,把杯里的热茶一饮而尽,"一日一干,天福相伴。这可是我们的主耶稣说的。"

蕾夫卡、教父和夏皮罗都不禁笑了起来。只有潘塔莱翁没笑。他在胸前画了个十字。

"这不是开玩笑,弟兄姐妹们。不能频繁地干。否则,主耶稣会发怒,我们的根就会干枯的。"

"根?"我问道。

突然间,除潘塔莱翁外,所有人都看着我。继而大笑起来。尽管有些惊疑,我也明白了这上面一定是有什么乐子。蕾夫卡从吧台另一侧向我躬下身来,我当时若朝她的上衣瞟一眼,肯定能看到她的双乳。

"这个根嘛,"她用她那柔婉的低音说,"就是男人的那条尾巴。那根粗壮的东西。那把榔头。那个打桩机。那根爱情棒。总之就是你裤子里那个割了包皮的东西,小铃铛。根会变干,弹珠会破。要是你一天做爱超过一次的话。你会这么做吗? 你会惹主耶稣生气吗?"

我羞愧地低下了头。我不知道,一个女人这样直言男性的生殖器和一个犹太女人如此谈论耶稣,哪个更让我羞惭。"主耶稣。"她竟然脱口而出。在我家里,没人会提这个名字。这是渎神。是犯罪。

夏皮罗拍了拍我的肩,给我续了一杯伏特加。

"喝吧,"他大声说着,然后躬下身来,酒鬼似的对我耳语,"别再提愚蠢的问题了。聪明的问题也不许提。就算有不懂的,也要闭紧嘴,你早晚会懂。没人会解释给你听。你能明白这点的吧？"

卡普里卡掏出了装着可卡因的纸卷。他也递给了潘塔莱翁一根，后者一口气就吸净了里面的白色粉末，又把包装纸的每个角落仔细嚼了一遍，然后扭头把纸吐掉。纸正巧落在保卫协会辖区指挥兼化学博士亚努什·拉齐维韦克黑色的军官靴靴头上。

拉齐维韦克的着装无懈可击，一如踏进蕾夫卡·基伊的沙龙那一刻一样。制服上的扣子全都扣着，腰带、肩带、圆帽、防护徽章和勋章丝丝入扣，堪称完美。而现在，右脚的军官靴上突然落上了一块刚在潘塔莱翁嘴里嚼过的东西。

"你！"他指着沙龙里仅剩的一个女孩说。

女孩马上跑了过来。他用眼神示意他的鞋头。女孩匆忙地看了看蕾夫卡，后者慌乱地点了点头。于是女孩用自己浴袍的边把拉齐维韦克鞋上那团被口水浸湿了的纸掸掉。蕾夫卡的目光转向门的方向。女孩赶忙跑了出去。

拉齐维韦克走向吧台，靠在柜桌上，看着潘塔莱翁。

一直坐在门边椅子上、眼睛从未离开过他那本诗集的蒂乌切夫，用左手解开了他像德国人那样挎在左臀处的自动手枪皮套，拉齐维韦克朝他打了个手势，制止了他。

潘塔莱翁没有说话。拉齐维韦克等着。很明显，后者不会善罢甘休。他不害怕潘塔莱翁。

"怎么？"

"利昂，你这个浑蛋，快向博士道歉！"卡普里卡怒吼道，生怕一个美好的夜晚就这样变成一场噩梦。

"奉上帝之名,我请求您原谅。"潘塔莱翁说道,目光直勾勾的,双拳紧握。

"他为什么道歉?"博士以威胁的口气质问道,就像要求一个不听话的孩子悔悟认错那样。

潘塔莱翁沉默着,直直地看着前方。

"到底为什么道歉,该死的浑蛋?为什么?!"博士咆哮着,一边用拳头猛敲柜桌的铜台面。

卡普里卡清了清嗓子。

"为我把纸吐到了他鞋子上。不是故意吐上去的。"潘塔莱翁咕哝道,依然两眼直勾勾的,拉齐维韦克顿时一脸灿烂。

"没关系啦,无所谓,潘塔莱翁先生,小事一桩,小事一桩。不值一提,"他摆出一副慷慨大度的贵族姿态回道,"蕾夫卡小姐,来杯白兰地,真诚地,为这个开头干杯。大杯白兰地。"

蕾夫卡赶忙递给他一杯。他接过来喝了。一饮而尽。

"请再来一杯。"

蕾夫卡又给他倒了一杯。他同样喝光了。一口下肚。

"现在要开始了。"夏皮罗喃喃自语道。

"我亲爱的拉齐维韦克啊,这么急干什么?"卡普里卡问。

"Ars longa, vita brevis."拉齐维韦克答道。

"什么意思?"教父一脸疑惑。

"人生苦短,艺术长存。"博士解释道。

"管他呢。蕾夫卡,给我也来一杯。"卡普里卡作了让步。

于是他们就一起喝了起来,比刚才喝得慢了。卡普里卡又点了现做的瘦肉香肠和芥末酱,蕾夫卡为他们端来,两人用手拿着香肠,往芥末酱碟里蘸。

"亲爱的教父,我在美国见到了些事情,让我大开眼界。"拉齐维韦克开始了话题。

教父嗯了一声,注意力更多的是放在吮吸香肠上的肥油。

"那儿有美国人叫作'帮派'的东西。就像我们的战斗部队。"

"嗯。"教父啜了一口白兰地,又夹了一块香肠。

"教父,他们太有组织性了!分工明确。军事纪律严明。"

"我们也是。从波兰国防组织建立以来就是这样。"

"我们得贩毒。要赚足差价。"

"妓女和凯尔采拉克已经不能满足我们了,是吗?"卡普里卡一副惊疑的样子。

"要么满足,要么不成,"拉齐维韦克深思地说,而后换了话题,"我今天读了《ABC 报》。"

"那份粗制滥造的反犹主义报纸?"夏皮罗惊讶地问道。"至于反犹主义嘛,其实也没那么严重,不过的确是国家民主党和民族激进阵营的渣滓们小打小闹的地方。"卡普里卡激动得几乎要站起来,因为在他眼里,不成为社会主义者简直就不算是人。

"我很清楚,那是份什么报纸,"博士继续说着,"我读它,是因为得知道我们的敌人在想什么。难道不是吗?"

大家都赞同他。

"你们知道调查问卷的事吗?"

"是的,我们知道,我们知道,"卡普里卡说,"《信使报》上报道了，说他们在讨论该怎么把犹太人赶出军队"。

"没错。我们能做点什么呢？"博士一边问，一边从他再次斟满的杯子里喝了一大口伏特加。

"应该把他们赶出去的。服兵役有什么用呢？"夏皮洛耸了耸肩。

"库巴。别话里藏刀！"卡普里卡有些生气了，"你作为一个老兵。还有勋章！库巴，你该感到羞耻！"

"军队对于我们，就像屁股上的疮。"

"我们？还是你们？到底是谁？"卡普里卡大发雷霆，"亚库布，你曾为波兰抗击过布尔什维克，现在却搞这一出……？"

夏皮罗摆了摆手。

博士则从制服口袋里拿出一张报纸的剪报。

"一个年轻的退伍军官在上面写道，应该给犹太人建劳改营，建木板营房和铁丝网围墙。这是七月七日周三的报纸。我们难道是猴子，要被关在笼子里吗？难道我是黑鬼还是什么，要被人关在牢里？我想知道，是谁这么写的。"

"亚库布……"卡普里卡用下巴指了指那张剪报，"那个被你好一顿收拾的杰姆宾斯基一伙人不就是为《ABC 报》工作的吗？"

夏皮罗拿过剪报，快速浏览了一遍。

"不是。杰姆宾斯基是长枪党派的，和《ABC 报》井水不犯河水。至于这个写手是谁，我马上搞清楚，"他说着把剪报塞进口袋里，"蕾夫卡，给我电话。"

蕾夫卡把电话递给了他，他从夹克的内口袋里掏出一本薄薄的笔记本，找出一个号码，拨了过去。

"请转接索科林斯基编辑。我等着。是的。"

拉齐维韦克在一旁看着,似要问什么,夏皮罗打了个手势,要他别作声。

"哦,晚上好啊,编辑先生。我是亚库布·夏皮罗,夏皮罗。您今天在大都会见过我的,记得吗?"

卡普里卡笑得合不拢嘴,他那浓密的、捻成撮的卷胡子都要翘到眼睛上了。他笑着,一边在沉思,想着些可怕的事情。

我没有亲眼看见当时编辑部里的情景,我从没去过《信使报》编辑部,尽管我多次路过卡罗瓦街角的克拉科夫郊区街40号,屋顶上赫然写着华沙以及波兰最大的报纸的名字,大门正面上也写着。即便如此,我仍能想象到,在四楼编辑部房间里,秃头的编辑索科林斯基一想到自己竟然被亚库布·夏皮罗这样的人盯上,被怎样吓得脸色苍白。

我亲眼见过亚库布·夏皮罗对记者能有多心狠手辣。毫无疑问。

"您听着,"亚库布说道,"您告诉我,是谁在负责《ABC报》上那份关于应不应该把犹太人赶出军队的问卷。嗯,嗯……好,我知道你们在为哪家报纸效力了,索科林斯基,我也知道,《信使报》和《ABC报》不是一回事。索科林斯基,您拒绝刊登这份问卷与否,我不关心;其实我本人是不反对问卷调查的,我甚至赞成刊登,我们觉得,你们大可以把你们的军队解散。"

卡普里卡扭过头去。夏皮罗则像个捉弄了自己讨厌的同学的学童似的窃笑着。

"索科林斯基,你听着,别给我打马虎眼,"夏皮罗语气突变,"还是你希望我亲自上门找你?第一次拜访就在编辑部吧?还是直接去你家?密茨凯维支街27号。啊哈,不用我登门?那就快说,到底谁负责这事?原来如此。你说,是编辑卡齐梅兹·博宾斯基。很好。如果他不在编辑部的话,去哪儿能找到他?索科林斯基先生,最好别给我要花样……在SiM咖啡馆。现在告诉我,这个博宾斯基长什么样。嗯,嗯。太好了。我早就知道我们会达成共识的。"

他放下听筒,奸笑起来。

"要我处理此事吗?"他转身问拉齐维韦克道。

博士思考了一会儿。当时我还不知道,他正酝酿着长期计划,而且这些计划的实施都要靠政治手段。

"现在还不用,"他最终回答道,"这事我不会就此罢休,但现在还不是时候。到了时候,我会告诉你。"

于是他们继续喝了起来。

他们喝到第五杯的时候,沙龙里又来了一位客人。这位肥胖、稳重的先生像是某个蒸蒸日上的大公司的会计;略有醉意,背心口袋里装着一块表,手里拿着一根手杖;头已经秃了,想必他是那种过着简单舒适却平淡麻木生活的人。他走进来的时候,还小声吹着口哨;当发现并没有女孩在里面时,便皱起了眉毛;接着,他又看见了吧台边的一群人,后者当然也注意到了这位正派的先生。

"抱歉,我搞错了。"他惊恐地说了声,转身就想离开。

"站住,否则就是一枪!"拉齐维韦克大吼一声,说着便从别在军官腰带上的皮套中掏出勃朗宁手枪,开了枪,子弹从那人头顶上飞过,天花板上掉下一些泥灰。

那是我生平第一次这么近距离地听到手枪射击的声音,还是在楼上一个封闭的空间内。枪声猛烈地撞击我的耳朵,以至于我差点就从高脚凳上滑下来。卡普里卡悄声偷笑起来。蕾夫卡则满心不爽地收拾着杯子。夏皮罗抽着烟,同样阴着脸。潘塔莱翁仍顾自呆望着,攥紧拳头,似乎仍对自己刚刚低声下气的道歉耿耿于怀。那位钢琴师,着装讲究的四十五岁的贝科夫,这时也准备躲开去。

那个肥胖的会计扑倒在地,双手举过头顶。博士拿着枪,朝他走去。

"这是什么意思?为什么要跑?"他问。

"请您别开枪!我还有老婆孩子,别开枪,求您了。"会计央求道。

"有老婆?真老婆?还来逛窑子?"博士大声吼叫道。

蕾夫卡扑哧一声笑了出来,夏皮罗也笑了,卡普里卡也怪里怪气地笑着,连蒂乌切夫也忍俊不禁。唯独潘塔莱翁藏着满腔怒火,一动不动地坐着。

博士抓住会计的衣领猛地一拉,一把就让后者双膝跪地。

"我什么都没做,什么都没做……"这位正派先生抽泣道。

"什么都没做?"拉齐维韦克威胁似的反问他,说着把手枪顶到了猎物的胸脯上。

"真的什么都没做,尊敬的军官先生,没有啊……"会计大声哭喊起来。

博士突然神情灿烂。

"什么也没做,那就跟我们一起快活!喝!快点!蕾夫卡,给我们这位先生来一杯白兰地!"他下了命令。

那人不敢相信这突然的情绪变化为真，博士却二话不说，把他拉到了吧台。蕾夫卡倒了酒，会计也喝了。

喝到第三轮时，他才稍微放松了些。尽管满怀惧怕，但他似乎又觉得，这次或许能死里逃生。博士握着勃朗宁的手搂住他的脖子，在他脸上亲了一下，然后也开始喝，大口豪饮。

"您尊姓大名？"博士一边问，一边又亲了他一下。

"斯沃内奇科，是小太阳的意思。"他结结巴巴地回答。

"什么？"拉齐维韦克以为自己听错了。

"斯沃内奇科，"他羞愧起来，"全名是约瑟夫·斯沃内奇科。"

"斯沃内奇科！太棒了！"博士大叫道，"斯沃内奇科先生，我的朋友！直到永远！"

斯沃内奇科紧张地频频点头。

"我给你看个东西，斯沃内奇科。看！蕾夫卡小姐，钢琴，弹！"

蕾夫卡叫了叫不情不愿的钢琴师，他正吓得瑟瑟发抖。

"贝科夫先生！弹《角斗士入场进行曲》！"博士命令道，"弹！快点！"

贝科夫抖得更厉害了。

"我不会……请您一定要原谅，但我真的不知道，我不会弹那首……"他苦苦哀求着。

"笨蛋！"拉齐维韦克吼道，说着走到钢琴师面前，手里依然拿着那把枪，"儿童游戏！马戏团的音乐！弹！一，二，三！"

钢琴师听到"马戏团的音乐"，似乎猜到了博士到底想听什么样的音乐。他弹了起来，并很快就忘了害怕。刚弹了几拍后我就知道了：这正是马戏团里，小丑上场时会放的音乐。我知道那种旋律，尽管我从没去过马戏团。去马戏团是不信上帝之人的娱乐活动，虔诚犹太人的儿子是绝不会去那儿的。但已过世的虔诚犹太人的儿子则另当别论。事实证明，他们甚至会去妓院。然而，父亲的虔诚始终像乌云的阴影笼罩着我，巨大而沉重。

拉齐维韦克拿着手枪抡动手臂，像乐队指挥舞指挥棒一样。接着，他又跑到吧台那里，把手搭在了潘塔莱翁肩上。

"那么，现在该干什么呢……？潘塔莱翁先生！你看……！哦！斯沃内奇科先生想看扮鬼脸咧。"

潘塔莱翁没有反应。他一直顾自发呆。他不再紧握拳头，双手摊放在柜桌的铜台面上。

"快开始！"博士命令道，"扮鬼脸！"

潘塔莱翁慢慢朝卡普里卡转过身。

"教父，上帝作证，我再也无法忍受了。"他咕哝道。

卡普里卡把杯里剩下的酒一饮而尽。"博士先生让你做什么，你就做什么。是命令。组织要求。"他微笑着命令道。

潘塔莱翁转过身来，目光又投向博士踏进沙龙以来他一直凝视着的地方。我想，他肯定都在吧台后的木制壁板上盯出了一个洞。

"夏皮罗！"卡普里卡朝他大吼一声。

"吃屎去吧。"夏皮罗提高了些嗓门骂道。一边骂，一边站起身来。他因为醉酒而晃荡了一下，但马上就站定了。他从包里掏出手枪，走向潘塔莱翁。

"嘿，他让你干什么就照做吧，"他轻声说，像是在哄小孩子吃鱼肝油那样,"做吧。否则就要倒霉了。快做吧。"

潘塔莱翁吸了吸鼻子。他站起身,在沙龙里走了几步,站定了,背朝其他人。他再次吸了一下鼻子,然后一只手缓慢地绕到背后,掀起长长的头发,塞进帽子里,然后放下手臂。

"这就对了嘛,斯沃内奇科先生,快看!你觉得怎么样?马戏团!"拉齐维韦克满意极了,指了指潘塔莱翁的后脑勺,怪声大叫道。

潘塔莱翁·卡平斯基和我面对面站着。我只能看到他的脸,嘴巴和眼睛紧闭,脸上挤出一道道凶煞的皱纹。而斯沃内奇科先生看到的则是拉齐维韦克想让他看的东西。

"耶稣哪!"斯沃内奇科惊叫一声,仿佛见到了活生生的撒旦一样,撒腿就跑,冲出了沙龙;拉齐维韦克则是一副心满意足的样子,他又朝斯沃内奇科开了一枪,幸而子弹只是擦过后者的夹棉肩垫,打进了墙里。斯沃内奇科逃走了。

拉齐维韦克看着我,好像刚注意到我的存在似的,并用手枪指着我。

"他是谁?"他问,"这个意第绪杂种是谁?"

"他是跟我一起的。"夏皮罗淡定地说。

"过来!"拉齐维韦克对我命令道,"看!"

潘塔莱翁站在那里,一动不动。我从凳子上滑了下来。

"来,你过来!"他指了指自己前面的位置,"快看!"

我看了过去。潘塔莱翁·卡平斯基的后脑勺上有一张脸。比普通成年人的脸小些,闭着眼睛,悲伤地撇着嘴。上嘴唇那里和本该是下巴的地方稀稀疏疏地长着一些黑色毛发,就像不久前我脸上长出来的那些毛发一样。

我愣住了。我突然感觉,自己似乎已坠入深渊,触碰到了上帝的脚。不过我可能记错了。可能我当时只是害怕,坠入深渊是后来的事。我也不知道。

我从写字台前站起身来。走到窗边。外面是一条街。特拉维夫街。然后走回写字台,坐到我那台绿色打字机和盛着冷咖啡的杯子前。

五十年过去了,如今,我只要闭上眼,就能看见潘塔莱翁·卡平斯基后脑勺上的那张脸,那软弱无力的表情,扭曲、畸形的嘴唇和紧闭的眼睛。而最可怕的是——它和潘塔莱翁的脸之间具有模糊却清晰可辨的相似性。

"老太婆!做个笑脸!潘塔莱翁先生!该笑笑了。"拉齐维韦克情绪高涨起来。

"博士先生,够了。"夏皮罗试着让他平静下来。

"给我笑!"博士喊道。

潘塔莱翁握紧拳头,脸上挤出笑容,后脑勺上的脸也露出了微笑,只是他的眼睛始终闭着。

我先是感到浑身发热,接着一阵恶心,然后突然开始天旋地转,眼前一抹黑。我失去了意识。

等夏皮罗把我叫醒时,潘塔莱翁已经离开了。

"我们走,"夏皮罗说,"跟上。"

蕾夫卡那里的狂欢正在高潮。教父和博士在吧台继续喝酒。在他们两人的高脚凳之间跪着卡斯卡,那个金发女郎,我们当时还没走进沙龙就清楚地看到了她的胸部。现在她又把屁股露了出来,胸和头伏在柜桌的铜台面上。博士右手拿着酒杯,左手在那女孩大腿间摸来摸去。她肯定觉得很疼,因为我直到现在仿佛还能看见她变形的脸。她紧闭着双眼。教父并不在意她。蕾夫卡在放在卡斯卡金发边一部大书里记着什么。贝科夫则弹着令人心碎的曲子。

"走啊。"夏皮罗又叫了我一遍。

那一刻,我不再想他把父亲拖出家门的情景了。我不愿再回忆那一幕。他向我伸出手,就像父亲向他的孩子伸出手一样;我抓住他的手,我们一起离开了。

当时我还没意识到,现在回想起来才发现,我正是在那天晚上彻底丢弃了对上帝的信仰。到今天为止,我再也没有相信过上帝。就是因为潘塔莱翁·卡平斯基那第二张脸。

出租车已经在楼下候着了,那是一辆黑色雪佛兰。我们上了车,但车并未马上开走。

"等会儿。"夏皮罗对司机说。司机耸了耸肩,顺从等着。

潘塔莱翁·卡平斯基的脸彻底改变了我内心的某些东西,就像转换了开关似的。在那番所见之后,相信上帝存在的信仰对我而言显得荒谬无比。

要么是上帝,要么是潘塔莱翁·卡平斯基后脑勺上的那第二张脸,非此即彼。现在我不再相信上帝,而是相信怪物了。在华沙几乎不曾有过这样的怪物;后来我搬到这里,也没有时间想这些东西。确切地说,怪物们是在一九四八年的那场战争后出现在我生命中的。从五十年代初开始,我一直订阅医学专业期刊。我也会买医学书籍。翻阅的过程中,我还会把一些照片和简图剪切出来,然后把它们拼一个大的整体。这成了我的证据，证明人是不存在的。不存在人这样东西。

如果存在连体婴儿，就不会有上帝。倘若一个人长在另一个人的身体里，一个成年人胸部的一半为另一个人所共有，两者的骨盆和瘦削的双腿都不及一个小孩子，那算是什么人呢？算几个人呢？什么算是身体呢？这身体为何存在呢？

我在浴室淋浴前，常对着镜子端详自己将近七十岁的身体。身体比我实际年龄显得更老。这是一个老翁的身体，皮肤苍白，只有小臂——因为军服的袖子常年挽着——和脸被太阳晒黑了。肩上的皮肤已变得松弛褶皱，但胳膊上还是有肌肉的。肚子也囤积了脂肪，凸了出来，因为一个月以来我都几乎没有离开过这间屋子，只是坐在打字机前，吃得又多。但我相信，只要恢复退役前必须遵照的那种生活方式，不出三周，我就能恢复原来强健结实的身材。毫无疑问，毫不费力。

可是，我从镜子里看到的到底是怎样的身体呢？是我藏在这身体里，还是说我就是这身体？

那么，那个长进另一个人胸膛里的"半个人"，又算什么呢？如果共用一个身体，却有各自脑袋的畸形双胞胎是两个人的话；而另一个没有自己的脑袋，只是像寄生虫一样长在他同胞兄弟身上的人只能算"半个人"的话——是否可以说，人就是他的脑袋？还是更应该说人是住在，藏在他脑袋里的？就像我藏在这间小屋子里，从四十年代开始就是我们的住处，现在却是我一人的了。自从只剩下我一个人，我就很少出去了，而是像寄居蟹藏在贝壳里一样，把自己藏在这里。

上帝是不存在的，如果有人能长两个脑袋，或者更糟的情况——长了两张脸——的话，肯定没有上帝，因为人也是不存在的。难道人不该有专属自己的脸吗？如果婴儿一生下来就没有大脑，眼睛上面只有一个血淋淋的、敞开着的颅腔，那么生出来的到底是什么呢？一个人？还是一块肉？

上帝是不存在的。因为存在无脑的畸形胎儿。怎么会有无脑的畸形人呢？

我对畸形并不感兴趣，尽管诸如此类的东西常常同样丑陋不堪。比如长得像蟹爪一样的手指；或是巨人症患者；或是双腿粗于躯干两倍，因而活动不便的瘦子。抑或是因患象皮病而肿得和足球一般大的阴囊。我对可怕的皮肤疾病也不感兴趣，比如从脑袋里长出来的瘢痕肿瘤，或是可致人面目全非的组织增生——所有这些都十分可怖，但在我看来都不足以证明上帝不存在。我虽会出于好奇观察这些图片，但并不会把它们从杂志里剪切出来，不会贴到我那本证明上帝存在之虚无的剪报本里。

但如果在两个人之间不能划分出界限来，那这就是上帝不存在的最佳证明。我，塔特·阿鲁夫·莫设·因巴，要对所有想听这一点的拉比、伊玛目和基督教牧师说：上帝是不存在的，因为人也是不存在的。虽然某些什么东西可能是存在的，但如果我们对这类东西无法作出彼此间的区分，也就是说不能在人之间划出界限来，那么就不存在作为个体、作为与世界上其他事物和与其他个体相区分的人了。迄今为止，我们都是在区分的意义上来理解人的。

我的剪报簿所涉及的就是这些东西。里面第一篇内容就是潘塔莱翁·卡平斯基的第二张微笑的脸。我没有他的照片，但仍记得他的两张脸，直到今天。我不禁自问：潘塔莱翁·卡平斯基的两个头里到底藏着几个人？为什么第一张脸笑的时候，第二张脸也会笑？里面有两个人吗？

另外，我的剪报簿里还保存着一张头顶长在一起的连体婴儿的照片——这样一个身体里有两个人吗？还是说根本没有人？或者说是婴儿，但智力比不上猫，根本算不上是人，或许他们出生时本是"非人"，后来才慢慢长成人；但我又不知道，这一蜕变具体何时发生，因为我对孩童的成长一无所知，我不知道，他们何时开始说话，开始走路，先会说话还是先会走路。这些我一概不知。

而五十年前坐在雪佛兰出租车里的那个我，和现在的我，是同一个人吗？从科学角度看，我体内所有的细胞分子都已更新过了。可能唯独牙齿上的珐琅质和骨骼没有变化，但转念一想，我的骨头和牙齿却不是我这个人呀。这么说来，从华沙迁到雅法后，我身上的一切都新换过了，只有牙齿上的珐琅质还是原来的？

还有回忆。或者说更多是其艰难的重构。我所能回忆的到底有什么？

我，已退役的塔特·阿鲁夫·莫设·因巴，和那个来自纳莱夫基街的、瘦弱矮小的犹太男孩莫伊热什·伯恩斯坦——我们是同一个人吗？是什么将我们联系在一起？仅是我关于他的回忆吗？他从未想到，有朝一日会变成我。只有我知道一切。那个一九三七年的莫伊热什·伯恩斯坦是不会知道的。

莫伊热什·伯恩斯坦一九三七年坐在一辆出租车里，车停在了克希科瓦街和庇护十一世街的交叉口。他并不知道他们要等什么，直到不久之后潘塔莱翁气喘吁吁、连连叹气地上了车才清楚。

"走吧。去纳莱夫基街。"夏皮罗命令道。

"这就去,老板。"司机闷声答道。他穿着件皮外套,坐在与乘客完全隔开的独立驾驶室里。当时已有很多现代化的出租车了,司机坐前面,像在普通轿车里那样,但这辆车明显旧一些,怎么也有十年了。

潘塔莱翁坐在莫伊热什·伯恩斯坦,也就是我——莫设·因巴对面。但更准确地说是坐在莫伊热什·伯恩斯坦对面。也和夏皮罗面对面。他双手抱着膝盖。

"你想怎么办?"夏皮罗满怀同情地问他。

这份同情心让现在的我十分惊诧。毕竟夏皮罗当时很清楚,潘塔莱翁是个怪物,虽然在备受折磨,但终究是怪物。但那时他的同情心并不让我诧异。当时我这个新晋的无神论者内心交织着对潘塔莱翁的惧怕、憎恨和同情。

出租车开起来了。

"有时,我会听到脑袋里这个鬼怪的声音。他会对我说话。用不同的声音。然后我就向主耶稣祷告,但无济于事。"潘塔莱翁喃喃道,呆呆地盯着出租车的底板。

夏皮罗点了点头。

"然后你就喝酒。"

"我厌恶伏特加。喝伏特加就是堕落。但我的确会喝。因为这个鬼怪会跟我说恐怖的事。邪恶恐怖的事。然后我就照做了,对我这个魔鬼兄弟言听计从。而现在我饿了。"

"要不要来份香肠配面包?"夏皮罗给出了建议,没等潘塔莱翁回答就马上告诉了司机要去的地方。他那施号发令的语气,后来我也学会了。

我们在马沙科夫斯卡和耶罗佐利姆斯凯街交叉口处的富克斯咖啡馆前停了下来,那里通宵停放着一辆小货运车,车上有口烧煤的大锅,里面的汤里一直煮着小香肠。在那之前,我从没有这么近距离地看见过这样的小车,因为我一直不敢去那一带;虽然在科拉科夫斯凯街,即特伦巴卡街和科齐亚街的岔路口那里也有一辆类似的货车,但我从没吃过小香肠。

"你也要吗?"夏皮罗转而问我。

我的第一反应是想问一句,那是不是洁食,但一想到那百分之百是不洁净的,心中立马生发出一份叛逆:就算是的,那又怎样? 我就是要吃不洁的食物!

我并不饿,我们刚吃过东西。但我从未晚上坐在出租车里吃过从街边货车里买来的香肠,这在我是第一次。

"要,谢谢。"我小声回答。

夏皮罗下了车,买了三根香肠和三个面包,分装在小纸碗里,每份中都挤了很多芥末酱。他递给我们,我们便吃了起来。出租车司机不敢说不让我们在车里吃东西。

不一会儿,车停在了米瓦街和鲁贝齐街的交叉口,潘塔莱翁就住在那里。潘塔莱翁·卡平斯基和他的魔鬼兄弟一起下了车,进了公寓。他的魔鬼兄弟指示潘塔莱翁,把那条结实的军用旧皮带从裤腰上抽出来;再把妻子叫醒,抓着她的头发把她拉进厨房;在那儿,又命他把妻子的睡袍撕扯下来,把她按到餐桌上,用皮带狠狠抽打她,直到流血。那股子狠劲,丝毫不亚于当年亚库布·夏皮罗被囚于沃姆扎时,某个叛徒用牛皮鞭子抽打他时的样子。

潘塔莱翁对妻子的虐打无关情色。他并未产生性兴奋，两个潘塔莱翁都没有。是纯粹的暴力，纯粹是因为暴力的欲望。潘塔莱翁打他妻子，因为他想打，只是希望后者承受痛苦，撕心裂肺地哭号，就像他脑袋里魔鬼兄弟发出的声音一样；潘塔莱翁·卡平斯基的妻子果真大声哭号。他只得扯下她的睡帽，塞进她嘴里，以防邻居被吵醒而跑去找楼房管理员。这样的话，潘塔莱翁也得和管理员闹起来，说不定会打断后者一条胳膊或把鼻梁打折。或者杀了他。

他抡起那条又重又硬的皮带打他妻子，一边喘着粗气，一边又一次抡起来，打下去，继续喘着粗气；妻子肥胖的臀部、背部和大腿都被打红了，随后皮开肉绽，血流出来，最后整个人晕厥过去。潘塔莱翁毫不费力地把她抱起来，带着近乎温柔的表情将她抱到卧室，扔到床上，然后回到厨房，拿出为客人藏着的伏特加酒，喝了起来，一直喝到再也听不见魔鬼兄弟的声音为止。

头儿们曾不止一次取笑他，但这次却是他两年来第一次喝伏特加。自从一九一九年，他从马戏团——在那里时，大家总是用伏特加灌他——逃出来时，他就开始努力戒酒。后来，只有当脑袋里那个魔鬼兄弟的声音大到他难以忍受时，他才会喝酒。

这个世界上，他只怕两个人：教父和博士。除了这两人外，再无其他人能强迫他展示他魔鬼兄弟的脸。只有这两个人能。而潘塔莱翁对此也并不反抗，因为他深信，每个人都会被另一个人折磨。他甚至相信，教父和博士也会受其他人折磨，只不过别人还没看到而已。

在酒精的麻痹下，那个声音终于消失了，潘塔莱翁把他的头，他自己的,也是他魔鬼兄弟的头,埋在了他强健的小臂里,一醉不醒。潘塔莱翁和他的魔鬼兄弟退场了,尽管次日早上开始又会恢复原样,但这一觉也是一种暂时的解脱。

教父也回家了,一如往常。他不喜欢在外过夜。那辆克莱斯勒就在蕾夫卡的妓院前等着他。凌晨时分他上了车,略带醉意,怀着对生活、对自己满意的心情,由司机送回了家,在回家的路上他就睡着了,一如往常。

教父住得远,实际上已经在华沙城之外,紧挨着城市边界,在多马涅夫斯卡街和普瓦夫斯卡街交叉口处的一栋并不显眼的别墅里。那座巨大的房子被一个种了苹果树的小花园包围着。教父的三个女儿:祖赞娜、亚妮娜和克里丝蒂娜在房子里长大成人。对女儿们,教父是慈爱的父亲,他妻子玛丽亚也是世界上最完美的母亲。他们没有雇用人,卡普里卡不希望家里有陌生人。

"我家里已经有四位女士了,难道还需要再雇个陌生的厨娘吗?"他总会这么说。

玛丽亚·卡普里卡是个单纯的女人,也不会想到让别人伺候自己。而最大的女儿克里丝蒂娅,刚从切尔尼亚科夫斯卡街的拿撒勒文理中学毕业,有时却会抱怨,她所有的同学家里都雇着用人和厨娘:唯独我们家里,什么都要自己做,难道爸爸这么穷,一个人都雇不起吗?

教父对此充耳不闻。即便这所配得上政府高官或少校一类军官的房子并不能夺人眼球地展现他的贪婪——他那辆克莱斯勒倒是立马能让人眼前一亮,但他的虚荣和贪婪是在心里膨胀着的。

玛丽亚·卡普里卡身材丰满,并不引人关注。她对待她的丈夫,待之如君王、智者和主任牧师三体合一。她丈夫有时会打她，像在每个普通家庭中的情形那样，但不会打得太重，而且按照他的说法也从不会毫无缘由，而玛丽亚也总是谦卑地承认这一点；只有她丈夫喝醉酒时打她是例外。玛丽亚通常不给卡普里卡打她的理由，因为她是个十分贤惠的家庭主妇，也有一手好厨艺；一个月内挨打不会超过一次，她并不觉得难挨。

但若碰上卡普里卡喝得烂醉，就另当别论了；有一次他朝玛丽亚开枪，所幸没有打中。女儿们吓得都不敢下楼。她们一年只有一次会见识到酩酊大醉的父亲，五月一日，确切地说是两天后。他尽管每天都会喝点儿，但从不喝到无法自控的程度。但每年的五月一日年那天，作为工人游行的主角之一，他一大早就会带着一群跟班进城。他在五一节邀请来的人，众所周知，都是他看重的亲信。拉齐维韦克和夏皮罗也总是属于其中。但这一天他们不会像往常一样去馅饼店或是蕾夫卡的妓院，因为这两处只是日常活动的场所。五月一日得按节日来庆祝。

于是，他们通常会选择在布里斯托尔或在西门和施太奇家餐馆共进午餐，他们会吃最贵的龙虾和牡蛎。会让服务生演示，如何按照艺术的法则优雅地享用这类菜品；并会打趣道，这儿的工人阶级如何伺候他们的代表享用如此精美奢侈的珍馐。

接下来的一整天都是这样隆重。午餐后他们会游历全城。先去一家又一家咖啡馆，扎科皮妍卡、什瓦伊察斯卡、拉尔德里斯-巴加泰勒或杰米亚尼斯卡；然后再去阿德里亚、奥阿扎和克里斯塔尔，在那里不会点餐，而只是喝伏特加，喝到几乎要倒地不起；接着，他们会吸可卡因，然后继续喝酒，喝一整夜，直到第二天早晨。接着他们会在尤若培耶斯基酒店享用早餐，那里已有舒适的房间和上佳的女孩子们等候着。他们可以在再次进城玩乐前由女孩子们陪伴着稍作休息。他们年年如此，虽然见到的面孔和所去的酒馆会有变化，但节目大体相同。

五月三日晚上，卡普里卡才回到家；有时是一个人，有时带着些妓女。他通常只穿着一条裤子，衬衣没扣扣子，外套和西服已不知道被他丢在了什么地方，双手颤抖着，每个毛孔中都散发出伏特加、呕吐物和烟草的气味。

一九三五年五月三日，卡普里卡朝玛丽亚开枪了，因为后者对丈夫带着两个犹太妓女回家表达了不满，还暗示这两个女孩可能比他们最大的女儿，当年十七岁的克里丝蒂娜年纪还小。

"滚一边去，你这个反犹婊子！"他咆哮道，他前面一整晚就是在和同行的人争辩波兰街头日益严重的反犹主义。

他没射中，子弹打进了墙里，玛丽亚明白了卡普里卡的警告，飞快地逃进二楼，迅速锁好女儿们的房门后，把自己反锁在卧室里。两个小一点的女儿祖赞娜和亚妮娜同睡一间屋子；克里丝蒂娅则有自己的房间。

抛开此事不提，这一天仍算是卡普里卡结婚以来——当然也是自一九一九年以来，因为一九一九年之前的五月三日从未庆祝过，他也从没打过玛丽亚——最开心的一次五月三日。一刻钟后，卡普里卡就在桌子上睡着了；三个女儿赶紧趁机逃跑了，什么都没敢带走。卡普里卡一睡就是十八个小时。第二天，他为妻子订了花，于是，一切不快烟消云散。

又有一年，他用一根拨火棍把玛丽亚·卡普里卡的小手臂打折了，

109

然而比这种肉体的疼痛更让她伤心的是他脱口而出的话；他把忠心、勤恳的结发妻子叫作肥猪，说自己把青春年华浪费在了她身上，还说她夺走了他辛苦赚来的钱。

当时，卡普里卡的女儿们都听到了这些，但这次依然不下到一楼来。母亲已事先提醒过她们，今天，就是今天，是爸爸会大醉而归的时候。

第二天，全家人照例坐在一起吃晚饭，玛丽亚·卡普里卡手臂上打着石膏，只能使唤女儿们准备饭菜了。

教父一一询问女儿们，在拿撒勒文理中学都干些什么，那些神经错乱的修女有没有总在给她们灌输教堂里的那些胡说八道。玛丽亚·卡普里卡一如往常地被自己丈夫的渎神言辞弄得惊骇不已，在一旁虔诚地画着十字。然而，这只会激励她丈夫更加放肆。

一九三七年九月的那个晚上与往常一样。教父从蕾夫卡那里离开后坐着那辆克莱斯勒回到莫科托夫，吃着妻子准备好的晚饭，妻子讲述着自己的一天，他则完全不感兴趣，所以压根儿就没有听，而是翻看着《信使报》晚报，随口问着女儿们的情况，也并不在意她们的回答；吃完就去卧室玩单人纸牌了。

卡普里卡一边玩牌，一边思考自己的人生、工人阶级与社会主义运动的现状，然后想到了更重要的事。

"我真是在怀里养了一条蛇，那个该死的犹太无赖。"他咕哝道，指的是拉齐维韦克。

他脱了衣服，看着镜子里的自己。梳了梳胡子，拍了拍浑圆的肚子，又往上抬了抬，为了看到自己粗壮的阴茎，他对它的大小向来很自豪；然后抓了抓瘙痒处，随后就上床睡了。

而我却不知道那晚要在哪里睡。我不想回家，不想回到母亲和弟弟身边。这种感觉虽使我尴尬，但事实就是如此：只要不回去他们那里，去哪里都行。而我的确也没有回去。

"今天你去我那儿睡。"夏皮罗突然跟我说，似乎能听到我的想法。我经常有这种感觉：他听见了我的想法。

我也在想明天要和玛格达一起去看的戏；但又知道，这不会实现的。他不会听到我的这个想法。

我们停在纳莱夫基街上，40号楼前。再往前数十四个门牌号，弗朗齐什卡尼斯卡街拐角处，就是我父母的家。我只要五分钟就可以到家，和母亲与弟弟在一起。

但我却不可以再回到他们身边。我再也没有见过他们。

我仍记得他们的脸，清晰地记着母亲和弟弟的脸，但他们只有在我回想起夏皮罗带走父亲的那一刻才会出现。心情明朗的时候，我看不到他们，或许是不愿回想。浮现在我脑海里的，也不过是伊马努埃尔脸上惊恐的表情和母亲麻木呆滞的神态，仅此而已。

夏皮罗付了车费，我们下了车。门房是个基督徒，给我们开了门。即便在犹太人居住区，门房也大多是基督徒。夏皮罗塞给他几兹罗提后，我们上了楼。亚库布开了门，让我先进，像主人接待客人那样。

他的家由三个小套间合起来，占了整个一层。这在我们住的小区很少见。我们伯恩斯坦一家人尽管也有一个三居室的大套间，但没什么用，因为我们不得不把其中的一间租出去。家里没有自来水；只在后院里有一个供所有人使用的厕所；洗澡和做饭用的水都是从院内一口井中

111

一桶一桶打上来的；而井和厕所距离很近。我们用露天炉子烧煤取暖。住在纳莱夫基街的所有人家都是这样的。

夏皮罗家则是另外一番样子。亚库布买下了一整套出租房，登记在埃米利亚名下，一家人住在属于自己的房子里，这在华沙的出租公寓里是罕见的。一楼的店铺和二楼的租客只需付给夏皮罗很少的租金，比市场价格低得多，因为夏皮罗另有赚钱的门路，他也很看重乐善好施的名声。他一人支付这些套间的水费和供暖费，当然也包括他和家人住的那一层。

他原本可以搬出去，在若利博兹、莫科托夫或萨斯卡-肯帕等市中心优越地带买一处漂亮的现代化住宅，或者像教父那样，在城外买一处别墅；但他不想这样。华沙北部区域，水沟里散发着臭味，每逢周五四处弥漫着乔伦特的气味，污物扫不胜扫，这里才是他唯一拥有的家园，他不能割舍的家乡。他不能放弃，也不想放弃。他不愿意被同化。华沙的纳莱夫基街，这个小耶路撒冷才是他真正的家；搬到莫科托夫则意味着融入波兰。亚库布不想这样，因为他不喜欢波兰。但他更不喜欢的，是那些被同化了的犹太人，这些人出身更高的社会阶层。对他们来说，纳莱夫基街、米瓦街或斯莫恰等犹太人居住区比臭烘烘的波兰或俄罗斯村庄更臭不可闻，因为波兰农民的贫穷与脏臭与他们无关；而这条纳莱夫基街，其破败潦倒的店铺，身扛重物的脚力，以及满是大蒜和香料气味的亚洲风格前厅，于他们而言才是贫穷与脏臭，他们想方设法要迅速而彻底地摆脱。

亚库布却什么也不想摆脱。当他穿着扎雷姆巴最昂贵的西装大步走在纳莱夫基街上，当他穿着比波兰骑兵上尉的军靴擦得还亮的鞋子跳过路旁的水坑，当他目光扫射北区这一带时，他都展现出一种放肆不羁的姿态。我们这一带的人，即穷苦的犹太百姓，却都不会像对波兰那些大人先生那样反感地看他，不会带着对那些人怀有的仇恨看他，也不带恐惧和嫉妒。亚库布·夏皮罗穿着他的名贵西服，开着他的别克车，一定程度上也是代表了这里的犹太百姓，因为他始终是他们中的一员。他住在纳莱夫基街上，虽是在自己的房子里，但仍属于纳莱夫基街。他不会对不愿意听波兰语的人说波兰语；他虽然既不在乎上帝也不关心犹太传统，但从不会带着不信与轻蔑之态伤害看重这些的人。

走在路上时，他会向长者鞠躬行礼，以示尊重，他也会同样礼貌地对待在特沃马凯街 13 号集会的犹太文学家协会里的犹太记者和作家们，因为他视其为犹太人身份与个性的捍卫者，他也一直暗中为他们提供保护和照料，之所以要暗中进行，是因为后者绝不会接受一个强盗的好意。他甚至也会关照那些明显对他怀有敌意的犹太人，比如歌手。就算他要自己动手收拾他，也绝不允许波兰人动那个人一分一毫。若真发生这样的事，那他就要报复了。

夏皮罗的妻子正在厨房里等他。他们没有结婚，但所有人都把埃米利亚视为夏皮罗的妻子，尽管她各种证件上的名字都保留了她在娘家时的卡汉，但所有人都只会称呼她为"夏皮罗太太"。虽天色已晚，但丹尼尔和大卫仍在布置并非特别雅致的客厅里的地毯上玩着象棋。他们两个看着我，眼睛里带着好奇，又有些距离感，似乎还满怀希望，希望我可以成为他们和成人世界之间的桥梁。

"这是那个小伯恩斯坦，"夏皮罗简单地介绍道，"他今晚住在我们家。"

"你们吃过了吗？"娘家姓卡汉的埃米利亚·夏皮罗问我们，并没有问任何关于我这个新同住者的事。

"在蕾夫卡那里吃过了，又买了流动货车上的香肠。你打算让这个男孩睡哪里？"

"去客房吧。你知道吗，那个美国的女飞行员一直下落不明呢！我真担心她……我今天在报纸上读到的。"

亚库布思忖片刻。他的第一反应就是，那个什么美国女飞行员与我何干？但紧接着这则消息也让他有些担忧。他希望，有人能尽快找到她。

他们把我带到睡觉的地方。埃米利亚给我拿来床上用品。

我躺了下来，这是我生平第一次和陌生人共处一个陌生的环境。亚库布像往常那样带两个儿子去睡觉。接着，夏皮罗一家就将自己反锁在卧室里了。我则难以入睡。起身坐到窗边。

窗外，在纳莱夫基街上方，游荡着一条灰色的抹香鲸。它那火焰般闪烁着的眼睛看着我，巨大的头颅滑过一排排房屋的烟囱。

利塔尼，我是利塔尼。我是你头发的灰烬，舒拉米特[①]——他唱着，露出那长了一副坚硬牙齿的下颌，随即消失了，在那些出租公寓间时隐时现。

[①] Schulamit，《圣经·雅歌》6:13中提到的所罗门的情人，有"完美的"或"宁静的"之意；亦有将其释为女子所来自之地的说法。——译者注

三 א

GIMEL

在华沙的银行广场，乌亚兹多夫斯基医院，官员和记者聚居的若利博兹区、莫科托夫区、萨斯卡-肯帕区、赛马场、王宫和国防部、霍扎和马沙科夫斯卡街一带，赎罪日都是在周三，公元一九三七年九月十五日。那一天没有特别之处，平淡无奇。十六日的《信使报》也对赎罪日只字未提。

在耶路撒冷，赎罪日也颇为平静。一些教徒聚集在哭墙祈祷。警方逮捕了一个叫阿里·卡切尔的人，因为他吹响了羊角号，想引发骚乱，他是犹太复国主义运动组织成员。另外，在耶路撒冷老城的一处犹太会堂里，发现了一枚炸弹，但好在只是哑弹，寄托其中的期待未能实现。

在华沙，在根夏街、斯莫恰街、纳莱夫基街、诺沃利普基街、卡梅利察街、米瓦街、莱什诺街和北区所有犹太人居住的街道，从普拉加、佩尔措维兹纳到波维希莱街，赎罪日都在周三，在创世以来第五六九八

115

年的提斯利月①十一日。《人民论坛报》开辟专栏，报道了赎罪日的情况。

周二晚，华沙犹太人居住的所有街道都空无一人。也几乎见不到公交车与电车的影子，虔诚的犹太人都去会堂诵读《柯尔尼德拉》了，而我，莫伊热什·伯恩斯坦，却在我清晰的成人岁月中第一次没有去会堂诵读。

自成年礼以来，我每年的这天都跟父亲去会堂，像所有犹太男孩那样。首先，父亲会先在家里准备好赎罪鸡：他先举起一只白色的公鸡，在头顶上绕几圈，以祈求罪的赦免，然后把鸡杀死；接着，母亲会把沸水浇到鸡上，拔掉鸡毛，把鸡拿到外面。我那时对鸡的内脏颇感兴趣。随后，母亲会用砍肉刀把鸡从翅膀以下剁成几块。鸡头剁下来后，母亲再把鸡爪和鸡脖分离出来，做成鸡汤；随后把鸡腿和翅膀剁下来，再把剩下的鸡架均分为二，每一部分各有一半结实的胸脯。

然后，我就跟父亲去会堂了。诗班领唱的左右两侧都是佩戴着《妥拉》经文带子的犹太男人，领唱用阿拉米语颂唱犹太人的《柯尔尼德拉》祷词，我们从当年赎罪日到下一年赎罪日之间都要颂唱这一祷词：Kol Nidre ve esarej, ve charamej, ve konamej, ve dinusej, ve kinusej uschvu'ot. 大意是，我们在今后一年里会作出的所有誓言与承诺都应视为无效，并因此祈求得到赦免。

父亲向我解释道，这并不是说，一个虔诚的犹太人可以言而无信。这只是表明，我们不应束缚于那些虽是出于好意而作出却无力兑现的

---

① 提斯利月（希伯来语 תִּשְׁרֵי 或 תִּשְׁרִי，源于阿卡德语 tašrītu，意为"开始"），又作"提市黎月"，是犹太国历的岁首（一月），犹太教历的七月，共有三十天，相当于公历九月、十月间。——译者注

承诺。

或许，这都是夏皮罗告诉我的？或者是夏皮罗的父亲把《柯尔尼德拉》的意思解释给夏皮罗听的，而并非我父亲告诉我的？

父亲的身体像赎罪鸡一样被肢解。编辑索科林斯基在《信使报》上说，又找到了瑙姆·伯恩斯坦的一部分残体。最后找到的是头部，一并发现的还有父亲长衫里裹着的各种证件，这才最终确证了死者的身份。

我不想知道任何细节。两个月以来，我已经过上了一种全新的生活。我高高托起瘦削的父亲的脚踝，将之在头顶上转上三圈，然后献上为祭，如那只赎罪鸡一般。

空中那条巨型抹香鲸正在一排排出租公寓间缓慢地翻滚游动；它厚厚的皮肤里长着藤壶；长了一副坚硬牙齿的下颌缓慢地一开一合。"利塔尼。利塔尼。利塔尼。"

我没有关心父亲葬礼的事。没有预约圣祷。我也不知道，有没有人安排这些。我觉得应该有，但并不知道。他曾活过，却已不在，离开了。

"你的母亲和弟弟都去沃姆扎找你阿姨了。"我住进夏皮罗家不久后某次早餐的时候，埃米利亚·夏皮罗这样告诉我，当时亚库布和他们的两个儿子也在，"扬凯夫给了他们钱。"

她说意第绪语时，旁人几乎听不出她从小就能说一口流利的波兰语，像我们一样。亚库布听到这些话，眼光瞬间从餐盘转移到她身上。

我没有说话，只是吃。食物很美味。亚库布给了母亲和弟弟钱，他们就离开了华沙。现在他们过得不错，在某个遥远的地方。又或者，这些只是埃米利亚说给她儿子们听的？

饭后，我们去了莱什诺街上格维亚兹达的运动馆训练，我穿了一件夏皮罗借给我的肥大的运动衣。我又在手上缠了绷带。

夏皮罗自己不再训练了。他不再视自己为拳手，而是教练员了。从他最后一次比赛到今年赎罪日的两个月里，他明显胖了，重了几公斤，所以只得让人把背心和西装上衣改宽了一些。

现在，他正在教拳击新手缠裹绷带。关节是最重要的。我见过很多职业拳手，他们就是因为不注意保护手的关节，双手变得像枯萎的郁金香花朵一样垂挂在小臂上，出拳绵软无力，也就做不成拳手了。所以，我认真地缠绷带，并感到那头抹香鲸看着我。

它在莱什诺街的上方游荡，吸着那些跳绳、打皮革沙袋、练习空击、深蹲和俯卧撑的男童、男孩与男人们身上的汗味。

它等待着。它悄声唱着狩猎之歌。

夏皮罗已经开始和一个男孩做手靶练习了，那个男孩年纪跟我差不多，但比我高，体形也更健硕。他训练的架势就像一条顽强的罗威纳犬。我则在一边观看，等夏皮罗叫我训练。

"左手拳，蜷缩，快，出拳，勾拳，快！"亚库布喊着。

拳套打在他的手靶上：啪，啪，啪，像鼓掌那样，迅速有力，一个接一个。亚库布喊叫着，跳动着双腿，正如一个职业拳手该做的那样；他朝着那个男孩扬出靶位，时而正面，时而侧面，时而下压以激发上勾拳，时而放在腹前要求男孩向躯干出拳；那个年轻的拳手也全力应对，迅猛而灵活地连连出击。

"蜷缩……"夏皮罗喊着，边用手靶指示着下一次挥拳。

那个男孩弓身躲开了夏皮罗朝他头部扬出的手靶，深深地蹲下，然后迅速从另一侧挥出一拳，随着一声悦耳的啪声，击中了夏皮罗另一只已经摆好靶位的手。

"注意腿，快，快，快！"

他遵照指示，双腿不停跳动着，仿佛脚下的地面是炙热的钢铁。

"腿再多发点力！该死，这是什么东西！你个浑球，怎么回事？去给自己擦屁眼吧，腿！快！快！左手拳，左手拳！什么乱七八糟的东西！快，左手拳，左手拳，左手拳，长距离打出来，长距离！你做的这是什么垃圾动作！伸直！转身！努力！该死，再来一次！移位躲开！左手拳！右手拳！好一些了，继续！浑蛋，移动！左手拳！右手拳！努力！你在想什么？移动！小子，努力！移位！右手拳，快！勾拳，从左侧出击！身体下沉！下沉！该死，好些了！直臂长距出拳！长距离！不要做这些垃圾动作！别住对手！左边！右边！左勾拳！好！脚向我进攻，再近一点！好！保持距离！这是什么狗屁东西！你做的这是什么！花拳绣腿！左边！右边！下沉！从我身体下面进攻！从我下面！注意脚！好！就这样，再来一遍！左边！右边！移位！右边！勾拳！怎么回事，怎么像我奶奶摆手似的！重复一遍动作！左边！右边！移位！右边！勾拳！做好防守！你个浑球！下次我就要出击了！再来一遍！左边！右边！移位！右边！勾拳！该死，浑蛋！手呢？防守！手！这像什么话！这是拳击吗？拳击是这样的？什么破拳？废物，你该滚出俱乐部了！左手拳！左手拳！努力！防守！手抬高一点，否则我就出拳了！手！混账东西……！"

他的确出拳了。手靶猛地打到男孩的太阳穴上，男孩踉跄几步，坐到了拳击台上，眼前发黑，天旋地转。

我离开了母亲和弟弟。他们不在了。消失了。所有人都不在了。都被我抛弃了。只有我还留在这里。利塔尼把我的汗味也吸走了,并用它那轻声的吟唱触碰着我。

"好吧,还不错!站起来!很好!有进步了!"夏皮罗喊着,突然表现出对他学生满意的态度,仿佛刚刚并未把他骂得狗血喷头。

我离开了母亲和弟弟。因为我想打拳。因为我想看夏皮罗,看他跳上拳台的样子。我往手上缠裹着绷带。先缠手腕;再在整个手掌上进行十字形缠裹;然后是手指的骨节,拇指上要多缠几圈;最后再缠到手腕上。我走到墙边站好,注视着他们。

"你的手指很长,像我一样。"有一次夏皮罗帮我把左手上的绑带拉紧时突然说,"起初他们都想说服我,说我有着钢琴家的手,而不是拳击手的手。但后来他们都大吃一惊。"

我父亲支离破碎的身体在混浊不堪的水里漂来漂去;我却在学习拳击的步法、手部姿势,以及如何用右拳和左肩护住下颌。

我就像个婴儿,第一次独自站了起来,倚在墙上。

在格维亚兹达运动馆里,我经历了重生。当夏皮罗和我练习勾拳与直拳时,我弯曲双肘,紧贴身体。

直到今天,我仍迈着当年学到的步伐;直到今天,我都走在当年选择的道路上;直到今天,我的耳边也依然回响着他们那时对我说过的话。

那年我十七岁。

我离开了母亲和弟弟,父亲的尸体像赎罪鸡一样被肢解了。

现在的每一天都大同小异，却与我之前生活中的那些日子大相径庭——现在，每天都像在犯罪一样令人激动。每天晚上，我都在对明天急切的期待中入睡。

有时，我会在睡梦中叫喊，随即惊醒，埃米利亚·夏皮罗则会闻声赶来，抚摸着我的头安慰我。我知道，在那一排排出租公寓，或是后院，抑或维斯瓦河上方的什么地方，潜伏着利塔尼，那头灰色的抹香鲸和他那火焰般闪烁的眼睛。

"睡吧，孩子，睡吧……"她用波兰语轻轻地对我说。然后在我身边躺下来，慈母般地靠着我，尽管她并不是我的母亲；她是那样温暖，散发着女性的气息或夏皮罗剃须香露的气味。

有时，我会醒来，听到她和亚库布做爱的声音，听到她的呻吟声，又会在第二天早上看到她在厨房里，然后不禁想起她昨晚的呻吟。

每天早上，一位迪纳西车库的机械工都会把别克轿车开到门口。那时，我已经吃完了埃米利亚准备的早餐，每天都有面包配黄油和牛奶，有时会有奶酪和香肠。一切都是洁食，一切也都美味可口，都是为我准备的，也都满怀爱意，这种爱是我从前未曾体会过的。

埃米利亚心地善良，善解人意，从不会向我问这问那，对我毫无所求，也不要求我做任何事。她常会抚摸我。我那时觉得，她比我的生身母亲更好。而现在，我不确定是否是这样了。我已不记得我的生身母亲是怎样的了。我对埃米利亚·夏皮罗的印象更深刻。

不，不是这样的。我清楚地记得生身母亲的样子。我亲爱的犹太母亲不是一个慈爱的犹太母亲。我记得当夏皮罗带走父亲要把他肢解时，她那惊恐呆滞的表情。

现在我懂了，或者能想到：我的犹太母亲肯定是爱我的。然而我却没有感到被爱。或许只是没有这样的机会吧。

多可笑啊，此刻的我暗忖，一位老将军，正在打字机上敲打着"我的母亲没有爱过我"。我的双手沾了多少人的鲜血……此刻却在想，我的母亲究竟有没有爱过我。塔特·阿鲁夫·莫设·因巴写道：他的母亲没有爱过他。

她总是散发出一种冷漠，即便是她把我和弟弟揽入怀里时，也掩不住冷漠的气息。她亲吻我们时，嘴唇也是冰冷的，尽管她嘴唇的温度无异于正常人。也许她根本就没有亲过我们。

埃米利亚·夏皮罗却是温暖而柔和的，像安息日哈拉面包的面团那样。她有时会自己准备原料，和面，我则在一旁着了魔似的看，看她那纤细的手指如何挤压面团，看面团怎样从她的指缝间鼓胀而出。我真希望变成这团面。希望她的手指也这样按揉着我。

我能看到，埃米利亚如何爱她的儿子，她的爱通过身体、双手和头脑表达出来。也能看到，她如何亲吻他们，把他们揽在怀中哄他们入睡，为他们做饭，无微不至地照顾他们。

我也看到，夏皮罗如何爱他的儿子。作为父亲的他和我的父亲、和其他所有我认识的父亲，都不一样；我甚至认为，他也不同于他自己的父亲。亚库布的父亲喜欢动用拳头和枝条；而亚库布却从未打过任何一个孩子。

亚库布会朝人开枪，也会割开无辜老人的喉咙，却从不会打孩子。我不知道为什么。一个孩子承受的痛苦，与一个成年人或老人的痛苦无异，但他就是不会打。而亚库布就是这样的性情。

亚库布很重视他的儿子们。亚库布也很重视我。亚库布与丹尼尔、大卫交谈时，就像和小大人交谈一样。小，却是独立的人。

我不太记得这两个儿子了。关于他们的记忆已模糊不清。他们是双胞胎，虽是异卵，但长得很像，只是并非同卵连体婴儿那种"非人"的相似。丹尼尔应是更喜思考、更多愁善感的那个，喜欢读儿童读物，玩积木；大卫则是个淘气包。

我再也没有回过家。无数次路过曾经的家，却从未踏进院子一步。我再也没有见过母亲和弟弟。我也没有为父亲预约成圣祈祷。我不知道，父亲被肢解成四部分的残体葬在哪里；甚至到如今都不知道，他们是如何处理他的残体的。

我一边吃着早餐，一边看埃米利亚在厨房里忙活。我当时还不知道，以后再也见不到母亲和弟弟了；我只知道，我不想回到他们身边。夏皮罗从不在家里吃早餐，而是直接坐车去莱什诺街上的那家肉饼店，和卡普里卡与拉齐维韦克同坐一桌，吃饭读报。

我后来就跟夏皮罗一起去了。他们允许我远远地坐在一边，夏皮罗还为我点了杯咖啡；我听不到他们的谈话内容，因为他们总会刻意压低声音，但我知道他们在说什么。

我只负责喝我的咖啡，之后我和夏皮罗走一小段路，来到同样在莱什诺街上的格维亚兹达运动馆。夏皮罗只要打拳击赛，就一定是代表马卡比俱乐部的；但格维亚兹达馆离他住处更近些，他也更喜欢在这里训练弟子。因为他是亚库布·夏皮罗，他可以随意挑选训练场地，不管哪里的人都欢迎他。

第一次去时，夏皮罗给了我一条蓝色的运动裤，一件白色的背心，一双柔软的白袜子和一双配了白色鞋带的黑色及踝拳击鞋。

我把这些都穿上了。夏皮罗也是同样一身行头。他教我在手上缠绷带,我缠好后,开始学习拳击的步伐。

我离开了我的母亲。我离开了我的弟弟。我还任由父亲的尸体留在某个未知的地方,仿佛是我亲手把他们所有人推进了深渊。他们再也脱离不了这个深渊了。永远不能。

第一次训练结束后,我们开车去了凯尔采拉克,那里每周二和每周五都有集市。比起曾和父亲、弟弟与母亲逛集市的时光,我更愿意回忆和夏皮罗去集市的经历。那是我第一次陪他逛。

亚库布像往常一样,把别克车停到了奥科波瓦街边,然后朝沃尔斯卡街和赫沃德纳街的方向走路过去。我像他的影子似的跟在后面,穿梭在用帐篷布搭起来的店铺中,这里卖什么的都有,商贩们把各自的商品从店铺里搬出来,摆在自己摊位的桌子上,我们路过之处,欢迎之声不绝于耳,其中还夹杂着 T 和 Z 路电车的车铃声。

"您好,夏皮罗先生您大驾光临,我们万分荣幸,夏皮罗先生!亚库布,我真是无比开心!愿为您效劳,夏皮罗先生!祝您有美好的一天,夏皮罗先生!"

每个人都会问候我们:一个贩卖土豆和红菜头的农妇;一个勤恳能干的小商贩;一个穿着二十兹罗提西装的店主;一个做古董生意的犹太人和一个卖女士丝袜的穷酒鬼;后者拿来卖的袜子总共不超过三双,几乎是全新的,搭在他的小臂上,他一边叫卖一边摇晃着袜子,似乎坚信会总有人愿意花一兹罗提来买;那位养鸽人也向我们打招呼,他的笼子里装满了正咕咕叫着的鸽子;还有那个卖曼陀林和吉他的商贩,他的摊位上始终有人弹拨着这两种乐器；以及一个派头十足地坐在一个木板搭起的小平台上的、像在舞台上表演似的裁缝，他标榜自己信仰摩西，从人格品行来看却是个无神论者，他咔嗒咔嗒地操作着一台胜家缝纫机，在集市上提供现场加急改衣服务。

此刻这裁缝没有在做活儿，而是在等顾客。他抚摸着他那台黑色的、漆皮已被磨损的缝纫机，他唯一的谋生工具，就像轻拍着一头要养活全家人的母牛的背。他叫约瑟夫·什塔伊盖茨，此生唯一所求，就是能在凯尔采拉克集市上干缝纫的活计。

我们继续往前走。

人群问候着给我们让出一条道。这其中，有戴着格子披肩头巾的女人，见了我们会退后；有穿着寒酸或华丽的蓄着胡子的犹太男人，当然，他们大部分穿的还是破旧的长袍；有身上只披了一件上衣的穷酒鬼；还有身着夹克衫、套头衫和薄大衣的有点儿钱的男士；偶尔也能看到有人穿着优雅的连衣裙或是风衣，但非常、非常少见。这个集市主要在沃拉区，所谓"红色沃拉"区，所以不大有人穿风衣。

人们头上戴着圆顶小礼帽、带帽檐的帽子、自行车手的帽子、小便帽和女士带檐帽，但大多数人戴的还是农民们那种头巾。

不是每个人都认识亚库布·夏皮罗。商贩倒是都认识，但有些顾客就不知道他了。即便如此，他依然昂首阔步地穿过人群，不需要拥挤推搡。人群自然而然地就分列两旁了。亚库布身上有种气势，可以让所有人都像听到了命令一样为他让路，就像红海曾经在摩西面前分开那样。

夏皮罗要办的只有一件事，还是件紧急的事，所以没有回应众人的问候。在这件事上，夏皮罗比起教父来可以更自由些。教父如父。他不能忽略任何一个问候,必须真诚友好地回应每个人,只有这样,才能确保,对那些已不再受教父庇护的人,没有其他任何人敢给予保护。倘若教父没有搭理哪个人的问候,那么就意味着这个被忽视的人有麻烦了。这预示着失宠。人人都清楚,失宠于教父,还是要避免为好。

夏皮罗要去集市上的一家小酒馆里办事。那是一家破败老旧的木屋,残破的铸铁烟囱突兀地耸立着,里面提供的是最简单的饭食:牛下水、比哥斯①、含水很多的最廉价的香肠,以及按照华沙传统风格煎的肉排和小肉丸。室内狭窄的空间内,紧紧地摆放着为数不多的几张桌子,再多一张就放不下了。在这里用餐的人都是漫不经心,没有讲究的,只是来为了吃个饭,不是来闲适小坐的。但这些对夏皮罗自然都不适用。

我们一进店门,店主——一个叫霍罗曼奇克的肥头大耳的家伙——就赶紧打了个口哨,示意两个正用面包蘸牛下水汤的街头混混离开。这俩小子马上起身,路过夏皮罗时,匆忙地脱下帽子,一齐怯声说道:

"您好,夏皮罗先生!"

亚库布把帽子挂在衣帽架上,在一张小桌子前坐了下来,打了个响指要求上菜,并点了按华沙传统风格烹饪的牛下水和一小杯伏特加。

端上来的牛下水是正常量的两倍,伏特加则是一整瓶。他掏出一本薄薄的账簿和一支钢笔。

他无须宣告说他已经到了。这是一目了然的事。该来见他的人都清楚地知道,他们得过来,而且不能让夏皮罗等。

---

① 比哥斯(Bigos)是一种流行于波兰、立陶宛、白俄罗斯和乌克兰的炖菜,以卷心菜、德国酸菜和肉类等为主料,是波兰节礼日必备传统菜肴之一。——译者注

最先来的是托莱克·戈文比亚兹。他在莱什诺街边卖鸽子，有一百二十笼。里面有普通的鸽子，有种鸽；有真鸽子，也有假鸽子。他放了二十兹罗提在桌子上。接着来了一个妇人。她在位于奥科波瓦和赫沃德纳街之间集市上的那些铁器铺边上卖铁皮桶。她放下了二十三兹罗提。夏皮罗把这些记了下来。

还有一个做古董钱币生意的人，他的店经营稳定，有供暖，也有很好的防盗措施。那里可以买卖各种各样的钱币，包括沙皇时代的金币、日本货币、老式卢布、战后通货膨胀高峰期时的马克等。他鞠了一躬，用意第绪语向亚库布问好，放下了五十兹罗提，这些钱币进了亚库布的口袋，后者也在账簿里作了相应记录。

那个喋喋不休的曼陀林商贩上交了二十兹罗提。已记在簿上。

鞋匠博罗夫斯基也来了。从他进门起，亚库布就一直盯着他，似乎冲突一触即发。

"夏皮罗先生，尊敬的夏皮罗先生……"博罗夫斯基怯生生地开口了。

夏皮罗把簿子往前翻了两页。

"上周你也没交费。"他说。

"夏皮罗先生，我的老婆想要嫁女儿，而婚礼需要……"博罗夫斯基几乎要哭出来了。

"你更想得罪谁呢？是潘塔莱翁还是你那亲爱的老婆，嗯？"

"夏皮罗先生，您不了解我的老婆……"博罗夫斯基十分严肃地回答。

夏皮罗不禁大笑了起来。他把装牛下水的盘子推到一边；又倒了一杯伏特加,一饮而尽。他走到博罗夫斯基面前,一个勾拳便打到了后者的太阳穴上,像蛇咬一样让人猝不及防。

博罗夫斯基倒在地上。夏皮罗把一只脚踩在了他的脖子上。

"明天。把你该交的四十兹罗提拿到索本斯基的馅饼店。外加二十兹罗提罚金,总共六十兹罗提。明白了吗?"

博罗夫斯基直叹气。

"别让我失望,博罗夫斯基。否则就只有从土坑里捞你的碎尸了。交钱才能保命。"

夏皮罗看了看表。还没到中午。而且他已把一个人打趴下了。

博罗夫斯基匆忙逃跑了。在他之后,又来了其他人。最后交费的是霍罗曼奇克。亚库布吃完了他的牛下水,并要求把当天的口粮也打包带走。肥胖的店主二话不说就照做了,甚至还奉上了一瓶很像样的葡萄酒,显然不是堂供一类的货色。

这就是莫伊热什·伯恩斯坦那时的新生活。在格维亚兹达运动馆训练。去凯尔采拉克集市。偶尔去蕾夫卡的妓院。回埃米利亚的家。和亚库布的儿子丹尼尔和大卫玩耍。到赎罪日那天,也就是搬进夏皮罗家两个多月后,我走路已有了拳击手的样子,也有了自己的拳套。

城里的人,至少我生活的那一带的人,都知道我是夏皮罗的亲信了。我也很快意识到,走在街上的自己已经不再是莫伊热什·伯恩斯坦,瑙姆的儿子了。我是莫伊泽斯茨,那个和夏皮罗一起出入的男孩。自然地,我曾经认识的一些虔诚的犹太人不再理会我礼貌的问候。可又有几个虔诚的犹太人以前真正注意到我的存在呢?现在,商铺店主都会客气主动地跟我问好:"您好啊!好久没见了,年轻人!您快尝尝吧!"

然后就会塞给我一块牛奶面包或者一个苹果。那些我从前要么就得跟他们干架,要么就得躲着走的街头混混,现在也都给我让路了。

我是夏皮罗的小子。

生平第一次,我成了一个有头有脸的人。

又或许,我这个人根本从未存在过。

赎罪日的前一晚,我没有去颂唱《柯尔尼德拉》,而是和玛格达去了波兰剧院。那晚上演的是图维姆改编自鲁什科夫斯基《寡妇贾兹雅》的舞台剧。我们原本在两个月前就打算去了,但因后来父亲出事而搁置了。所以我们现在才去,就在赎罪日前夕。

我们约在公共保险公司对面的广场上,哥白尼街与塞韦雷努夫街的交叉口处见面。她不允许我出现在她家。夏皮罗的手下,当然不能去了。她住得并不远,就在斯莫恰街33号,离根夏街的拐弯处很近。另一方面,我也不希望她在夏皮罗家里露面。

她已经站在那里等我了。我看了看左手腕上第一次戴上的表,发现自己并未迟到。她来早了。看到我的这一举动,她微微笑了。

她穿了件简洁大方的深蓝色白领连衣裙,配着一双黑色低帮平底鞋。一头浅色鬈发梳理得很精致。

"你来了。"她自然地说道。

过去的两个月里,我们两个只在街上匆匆见过几次。我跟她打招呼,朝她点头示意;她也会回礼。前两次我都没有停下与她交谈,因为我正和夏皮罗在去办事的路上。

"你喜欢那个女孩,是吗?"我们第二次从玛格达身边走过时,夏皮罗这样问我。那是八月里一个炎热的夜晚。我们刚结束训练,我肩上背着装了拳套、运动鞋和其他一些训练物品的布袋。

"只是一个普通朋友。"我回答道。

夏皮罗笑了,回家的一路上都笑个不停。回到家,他又把一切都讲给了埃米利亚听。这让我颇感尴尬,尤其是在她面前。艾米利亚没有笑。她把我拉到那面大镜子前,站在我身后,抓了下我的肩膀。她把镜子里的我打量了一番。

"你越来越像个男人了。像我的亚库布。已经可以迷倒女孩子了。"她在我耳旁轻声说道。我更尴尬了。当时的我不知道为什么会这样,因为我不了解这种感觉的本质,也不了解其他感觉的本质和复杂性,我并不知道,我的心里和身体里正在发生什么变化,但肯定的是,我渴望得到亚库布·夏皮罗的妻子,正如我渴望得到玛格达·阿谢一样,但对她们的渴望又是不同的。对前者的渴望更多,但又并非那么强烈。

"亚库布,过来一下……!"她喊道。

说着,夏皮罗一手拿着一根香肠,一手拿着一份报纸走了进来。

"快看哪,他怎么样。"

亚库布看着我,我也看着镜子里的自己。没错,我已是不一样的莫伊热什了。我是夏皮罗的小子。一个穿了一条宽大裤子、一件松垮夹克和一件老旧条纹衬衫的瘦削的犹太小子。我有两件衬衫和一套西装。我把双鬓的胡须也剃干净了,还留起中分长发。

"他还需要合适的衣服。"埃米利亚说。

夏皮罗看了看镜子里的我,皱起了眉头,似乎现在才注意到我身上的破衣服。

十二个小时后，我便站在了一家裁缝店的试衣间里。

那是华沙八月的一个早晨。纳莱夫基街上飘荡着乔伦特的香味，别的什么地方还有木樨草的香味。塔德乌什·扎雷姆巴的裁缝铺开设在克希科瓦街 52 号，是这条弥漫着木樨草香味、典雅迷人的街道上漂亮的出租房之一。在此之前，我从未敢跑到这么远的地方来，但我知道这条街，因为那次跟夏皮罗和教父一起去找蕾夫卡·基伊，那家妓院就在几栋楼开外。

店铺入口两侧的玻璃橱窗后立着穿了衬衫和西服上装、系着领带和领结的模特。我清楚地记着它们的样子：左边的模特穿着菱形纹和鱼骨纹的棕色粗呢，是一套秋装，还配有羊毛领带、条纹图案的自行车手帽子以及汽车司机戴的那种半指手套；右边那个模特则身着燕尾服，头戴一顶精致的礼帽，戴着白色鹿皮手套的手里还握着一根拐杖。

"夏皮罗先生！"我们一进门，店主扎雷姆巴就兴奋地跟夏皮罗打起了招呼。而店里的一位顾客就没那么开心了；那位男士高大纤瘦，留着一头灰色头发和英式髭须，穿着一套同样是英伦风格的深蓝色西装。他正仔细对比着一些衬衫布样，听到声音后便转过身来，看了我们二人足足两秒钟，脸上流露出明显的反感。

夏皮罗的着装自然无懈可击：一件灰色法兰绒双排扣上装，尽管价格不菲，但毫不浮夸庸俗；一条黑白双色的高尔夫球裤，至少在现在的我看来，无疑十分阔气奢华；他今天一时兴起戴在袖口上带红宝石的金饰针同样绚丽耀眼。

那位留髭须的男士不屑地撇了撇嘴。他像读一本书一样打量着夏皮罗，带着轻慢之态。这种态度是他们那个阶层、雅利安种族、体形高大、同样骄傲自大的那类人固有的；我恨这种骄傲，虽然当时不明就里，但十分厌恶这样的傲慢。

他们的目光交会了，夏皮罗的与这个正在看布样的男士的。这个留着英式髭须的高瘦男士马上就意识到，站在他面前的是个什么人物。一个犹太流氓。一个强盗。一个阿帕奇人。一个匪徒。他可不想和一个来自纳莱夫基街区的犹太恶棍沾上关系。这样一个犹太恶棍与他一同出现在扎雷姆巴的高档裁缝店里，不仅伤害了他的阶级优越感，也——正如后来显露出来的那样——刺激了他的种族意识。

这位顾客将充满责备的目光投向扎雷姆巴。后者颇为尴尬。

"杰姆宾斯基先生，我马上会来为您效劳，皮奥特正招呼夏皮罗先生和一位年轻的顾客呢。"扎雷姆巴一边说，一边示意了皮奥特。

留英式髭须的男士一副蒙受了奇耻大辱的样子，因为居然将他和夏皮罗先生放在同一个句子里。他把那本粘着白色和蓝色埃及羊毛布样的簿子啪一声合起来，轻咳了一声，又捋了捋胡子。

"您保重吧，扎雷姆巴先生。"他冷冰冰地说道，似在表明，他再也不会找这个裁缝了。他从挂衣钩上拿下自己的灰色汉堡帽，径直往外走去。临出门时，还轻柔却不乏挑衅与羞辱意味地带上了门。

"请您见谅啊。"扎雷姆巴低声道歉。

"是杰姆宾斯基先生……？"夏皮罗问道，他显然十分好奇。

"是的，正是检察官杰姆宾斯基。"扎雷姆巴答道。

"他跟安杰伊·杰姆宾斯基，就是那个拳击手，有什么关系吗？"

"他是那个拳击手的父亲。我能为您做些什么吗，夏皮罗先生？"

当扎雷姆巴这么问的时候，我暗想，是为他，还是为他的钱做些什么呢？当时的我太年轻，太蠢笨，没有意识到二者其实并无差别。不久之后，我就站在店的中央，手臂高举，由店里的伙计为我量尺寸，作记录了。我瘦削的身体被全面仔细地量了一遍，所有数据都记到了裁缝的订单上。

扎雷姆巴与夏皮罗一起挑选西装材料。最后，夏皮罗选了一件深灰色的、印有暗条纹的法兰绒样料，并拿给我看。

"喜欢这个吗？"

我点了点头。我平生还从未见过这么漂亮的布料。

"单排扣的，三枚扣子，外加一件背心，两条裤子，两件白色的和两件蓝色的衬衫，一条黑色的、一条灰色的、一条深蓝色的和一条深蓝色条纹的领带，还有四双袜子。"夏皮罗数算了一遍。

总共一百八十兹罗提，现金支付。普通犹太人穿的西装，最便宜的二十五兹罗提就能买到；而亚布乌科夫斯基店里的西装，最贵的也只要一百兹罗提。我穿的夹克衫从来不超过十兹罗提。夏皮罗瞟了一眼总价目单，从他包里厚厚一沓钞票中掏出一些付了款，像是在买面包一样。

"请这位年轻的先生一周后来小店试装。"扎雷姆巴说道，并没问我愿不愿意来。从裁缝店出来后，我们又去了基尔曼的店买鞋子。

一个月后，我便和玛格达·阿谢没有去会堂颂唱《柯尔尼德拉》，而是散步去了波兰剧院，观赏了《寡妇贾兹雅》。

从她看我的第一眼里，我就发现，她眼中的我已经是另一个样子了。去剧院的路上，我通过路旁店铺的橱窗观察着自己。我的确已经是另一个人了，第一次穿上了精致的西装，锃亮的皮鞋，白色的衬衫，系

133

上了黑色的领带，甚至胸前口袋里还装了一块白色的小手巾：俨然一个恶霸的样子。

我去见玛格达之前，夏皮罗又仔细地将我检查了一番，十分满意。然后摘下了手腕上那只玻璃表盖的手表。

"伸过手来，"他说着把表戴在我左手上，"是自动的，不用上发条。只要你的手在动，它就会动。"

"这样的话，他或许应该把它戴在右手上。"在厨房里的埃米利亚用低沉的声音补充道。夏皮罗不禁笑了出来。

埃米利亚偷看过我自慰。又或许，他们说的是他们儿子中的一个？

那次，我躺在夏皮罗家里三间卧室中的一间的床上，把被子拉下来，想着埃米利亚·夏皮罗的身体，想着玛格达·阿谢的身体，慢慢手淫，以免发出太大的声音。

突然，我看到她站在半掩着的门旁边。在了廊灯昏暗的光线中，她的身影颇有些模糊。我惊慌失措地去拉被子。

"不要停。"她告诉我不能停，我便继续自慰了。她在一旁看着我，让我同时有种被强奸与被爱的感觉。在我过去的人生中，我从经历过如此令人激动的事。她看着我，就像看着亚库布一样。

夏皮罗一边笑，一边又给了我二十兹罗提，用来买戏票和咖啡。他之前从未给过我钱，我当然也不敢问他要。我攒了五十兹罗提。一旦夏皮罗把我赶出去，可作为不时之需。我深信，这早晚有一天会发生这样的事；而抛弃了母亲和弟弟的我，到时候也不能回曾经的家。

玛格达站在公共保险公司对面，穿了件简洁朴素的白领连衣裙，看着我，我穿着第一件货真价实的、崭新的西装，非常合身。穿上扎雷姆巴店里的这件深灰色西装,我便不再是住在纳莱夫基街区那个干瘦的犹太男孩了,而是一个精瘦而优雅的、带有闪米特人气质的青年了。

那天的前一天,我从《信使报》上读到,有一个穿着普通的女人从波尼亚托夫斯基桥上跳进维斯瓦河里自杀了。直到今天,我还记得那则报道,因为和玛格达在一起时,我总是忍不住想着自己的新西装。《信使报》的记者经过严谨考察后证实,那个女人穿着普通。原话就是"普通"。

她本可以打扮一番或是穿得破破烂烂;也可以穿着普通,既不奢侈,也不穷酸。而这个"普通"放在她跳河自杀的情境中,显得尤为重要。她"穿着普通"地投河了。她或许是某个店主的妻子。或是一个侍女,穿了她和善的主母的衣物。或是一个小官员的妻子。或者她自己就是个底层官员。不论如何,她跳进维斯瓦河时,穿着普通。她既非凄凄惨惨地投了河,也没有生病,也不是被人厌恶,或走投无路,或无聊透顶,或麻木冷漠,她既非为爱所伤、心灰意冷地投了河,也非为了找乐子,更不是在打某个赌,或是因为愚蠢,她既非失足,也没有想用跳河吓住任何人——她就是这么穿着普通地跳进了维斯瓦河。

水警的一支巡逻队恰好乘摩托艇在附近巡逻,便把这个穿着普通的女人从维斯瓦河里打捞了出来。至于巡逻队从河中捞出这个穿着普通的女子时是死是活,《信使报》并未报道。但可以肯定的是,她穿着普通。

玛格达·阿谢,站在公共保险公司前的广场上等着我的那个女孩,同样穿着普通。而我却穿得十分奢侈。报纸上也许会这么描述我:一个穿着奢侈的闪米特族年轻男子从维斯瓦河上的桥上跳了下来。

在特拉维夫区迪曾戈夫街的一处住房里发现了塔特·阿鲁夫,已退役的莫设·因巴的尸体。死因很可能是自杀。警方排除了他杀的可能。死亡时间应是数周之前，因为死者的邻居是闻到尸臭后才报的警。用希伯来语报道则会是另一种表述。

"你现在做大事业了……"玛格达惊奇地说道。她从未见过我这么一身装扮。

我朝她笑了笑，为自己的新形象感到自豪。

"是夏皮罗把你打扮成这样的吗？"她的语气中带着一丝嘲讽，一种我过去从未从她口中听出过，后来却时常，甚至是听了一生之久的意味。

好像夏皮罗一直高高在上。我一直处在他的阴影里。我立刻就不再是那个着着装奢侈的闪米特族青年了。我立刻变回了那个住在纳莱夫基街、由夏皮罗打扮好了的犹太小子。我假装没听到玛格达的问题，和她进了剧院。我取了之前通过电话用我的名字预订的票。我有些羞怯地报出了名字，女售票员听到"莫伊热什·伯恩斯坦"时，似乎轻轻叹了口气。但这可能只是我的感觉而已。

我们两个坐到了第四排。这是我第一次进波兰的剧院，而且还是大名鼎鼎的波兰剧院。我们没有交谈。对那晚上演的剧目，我已经没什么印象了，尽管我当时在该笑的地方都笑了。夏皮罗和埃米利亚当时就坐在我们几排之后的地方，我是这么感觉的。或者都是我臆想出来的？

那场戏的主角是莫泽莱夫斯卡。我观察着坐在我旁边的玛格达，看着她小臂上的皮肤；我听着她的笑声；我也想把她身上的气味都吸进鼻子，然而却是徒劳的，因为坐我们前面的那位戴着漂亮礼帽——也因此挡住了我一部分视线——的女士喷了太浓的香水，应该是香奈儿 N°5，尽管我当时并不知道这是什么香水,我怎么可能知道一小瓶就要五十兹罗提的香水呢?

我感觉,如我刚才所说,夏皮罗和埃米利亚就坐在我们后面几排的地方,感觉他们正暗中观察我们,我的余光看过到他们几次,在演出的间隙也听到过他们的声音。

玛格达也喷香水,只不过是从"华沙化学实验室"那家店里买来的廉价香水——这一点,我是后来和她一起去萨克森公园里散步,去喷泉途中才知道的。我们在一张长椅上坐了下来。依然没有交谈。天色已晚,我与她并肩坐着,便闻到了她身上淡淡的香水味。

"你喜欢那部戏吗?"我问了这样一个愚蠢的问题,玛格达给了我一个吻。那是她第一次吻我。这出乎意料的一吻让我不知所措,不知道一个男人通常该如何反应。更何况是她在吻我!

我的父亲会说,一个男人绝不能在漆黑的夜晚和一个女孩单独坐在公园长椅上。因为这是大罪。

换作夏皮罗的话,他肯定会马上采取行动,回吻过去。我的确看到过,他如何把他的妻子揽入怀中。有次,我半夜起来如厕,碰巧他们卧室的门半掩着;半明半暗中,我看到了他那强健有力的肩膀和臀部,听到了他的身体与他面前手脚撑地、跪在地上的埃米利亚撅起的臀部碰撞的啪啪声。她呻吟着,呢喃着什么;他则只是一言不发地运动着。我为这一幕所激动,着了魔似的呆站着。

埃米利亚从肩膀上方看了过来。

"你要一起来吗?"她问。

我马上跑开了。他们两人的笑声和呻吟声追随着我。但也许她根本就没有那么问我。

第二天吃早餐时,他们两人意味深长地笑着,对昨晚的事却只字不提。我当时是因为害怕才跑开的;但实际上,我很想加入他们。但或许这也只是我想象出来的,或许我根本没有看到夏皮罗如何占有他的妻子,埃米利亚也根本没有邀请我加入他们?

玛格达吻了我,我却连她的胸脯都没敢碰过。她微笑了。

"人们都叫你夏皮罗的小子,你知道吗?"她问。

我没有回答。

"夏皮罗的小子,还这么羞涩。真可爱。"

回返时,我们朝着纳莱夫基街的方向,走过人群逐渐散开了的银行广场,穿过特沃马凯街和普尔泽亚兹德街。又路过西门斯廊。我们并未牵手。她不想让我送她回家;我也不知道,该怎么坚持送她。到了纳莱夫基街和希温托耶斯卡街交叉口,那家赛特里纳玩具店门前,我们停下了脚步。傍晚时分,暑热尚在,我们两个就那么站着。一言不发。我们不想继续走了。因为再走就到根夏街,玛格达就要拐弯回家了;而我则要继续走到纳莱夫基街 40 号,回夏皮罗的家。

我曾经的家也在那附近,只是母亲和弟弟已经不在那里了。

"你要抽烟吗?"玛格达问。

"你会抽烟?"我反问,又一次显出愚笨。

"嗯,有时会。我不训练时会抽。"

"你不训练了?"

"太冷了。"她解释给我这个笨蛋听。

她把手包里装着的一小包烟递给了我。我这个笨蛋却没带火,所以还是她给我点着的。

"今天是赎罪日。"我想总得说点什么,于是开始没话找话。我一生都怕极了沉默的时刻。

"明天你要去参加游行吗?"她问。

我耸了耸肩。我当然会去。因为我是夏皮罗的小子。夏皮罗手下所有的小子都要去游行。

她笑了。又在我脸颊上吻了一下,然后转身跑开了;我也回到了夏皮罗的住处。

夏皮罗夫妇坐在客厅里,都在阅读;两个孩子都睡了。看样子,他们两个也不会再出门了。亚库布披了一件丝绒的、翻领处是用回针缝制的家居服。毫无疑问,除了他以外,纳莱夫基街上不会有第二个人穿这样的衣服;埃米利亚则穿着一件印了佩斯利涡纹旋花图案的优雅的丝质睡裙。

"给自己倒杯白兰地,坐过来。你也读点东西吧。"夏皮罗建议道。

我于是倒了杯酒,坐了过去。又从书架上随手取下一本书。那本书是用意第绪语写的。我喝了口白兰地,但觉得并不好喝。

这时,电话响了。

"去接!"亚库布命令道。

我拿起听筒,说这里是夏皮罗的府邸。

"我得和亚库布本人说。"博士要求道。

我把听筒递给了夏皮罗,他让我也站在旁边,听他们的谈话内容。

"时机成熟了,"拉齐维韦克严肃郑重地说道,像是在宣告弥赛亚的降临,"必须马上解决那个要把犹太人关起来的退役中尉的问题了。"

夏皮罗马上就知道了博士所指何人。正是《ABC报》的编辑博宾斯基，他们两个月前谈论过的那个人。编辑索科林斯基当时说，博宾斯基就是问卷一事的始作俑者。夏皮罗轻声叹了口气。

"别跟我叹气。解决了他？"

"解决了他，嗯……"亚库布回答道。

拉齐维韦克挂掉了电话，没再多说一句。亚库布拿过电话簿来，找到了SiM咖啡馆的电话。他打通了电话，问对方博宾斯基先生是否在家。他在家。

"我得走了，"亚库布对埃米利亚说，"这孩子跟我一起去。"

埃米利亚耸了耸肩，眼神没有从书上离开。她太了解他了，早已不会对这种事大惊小怪。我本来就穿着衣服，于是等夏皮罗换好了衣服，就跟他一起坐上别克车，朝位于克卢莱夫斯卡街11号的SiM——全称是Sztuka i Moda，意即**艺术与时尚**——咖啡馆极速驶去。

夏皮罗穿了一件深蓝色的双排扣西装，配了白色的衬衫和波尔多葡萄酒红色的领带，又把那双丝绒的家居鞋换成了一双黑色的牛津皮鞋。他踏进坐满顾客的咖啡店的那一刻，几十位年轻女士将目光投向他，立马把他从头到脚地打量了一番。

我在他的影子里，像透明人一样，这是显而易见的。夏皮罗得到了女士们最高的评价：他的西装自然无懈可击；更吸引人的却是西装里面藏着的那副拳击手的强健躯体，臀部比之前更饱满了；强健躯体里的那份自信与从容，也同样让人着迷。

SiM咖啡馆里光线明亮，精致的方形小餐桌周围配了简洁的椅子。墙上挂着许多油画，画的都是些十八世纪的波兰贵族，他们留着髭须，穿着波兰短裙,有些戴着假发,没留髭须。咖啡馆里坐着形形色色的顾客:男人与女人,艺术家与记者,以及盛装打扮的有头有脸的上层人物。

我知道,我们这两个犹太无产阶级人士与咖啡馆里的气氛格格不入,而且我也马上感受到了这一点;这里不是大都会酒吧,也不是蕾夫卡的妓院,而是前面提到的那些顾客的地方。

但夏皮罗却像在家里一样悠然自得,尽管他之前也从未来过这里。他的确有充足的底气这样自信非凡:他夹克内口袋里有用橡皮带缠着的共计五千兹罗提的一大卷钞票,另一侧内口袋里装着五百美元;大衣的右侧口袋里藏着一把手枪;裤子的左侧口袋里装了总共二百兹罗提的小面额现金,右侧口袋里有一枚指节铜环;他全身的肌肉里也蕴藏着巨大的力量,随时准备使用这枚指节铜环;他也随时乐意动用武力。这些东西构成了他这个人,也是他权力与地位的基础:力量、金钱、勇气,还有随时准备犯法与必要时就去蹲监狱的决心。

只是亚库布·夏皮罗内心深处始终潜藏着一些黑暗的东西。我当时还没看到这些,但今天,五十年后,身处另一个世界的我,对这些已了然于心。

亚库布·夏皮罗是我一生认识的所有人中最强壮的男性。我认识不少强壮的男人。达扬就是其中之一。我也认识以色列101部队里的一些人,比如阿里埃勒·沙龙。101当时没有邀我加入,我也不曾为他们效力,因为他们只接受移民区集体农庄的人。他们一度认为,只有在那里或莫沙瓦[①]的人才适合保卫以色列。被排除在合适人选之外,这事让我

[①] 莫沙瓦与下文提及的基布兹、莫沙夫是以色列的三大农业组织形式。——译者注

很伤心。但我很了解所有这些人,这群皮肤晒成棕色、身材瘦削的男人,把制服上衣的袖子高高卷起,射击就像大笑一样说来就来。我认识所有这些强壮的男人,却从未,平生从未见过第二个像夏皮罗那样,内心无比强大,对所做的一切总有坚定决心的人。

我从电视里看到了苏维埃北极级核动力破冰船,该船于一九七七年抵达北极,并在前行过程中穿破了厚达四米的冰层。它有着用装甲板加固了的双层船体,还装有一座核反应堆。它破除冰层,所向披靡,世界上没有其他任何一艘破冰船可与之匹敌。夏皮罗就是这样的人物。

或者换言之:他是一头抹香鲸,体型最大、凶猛残暴的猎食高手,虽然乍一看似乎迟钝懒散,但关键时刻却能爆发出杀手的迅猛。

即便如此,夏皮罗的体内,胸膛里的某处,仍潜伏着一个微小、坚硬的黑球。人们从他外表看不到的一切东西一直围绕这颗黑球结晶成形。

这就是他黑暗悲惨到无以复加地步的童年,沙皇统治下犹太人所经历的不幸,父亲用腰带对他的鞭打、街头斗殴和恐惧等。

后来出现了一个决定性时刻。那次,父亲举起枝条要打他,亚库布紧紧抓住父亲扬起的手,抓住他的手腕,用力压下来。夏皮罗知道,父亲以后再也不会打他了,因为他——亚库布,比父亲更强壮。他把枝条从父亲手中夺过来,将父亲推倒在地,用枝条抽打他,也不顾母亲的哭号,一直抽打到枝条折断。然后他从父亲的钱夹中掏出一沓卢布,夺门而出,再也没有回去。不久之后,一战就爆发了。

这个失去了父母保护的少年,在德国占领的华沙,还是在皇帝和汉斯·贝塞勒统治下慢慢长大。他忍饥受冻。后来与布尔什维克打仗时又在战壕里经受苦痛。然后又是恐惧，又是饥饿、寒冷，还有孤单与无助。

坚硬的黑球中也包括所有那些他为了战胜恐惧、饥寒与孤单而杀死的人的脸。我认得这些脸，仿佛我透过他的眼睛见过他们似的。他对我讲述他们的事。比如瑙姆·伯恩斯坦，那个被割了喉的人的脸。而我，莫伊热什·伯恩斯坦，他奉命杀死之人的儿子，也被他牢牢攥在手里。

从夏皮罗那个小而坚硬的黑球里，有时会爆发出令人恐惧的愤怒。有时会爆发出其他东西。

但那次，在 SiM 咖啡店，似乎连他自己也忘记了内心深藏着的那个黑球。他是那个在咖啡店女顾客眼中强壮、有力、性感且不惧暴力的拳击手。她们都只用余光打量着他，因为她们都是受过良好教育的人，所以不能激动地一跃而起；围桌而坐的又多是些文绉绉的知识分子，穿戴讲究的演员以及穷酸诗人，所以她们不能跳起来，径直走向他，递给他名片。给他电话号码，或是附有约会时间的地址条。

她们都太有教养了，或许也太过精明了。但夏皮罗仍会收到她们的卡片，要么会在某场比赛结束后，从换衣间的门缝里塞进来；要么由索本斯基馅饼店里的手下转交过来；要么是卡片主人花大价钱，请守口如瓶的餐厅服务员送过来。我曾在哪里读过，说红衣主教黎塞留去世后，人们在他的床上发现了一整箱未启封的信件，写信人都是想与他共度良宵的女人。夏皮罗没有这么一个专门放女士写给他情书的箱子，因为他会直接把这些信揉成一团然后扔掉。比起上层阶级的高雅女士，他更喜欢从不写卡片的真诚的妓女。

现在，他正环视四周，寻找着符合那名编辑样貌的人，索科林斯基七月提到的、组织问卷调查要把犹太人逐出军队的人。

他很快就发现了目标。卡齐梅兹·博宾斯基中等身高，很瘦，穿了一件带有暗格子图案的三开身灰色英式西装，一双朱红色袜子，一件配了昂贵袖扣的白色衬衫，戴着一条十分精致的矢车菊蓝色的领带，脚上是一双擦得锃亮的皮鞋；头发涂了润发油，整齐地向后梳着；指甲也修剪得干净利落；鼻下三毫米与上唇以上一毫米之间留了一片薄薄的胡子。亚库布·夏皮罗一踏进咖啡馆，博宾斯基就注意到了他，并迅速爱上了他。我则完全没有引起他的注意。我依然藏在亚库布的影子里，他的魅力完全掩杀了我。

博宾斯基早就料到了夏皮罗的到来。并非索科林斯基提前警告了他，因为前者很怕得罪夏皮罗，但他却跟几个同事说过此事，于是，很快，整个记者圈子里的人都知道了，有个叫夏皮罗的人要找卡齐梅兹·博宾斯基。博宾斯基本人却不像《信使报》的维托尔德·索科林斯基，毫不畏惧，甚至期待着与夏皮罗的相遇。

他正和沃伊切赫·扎莱斯基博士坐在同一张桌子上，此人是《ABC报》的主编，也是国家民主经济学说的主要旗手，致力于寻找介于资本主义与共产主义之间的第三条发展道路，并梦想把波兰建设为一个没有无产阶级、犹太人、社会主义者或极端恶劣分子的伟大的天主教国家。

扎莱斯基正就必要性问题发表宏论，表示必须把犹太人从一切公共生活与经济生活中清除，要采取一切必要制裁与压迫手段，迫使他们移民境外。他就像在朗读报纸上的文章或在集会上发表演讲似的，只顾自讲着，并不特别关注听众的反应。而博宾斯基也没有认真在听。

"沃伊泰克，亲爱的，眼下有比把犹太人逐出公共与经济生活更重要的事，"博宾斯基最后打断了他，"更何况，你的演讲真是无聊透顶。"

"什么事更重要？"扎莱斯基问道。

"科罗莱茨。"

科罗莱茨是国家民族主义《ABC报》阵营里的一个重要人物，四天前遭到了一群来路不明的人的殴打；关心此事的人都能想到是什么人干的。

"我们难道要任凭那群长枪党分子为所欲为吗？塔齐奥·格卢津斯基刚从医院里出来不久。他可是被打断了五根肋骨，打掉了三颗牙齿，外加颅骨骨折啊。"

"没错，没错……"扎莱斯基的脸色一下子阴沉了下来，但很快就恢复了刚才的语调，继续宣讲说，"兄弟间的斗争，是最糟糕的。我们的矛头本该指向犹太人、波兰社会党和布尔什维克党的人，而不应跟波莱克和他手下的人斗，也就是……"

"克瓦谢博尔斯基和瓦休滕斯基。"博宾斯基直截了当地说出了这两个名字。

这两个人是长枪党派的核心人物。

扎莱斯基思索了片刻。

"真的……？"

"千真万确。住院了，整整一个月。不过事态没有恶化。现在走吧，亲爱的沃伊泰克，行吗？我这儿还有重要的事要处理。"他用近乎请求的语气说道。

扎莱斯基惊讶地看着他，直到博宾斯基用头指了指夏皮罗。扎莱斯基打了个寒战，气愤地起身走了，连账单都没有付。

夏皮罗坐到了扎莱斯基的座位上。他摆手示意，点了杯咖啡，服务员赶紧端了上来。博宾斯基则点了香槟酒。

"您也来一口吧？"博宾斯基指了指酒杯。

夏皮罗拒绝了。我站在他旁边，倚在墙上，手插在裤子口袋里，像我从在华沙的阿帕奇人学来的那样，并保持着这个姿势。亚库布只往我这边看过一次，偷偷地朝我冷笑了一下，摇了摇头。

他们沉默了一会儿。

"您真是位难得一见的英俊男士。"博宾斯基打破了沉默。

"什么……？"夏皮罗还以为自己听错了。

"不是一般的英俊。您有种古典雕塑的美，看您的手臂、肩膀，夏皮罗先生。您的脸庞并非只有闪米特族人的特征，它也完全具有希腊人的气质，难道不是吗？"

"呵，这个，我不知道。"夏皮罗回答道。

"现在我可告诉您了。看到您后，我曾经想要强制犹太人移民去马达加斯加的坚定立场都动摇了。现在反倒有了其他想法。"

夏皮罗扑哧一声笑了。

"您看，亚库布先生，您也不是圣人。您比我更懂人生，您又不是修道院里的小修女。所以告诉我吧，您来找我有何贵干？"

"那份关于将犹太人逐出军队的问卷……"亚库布回道，并努力使自己严肃点。

"原来如此。我不想跟您过分套近乎。但也不会对您撒谎，那就是我的观点。犹太人不适合服兵役。我坚持认为，他们应该离开波兰。"

"我妻子也是这么认为的,博宾斯基先生。"

"我作为民族主义者,很认同犹太复国主义。或者马达加斯加主义。顺便说一句,我私心里特别想把您留下,夏皮罗先生……"编辑热切地说。

"我哪儿都不去,"夏皮罗顺着博宾斯基的话说道,"这里就是我的城市。"

博宾斯基朝夏皮罗眨了眨睫毛纤长的眼睛。

"那我,这座城市的孩子,也可以为您所拥有呀。"他向夏皮罗献着殷勤。

夏皮罗气愤地摆手拒绝了。

"好吧,我刚刚确实是在跟您调情,不过,您对我肯定也是有所求的。尽管我不得不很遗憾地认为,您来找我,看来并不因为更深一步的欲求。"

这一刻,夏皮罗明白了,博宾斯基一点都不怕他。藏在这副羸弱身体里的胆量让他感到惊异。是胆量,确定无疑。

亚库布略作思考,没有说话,然后才说道:"我要那个退役军官的名字和地址,他对七月七日报刊上的问卷作出过回应。"这期间,博宾斯基微笑着品尝着香槟。

"您怎么突然对七月份的一篇报道感兴趣了。而且现在就要。真奇怪。"

"不管奇怪不奇怪,我就要那人的名字。还有地址。"

"不过您肯定也理解,我无论如何也不能向您泄露这些的。"

夏皮罗点了点头。他的确理解。

"要是我不告诉您的话,你肯定也会以武力相逼的,对吗?"

亚库布无奈地伸了伸双臂——万不得已的话,他真的会这么做。

"啊哈,真激动人心!您太有男子气概了!看,在场的所有人,"博宾斯基一边说着,一边用手画出一道弧线,把店里的所有客人都包括在内,"他们都是些七鳃鳗。圆口纲。无脊椎动物。窝囊废。蛔虫。拉皮条的。而您,夏皮罗先生,您却让我魂不守舍。"

亚库布笑了,无比尴尬。

"说到武力,夏皮罗先生,我这包里就有一把小型勃朗宁,六毫米口径,我从不离手。我更愿意手里握着的,是温暖的东西,而不是这块冰冷的钢铁。那温暖的东西,我只能是想象……但您是知道的,情势所迫。六毫米不是口径,但就这个距离而言,在桌子底下朝您两腿间的肚子开一枪,我实在于心不忍,不过,我该怎么说呢,您懂的。"

"懂的。"夏皮罗回道。他的确明白。

"若是您下次想突袭我的话,我要告诉您:从今天起,我无论去哪里,都会有一支小型战斗部队保护,尽管他们都是些无趣至极的土豆男孩,太波兰,太守规范,太丑。又太一根筋。简直让人讨厌。当然了,您也有自己的手下,到时候可能发生枪战,不过,为了一个后备军的中尉,值得这么大动干戈吗? 我看不值。"

"是不值。"夏皮罗也这样认为。

"所以,我另有提议,"博宾斯基压低了声音,"您来我这里吧。让我来伺候您,为您解衣宽带,再给您泡个澡。我会奉上深情的吻,是女人给不了您的那种吻,您别怕,您的贞操我做梦都不敢玷污。不过,若是您愿意献身于我,那有何不可呢……之后呢,我就把这个倒霉蛋的名字和地址一并告诉您,我只需要在编辑部里打听打听就行。"

"我长得像妓女吗?"亚库布问道,声音很小,但我能清楚地听到,他胸膛里那颗小黑球已经开始跳动,那可怕的愤怒随时都会爆发出来。

"当然不是。而我却是个好色之人,亚库布先生,"博宾斯基想以他的坦率让亚库布消气,"看到您的第一眼,我就无可救药地爱上了您。"

"那您得吃这爱情的苦了。我只对女人感兴趣。"

博宾斯基点点头,不再说话了。他们二人就那么坐了几分钟,都在等对方开口。博宾斯基又点了一杯香槟。亚库布则在权衡各种可能性的利弊。他知道,他不能就这么抓起博宾斯基的衣领把他拖出咖啡店,因为后者必然会开枪自保。他面对的是一个无所畏惧的对手,这一点很清楚。

"我们先不管爱神了。像男人和男人之间那样对话吧。谈谈政治。您知道的,一场大变革就要来了。"

"是什么?"亚库布礼貌地问道。

"变革将会发生在权力的顶点,大家都这么说。元帅显然想通过一个叫科兹的人与国家民族主义运动的极端支派联合,这个运动的领头人是博尔。博尔·皮亚塞茨基。"

"我听说过博莱斯瓦夫·皮亚塞茨基这个人。是波兰的小希特勒,只不过更蠢些。"夏皮罗回应道。

"他可一点都不蠢,这个皮亚塞茨基。他野心勃勃,还很肆无忌惮。谁知道呢,或许像您说的,到了特定的时机,他或许真会变成希特勒那样的人。"

"您忘了，您是在跟谁说话了。"

博宾斯基笑了。

"我知道，您跟一个叫安杰伊·杰姆宾斯基的人很熟，不是吗？"

亚库布点点头。我不仅立刻想起，他文了一把剑和希伯来语"死亡"字样的拳头戴着拳击手套怎样击中杰姆宾斯基下巴，而后者又怎样无力地瘫倒在拳击台上，四肢颤抖。

"这个皮亚塞茨基就是他的头儿，"博宾斯基继续说着，"杰姆宾斯基是他的左右手。除了您所知道的打拳外，他还学过法律，还有个做检察官的父亲。"

"我们乐意跟这种人打交道。"

"跟他的父亲？这肯定只是第一印象带来的好感。他可能也对犹太人有敌意呢，我亲爱的朋友……！确定无疑的是，年轻的杰姆宾斯基继承了他的野心。但他不像其他大户人家的孩子，他是在社会街头闯荡的，他喜欢戴指节铜环，享受鲜血汩汩流出的声音。而皮亚塞茨基却不会到外面去；他做事靠头脑，而不靠蛮力。他也很小心谨慎，身上没带左轮手枪时哪儿都不会去。您想必会对这个感兴趣，亚库布，因为我相信，这或许关系到您的紧要处。我们现在也被人紧盯着，因为我们正与博尔针锋相对。但我们也可以随时加入他的阵营，尽管我们都胆战心惊。而你们的情况就麻烦了，知道吗？要是这个全国性大联合真的成功了，你们就都败落了，知道吗？政府再也不会对卡普里卡这样的人提供支持了。一旦元帅达到了他的目的，完成了他扬言要实现的事，那么，就没有哪个政府官员会念及卡普里卡曾是波兰社会党的忠诚战士了。那时，你们就都一败涂地了。一落千丈。而那些穿屎棕色上衣和黑色马裤的那群长枪党却会步步高升。您知道吗,夏皮罗?"

"那您站在哪边呢?"亚库布问道,"您对皮亚塞茨基是个什么态度?"

"啊,他是个英俊的男人,着实英俊。"博宾斯基满心憧憬地说。

"我问的不是这方面。"亚库布爽朗地大笑起来。

"我知道。我还得补充一句,这个娇生惯养的小伙子跟您那充满男人味又野性十足的气场不可同日而语。我的立场是,在我们《ABC 报》内部的人看来,博尔的长枪党就是一群可以用钱收买的叛乱者,他们为了讨好掌权者,什么都干,夏皮罗先生。不过,等等……您指的是对我们七月七日刊登的那份问卷的回应?"

"是的。"

"关于那个退役军官建议把犹太人逐出军队,并关进只有床板和铁丝网的集中营的事?"

夏皮罗点了点头。

"那我就能告诉您了。"博宾斯基突然改口道。

"您有什么条件?"

"没有条件。只是出于对您的理解。或许是因为对您的一腔热忱吧。我不在乎这个退役老人,但是在乎英俊迷人的您啊。他叫耶齐·杰林斯基。甚至他的地址我也能马上告诉您,很好记,科别尔斯卡街 8 号,8 号楼。在格罗胡夫区。或许我透露给您这个杰林斯基的信息,是因为他很可能是博尔一边的人。没错,就是这个原因。"

夏皮罗把地址记到了他随身携带的小账簿上,然后站起身来。

"那您为什么要刊载他的回复呢?"夏皮罗问博宾斯基。

"因为他写得好啊,"后者喜形于色地回答道,"我们从不登劣等文章，亚库布。"

"博宾斯基先生……"夏皮罗刚一开口，就顿住了，似乎在想如何措辞。

"怎么了……？"

"明天有游行，沿着沃尔斯卡街一直到银行广场，您知道吗？"

"知道。"

"您最好别去参加反游行活动。我好心奉劝您。到时候必定发生冲突。您何苦去冒那个险呢？"

"既然您这么说，我就不去了。"

"您是位正直的人，博宾斯基先生……在法西斯分子中已经算正直的了。"

"乐意为您效劳，夏皮罗先生。"

说完，二人礼貌地互相道了别。亚库布付了咖啡钱后，我们离开了。事情解决。

第二天，我们是最后一批加入游行队伍的。我们的游行车队由三部分组成：打头的是卡普里卡的克莱斯勒；我坐在夏皮罗的别克里紧随其后；最后面的是拉齐维韦克那辆配备了后置发动机的奔驰 170H，由蒂乌切夫驾驶。那天天气不错，很适合游行，万里无云，温暖舒适，也不闷热。

游行的人群都聚集在位于沃尔斯卡街 44 号的冶金工人工会驻地的前面。

"看，这怎么也有上万人吧。"潘塔莱翁向车外看了一眼说道。夏皮罗点了点头。

后来我多次见识过，他们如何娴熟地估计一大群人的数目。这都靠经验。我自己也学会了这个技巧。这很有用。一九四八年在被占领的耶路撒冷，我排队等着发放污浊的饮用水时，就能估计到拿着各种盛水器具排队的人大概有五千。

我向来讨厌熙攘的人群。我对此也会畏惧。一大群人聚在同一个地方，前胸贴后背，肩膀碰肩膀，脸对脸，还不得不忍受后面的人朝自己颈后呼吸，或是旁边人的手推来搡去。不管是凯尔采拉克集市上或西门斯廊子里推推搡搡的行人，还是后来我人生全部岁月中所遇到的所有人群，都让我厌恶。

"我讨厌人群。"夏皮罗埋怨道。我不禁感到，他跟我真的很亲近，对我来说也很重要。

那些聚在工会驻地前的游行者很有秩序地站在那儿，安安静静，无人说话。人群上方是各式各样的标语，上面写着：

"波兰社会党沃拉区"

"停止剥削"

"工人的鲜血"

"停止反犹主义"

"全世界的工人，联合起来"

我坐在别克车的后座上，在潘塔莱翁后面。

我直勾勾地盯着他的后脑勺，我清楚地知道，那浓密的黑发后面藏着什么。

潘塔莱翁的魔鬼兄弟睡着了。我想知道，什么可以唤醒他。他醒了的话，能不能看到我。他会怎么看我。以及他会不会把自己的想法告诉潘塔莱翁。

潘塔莱翁是他魔鬼兄弟的主人吗？还是恰恰相反？夜深人静之时，他会偷偷地对潘塔莱翁说我什么呢？

我们的别克、克莱斯勒和奔驰停成一排，阵势就像政府的车队。夏皮罗从放拳套的夹层里掏出一把我之前从未见他带过的手枪：一把体型较大、弹匣容量为十三发的勃朗宁大威力手枪。口径九毫米，与自动手枪用同样的弹药。是把好手枪。卡扎菲佩带的就是一把镀了金的大威力，侯赛因也一样，阿里·阿加行刺教皇时使用的也是该型号手枪。而我自己则一直偏爱美产四点五毫米口径。这种手枪的杀伤力更强。而且是美国货，不像所有九毫米口径那样产自欧洲。我不喜欢欧洲。我更喜欢美国，比欧洲喜欢得多。

在我真正意识到欧洲的存在之前，当然，也在我某次萌生出自己会变成欧洲人的想法之前，我就不再喜欢欧洲了。我又能变成什么样的欧洲人呢？

我是塔特·阿鲁夫·莫设·因巴，我四十余年来投身于反抗近东阿拉伯人的斗争，我曾驾驶着吉普车横越荒漠；也逃避过开着俄罗斯坦克的叙利亚、约旦和埃及军队攻击，我还将这些坦克付之一炬。沃拉那次游行活动之后不到十年，我就已经能说一口流畅的阿拉伯语了，甚至能在埃及人面前假扮叙利亚人，在叙利亚人面前假扮埃及人。我是个什么样的欧洲人？曾经是个什么样的欧洲人？

我是塔特·阿鲁夫·莫设·因巴。

只可惜已经退役，玛格达·阿谢也跟一个叫马克尔的人生活在一起了,也不愿意我再叫她"玛格达"。

现在,我还是退回到我是莫伊热什·伯恩斯坦的那些日子里吧,那时的我十七岁,只是个瘦削的男孩,从不会想到把自己看作一个欧洲人,更不会想到自己跟勃朗宁大威力手枪配备的弹药会扯上关系。

夏皮罗给枪上了膛,扳起击锤。"你有枪吗?"他问潘塔莱翁。

后者点了点头,露出了他那把纳甘的枪柄。

我,这个十七岁的犹太男孩,原本来自纳莱夫基街,现在无所归属,只是呆坐在汽车后座上,看到他们的武器,直打哆嗦。既是出于害怕,也是因为激动。

夏皮罗摘下了帽子,再次把手伸进放拳套的夹层里,拿出一顶工作便帽。

"出发。"

我们下了车。夏皮罗和潘塔莱翁环视了一下周围的环境,检查了街道和屋顶。夏皮罗脱下夹克,撸起衬衫袖子,然后把紧握勃朗宁的右手插进了裤子口袋,看上去漫不经心,实际上却处于随时开战的紧张状态。

潘塔莱翁从他的包里掏出一根短棍递给了我,棍子外面包了结实的皮料,里面铸了铅。它看着就像一头笨重牲畜的阴茎,我暗想,它蕴含的所有力量都传给了我。

大型动物的力量始终让我着迷。我从未去过动物园,只要看到拉车的马,或是蹄子上长了长绒毛的、皮肤下面藏了发达肌肉的佩尔什马,就会惊叹不已。他们拉煤车的样子,总会让我看得出神。在希维德河的那次暑期,我在大草场上看见过一头黑色公牛,它周身的皮毛平滑而有光泽，我想象着它如何与一头熊搏斗并取得胜利，因为这样一匹肌肉发达的动物不可能输给一头毛茸茸的熊。

现在，这股力量已为我所有。我，这个瘦削的犹太小子莫伊热什·伯恩斯坦，已将这动物的莽力之根，猛兽的阴茎，握在手中。

"把它放到裤子口袋里。"潘塔莱翁用他沙哑的声音对我说。

我照做了。把它放到了我那纤细得多的阴茎旁边。

夏皮罗举起手打了个响指。游行的人中马上便站出十二个工人模样的青年。他们的右手都插在夹克或裤子口袋里。后来我才明白了这个姿势的意思。他们藏在口袋里的手都紧握着枪托。

他们围站在我们的车旁。夏皮罗向卡普里卡点头示意，表明一切正常，卡普里卡和拉齐维韦克这才下了车。前者从容缓慢，后者动作迅速。卡普里卡穿了一件昂贵的老式西装，拉齐维韦克和蒂乌切夫则穿着保卫协会的制服。他们朝游行的人群走去，我，这个穿着从扎雷姆巴店里买来的昂贵西装，包里还装了根包皮短棍的小犹太人莫伊热什·伯恩斯坦，跟在他们后面。

这时，卡普里卡突然爬上了用箱子搭建起来的讲台。

场下叫好声一片。

"教父万岁！"人们喊道。

紧接着就是铿锵有力的欢呼："卡普——里卡！ 卡普——里卡！ 卡普——里卡！"

"跟着喊！"潘塔莱翁对我耳语。

我便喊了起来。卡普——里卡！ 卡普——里卡！ 卡普——里卡！我明白了，这个穿着丑陋西装的小个子秃头男人给了我一个崭新的人

156　król

生；我那些昂贵的衣服，得到的玛格达的香吻和埃米利亚·夏皮罗的目光，归根结底都得感激他。

亚库布·夏皮罗没有一起喊叫。亚库布·夏皮罗机警地环视着四周。

卡普里卡扬起手臂，人群安静下来。

"民族激进阵营的那些浑蛋又煽动了这次反犹主义暴乱？是这群国家民族主义的婊子干的？！"教父怒吼道。

"婊子"一词一出口，人群里便嘈杂一片，犹如一条通人气的大狗，听到同类对共同敌人的粗野咒骂而激动不已。

"什么？ 他们想把犹太人逐出军队？想制裁犹太人？他们难道不知道，工人们都是兄弟吗？昨天，格罗胡夫区里犹太人的窗户被砸破了！时候到了！要行动了，兄弟们，不要只嚷嚷……"

说到这里，卡普里卡手放进口袋里，拿出一张纸条，远远地放在眼前，开始念起来。

"被破坏的有阿罗赫·泽利克的住宅，在奥谢茨卡街32号。还有伊采克·格拉什米特的住宅，在图比亚尼斯卡街12号。都是民族激进阵营那些浑蛋干的！法律的尊严何在？在柏林，他们给犹太人设置了专门的长凳，涂成黄色，难道在我们这里也要发展到这一步吗？我们抗击一切分裂势力的努力，我们在一九二〇年那场战争里抛洒热血，可不是为了这样一个波兰！"

工人们鼓起了掌。夏皮罗听到卡普里卡说起一九二〇年战争时，鄙夷地冷笑了一声。"他妈的他流了多少血，这个教父，还真风趣。"他咕哝道，而且似乎就是想让我听到。

"是吗?"我问。

"整个战争期间他都没露面,在华沙躲着,甚至敌人兵临城下时也躲着,"亚库布小声回答道,"从埋伏点朝个沙皇宪兵开枪,他倒是敢,但却不敢从战壕里进攻。"

"我们不能容忍这样的事!"卡普里卡怒吼道,"我们要让这群波兰法西斯分子瞧瞧工人们的怒火!我们在西班牙的兄弟们正在拼死斗争,我们也绝不能妥协!"

我已经不再在听卡普里卡的演讲了。只顾着观察亚库布·夏皮罗,努力跟着他的目光,缓慢却目的明确地扫视四周。当时,我还不知道要如何观察,现在我懂了:要时刻处于警惕状态,同时也要保持完全平静;不能像弓那样紧绷着,而要像弩一样——能把弓弦往后拉,挂在弩牙上随时准备射击,并长时间保持这一状态。还要全神贯注地观察,目不转睛。不放过任何一个细节。

亚库布·夏皮罗一边观察,一边分析,我不知道他是有意识地还是无意识地,但他确实是在分析。我记得很清楚,就像当时我在他脑袋中待着一样。

这个金发的猪头和这个犹太杂种不都有些躁动不安吗?

这两人不是在那里可疑地耳语吗?

人群中的什么地方一定是有个捣乱分子,肯定是他们派过来的,要么是警察派的,要么是国家民族主义分子派的。捣乱分子究竟是谁?他到底是想挑事,还是最后只为了向探子通风报信?

后来我很多次都是这么观察的,但当时没有。当时我只是盯着亚库布·夏皮罗。没错,我知道,就是他杀了父亲,却又不知道是如何杀

król

的。我不知详情,尽管我本来应该知道的。我很感谢夏皮罗,尽管我曾深爱着瑙姆·伯恩斯坦,那个虔诚的犹太人,我的父亲。我父亲再也不必看后来所有人见到过的所有那些惊恐,因为他曾经历他自己的、个人的惊恐:喉咙被割开,身体像赎罪鸡那样被肢解成四部分。

倘若亚库布·夏皮罗当时没有遵循教父的指示杀死父亲,没有将他当作祭物献上,那么我永远也不会离开华沙。

亚库布·夏皮罗很英俊,我也爱他。

这时,一支管乐队吹奏了起来,旗手们举起了社会主义红色旗帜,并将其插进各自的皮革肩带里。

"人民的鲜血已汇流成河!"卡普里卡唱了起来,举起左拳,一副如鱼得水的样子,情绪高昂,正义凛然,像雄鸡那样骄傲,想要作群雄之首。

"……苦涩的泪水随鲜血流淌。但报仇雪恨的时候到了,我们将成为审判者!"众人一边高声回应着,一边按照工人惯用的方式纷纷高举起左拳,为有一位引领他们、值得信赖、对他们亲切关怀的父亲与领袖而情绪高涨。

我们开始向前行进。我仍清楚地记得这种令人振奋的、不断高涨的归属感,也因当时与夏皮罗肩并肩走着,有一种率领一大群人的感觉。

我们脚步铿锵。走在前面的是战斗部队,工人跟在后面。也就是说,我们打头阵。夏皮罗、潘塔莱翁和其他一些人,纪律严明如一支军队,分成四列行进。前五排人的手都插在裤子或夹克口袋里,紧握着手枪和自动武器,目光警觉,嘴唇紧闭。我走在夏皮罗旁边,某种程度上是走在队伍边上,正好位于两个四人组之间,在行进的队伍之外。

我身后的五排四人组都是些凶悍的暴徒，他们每个人的右腿旁都别着及地长的棍棒，就像引领旗手方队的那名军官手里拿着的军刀，区别仅在于前者的身份是工人。走在更后面的是后备军，他们裤袋里都装了指节铜环、刀和短棍。人群中我看到了莫雷茨·夏皮罗，亚库布的弟弟。只是匆匆一瞥，但我看到了他，亚库布也看到了我。

后备军后面是旗手。然后是管乐队。然后是普通群众。

我们齐声高唱：

唱起歌来，一二三！

旌旗满载着人民的愤怒

越过堡垒，飞入云霄。

自由的晨曦已经显现。

我们展开鲜红的旗帜

它已被人民的鲜血沾染！

我也一起唱着。

我们展开鲜红的旗帜，它已被人民的鲜血沾染！

我们展开鲜红的旗帜，它已被人民的鲜血沾染！

整支队伍就像一头巨兽。

我就像是鲸腹中的约拿，被吞进去，却没有被消化。眼前这支队伍，这鲜活有力的动物性身躯无比庞大。它更近神性而非人性。

重达一百八十吨的大洋中鲸的身体，置于这游行的队伍旁，俨然已具神性，成了一个有血有肉的异教神灵。在它的腹中住着先知。

我身处人流之中。我就是约拿，口袋里装着一根铸铅的短棍。这人群重约六百吨，相当于四头蓝鲸，六百吨重的人的血肉之躯。这躯体是红色的，因为沾上了人民的鲜血。

我们沿着沃尔斯卡街一路上行，朝着老城方向，我们行进缓慢，歌声嘹亮。偶尔有路边的居民探出窗户，一边摇动红色或红白相间的旗帜，一边高喊"万岁！"。

行至赫沃德纳街时，联盟成员和犹太复国主义工人运动的左派成员也汇聚进来，不同的人马目前暂处停战状态。游行的队伍都混在一起，这点我记得很清楚。短暂的混乱后，各方领袖都喊起口号，然后重整各自的队伍，写着波兰语和意第绪语标语的横幅也区分开来。我紧跟在夏皮罗身后，他始终保持着从容而机警的状态；我们一直往前走。跟在我们战斗队伍后面的是联邦作战部队，其成员都是些身子挺拔、满怀战斗激情的年轻人；再后面的是犹太复国主义工人运动的成员，其中有莫雷茨·夏皮罗。

一直走到埃莱克托拉尔纳街上，在索尔纳街拐角处弗雷贝斯那座矮而长的出租公寓前，我们才遇到警察。这是一支百无聊赖的骑兵巡逻队。他们穿着深蓝色制服，佩戴着军刀和手枪，宽大的军帽帽檐挡住了一部分脸，帽绳紧箍在下巴底下。他们平静地看到我们的队伍。其中一个警察甚至更关注路边一家西装店里的陈列品，而对游行队伍不感兴趣。

当卡普里卡走过他们身边时，他们很自然地朝他敬了个礼。卡普里卡也用两根手指碰了碰帽檐示意。

银行广场上的警察更多一些，至少十几个巡警，莱瑟购物中心前还停着一支队伍松散的骑兵队。他们悠闲地站着，等待着，在朝另一个方向看。

我们的队伍停了下来,只有最前面领队的几个人走到了广场中间。

"今天来的警察有点少。"拉齐维韦克说。

"他们也知道,没必要来很多人。"卡普里卡耸了耸肩。

这时,我们才注意到反游行的人群。他们的整体阵容比我们的小。大部分反游行者都戴着学生帽,穿着便衣。还有一些小型队伍,成员都穿着带肩带的浅色制服上衣,戴着深色的贝雷帽。他们是从塞纳托斯卡街、波兰工业银行前的绿化带以及姆尼舍克宫过来的。

"你怎么看……?"卡普里卡用头指了指那群人,问夏皮罗。

"学生组织吧,长枪党的人,都是些不成气候的法西斯分子。不必太在意他们,"夏皮罗答道,始终保持着机警而从容的状态,"不过可能会发生枪战。"

"他们没这个胆量,这些法西斯分子。"拉齐维韦克断言,说着把他那顶硬质的帽子扯到颈后。

而我则默默地站在夏皮罗和卡普里卡后面,只是听着,看着,就像我现在坐在绿色打字机前,默默记录着回忆。

潘塔莱翁点了点头并掏出那把纳甘枪,拉开枪栓,逐一检查着七个弹巢。我则想着他那个魔鬼兄弟,以及后者可能对他不停地耳语些什么。

射击,射击,射击,打,刺进去,杀死,射击。

"他们可能会开战呢,这些法西斯分子。"夏皮罗讽刺地说道。拉齐维韦克丝毫没有发觉嘲讽的意味。"五月的时候,他们就朝一群游行的联盟成员开过枪。"夏皮罗又说。

"他们才不敢这么干!"拉齐维韦克断然说道,说着也从口袋里掏出了手枪。

"把家伙收起来，快收起来！会有机会拔枪的！"卡普里卡息事宁人地说道，大家便都收起了武器，只不过很不情愿。"把我抬起来！"夏皮罗和潘塔莱翁遵令把卡普里卡举到空中。

"乐队！演奏一九〇五年的《华沙工人曲》！大家唱起来！"卡普里卡喊道。

于是我们唱了起来。

"起来吧，华沙！投身惨烈的战斗，打败敌人吧，工人群众！"

我们走到了银行广场上。"起来吧，华沙！"从国家民族主义队伍的最前面跑过来十几个暴徒，他们掀起铺路石朝我们扔过来。我们的人里有个被击中了头部，流血不止，倒在地上。

"让开！"夏皮罗大吼一声，我方的持枪作战人员随即让出一条路来，有几个后排的人也跑到游行队伍的最前面。瓶子和石块一起朝那些法西斯分子飞过去。但这些人并不退缩。

"只是些学生，"夏皮罗低沉地说道，"那边是国家民族主义工人党的战斗部队，那些角色才不好对付。"说着，他指了指其中的一个国家民族主义工人党打手。"其他的都是些学生走狗。比如那个杰姆宾斯基。"

"就在那儿，看到了吗？就是他，那个卑鄙的金发浑蛋。他就站在国家民族主义工人党的战斗部队里。"

国家民族主义工人党的打手从外表看并无特别之处，就像工人一样，像我们队伍或其他游行队伍里的普通成员。站在他们中间的杰姆宾斯基却像是来自另一个世界，属于另一个种族的人。

他比众人高出一头，从小的生活条件就比旁人优越得多，或许也有更优良的基因；他穿着制服和黑色马裤；右手霸气十足地插在右口袋里；他既不掷石头也不扔瓶子，只负责发号施令。

"开始行动！枪都在口袋里放好。蒙亚，给我钢管！"卡普里卡下了命令，撸起袖子。蒙亚递给了他那根锯好的钢管。

他的命令对我同样有效，我明白这点。我们都行动了起来。我始终躲在后面，跟在夏皮罗身后，兴奋而好奇地看着他步伐轻盈地朝最前面的法西斯分子——国家民族主义工人党的一名工人打手——迎面跑去，看着后者大幅度地挥动着手臂，像挥舞打谷棒一样，看着夏皮罗如何在一记勾拳下欺身向前——这一切仿佛慢镜头似的展现在我眼前。那个身穿黑色马裤的法西斯分子大惊失色，没想到一个高大的犹太人怎么能这么迅速地逼近他，从侧面袭来；接着犹太人手上的指节铜环击中了他的下巴，重重地击打在他的胸脯上。

而对方那个勇敢的打手还没等疲乏的身体倒地，便眼前一黑，失去了意识。他的同伴们跑来救援；夏皮罗对准第一个迅速出脚，踢到膝盖上，将他放倒在地。直到现在，我都能清楚地听到骨头断裂的悦耳声音。

接着，夏皮罗冲向下一个人，用同样的套路，以一个拳击手的侧滚翻躲过对手的拳头；对方手中有刀，但也很快就被夏皮罗控制住了；夏皮罗一拳打到他的太阳穴上，将他撞开，然后冲向下一个敌人。

杰姆宾斯基已看见亚库布。他犹豫了。他后退，不愿与亚库布正面交锋。

矮小而灵活的卡普里卡则用钢管猛击敌人的头、小臂和膝盖，也打断了几个人的骨头。

潘塔莱翁咆哮着，朝着一个已被他控制在腋下的对手的脸上猛地挥拳，一拳接着一拳，仿佛没有看到这人早已失去了意识。但他十分清楚，他正在凌虐一个已无意识之人。他要他手中的这个人变得面目全非，所以不停地挥拳殴打，就像手里握着一块石头，把那人的鼻梁、颌骨、下颚一并打断，还打掉了其几颗牙齿，但没有杀死他，因为只有一个大活人身上被打得变形了的脸，才能让人永远记住潘塔莱翁的怒吼，记住他狂野而可怕的愤怒。最后，他终于把已经毫无反应的对手放倒在地，然后伸开双臂，喊叫，像头公牛一样咆哮着冲向那群国家民族主义分子，一副要把他们生吞活剥的架势。血从他右手上流下来，他和那个受难者的血混杂在一起。

长枪党派的人开始后退。他们意识到自己的对手是怎样的劲敌，也意识到无法和工人们硬碰硬。他们没有夏皮罗、潘塔莱翁、蒙亚和卡普里卡这类人物。长枪党派是些理想主义者，还包括一些莽汉和工人。我们却是专业的作战团队。总之，他们开始撤退，但也未惊慌失措。其间，夏皮罗又放倒了他们中的两个，潘塔莱翁则因打得不够过瘾而愤怒地咆哮。

杰姆宾斯基正式下令撤退。

我们的管乐队全程都在演奏，我们的工人们也没有停止高唱。这时，突然传来一声枪响。

至少在我和其他人听来，那像是枪声。人群一下子惊慌失措，四散逃跑。那些国家民族主义分子躲到一片低矮的喷泉墙后；我们的人在另一边，只得就地卧倒。

"不要开枪！是爆鸣器！"夏皮罗大喊，但为时已晚。

潘塔莱翁已经抬起了握着纳甘枪的手，不假思索地朝喷泉墙一通射击。其中一颗子弹击中了一个拿着三叉戟的男孩的肘，好在这只是一尊刻在石头墙壁里的雕像，所以这男孩毫发无伤，依旧托着他那巨大的喷泉碗。卡普里卡赶紧朝空中开了几枪，以免伤到任何人。因为一个法西斯分子的死就足以引发一场恶战。那些国家民族主义分子作出回应，也朝空中放了枪，因为一个社会主义分子的死同样会引发激烈冲突。而如果是一个匪徒被杀死，则意味着更大的麻烦：杀匪徒的人定会被迫逃出城市或者亡命天涯。

我们也认为，最好不要打死杰姆宾斯基这样的人。

双方的队伍，工人和国家民族主义分子，都在惊慌中开始后退。各方的战斗部队还在。也就是说，我们这边的人，长枪党派那边的人以及几个出身于前国家工人党的顽固的青年工人，都留在广场上。

接着又响起了口哨声。枪战停止了。一支之前没人注意到的国家警察预备队从国家收入和财政委员会的宫殿院子里走了出来。这支队形严整的队伍看上去很有震慑力，里面的警察都戴着压得低低的德国头盔，躯干和四肢上都穿着德式钢铁盔甲，像在阵地战中那样，人人手持椭圆形盾牌和棍棒，仿佛来自其他世纪，像中世纪武士似的。

他们身后还跟着一辆灰绿色的高压喷水车——一辆安装了水枪而非机枪的部队装甲式警车。此外，骑兵也出动了。车开始加速，没有给出任何警告就开始朝我们和那些国家民族主义分子喷水。

"看，那些人都是从格伦德齐努夫来的。"教父压低声音说道。

"我们撤！"夏皮罗大喊一声。

这时，卡普里卡站起身来，从喷泉墙的掩护下走出来。把手枪放回了口袋里。

"他妈的！撤退是不可能的！他妈的！"他怒吼着，"我是卡普里卡，谁都别妄想用一点点水就把我吓退，你们这群浑蛋，这是我的城市！"

他径直朝警察走去。

"他们会开枪的。"夏皮罗小声说道。

然而他们马上就掉转了水枪的方向，避开了这个矮小的强盗。

"怎么，你们是想惹毛教父吗？还是怎样？！"卡普里卡走到那群全副武装的警察面前，朝他们大喊，同时伸出他那两条短小的手臂，仿佛要邀请他们似的。

对方停了下来。水枪也未再喷水了。

两个身穿制服的军官朝教父走来，敬了个礼，然后彼此商议了片刻，我们听不到他们说了什么。教父看到国家委员会总司令部第四司的切温斯基专员晃着他那庸俗小市民的肥胖身躯越过了警戒线，得意地笑了，而且已经转过来身。

"呵，这只老狐狸终于露面了。"夏皮罗长吁一口气。

"站住！"切温斯基命令道，"别动！把他抓起来！"

那两个身穿制服的军官并未理会这道命令。他们走到一边，看向别处。他们明白，卡普里卡知道他们每个人的住址。于是，切温斯基，这个传说中全华沙最勇敢无畏的警察，只得亲手逮捕卡普里卡了。卡普里卡微笑着上缴了武器，小心地用两根指头把武器从口袋里夹出来，以免这个警察误以为他要开枪。

"少安毋躁，警官先生，一切正常！"

"闭嘴！"切温斯基呵斥了他一声，愤怒而又无可奈何。

接着，他们的人把卡普里卡拉回到警戒线以内，把他塞进一辆车里带走了。

"我们撤，"夏皮罗说着在头顶上摆了个手势，示意队伍的领头人员，"警察长会处理的。"

那些穿戴盔甲的警察和骑兵部队转而向国家民族主义分子的队伍走去。后者开始慌忙逃跑，但骑兵却仍用军刀刀背击打他们；我们则饶有兴致地旁观着这场好戏。没有哪个警察看着我们，哪怕一眼。

我记忆中的情形就是这样。

我在打字机前站了起来。

向窗外望去。没什么特别之处，还是那条街，还是那个太阳，还是一样的明亮。我转回身来。想再穿穿军装。便打开了衣柜，衣架上已经空空如也，玛格达的裙子没再挂在上面了。我开始翻找军装。就是那条简洁的橄榄绿裤子，相配的是那件左胸口袋上方别满勋章、右胸口袋上方戴有伞兵标志的短袖衬衫。我也想找到那顶红色贝雷帽，以及那双可以塞进裤腿的棕色高筒伞兵靴。

都不见了。到处都找不到我那套军装。我翻遍了公寓的每个角落。我的那些西装、长袖和短袖衬衫、领带以及放在抽屉柜里的难看的鞋子都还在，唯独找不到那套军装了。

或许是她把它们拿走了。好吧，无所谓了，我留着一套军装也没什么用处，毕竟早已退役。但重要的是，我有一把手枪，就是那把为我效力多年的、金属外壳都已磨损的四点五毫米口径手枪。我当时把它装进一个棕色皮套里，一并放进了写字台抽屉里。

一阵恐惧感突然袭来，我赶紧走回写字台，拉开了抽屉。枪不见了。

我立马拨了电话。通了，我等了很久，她才接起来。"喂……？"听筒里传来她的声音，一个老妪的声音。

"你把我的军装和武器都拿走了？"我直截了当地问道。

接下来是她的沉默。我能清晰地听到她的呼吸声。她没有挂断电话，只是拿着听筒，沉默着。

"玛格达，你把我的军装和武器拿走了吗？是他让你这么做的吗？"

"别再叫我'玛格达'了。"她缓慢地说道，我能听出，她很悲伤。

"你到底拿了没有？"

"你需要帮助。"她说。

我挂了电话。

我回到打字机前。在所有的抽屉里又翻找了一遍。枪的确不见了。有一瞬间，我甚至觉得，她或许从未在这里与我生活过，不过这只是臆想。我可不想变成臆想症患者。

我还得继续打字。

游行之后，我们一起去了蕾夫卡那儿。其间，我成了她那儿的常客，因为总要陪亚库布·夏皮罗一起，做他的影子。夜里，我偷听他和埃米利亚做爱；白天，则跟他一起在格维亚兹达训练场训练，一起去找小商贩们收钱，一起喝咖啡和伏特加，一起散步，开车，处理一切事务。不管他去哪里,我都如影随形,莫伊热什·伯恩斯坦,伟大的亚库布·夏皮罗渺小的影子。

现在,经历游行之后,夏皮罗因当时的打斗而激动不已,坐立不安,走来走去,像在拳击赛场上一样。

"给我们倒上伏特加。"他命令蕾夫卡。

我们站在吧台前。夏皮罗、拉齐维韦克、潘塔莱翁、蒙亚和我。蒂乌切夫仍旧坐在门口那把他向来坐着的椅子上,仍旧读着尼科拉伊·古米尔约夫的《异域的天空》。拉齐维韦克则无比镇静,和潘塔莱翁一样饮着茶。

喝伏特加的是夏皮罗、蒙亚和我,贝科夫穿着他那件乳白色的礼服,弹奏着流行歌曲;等大家都酩酊大醉后,他就开始自由地即兴演奏了,我最喜欢听的就是这一部分。

我们每个人都喝了三小杯。夏皮罗还点了煎肝,服务员很快就为他端了上来。

在这个时间点,沙龙里只有三个女孩:体形丰腴、胸部丰满但乳头扁平的金发卡夏已从她那冷漠的深洋中浮现出来,此外还有奥拉和身材苗条、一头黑发的索尼娅。夏皮罗对索尼娅颇有好感。

莫雷茨也来了,这很出乎我的预料,我原以为,他这样的人绝不会来妓院里喝伏特加。甚至连茶也不会在这种地方喝的。

我现在十分惊讶,自己当时是从哪儿知道那么多关于莫雷茨的事的。亚库布没有跟我谈过他,他从不会提到他,我也只在大都会酒吧见过他一次,以后再也没见过,然而却了解他,知道他很多事。

莫雷茨不会是只为了喝伏特加才来妓院的。莫雷茨也不是为了一般男人来这里的原因来这里的。莫雷茨有良知。有明确的人生目标。莫雷茨对在巴勒斯坦建立犹太人的国度这一理想坚信不疑。任何一件如果不是至少能间接促成这一理想实现的事情,莫雷茨都不会做。清晨,莫雷茨一睁开双眼,便投身在巴勒斯坦建立犹太人国的事业。他若揭竿而起,也是为了在巴勒斯坦建立犹太人国。他吃饭,呼吸,学习,大笑,工作,生活,一切都是为了将来在巴勒斯坦建立犹太国。

我很难想象,他竟会为了未来在巴勒斯坦建立犹太人之国来蕾夫卡的妓院喝伏特加。

我也不明白,亚库布和莫雷茨出生在同一个家庭,一个像我家一样的虔诚的犹太人之家,怎么走上了截然不同的人生道路,而彼此本质上却又那样相似?甚至在外形上也很像,都十分壮硕,人高马大,也都果断,刚毅,有力。

蕾夫卡给我们都续了酒。我们都一饮而尽。

"把电话拿来。"夏皮罗说。

蕾夫卡递给了他。

他拨通了某个号码,耐心等着。

"贝科夫先生,安静!"他对着钢琴师斥责道,后者马上停止了演奏。"您好,我是夏皮罗。女士您好!正是。夏皮罗,亚库布·夏皮罗。我想跟利特温丘克先生谈谈,是关于卡普里卡先生的要事。您是新来的?好,那请您转达利特温丘克秘书先生,事关卡普里卡。我等着。"

他一边把听筒贴在耳边,一边朝我使了个意味深长的眼色。或者是朝蕾夫卡。反正他眨眼示意来着。

"您好! 是的,我是夏皮罗。您好,秘书先生。不,没错,就是为

171

了卡普里卡先生的事。对,正是这样。被逮捕了。不,我们等不了,此事必须有个交代。不。了解了。"

他专心地听对方解释了好一会儿。最后引人注目地翻了翻眼睛,把听筒从耳边拿开。

"好,现在您听好了,利特温丘克先生。"他一下子变了语气。声音也压低了些,像在窃窃私语。从他的这种语气里,我听到了力量与决绝,正如他在拳击赛场上展现的那样。

"不,您现在闭嘴,仔细听着。或者您现在就挂断电话,去找总理先生,告诉他,您拒绝了亚库布·夏皮罗,扬·卡普里卡的生意伙伴。没错,就是教父,教父卡普里卡先生。是的,是的,正是那个夏皮罗,啊哈。不,是一九三五年的华沙冠军赛。对,冠军正是他。"

听到"伙伴"一词,正坐在我们旁边喝茶的博士拉齐维韦克不禁打了个哆嗦,甚至茶杯在茶托上发出了当啷一声。他这一哆嗦不仅引起了我的注意,也被夏皮罗看到了,这一点我很肯定,但其他人都未发觉。

"您肯定还不知道,早在革命联合政府时期,卡普里卡先生就认识敬爱的费利西安[①]了。您之前没听说过吗?那么您现在知道了。总理先生肯定会对您的做法感到满意的,是吗?好。好。您听着,我不知道是哪个警察局。很可能是在达尼沃维乔夫斯卡街12号的那个。我上哪儿知道这些呢?我难道是内政部长或者斯科瓦德科夫斯基总理吗?所以说嘛。这件事交给您办了。好的。我们等消息,您就用这个号码联系我们。再见,利特温丘克先生。"

[①] 费利西安·斯瓦沃伊·斯克瓦德科夫斯基(Felicjan Sławoj Składkowski),一九三六至一九三九年任波兰总理。——译者注

他挂断了电话。

"他们会打回来的,"亚库布说,"我们等着。教父要是不能马上被放出来,必然会勃然大怒。再给我倒伏特加。"

蕾夫卡给他续了杯。

"问题在于,总理先生还能当总理多久,还能关照这种事情多久。"拉齐维韦克一边要了点面包,一边冷冰冰地说了一句。

亚库布仍处于游行时的打斗和刚才那通果断大胆的电话的刺激之下,根本在高脚凳上坐不住。他一跃而起。

"你还有什么没告诉我们的,博士。"他倒是来了兴致,虽然他不禁想到了那次和博宾斯基在 SiM 咖啡馆的交谈。

"华沙城里已经有传闻,"拉齐维韦克面不改色地答道,"说希米格维正秘密谋划着什么事情。跟那个上校,他叫什么来着?是波兰联合阵营的?"

"和上校密谋?民族统一阵营的那个?科兹?"

"对对,就是科兹上校。亚当·科兹。就是雷兹元帅在和这个上校密谋。或许是想政变?科兹想和长枪党搞联合?对对,和国家民族主义阵营结盟?"

"萨纳奇和长枪党?"亚库布越来越惊讶。

"是的,没错,就是要推翻总理。推翻总统。雷兹-希米格维要自己做总统。没错,没错。"博士证实地点点头。

亚库布却耸了耸肩。

"这跟我们又有什么关系呢?"他问。

"有关系,当然有关系!"博士答道,"他们对犹太人厌恶至极。"

亚库布转过身去。他想换一个轻松点的话题，于是推了推他弟弟，后者始终一声不吭地倚在吧台上，看似神态随意，但一直在全神贯注地听。

"莫雷茨，莫雷茨，你是来快活的吧？ 小子，来找快活，是吧？"已经有点醉了的亚库布大笑起来；我能看出，他是在以这种不正经掩饰什么，倒未必是掩饰他惧怕莫雷茨，而恰恰是掩饰对后者的尊敬。

蒙亚和潘塔莱翁板着脸在喝酒，一言不发。

"我想跟你谈谈。跟你和解。"莫雷茨说。

"好啊，我们谈谈，不过这里人多耳杂，我们说波兰语吧？"

"我要谈的是关于犹太人的事，所以要用意第绪语说。蕾夫卡，再给我倒杯酒。"

她又为他倒满了酒。他一饮而尽。

"你得跟我一起迁去以色列，亚库布。那里才是我们的未来。这里只有长枪党的那帮猪猡。"

"难道那里所有人都喜欢犹太人？难道人人都盼着搬到那个狗屁沙漠中去，盼着在那里建立一个国家？那么为什么不去马达加斯加呢，嗯？"亚库布有些执拗地用波兰语回答道。

莫雷茨有那么一刻脚步不稳。他把酒杯推给蕾夫卡。她给他续了杯。他一饮而尽。

"你在那里会有用武之地的，扬凯夫。在组织里会受到重用。我们会安排好路线，也会支付一切费用。为你、埃米利亚和孩子们。坐火车一直坐到康斯坦茨，再从那里转乘轮船。组织已为你们买了头等舱的票，大家也知道，大名鼎鼎的亚库布·夏皮罗先生要舒服。"

"我才不去什么集体农庄呢。"亚库布低沉地嘟囔了一句,继续喝他的酒。

"你不必去那里。没人想把你变成农夫。你可以随心所欲地生活。我们在哈贾纳需要你。哈贾纳需要你这样的人,士兵。你这样强壮、有力的人。农夫已经够多了。"

亚库布知道,莫雷茨得付出多大的代价,才克制住自己的骄傲,对他说出这些。莫雷茨对他亚库布可是只有蔑视的,对他的放荡也非常厌恶。亚库布也知道,莫雷茨为何愿意付出这样的代价。为了他的理想,他愿赴汤蹈火。

"我不是士兵,我是强盗,是拳手。"

"不,你就是……扬凯夫,那边每天都可能发生战事,可能像去年那场一样惨烈,你明白吗?"

"听说现在是停战期,听说要准备建立一个犹太人的国家。埃米利亚这么说过。那个人叫什么来着,'皮尔'……?"

"威廉·皮尔。这些事还需要埃米利亚来告诉你吗?你难道不读报刊吗?你到底算什么男人?"莫雷茨气愤地说道。

"我只读跟我有关的事,而且是直接相关的事。运动、犯罪行为和当地新闻。我为什么要对远在天边的一些什么阿拉伯人感兴趣呢?"亚库布挑衅道。

莫雷茨气愤地一跃而起,似乎要吵架一般。但他却又突然放弃了。

"这事目前还不会有什么进展。"他神情严肃地说。

"什么事?"亚库布也变得严肃起来,并终于改用意第绪语了,可能他觉得,这门语言适合用来讨论严肃的问题。

"犹太人在巴勒斯坦建国这件事。我的意思是，现在还不会有进展。他们随时都有可能逮捕侯赛尼，然后一切又要从头开始。哈贾纳需要士兵，亚库布。需要像你一样的硬汉。"

"我不是士兵！"亚库布再次重申，说着又喝干了酒杯。

"我们在这里不会有好东西可期待的了。"

我和站在吧台后面的蕾夫卡都看着莫雷茨。我们看到亚库布在思考。也看到他已醉得摇晃起来。

我从打字机前站起身来。我回想着当时那一刻，一切都清晰地留在了我的脑海里。酒吧，坐在靠墙的沙发椅上那几个百无聊赖的年轻妓女，我仍清楚得记着她们的脸，听得到她们的名字，奥拉、索尼娅和丰满的卡夏。贝科夫正弹着钢琴，蕾夫卡·基伊则站在吧台后面。

莫雷茨沉默了，该说的他都说了。

亚库布点了一支烟，深深地吸了一口，烟雾从鼻子里喷了出来。

亚库布站在他人生的岔路口。他正面临一个重大抉择。他隐约地想象着只是从报纸上模糊粗糙的图片中看到过的棕榈树、沙丘和绿洲。他想象着缠着白色头巾的阿拉伯人和身着热带地区军装——短裤和土耳其毡帽——的哈贾纳武装人员。

他也回想起在这里，那一条条他热爱的、熟悉的，在那里他也为人熟知并受人欢迎的街道。街上的每个人都会向他脱帽致意。咖啡店里的女孩子们求他的亲笔签名，也会在受到他散步邀请时脸颊绯红。从未有哪个姑娘拒绝过他的邀请。屠夫会把上好的肉留给他。当他，这个伟大的拳击手亚库布·夏皮罗走过时，或乘坐他漂亮的轿车，载着他美丽的娇妻和俊朗的儿子们驶过时，警察也会向他敬礼。

而在那里呢？在那里能有什么？沙子。枪支。命令。棕榈树。

亚库布抽着烟，呆呆地站着。我不确定，事实是否是如此，或者这只是我的记忆。总之，他呆站着，没什么反应，穿着灰色的双排扣西装，白色的衬衫，黑白双色的高尔夫裤子，系着蓝色的领带，站在那儿，手肘放在吧台上，斟酌着这两种选择。

"你走吧，莫雷茨。"他用波兰语说道，响亮而清晰，"走！"

正吮吸着茶的拉齐维韦克偷笑了一下。潘塔莱翁和蒙亚则对夏皮罗兄弟俩的对话丝毫不感兴趣。

我站在后面，没人注意到我，我却把一切都看在了眼里。

莫雷茨摇了摇头。

有时会出现这样一种情况：有人大声说"不"，那么这个"不"字将埋葬他的余生。即便他应该反悔，他也没有改口。他对这个决绝的"不"十分骄傲。然而这个"不"将埋葬他整个一生。

我能记起，清楚地记起那一刻。我也想把它记下来：亚库布的手肘撑在吧台上。抽着烟。

"走吧，莫雷茨，"他说，"走！"

莫雷茨摇了摇头，耸了耸肩，又喝了一口酒，随即大步走向亚库布，挥手朝他下巴就是一记有力的勾拳。亚库布轻松地躲过了，一下子把他的弟弟撞开，并做出了出拳的姿势。

"来啊，你这懦夫……"亚库布叫喊着。莫雷茨向他扑去，想要打他，却没有打中，因为拉齐维韦克已冲到他们中间，把兄弟俩拉开了。

"都住手。卡涅茨。这里不许打架，听到了吗？"他说。于是，莫雷茨举起手来。

"这次就算了。他妈的！"莫雷茨咒骂了一声便离开了。

"我现在就要找女人。"夏皮罗说。

在场的三个女孩都像听到军令似的一下子从沙发椅上跳了起来，一齐走向他，其中也有卡夏，我第一次来蕾夫卡的这家妓院时对她的印象就最为深刻，后来也是。她偶尔也会瞥我一眼，但看夏皮罗更多。

夏皮罗选了奥拉和索尼娅作陪。卡夏便重新遁入了她那黑暗深洋的洋底。夏皮罗看了看蕾夫卡。

我至今都记得他们的目光，亚库布的和蕾夫卡的。他们相爱过，这是毫无疑问的。她依然爱着他，这也是显而易见的。而他却选择了埃米利亚。他也跟后者生育了孩子。

蕾夫卡没有孩子。我突然明白过来：她不能生育。我也知道，蕾夫卡并非妓女。

我只是不知道，若她成了亚库布的妻子而不是埃米利亚，情况是否会不同。

"好好伺候她，姑娘们。一切随他心愿。"蕾夫卡·基伊云淡风轻地吩咐道。

亚库布一手搂着一个女孩的脖颈。他们一齐进了一间房间。我留在外面，这是自然的，继续在吧台前小口喝着伏特加，没有人会关注我。我只是个出身于纳莱夫基街的毫不显眼的犹太男孩，莫伊热什·伯恩斯坦，十七岁。

但我清楚地知道，那里，即蕾夫卡那间最好的卧室里，正发生什么。知道夏皮罗和那两个女孩在做什么。他先会盯着两个女孩看一会儿，他很喜欢看她们互相亲吻、宽衣解带的样子；然后他便轮流跟她们交欢，并不断变换着各种可能的、大多颇为野蛮的体位。他一边喘着粗气一边吼叫着，却达不到高潮。

最后，两个女孩会疲惫不堪地瘫在床上，阴部也会受伤；他则挺着依旧处于勃起状态的阴茎在房间里兴奋地蹦跳，喝酒，又把唱片放到那台便携式HMV留声机的棕色转台上，转动手柄，放起美国音乐，宾·克罗斯比、本尼·古德曼和贝西伯爵的作品。他们一起听着。他躺回到床上，继续喝酒；她们则会尽力用嘴和手拨弄他的阴茎，但仍不能让他达到高潮。最后，她们两个睡着了；而他也会疲软下来，只不过仍未体会到他所追求的快感。于是他继续喝酒，等到喝不动了，就开始吸食可卡因，然后继续喝。她们已经在大床上熟睡，他却无法入睡，颤抖着，躺在她们中间。他再也喝不下去了，便干躺着，一声声地呜咽，哭泣，蜷缩着身体，像个巨婴，一丝不挂，大汗淋漓，又脏又臭。

接着，蕾夫卡走进来，叫醒两个女孩，打法她们出去，然后躺到亚库布身边，抱住他，给他盖上东西，轻抚他的头发。"埃米利亚……"他轻声叫着，蕾夫卡却毫不在意。

"好了，好了，亚库布。是我。一切都好……平静下来吧，亚库布，休息一下……"她轻声细语地说。

她只是想让亚库布平静下来；而他则在她的怀里抽搐着，不知道自己在哪里，也不知道经历了什么，所知所感只有痛苦、恐惧与绝望——所有这些都是他白天在外奔走时不能，也没有表现出来的。他哭了。

我已经不记得，自己在这段时间里做什么了。或许我和其他所有人一起继续留在吧台那儿，小口咂着伏特加？ 还是我也跟其中一个女孩做着同样的事？我不知道。总之，女孩们都候着，等着蕾夫卡的指令。

这是这里的规矩。

拉齐维韦克不声不响地喝完了他的茶，也要叫个女孩来。

"让卡斯卡来吧，"蕾夫卡从吧台后面回答道，"不过您可别把她折腾得像上次那么惨，博士，知道了吗？否则她接下来的一整周都将无法工作。"

"我不喜欢卡斯卡，"博士冷冷地回答，"换个别的，蕾夫卡。"

"可是没有其他女孩愿意服侍您，博士。"她说着低下了头。

"要么蕾夫卡小姐给我找个女孩来，要么我就要蕾夫卡小姐您自己。"拉齐维韦克说道。

"那您就要跟亚库布有事了。"她语气突变。

拉齐维韦克盯着她，眼神呆滞而冰冷。当时我就知道，蕾夫卡的这一威胁不是开玩笑的，而博士也的确害怕亚库布·夏皮罗。

"以圣父、圣子、圣灵之名，阿门，"已喝净了第三杯茶的潘塔莱翁咕哝着，"我想回家了，博士，可以吗？"

拉齐维韦克点头批准了。现在只剩下蒙亚还和我们一起坐在吧台上。

"那就卡斯卡吧。"博士终于作了让步。蕾夫卡点头表示了同意。

潘塔莱翁离开了。贝科夫也合上琴盖跟着他出去了。蒙亚则把他剩下的酒喝完。对他矮小的身躯来说，这个量已经太大。然后他舒舒服服地把自己摆到沙龙里的沙发上，带着鼾声入眠了。

卡斯卡从她的单人沙发上站起来，却仍未从她那冷漠深洋的洋底浮升出来。拉齐维韦克走进一间房间，她跟在后面。

对蕾夫卡来说，现在是时候去陪夏皮罗了。

180　król

"好生注意着电话,小伙子。别在这儿睡着了。"她命令我。

她走了之后,厨娘和女管家也各自回家了。只剩我一个人。过了不久,跟夏皮罗睡过的那两个女孩睡眼惺忪地从我身边走过。她们披着轻薄的大衣,要去大睡一觉以消除她们职业带来的疲惫。又只剩我一人了。

我在哪儿干了什么?干等着?我不记得了。只记得墙那边传来了喊叫声,肯定是卡斯卡在喊,但却不是享受的声音。我一时萌发同情之心。卡斯卡看着像是个好女孩。我也挺喜欢她。过了一会儿,叫喊声停止了。

我在沙龙里走来走去,看向窗外。窗帘散发出灰尘和发霉的气味,我把它们拉开,打开玻璃门,走到房子狭窄立面上方的阳台上。这座房子正位于庇护十一世街和克希科瓦街的交叉口处,就像一艘石船的船头。而我就是站在船头的船长,俯瞰克希科瓦街,远眺着理工学院和军营。

夜晚温暖,空气中弥漫着夏天的味道。万籁俱寂,灯光摇曳。路上先后驶过一辆轿车,两辆马车,还有一辆将克希科瓦街和哈武宾斯凯戈街分隔开的夜班电车。我看了一眼沙龙里的落地钟,凌晨四点,还有将近两个小时才会天亮。我偶一转身,又看见了它。

它游荡在理工学院上方,直直地盯着我。它两眼闪着火花。它唱着,呼喊我的名字。

我是约拿,我暗想。

我是约拿。窘困中我要呼求你,主啊!

突然,我听见电话铃响了。

我赶忙抛下那头抹香鲸,冲到电话旁,想接起来,但亚库布已经站在那儿,像突然出现一样。他修理过胡子,喷了古龙水,穿着西装,领带也系得板板正正。他拿起了听筒。

"您好!是的。太棒了!我们马上到。"

蕾夫卡在他之后也走进了沙龙,裙子已被弄皱,头发也蓬乱不堪。

"他们把他放出来了……?"她问。

"是的,一如往常。"

"他现在在哪儿?"

"如我所料,正在达尼沃维乔夫斯卡街12号。"

拉齐维韦克也走了进来,灵巧地一跃,坐上了一把高脚凳。他只穿了制服裤子和一件没系扣子的衬衫。随即开始抓弄肚子。

"炒蛋和咖啡!"他冷不丁地大喊了一句,仿佛天亮前说这几个词时不允许用正常语调似的。

"他们把教父放了。我们得去接他。"夏皮罗说道。

"我看,就算日本天皇被关进去了,他们也能把他放出来。我要先吃早饭。"博士回答道。

我观察着亚库布的脸。隐约地感觉到,他似乎还想从拉齐维韦克的语气中听出些别的东西。

"我们大家都先垫点东西吧,"蕾夫卡为避免争执,建议道,"用不了多久的。卡夏还好吗,博士?"

"睡了。"他不耐烦地回了一句。

"那我们吃早饭吧。"夏皮罗也同意了。我知道,他这勉强的让步只是为了避免自己在和博士的争吵中丢面子。

182　król

这个时候，厨房里还没有别人，蕾夫卡便亲自准备起咖啡和吃的东西来。

"你去看看卡夏。"夏皮罗吩咐我说。

我站起身来朝房间走去，似乎一直没人注意，没人看到，没人察觉。我不知道，夏皮罗有没有跟我一起去。印象中他好像去了。我打开了房间的灯，或者亚库布开了灯。

卡夏正躺在被染红了的床单上，仰面朝上，光着身子，还在流血。

她丰满的大腿上，几处伤口已结了厚厚的血痂。她的脸也饱受折磨：肉肉的鼻子已被打折，双眼也被打青了，眼皮肿得厉害，像是刚从拳击赛场上下来一样，而且肿得她都睁不开眼睛了。

夏皮罗把手放在了她的脖子上。

"还活着，"他轻声说，"但奄奄一息了。"

我看到愤怒在他身上膨胀，他肚腹中的那颗小而坚硬的黑球迅速胀大，即将冲上头顶，瞬间爆裂，并占据他的整个身体，崩裂每个腺体，冲破每个隔膜。

"我要杀了那个畜生！"他咬牙切齿地说着，立刻进入了战斗状态，并转身冲进沙龙里，像一头牛冲进斗牛场。他猛地扑向拉齐维韦克，一拳打在他头骨上；后者从高脚凳上跌落下来，夏皮罗又马上扑了上去；博士一下子就清醒过来，把这个拳击手推开；两人开始在地上打滚，大打出手；突然，两个人都停下不动了，像是石化了般，亚库布压在博士身上；而他的身上则压了另一个人。

"喏，臭小子，你要敢动一下，爱德华就会一枪爆掉你的脑袋。"博士被压在地上，一边呻吟道。

一把手枪的枪口顶着夏皮罗的后脑勺。那是一把自动手枪。爱德华·蒂乌切夫一只手拿着这把枪，另一只手里仍拿着他那本古米尔约夫的诗集，其中一根手指还夹在他正读到的书页间。他想赶紧继续读下去。蒂乌切夫的心空空如也，没有惧怕，没有杀伐的快感，没有愤怒，什么都没有。

夏皮罗的脖子也被下面伸出的一把刮胡刀抵住了，刀把正握在拉齐维韦克那细皮嫩肉的手里。夏皮罗的皮肤被割破了，一滴鲜血渗在金属刀口上。

"现在能消停了吧？停战？"博士问道。

"好，停战。"夏皮罗不得不妥协，松开了博士，缓慢地从他身上爬下来，起身往后退了一步。蒂乌切夫也退到后面，却还没把手枪放回皮套里。

博士也站了起来。他用餐巾纸把刮胡刀擦拭干净，折叠起来并放回口袋。

"你该庆幸，我没有杀了你，"他淡定地说道，"给我道歉，马上！"

"你滚吧，拉齐维韦克。"夏皮罗回道。

"这我可不爱听。我刚才要是把你杀了，就不用听这么难听的话了。你还活着，就感恩吧。"博士说着，站了起来，摆手示意蒂乌切夫可以退下了，然后象征性地掸了掸衣服上的灰尘，回到吧台前，继续喝他的咖啡。"炒蛋什么时候才好？"

夏皮罗也站在吧台前，在拉齐维韦克旁边。厨房里飘出了油煎熏肉和咖啡的气味。

"我不会这么轻易放过你的,浑蛋!"他嘀咕着。

拉齐维韦克耸了耸肩。这时,蕾夫卡端着炒蛋和咖啡也走了过来,把早餐摆到了吧台上。

"你去看看卡斯卡吧,"夏皮罗对蕾夫卡小声说,并没有看她,"不过得先叫辆救护车。她得马上去医院。"

"医院刚给我打了电话。"

"什么?"

"是玛蕾尔卡。她也住院了。一个顾客干的好事。那人预订了她。我是刚刚知道这事的。"

"垃圾……!"亚库布咒骂道,"现在流行这种事还是怎样?"

"一直都是这样,"蕾夫卡回答道,"或许市政部门应该往自来水里投放点东西,比如溴什么的,这样一来,华沙城里就没有一个男人硬得起来了,疲软的鸡巴就不能再祸害女孩子了。您说呢,博士?男人们都阳痿了?那是不是就只能搂玩具娃娃泄欲了?"

博士只是再次耸了耸肩,继续享受着那盘炒蛋,每一口都会先把油渣嚼出来。我们什么都没吃。夏皮罗也只是喝了他的咖啡,随即拿上了大衣,又拿上了放在吧台后面小橱柜里的一台照相机,那是一台小型的便携式莱卡相机。

蕾夫卡气愤地往地上啐了一口。

"但愿你下面那玩意儿干枯衰竭,你个畜生,他们该干死你才是。"她小声骂了拉齐维韦克一句。博士听到了,但并未回应。

"我们走吧。"夏皮罗说。

走到门口时,我们又碰到了蒂乌切夫。他还在读诗。他抬起头来,用忧伤的眼神看了看夏皮罗，并无恶意，更像是好奇。

我们下了楼。在黎明前最黑暗的时刻里，整座城市已慢慢活跃起来。一些基督徒工人们正赶去工厂上班。一位警官在克希科瓦街上巡逻。我们上了别克车，朝着达尼沃维乔夫斯卡街的方向穿过这座逐渐醒来的城市。

那头抹香鲸，眼睛既可以缩回体内，又可以为了拓宽视野向外翻。即便在喷闪着火焰时，这双眼睛也能收放自如。我们行驶到马沙科夫斯卡街上时，我看见了它。只见它就在我们上方游荡；当我们拐进克卢莱夫斯卡街时，它却在萨克森公园的上方停住不动了，并逐渐淡出了我的视线，因为天已破晓。

当我们拐到达尼沃维乔夫斯卡街上时，隐约间我又看到它出现在监狱上方；在普尔斯香皂工厂的烟囱上方仿佛也闪过它那强健躯体的影子，和那优雅而缓慢地摆动着的尾鳍。

我们把车停在第七警察局门前，那里是一处犹太会堂旧址。

夏皮罗从口袋里掏出手枪来，藏到了座位底下。我们下了车。那头抹香鲸已不见踪影，我只能感受到他那火焰般炙热的目光向我投来。

教父已经在警察局的接待大厅里等着我们了。他正跷着二郎腿，坐在一张小椅子上读报。我起初还搞不明白，他既然已是自由之身了，为什么不自己出来。他满可以离开警局，叫一辆马车或是出租车，去他想去的地方。

他本可以，但他不愿意。那时我逐渐明白过来。卡普里卡是君王，所以必须享受王的待遇。

"我的朋友们！"他看到我们后高兴地招呼着，站了起来。

我们走出警局时，警察敬了礼。大家上了亚库布的别克车，一起驶向教父在普瓦夫斯卡街和多马涅夫斯卡街交叉口处的别墅。我们都不说话。教父已疲惫不堪，同样一言不发，眼睛掠过这座正醒来的城市的一条条街道。

"我知道那个退役军官的地址。"我们到达别墅后，夏皮罗对教父说。

"那个要把犹太人逐出军队的军官？博士也想抓住的军官？"

"正是他。他就住在科别尔斯卡街 8 号的 8 号楼里。博宾斯基给了我这个地址，因为他和皮亚塞茨基已经决裂了，而这个小小的军官正是皮亚塞茨基那边的人，尽管《ABC 报》刊登了他的文章。"

"这么说来，你得去会会他了，库巴。"

"我会的。今天就去。不过我得先去若利博兹处理点事情，然后就去格罗胡夫找那个军官。此外，拉韦克博士把卡斯卡折磨坏了，"夏皮罗突然想起了被凌虐的妓女一事，便换了话题，"不得不把她送到医院去了。她和玛蕾尔卡在同一间病房里。"

教父十分无奈地摊开了手。

"他要是再敢这么做，我就要了他的命，"夏皮罗咬牙切齿道，"请您告诉他，我解决他就像打死一条狗一样容易。他甚至都不会知道，自己是怎么死的。"

"你不会这么做的，亚库布，你不会开枪打他的，"卡普里卡下车时回应道，"除非我命令你这么做。你才能开枪。对了，忘记跟你说早上好了，我的孩子，我现在需要好好休息，今天就不进城了。"

夏皮罗摇了摇头。我又看到他的体内，肚腹里、肋骨下的某个地方，那颗黑球正在翻腾，而使他的脑袋在升温。但他没有轻举妄动。

我也什么都没做。我只是安静地坐在别克车的后座上，没人看到，渺小的莫伊热什·伯恩斯坦，如此渺小的我，这样一个无名之辈。

亚库布挂了倒车挡，掉了头，朝若利博兹驶去。

四 ד

DALET

　　我记得，清楚地记得我们一行人站在若利博兹街上那座居民楼前的情景。夏皮罗按下了电铃。那台莱卡相机挂在他的脖子上。过了不久，一个十岁左右、穿着一件漂亮水手服的男孩把门打开了一道缝，防盗链还挂着。亚库布迟疑了一秒钟，但也只是一秒钟。

　　"你爸爸在家吗？"

　　"他在做早饭。"男孩回答道。

　　"退后！"亚库布命令道。男孩并不知是怎么回事，但仍听话地往后挪了几步；亚库布开始用力踢门，防盗链断了；男孩大喊起来，我们冲进屋里。我跟在夏皮罗身后，像往常一样，就像他的影子。

　　那是一间现代公寓。虽不奢侈豪华，却也舒适，有一间客厅、两间卧室和一间厨房。我们直奔厨房，里面传出女人和男人的声音，唤着他们的儿子，问着出了什么事。

　　他们围桌而坐。丈夫戴着领带，但没穿西装上衣，身材高大，相当英俊；妻子却比较显老；女儿则扎着马尾辫。他们还不知道发生了什么事。亚库布手里拿着弹簧刀，径直朝那个男人走去，一手绕过他的脑袋将其箍住，一手把刀刺进他的手掌，把他死死地钉到了桌子台面上。

屋里尖叫声一片。亚库布掏出了手枪。

"都闭嘴，你们这些臭知识分子。"他低沉地呵斥道，声音里带着令人恐惧的威胁，一家人都不敢再出声了。那个男人一只手被牢牢地钉在桌上，不断颤抖着；另一只手抓着被钉住的那只手的关节；他感到自己两腿间已洇出一片温热的深色污迹。

"把那个毛头小子带过来，"亚库布命令那个女人说，"你要是敢逃跑，就别想再见到你女儿了。"

那个女人过了好一会儿才把男孩领了过来。她把两个孩子揽在怀里，和他们一起蜷缩在明亮的厨房里的一个墙角。孩子们都没有哭，因为她把他们紧紧地贴在自己干瘦的胸膛上，甚至他们都不能顺畅呼吸。

那女人给我的印象是，她似乎已经习惯了暴力。那两个孩子也一样。我曾经念过书的那所犹太宗教学校里，就有同学比一般人都更经常、更严重地遭受他们父亲的殴打。通过他们忍受老师责打时的样子，就能分辨出他们来，他们毫不抵抗，也不叫喊，目光呆滞，仿佛任由别人来发落他们似的。

"你到底做了什么……？"她轻声问道。我马上就反应过来，她是在问她丈夫。

那个男人沉默不语，亚库布也没有理会她的问题。

他左手抓着那个男人涂了润发油的头发，把手枪扔到一边，右手戴上指节铜环，一拳打了过去。第一拳打断了对方的鼻梁。紧接着的第二拳则打掉了他的门牙。亚库布不想把他打到昏厥,而是想让他感受疼痛。第三拳再次打到了他的鼻子上,那已经断裂的鼻梁嘎吱一声塌陷得更厉害了,以至于完全变形了,成了 C 字形,肿得很明显。两股鲜血汩汩流出,流到了领带、白色衬衫和煎蛋上。

亚库布没有打第四拳,因为没有这个必要了。那个男人的头磕在桌子上,已然不省人事。

"你的男人,亲爱的孩子们,你们两个的父亲,昨天去了一家妓院,而那家妓院正是我们负责的,蕾夫卡·基伊的那家。他可能只是头一次去那儿,但肯定也是最后一次了。因为我们的一个女孩拒绝肛交,把他惹得不高兴了,他就对人家的脸反复暴打,把人家打掉了几颗牙,还打折了人家的鼻梁。我认为,用恰当的方式给他一个教训是理所应当的。你们这些出身好的波兰人还是很在乎做事方式的,不是吗?"

"给他拍张照。"亚库布对我说着,拽着这家男主人的头发,把他那已被折磨得不堪入目的脸抬了起来。

我从未给别人拍过照,不过仍然照做了。也或许是亚库布自己拍的。我记不得了。拍完后,他松开了那个依然昏迷不醒的男人的头发,又把插在他手上的刀拔了出来。

"你们有电话吗?"

那个女人紧咬着嘴唇,朝右看了看,小声说:"在客厅里。"

亚库布走了进去,拨了号码。

"让蕾夫卡接电话。"他命令道。

"蕾夫卡,我已经教训那个畜生了。告诉玛蕾尔卡吧。我也会给她看照片的。是的,蕾夫卡,我知道。我知道,你手头上没有女孩子了。

我知道,他罪有应得。好的,蕾夫卡,只可惜不能把每个人的脸都打爆,再把他的鸡巴割下来。"

说完,他放下听筒,拔掉了电话线。

"我们走!"他朝我喊道。我们便跑下了楼梯,钻进了别克车。

"我们现在去野餐,亲爱的朋友。"他高兴地说道,但在这表面的兴高采烈之下很深的什么地方,我却感到了一阵颤抖。亚库布害怕了。不是肉体上的恐惧,因为在这世界上,他肉体上没有一样怕的东西,也没有一个他怕的人。他既不怕希特勒,也不怕在西班牙内战中与共和军对抗的秃鹰军团。他不怕佛朗哥、斯大林或是雷兹-希米格维。他不怕鲨鱼、熊,甚至北极熊。也不怕子弹、刀子或棍棒,或者使用这些武器的人。

但他仍有所畏惧。

他脸上泛起笑容,谈论着去野餐的郊游,同时想着两个儿子。他也想到了莫雷茨,他的弟弟。想到了妻子埃米利亚。他还想到了那些无辜受难者。

亚库布腹中那颗黑球的表面上,还积淀了一层轻薄细微的深色釉质。釉质层内保存着若利博兹街那个男人脸上骨头爆裂的声音,他的恐惧以及他孩子和妻子的惊恐,同时还保存有妓女玛蕾尔卡和卡夏被打得鲜血淋漓、凌虐得惨不忍睹的情状。

亚库布替玛蕾尔卡报了仇,却不能为卡夏讨回公道。

"以暴制暴,别无他法!"我们开车去接埃米利亚和他们的两个儿子的路上,亚库布自言自语着。他似乎是在让自己更加确信他终其一生都在奉行的真理。

几天后，玛蕾尔卡收到了那些照片。她躺在奇斯特街上那家"旧约"医院里浆过的白色床单上，蕾夫卡、亚库布和我站在床边。她双手捧着那张带锯齿状边缘的相片看，上面是那个殴打他的男人，伤得比她还重。玛蕾尔卡轻轻点了点还裹着绷带的头，把相片还给了我们。

"谢谢。"她小声说道。

我突然发觉，照片减轻了一些她心中的伤痛。我理解，又不理解。但我知道这一点，也亲眼目睹了这一点。照片即便没有减轻肉体上的疼痛，也消除了一部分精神上的痛苦。

那已经是几天之后的事了。在我们替玛蕾尔卡报完仇之后，还得闯入另一间公寓，死亡之轮还要继续转动，还要继续播种暴力，收获暴力。就像打拳击赛时那样，拳手会挨拳，也会反击；会猛烈进攻，也会遭到猛烈打击。人出自上帝的创造之手，最后也要回到上帝那里；人由泥土造成，末了也要回归尘土。人被微生物吞噬，那是暴力；而人把蜘蛛踩扁，也是暴力。一切都是暴力。所以我们从若利博兹出来，又驶向格罗胡夫区的另一个住处。我们路上还从一处酒吧里接上了蒙亚，不一会儿就来到了科别尔斯卡街上一座出租房二楼的一处相当破旧的公寓门前。这里已经超出了我们的势力范围。所以我们得保持警惕。

蒙亚留在车旁放哨，一只手很明显地握着插在口袋里的手枪的枪托；我透过楼梯间的窗户看到了他，这只小而机警、随时都会咬人的老鼠。夏皮罗和我已经站在了门口。他拿着一个公文包，穿了一件从扎雷姆巴那儿得来的新西装，一件轻便的英式军用短上衣，还扎了腰带；连我也穿得优雅得体。

尽管天色还很早，我们一路上还是引起了一些人的注意，这些人现在就在楼房入口处游荡,但也很清楚,能向什么人挑事,不能找什么人麻烦。只要显然带着武器的蒙亚还在警戒,他们就没人敢走到停在科别尔斯卡街上的别克车旁边。

夏皮罗放下公文包,很快戴上了一副黑色的皮质薄手套,盖住了右手上那处写着希伯来语、画了一把剑的文身。然后他开始敲门。没过一会儿,门就从里面打开了一条缝,防盗链还挂着。一个髭须蓬乱、睡眼蒙眬、穿了件背心的家伙通过门缝打量着我们。

"是杰林斯基中尉吗?"夏皮罗问道。

"您是哪位?"那个还没睡醒的人答道。

"我叫姆鲁兹,是《ABC报》的编辑。我们七月刊登了您对我们问卷的答复,就是那份关于将犹太人逐出军队的问卷。您的信件引起了广泛的共鸣,我们很希望跟您谈谈日后的合作问题。"

"《ABC报》的姆鲁兹,是吗?我记不得有这么个人啦。"杰林斯基中尉已经睡意全无,开始有点狐疑地看着我们。

"是的,《ABC报》。我不久前才到首都工作,之前在利沃夫。是扎莱斯基博士差我们来的,要给酬金吗?"

"当然了,肯定的。由于一个小的误会,我们没能及时支付,不应该啊。所以我自己带着钱过来了,向您道歉啦。我们还带了给您的酬金。是现金。"夏皮罗说着从公文包里拿出一个信封。我不得不感叹,他真是有备而来。"我们可以进去吗?"

"好。"

中尉仍然有些踌躇,仔细打量了夏皮罗一番,可能对他闪米特人的样貌有些陌生,但最后还是解开了防盗链。

"请进吧。我这里到处乱七八糟的,年轻人,请见谅啊。"

我们走了进去。公寓很小,只有一个房间、一张桌子、两把椅子、一处邋遢肮脏的供睡觉的角落和一个洗手池。唯一的厕所在楼梯拐弯处,供所有住户使用。

直到现在我才发现,原来中尉是拄着拐杖走路的。他看着约莫四十岁,骨瘦嶙峋,不修边幅。右腿的裤脚高高卷了起来,用曲别针固定在了膝盖下方十厘米的地方。我也察觉到了夏皮罗突然产生的犹豫。尽管我并未看他的脸。但我依然肯定,亚库布看到高高挽起的裤子底下那条腿后,有些迟疑了。他裤兜里那只紧握着的拳头松弛了下来,他也偷偷脱下了指节铜环。

"您请坐吧。"杰林斯基示意亚库布坐到桌子旁的一张椅子上。亚库布坐了下来,我则照规矩走到窗边,毕恭毕敬地站着。

"我没什么东西招待您,我一无所有,"杰林斯基说道,"若您给我酬金的话,我就能买点吃的,买些茶和一点伏特加。您过来真好。我当时还觉得惊讶,您竟然刊登了我的文字,因为我曾是民族激进阵营的成员,后来又跟《ABC 报》扯上了关系……您还要给我酬金,这让我更惊讶了,不过现在每分钱都能帮我一把。"

"虽然最近一段时间里,我们两方的关系不是特别融洽,但是国家利益高于党派纷争,"夏皮罗像个专业演员一样表演着,"如果我们想促进民族运动的联合,这些小的举动就有很大的意义。而您呢,为何为把文章寄给我们《ABC 报》呢?"

"因为《ABC 报》至少还有人读,而我们长枪党的报刊不值一提……"

"那您的腿是怎么回事……？"夏皮罗问道，"这个我们就不知道了。"

"我写过的，我是个残疾军人。在科马罗沃时，我中枪了，当时伤口很小，但腿部组织已经坏死，必须截肢。"

"您是在哪儿服役的？"夏皮罗继续打探着。

"在东部战线第45步兵团。您也是个老兵？"杰林斯基问道。

"我曾在第21步兵团。当过排长。"

"都是华沙之子啊……"杰林斯基意味深长地说道。

"嗯。我还获得了英勇勋章。"

"可能是因为您长相英俊吧，"杰林斯基打趣道。"什么？"夏皮罗没有理解他的幽默。

"您看，您身上有一点闪米特人的那种气质，不是吗？恕我这么说，您可以扮作犹太痞子通过敌方审查。请您别生气，我知道，您是个好波兰人，您通过在《ABC报》的工作为波兰作了很多贡献，我现在只是在说您的外表。"杰林斯基解释着，流露出一丝尴尬的神情。

夏皮罗对此没有说什么。他只是注视着这个退役中尉，沉默不言。

"酬金的事要怎么办理呢？"杰林斯基关切地问道，"我的退休金不够日常花费，您是知道的。连买吃的都不够。我常常吃不饱饭。残疾军人、退役老兵，却要忍饥挨饿，这就是波兰犹太人的处境。"

"我不是《ABC报》的人。"夏皮罗盯着杰林斯基的眼睛，突然说道。

"什么？"中尉大吃一惊。

"我叫亚库布·夏皮罗。"

"夏皮罗……"杰林斯基一下子明白过来。

亚库布从椅子上站起来。掏出口袋里的指节铜环，戴在了还穿着薄手套的右手上。

杰林斯基并不愚蠢。他明白了事情的前因后果。他也很清楚，单从体力上看，他根本不是对面这个一百公斤重的犹太人的对手。就算他双腿健全，也无法与这个对手抗衡；何况他还看到，后者的大衣口袋鼓鼓囊囊的，不知装了什么武器。

杰林斯基平静地坐在他的高脚凳上，看着夏皮罗。我可以想象得到，他会有多生气，如何气自己。竟被金钱诱惑，而轻信了这个明显是犹太人的彪悍暴徒竟会是《ABC报》的编辑。

"你要打一个残疾军人吗？你说你曾是军人，这肯定没错，我看得出来。"他说。

夏皮罗站在他面前，我看出，他犹豫了。

他割开瑙姆·伯恩斯坦的喉咙时并没有犹豫。一刻都没有犹豫。今天他却犹豫了。尽管他来并不是为了杀人。他在犹豫，要不要出手殴打中尉。

他把没有戴指节铜环的左手伸进公文包里，拿出了那份简报。

"《ABC报》。七月七日最新报道：'此外，应剥夺犹太人的一切公民权利；并应向其征收人头税，对无法缴纳者，可以强制劳动作为补偿，代替服兵役的义务'？"

杰林斯基吞了口口水。他仍在为自己辩护。

"您如果不同意上面写的，就写一篇反驳的文章发到您的某家报刊上吧。但别忘了把作者的指节铜环也随信寄上，嗯？这不是你们犹太人的传统吗？"他回答道。

"指派犹太人去从事土方作业的目的是以最小的成本获得最大收益。土方作业仅需铁锹和十字镐，以及几只旧水壶、几块搭棚屋用的木板和若干铁丝网。"夏皮罗继续读着。我也明白他这么做的理由。

他大声朗读，是为了激发自己内心必要的愤怒，因为他需要这样的愤怒来做他认为必须对杰林斯基做的事。

残杀瑙姆·伯恩斯坦时，他根本不需要唤醒内心的任何黑暗力量。他杀了瑙姆·伯恩斯坦，我的父亲，就像洪水、烈火、风暴或闪电无情地夺去人的性命。正如他右手上文着的"死亡"所描绘的那样。就如死神那样。

"若干铁丝网吗，你这个浑蛋？"夏皮罗反问道，攥紧了戴着指节铜环的手。他内心的愤怒正在膨胀，正如他与女人交欢时，体内肉欲的洪涛翻滚。

"你需要很多铁丝网是吗？畜生！"他重复了一遍，以继续煽动自己的愤怒之火。

他把简报塞给了杰林斯基。

"读！"他命令道，"整段都读。设立劳教所那段。读，浑蛋！"

"关于为犹太人设立劳教所一事，笔者建议委托预备役的青年士兵、军官以及普通士官负责。而监督犹太人的工作应由立过功勋的士官承担。这样可确保犹太人尽职尽责工作，不会偷懒怠工。"中尉带着颤抖的声音读完了。

夏皮罗朝他靠近了一步。

"怎么，你想把我关进集中营里？像霍屯督人[①]那样？"他问道，"而你想做监工，强迫我们劳动？"

"你想干什么就干吧，你这个犹太无赖，别跟我说这些废话，"杰林斯基瞪眼看着夏皮罗，"你说不定就能等到我们把你们都关进铁丝网里的那一天呢。"

夏皮罗一拳打了过去。只打了一拳，一记短促的右勾拳，打到了杰林斯基左侧的太阳穴上。他号叫着从高脚凳上摔到地上，昏了过去。"把他带上！"夏皮罗对我说。

我们一起把他抬走了。或者是夏皮罗一个人把他拎起来的，我不记得了。杰林斯基骨瘦嶙峋，还缺一条腿，所以比一般人轻不少。

夏皮罗背着杰林斯基，我们一起下了楼。"打开后备厢，"亚库布对在车旁对蒙亚说道。

蒙亚十分吃惊，但仍二话不说地掀开了盖子，接着掏出了勃朗宁以防万一。亚库布把杰林斯基扔进了后备厢。在并非很久以前，我的父亲瑙姆·伯恩斯坦就是躺在那里面驶向了他生命的终点；随后，亚库布钻了进去，拖出了他事先放好的一卷铁丝，把这位波兰军队的退役中尉的手臂牢牢地反绑了起来。

"这就是你要的铁丝网，浑蛋！"他咒骂着猛地关上了后备厢门。

我们都上了车，出发的时候，之前在门口游荡的几个人里的一个还骑着一辆对他的体形而言太大了些的自行车在后面追。他跟着我们拐进了伦布科夫斯卡街，一路穷追不舍，接着又向右拐进了格罗霍夫斯卡

[①] 霍屯督人（Hottentot）是布尔人在殖民时期对居住在南非和纳米比亚的科伊科伊族的统称。该词现在常含贬义，可表达种族主义与歧视。英文中的 Hottentots 也指文化水平较低且缺乏智力与技能的人。——译者注

街。从那儿开始，夏皮罗加速了，我们很快就轻轻松松地甩掉了他。

"他们早晚会找到我们的。"蒙亚咕哝着。

"那我们就送他们几记勾拳。"亚库布说着从格罗霍夫斯卡街拐进了杰伦涅卡大道，又从那里直接驶上了波尼亚托夫斯基桥。

桥上穿越维斯瓦河的时候，我望向河的上游方向，再次瞥见了它。它几乎是垂直地漂浮在切尔尼亚科夫斯基港上方的空中，灰色尾鳍自然放松地垂摆着，像公交车一般大。它睡着了。

夏皮罗打开了节流阀，这辆别克车的八个气缸一齐轰鸣起来，利塔尼闻声睁开了一只眼睛，闪着火光。它朝我们看了过来，注视着我们，蒙亚、夏皮罗和我，并看透了我们每个人。夏皮罗朝左扭头，向远方看了过去，然后突然全力踩下了刹车，车停得太急，以至于蒙亚的脸狠狠地撞到了放拳套的隔层上面的表盘上，被绑得动弹不得的杰林斯基则被甩到了后备厢与车厢之间的隔板上，而坐在副驾驶座位上的我也差点从座位上摔下来。

夏皮罗换到空挡，踩下刹车板，出神地望着窗外。

我想，他也看到它了。

利塔尼仍用一只眼睛看着我们，张开喉咙开始唱歌。我听不懂它唱的歌词，但我知道，这首古老的歌谣讲述了什么故事，夏皮罗也知道。

利塔尼的歌声是从它体内深处的力量与威势迸发出来的。我有一天也会被吊起来，舌头也会被别人用绳子绑起来吗？我的鼻孔也会被锥子穿透，我也会变成别人的奴隶吗？苍穹之下，一切属我，无人能用缰绳将我束缚。

"该死的浑蛋！"蒙亚哭咧咧地大吼一声。

他的鼻子在流血。

"闭嘴!"夏皮罗不耐烦地咕哝了一声,连看都没看蒙亚一眼,就从他夹克衫口袋里拿出一条手绢扔给了我。

"为什么刹车,你个浑球,也不提前警告一声?!"蒙亚继续抱怨着。

利塔尼把眼睛收进了躯体深处,向右侧一斜,摆动着巨大的尾鳍,从空中俯冲进了维斯瓦河里,朝萨斯卡-肯帕和戈茨瓦夫方向游去。

"我的鼻梁都磕断了,他妈的,我诅咒你一千次!我的鼻子在这个该死的汽车挂表上磕断了!"蒙亚喊叫着。

夏皮罗从驾驶座上慢慢地转过身,还没等蒙亚反应过来,就已经拿枪顶在了他的额头上,那是一把小型柯尔特1903手枪,枪柄上镶着的珍珠在夏皮罗手指间闪闪发光。

"没让你开口时,你要是再敢说话,你这只老鼠就去跟后备厢里那个浑蛋作伴去吧!"亚库布低声威胁道。

我再次看到,也感觉到了那颗愤怒的黑球在夏皮罗腹中挤压着,跳动着。我知道,它随时都会爆炸。

蒙亚举起了双手。

"冷静点儿,头儿,好啦好啦……"

夏皮罗转回身来,把手枪插回口袋,手放回到方向盘上。一辆欧宝货车疯了似的按着喇叭,超过了我们;我看到,亚库布斟酌了一秒钟,想着要不要追上那车,堵住其去路,然后把司机从驾驶舱里拖出来,一顿拳打脚踢,直到对方咽气。

但他没有这么做。他做了个深呼吸,踩下离合器,换到了低挡位,缓慢地滑行过了桥,他一边驾驶一边深呼吸,试着让自己平静下来。

从桥上下来后,他拐进了索莱茨街,又从教堂后面拐进了维拉诺夫斯卡街,最后在维拉诺夫斯卡街、切尔尼亚科夫斯卡街和奥克兰格交叉口处的波兰银行职工住宅前停了车。

蒙亚一脸疑惑地看着他,手还一直按着在鼻子上的手绢。

"我在这儿住过。就在维拉诺夫斯卡街上。那时还跟蕾夫卡在一起。我们当时住的房子漂亮又亮堂,窗户朝向街道和教堂。我们住在这儿的那段时间里,没有谁像她那样爱我。"他说话时声音出人意料地轻,既是在自言自语,也是说给我们听的。

"头儿,我们在这里干吗?交流情感经历吗?"

"我得去打个电话。你们看好车。"亚库布抛开了回忆,嘱咐我们道。

他示意我,我们便下了车。我之前不知道那座出租房里有个公用电话亭,但夏皮罗对这里了如指掌。他从口袋里找出二十芬尼硬币,投进电话机里,拨通了号码。

"转达教父,我们十分钟后就把那个浑蛋带到。人还活着。在仓库里整理出个地方来,好把他锁在那儿。"他连招呼都没打,就对听筒另一边的人这样说着,并同样突兀地结束了对话。

我们向车走去。

蒙亚要把沾满鲜血的手绢还给夏皮罗。

"塞进你自己的屁眼吧。"亚库布打趣地调侃道。我们经由切尔尼亚科夫斯卡街直到克西安热察,然后驶过诺维-希维亚特迪街和科拉科夫斯凯街并一路前行,又经过特沃马凯拐到了莱什诺街上。

夏皮罗在索本斯基的馅饼店门前停了车。他和蒙亚把已逐渐恢复意识的杰林斯基中尉扛下车，拖进了店里。

卡普里卡和拉齐维韦克正坐在里面，潘塔莱翁则站在稍远的地方喝着茶。

"天哪，库巴，你怎么会想到把他带到这儿来……"教父有些吃惊，站起身来，想仔细打量一番那个残疾中尉。

"我不想私自作决定。"

杰林斯基趴在一旁的地上。之前用曲别针固定住的裤腿已经掉了下来，像一堆软塌的下水一样躺在地上。

"怎么样，你这法西斯浑蛋，现在有什么话可说，哼？"库巴走近杰林斯基，因而欢快地问，"好玩吧，不是吗？"

"我不怕你们，畜生。你们大可以杀了我，反正我的人生就是狗屎一堆，这个世界上没有谁让我牵挂。我一无所有。没有腿；没有妻子；没有朋友；没钱找妓女，这消遣也早就不适合我了；我也买不起伏特加；最多能买点干面包，不过，也只能是让我饿不死而已。你们被夺走了我的一切，你们这群犹太吸血鬼。我的腿贡献给了波兰，但到头来，波兰却成了你们的，成了毕苏斯基和穿长衫的犹太人的。这个波兰骗了我。我什么都没有。这样一个糟糕透顶的人生有什么意义？我早就想自我了结，只是因为这是大罪才没有动手。你们杀了我吧。我无所谓。我不害怕。不过，你们也不会有好下场，你们这些肮脏的浑蛋，"杰林斯基不服地回道，"你们早晚会迎来你们的波兰希特勒，他会把你们统统关进集中营，就像英国人把非洲的黑鬼们关进集中营里一样，等着瞧吧，你们会经历到的。"

夏皮罗带着几分钦敬地听着这番话。当一个人没了一条腿，手被铁丝反绑着躺在地下时，这么说是需要有很大勇气的。

"该死的犹太流氓！"杰林斯基又补上一句，并朝夏皮罗脚前吐了一口痰。

"你搞错了。我是波兰人，"教父一边兴高采烈地说道，一边踢了他嘴上一脚，"是波兰人，社会主义者。但我对反犹分子感到恶心。对你这样的小希特勒也是，你这个浑蛋。"

杰林斯基吐出一口血，里面带着几颗牙齿。

"你们都是该死的！"从他裂开的嘴唇里挤出这些话，"犹太人、社会主义者、布尔什维克分子，你们都是苏维埃的魔鬼！"

拉齐维韦克吃了一块馅饼，喝了一口咖啡，站起身里，朝杰林斯基走了过去。

"这个法西斯让我很不爽。这些话都是垃圾，我不喜欢听。"他说。

"把他关进后面仓库里，"教父命令道，"索本斯基先生，请您腾出点地方来。"

潘塔莱翁和蒙亚抓着被反绑双手、还在流血的杰林斯基，把他拖进了仓库里。

那一幕我记得一清二楚。一只从地板上拖过的鞋子，一条空荡荡的裤腿，以及留在地上的血。

"教父，我们要怎么处置他？扔进黏土坑？还是放了他？我们到底该拿他怎么办？"夏皮罗问道。

"别问我，问博士，是他要抓他的。"教父耸了耸肩。

夏皮罗看向拉齐维韦克。

"博士，我们怎么处置他？"

"交给我吧，你别操心了，"拉齐维韦克回答道，"先放在这儿，蒂乌切夫晚些会把他带走，以免打扰索本斯基先生做生意。不会有问题的。"

"很好，我今天和妻子、兄弟和弟媳约好了去外面野餐的。"亚库布回道，声音里带着几分挑衅。还是说，这就是他知会别人事情时惯有的态度？不管怎么说，挑衅的意味十分明显，甚至连教父都察觉到了，不快地皱起了眉头。他带些责备之意地看着夏皮罗。

拉齐维韦克却毫不在意，照样吃完他的馅饼，喝完他的咖啡，便出去了。

收款台后的电话响了，索本斯基拿起了听筒。

"夏皮罗先生，蕾夫卡女士找您。"

夏皮罗隔着收款台接过听筒来。

"谢谢，亚库布。"蕾夫卡说。

"别这么说。"亚库布说完便挂了电话。

我已经打了太久的字。于是站起身来。走到窗边。窗外依旧是同样的景象。还是一个阿拉伯男孩推着他的小车，车上高高堆放着一些用旧或做旧了的家具，木桌的桌腿和沙发与沙发椅的条纹状套子堆叠在一起。我看见过他从这里路过。我甚至觉得，车上的家具同上次码的方式都一样。

几辆轿车从他身边驶过。在报刊亭那儿，一个东正教徒正抽着烟，等着什么人。一个穿制服的女孩走过，肩上还扛着一把黑色的武器，枪口朝向地面。

一片寂静。窗户把一切声音隔绝在外。

突然,一阵门铃声打破了寂静。我走过去,透过猫眼看了看。是玛格达。我开了门。

她走了进来。

"你还好吗?"她问。

我耸了耸肩。

她走进卧室,摸了摸皮沙袋。

"你在训练?"

我再次耸了耸肩。

"只是为了不变痴呆。"

但事实并非如此,我根本没有训练。自从玛格达离开后,我就停止了。她始终反对我在家里挂沙袋,以至于连做一些常规训练,我都得去俱乐部。所以,她离开后,我从一家运动品商店买回了一个蓝色皮质的、八十公斤重的大沙袋,并挂在了客厅正中央。我不得不请一位熟人帮我把挂钩固定在天花板上,因为做这些事我实在是笨手笨脚。

从那以后,我尽管每天都会路过家里这个沙袋,却从没有用过它。今天我就要重新练习。等玛格达一走就开始。

她点了点头。

"你怎么庆祝节日的?"

我不知道她问的是什么节日,所以也没有回答。

"你把我的手枪拿走了吗?还有军装呢?"我问。

她看了我好一会儿,神情专注,却不说话。然后打开了收音机,调到短波段，开始找台。

"你从前很喜欢听'自由欧洲'台的。自从一月开始，这个台就再也没受干扰了。你知道吗？"她问。

我走过去，关上了收音机。

"孩子们怎么样？"我问。

她又开始探问性地看着我。叹了口气。很重很重地叹了口气。

"我再也受不了了，你知道吗？"她说，"受不了你的装腔作势。我配合你的游戏够久了，但现在，我不想再玩下去了。"

我耸了耸肩。玛格达拿起她的手包就走了。

还没等她踏出门去，我就从柜子里拿出绷带，开始往手上缠。

五十年前，夏皮罗教我如何缠裹绷带；直到今天，我都一直像他在格维亚兹达训练厅里教我的那样缠裹绷带。

我把缠好的绷带扎紧。我打了一辈子的拳。别人打网球或踢足球，而我打拳。我还训练过一些毛头小子，狠狠地训斥过他们，正如半个世纪前在格维亚兹达，我的教练对着我这个胆小鬼大吼大叫那样。

我热了热身——肩膀向前、向后转圈，再一前一后地交替转动，还有交替跳转。接着检查了一遍绳子。我一跳起来，肚子和胸脯上常年堆积的赘肉就跟着颤抖。那样子真是可笑至极。

我对着镜子练习动作技巧，未戴拳套，以便更清楚地看到自己打拳的姿势：直拳、步伐、摆拳、勾拳、锁技、躲避、滚翻、蜷缩，然后是步伐的顺序和转换，结束。全程下来花了四十五分钟。我汗流浃背，气喘吁吁，但呼吸急促这个问题是一定要克服的，我也的确克服了。然后，我才拿出拳套，用牙齿帮着系紧。现在很多拳套都是用粘扣带的，但我更习惯用绑绳的。

今天的打沙袋练习还算顺利。这是她走后的第一次练习。我戴着拳套的手狠狠打进沙袋里,甚至把天花板上的石膏都震掉了一些。对于这些噪音,邻居不敢抱怨。唉,也或许我的拳击根本没有我自以为的那么大的威力。

然后我醒了。手上什么都没绑。原来我只是梦到了自己训练。我太疲惫了,无法在醒着的时候真操实练。

但玛格达也许的确来过了。

我爬起来甚感费力。

我们到了纳莱夫基街40号,亚库布摁了摁喇叭,埃米利亚和两个孩子很快就下楼了。他们三个都坐到了后排,大卫坐在她妈妈的腿上,丹尼尔则坐在我旁边。

"我不知道,这是不是个好主意,"亚库布说,"我们俩刚吵过一架。"

"正因如此,这才是个好主意。"埃米利亚带着女性特有的那种自信回答。在情感细腻这一点上,女性总是远胜过男性。

我们行驶到了根夏街,莫雷茨就住在犹太人公墓旁边,和他的未婚妻挤在一间小房间里。两人尚未结婚。我进去叫他们,他们早已准备好了。莫雷茨穿着运动服、灯笼裤、格子图案的袜子和一件轻便的连帽夹克衫。他的未婚妻,无信仰的、一头褐色头发的美丽脱俗的左西娅,则穿了一件花纹图案的连衣裙。她和我们一起挤在后排座位上,莫雷茨则坐在副驾驶座位上。他向亚库布伸出了和解之手。

"不要因为上次的争执生我的气。"莫雷茨先开了口,以一种谦卑的态度道着歉。但亚库布立刻就明白,莫雷茨放低自己的身段,放下怨恨,只是为了在他面前显示自己的道德优势,像以往那样。

"我会考虑你说的以色列家园一事的。"亚库布回答。他这么说,是不想让他弟弟享受一个理想崇高的男人面对一个只为自己而生活的街头强盗时的那种道德优越感。

我们顺着奥科波瓦街开到了凯尔采拉克,亚库布在那儿要处理些事情。所有人都下了车。埃米利亚、莫雷茨和左西娅从一位戴头巾的农妇的摊上为两个男孩买了现做的土豆煎饼。

亚库布去了霍罗曼奇克的酒馆,去收缴费用,一切都顺利,他那本账簿上的预期数额也都达到了。他把收上来的现金都装进了大衣口袋,我们便回到车上,其他人已经在等我们了。

"让我开吧。"莫雷茨主动请求道。

亚库布犹豫了一小会儿,正感到一个强盗收缴来的现金在口袋里太过沉甸;而莫雷茨的建议则恰好能解除他的苦恼。后者请求驾驶,其实是在请求和解。亚库布没说什么,微笑着递给了他车钥匙。那一刻,他们就像真正的兄弟,一对没有任何人与事能够离间的兄弟。

"只有爸爸才能开车!"丹尼尔或是大卫喊了一声,我记不清是谁了。

亚库布笑了,换到了副驾驶座上,莫雷茨坐到了方向盘前,我们几个则仍旧在后排挤着。车顺着托瓦罗瓦街行驶,先后路过了罗加特基-耶罗佐利姆斯凯街、萨维斯沙广场和格鲁耶卡街。

莫雷茨的车技并不好,因为缺乏驾驶经验。一路上,车子经常颠簸，但夏皮罗总在一旁耐心地解释，指导。这就算不是和平，也至少是停战阶段。经过奥霍塔街之后，路况变差了：道路从铺石路面过渡到了泥浆路；路旁也不再是出租房，而是一排排小木屋，这些木屋都架设了电线，作为一种现代化的标志。

车子开到克拉科夫斯卡乡间公路尽头时，莫雷茨向左拐了。我们在机场下了车，带着食物和饮料坐到草坪上。

莫雷茨和左西娅带了三明治和白葡萄酒，亚库布带了一小包从霍罗曼奇克的店里买来的食物，埃米利亚则准备了可以直接食用的鱼。我们一起吃喝起来。

"明年我们就走了。"左西娅突然说道。

我看着她。她长得很标致，比埃米利亚更年轻，更苗条，客观地看也更漂亮，但我还是喜欢埃米利亚。

"去哪儿？去多久？"亚库布问道。

"再也不回来了。去巴勒斯坦。二月份就去。"

"但是，无论如何我都要先在这边上完最后一个学期。"莫雷茨补充道。

"你忘了犹太人区那件事了吗？"埃米利亚问道，"你忘了去年发生的那些事了吗？忘了那群畜生把大学封锁了整整一个月？"

莫雷茨无奈地摊开了手。亚库布拿起酒瓶，灌下了一大口。

"那是波兹南搞的鬼。联合会对此也无能为力，库巴。四分之三的基督徒学生都在读《ABC 报》。所以我们才不得不移民出去。他们早晚会跟萨纳奇政府联合的。"

"我知道，"亚库布阴郁地说道，"《ABC 报》里有人告诉我了。"

"就算你认识一些人,哥哥,"莫雷茨摇了摇头,"但不出几年,他们就都会穿同一条裤子。我们留在这里将会一无所有。你们大可以跟我们一起走,"莫雷茨继续说道,"乘船去康斯坦察。"

"据说他们正在筹划一场政变。"左西娅说道,一边弯腰要从篮子里拿东西。

"谁?"亚库布一脸疑问。

"希米格维、科兹。就是他们那群人啊。"左西娅解释道。

"他们已经大权在握了,为什么还要发动政变?他们本来就是萨纳奇的人啊,"亚库布笑了起来,"他们最多也就跟法西斯联合,把后者纳入政府,仅此而已。"

莫雷茨偷偷地笑了。他知道,这会儿会出现什么情形,并期待地等着看他哥哥作出小小的让步。"希米格维和科兹想打击萨纳奇中的整个左派阵营。毕苏斯基真是个可怜虫,"左西娅像个耐心的教师一样解释着,"他们打算在波兰也发动一次'长刀之夜'。想刺杀斯瓦韦克和莫斯齐斯基,甚至把他们的余党斩草除根。"

"谁来领导这次活动呢?"

"民族激进阵营的那群人。据说他们跟皮亚塞茨基联合了。而且已经制定出了一份黑名单。所以才大搞民族统一阵营。现在全城的人都在议论这件事。"

亚库布聚精会神地听着,莫雷茨十分吃惊,同时十分欣慰,因为亚库布竟没有因为听一个比自己年轻十岁的女人分析政治局势而觉得失去尊严。或许他的哥哥没有他有时想的那样冥顽不化?

"那我们在其中扮演什么角色呢?"埃米利亚问道。

"我们,是指谁……?"莫雷茨接着她的话问道。

"我也不知道。我们。犹太人吧。"她说。

"哪些犹太人呢?联盟的人?我们这些人?贝塔尔的那群浑蛋? 还是阿古达的那些白痴?"莫雷茨抓住这个字眼不放,因为一提到"我们",他就会想到锡安工人党的左翼分支。

"情况肯定各有不同的。贝塔尔的人和万恶的法西斯分子目标相同:最好所有犹太人都从波兰移民到巴勒斯坦。"左西娅回答道。

"这么说吧,皮亚塞茨基和他同党的人才不关心犹太人要去哪儿。只要他们离开波兰就行,而且每个犹太人离开时最好只带一个箱子。他们只不过是看上了我们的钱,我们的财产而已。"莫雷茨解释道。

"是啊,尤其是觊觎你们的钱财。"亚库布笑了。

"贝塔尔的人想建立一个犹太化的巴勒斯坦,"莫雷茨没有因为亚库布的题外话而不爽,而是继续说着,"但他们却像扎博滕斯基一样对社会和经济问题一窍不通。"

"巴勒斯坦对我来说完全无所谓,社会和经济问题也与我无关。"

"我知道,我知道……"莫雷茨努力克制着情绪。

飞机库投下的巨大影子里划出一架飞机,一架在当时已算十分先进、机翼上装有两台发动机的中型双尾翼飞机。发动机在低转速地运行,飞机在跑道上滑行。机身的四扇窗户下方印有"波兰航空 Lot"字样。

"那是架什么飞机?"亚库布看向莫雷茨这个广为人知的飞机爱好者。在那个时代,人们对技术一度高涨的狂热激发了对飞机的热爱,而这种热爱又是出于对技术可以改善人类生存状况的希冀,尽管这种热爱之后便不复存在了。

"是一架洛克希德 L-10 伊莱克特拉，"丹尼尔抢先一步说了出来，"莫雷茨叔叔告诉我的。我认识所有飞机，不管是洛克希德、容克斯还是道格拉斯，我都认识！"

"那么，这架飞机好吗？"亚库布想向弟弟示好，于是主动给他机会介绍自己热爱的东西。

"非常出色。时速三百公里，航程可达一千一百公里，可载十位乘客。那个美国女飞行员阿梅莉亚·埃尔哈特就是驾驶着这样一架飞机开始她的跨太平洋之旅的。"

"这并不能说明这个机型的优势。那个女飞行员坠机身亡了，不是吗？我从报纸上读到的。她消失得无影无踪了。"

"会找到她的，等着看吧！"埃米利亚说。

"倒是可以乘这么一架飞机去希腊。也的确有这个航班，"莫雷茨继续补充着，"前提是，如果你愿付足够小费的话。还没等你数到三，你就到目的地了。从希腊，从塞萨洛尼基再坐船去雅法。"

"现在英国不让外国人入境了，不是吗？"亚库布问道。

"是的。但组织会从中帮忙的，"莫雷茨打着包票，"到时候你们就知道了。"

那次大家都很开心，我记得很清楚。连我，这个见证了所有事情的沉默不语的隐形人，穿着优雅西装的小伯恩斯坦，亚库布的影子，一个人的影子，一个人的尾巴，和他们在那个温暖的九月天里，坐在飞机场草坪上，看着一架架飞机相继起飞，一直坐到黄昏，连我都觉得幸福。

在那架洛克希德起飞之后，一架巨型 DC-2 也起飞了，然后是装有三轮发动机的容克斯，二者的机身上都印了"Lot"标志。我最喜欢那架DC-2，而那架容克斯鼻翼上翼形螺钉旁边的那个螺旋桨实在太滑稽。

在飞机场建筑的上方，在控制塔的上面，我又看到那头白色抹香鲸，它的身体划开一道空气，但并不像飞机飞过留下的细长白烟，毋宁说，它在空气中翻滚着，仿佛空气就是浓稠的流水。

它也看着我。或者看着亚库布。它的眼睛依旧闪得火红。它张开那长满尖利牙齿的嘴巴，开始讲话，只可惜我无法，也不能将它的话写下来。

亚库布也看到了它，我们两个都朝他看过去。其他人，埃米利亚、左西娅、莫雷茨和两个孩子，似乎都没发现它，但我确定地知道，它当时就在那里，在控制塔的上空摇晃着，我也知道，它跟着我们，我和亚库布，现在也正注视着我们。

它的颌骨一开一合，又说了些什么；然后一个侧身，摆动着它那巨大的鳍，深深地下潜，忽地游走，在那幢建筑物后消失不见了。

利塔尼。

"这么说你还是要回大学？"亚库布接回莫雷茨的话继续问道。暮色降临，我们开始把垫子、餐具和剩下的食物往轿车的后备厢——那个躺过包括我父亲在内的许多不幸者的后备厢——里装。

我的父亲，瑙姆·伯恩斯坦，他的身体像赎罪鸡一样被大卸八块。他的头被砍了下来，双臂和双腿也是。砍断处已淌干了血的肉就像屠夫刀下的肉。父亲的血渗到了地里。这个瑙姆·伯恩斯坦，没有钱付给卡普里卡，又不愿意逃跑，但也无力自卫反抗。

"是的。"莫雷茨答道。

"然后坐在被标记了的长椅上,像个黑鬼一样引人注目?或许他们会为你们刷成黄色,就像希特勒把公园长椅刷成黄色一样?还是说他们会干脆把大学再封锁一个月,像去年那次一样?"

"听说我们系里的长椅上会标注教科书的编号。而华沙经济学院和工学院则会标注字母。不过反正也只有一个学期了。之后我们就离开。跟我们一起走吧,亚库布。我们属于那里。"

亚库布若有所思地眨着眼睛,为难地笑了笑,难以相信地摇着头。

"什么时候开始上课呢?"他问。

"十月七日。"

"我们会去的。"

"我不希望你们去。"

"莫雷茨,你想独自对付杰姆宾斯基和他的那群暴徒吗?"

莫雷茨·夏皮罗沉默了。

"不管你愿不愿意,我们都会去。这是我们的城市。那些穿马裤的小希特勒们休想命令我们坐在哪里听课,这可是在我们的城市。"

"我们?你什么时候上过哪怕一刻钟的课?"莫雷茨因亚库布对自己能力与不足的嘲讽性评价作出了小小的反击。

他比亚库布小十岁。当他还是个三岁孩童时,战争还未爆发。他们的父母就把他托给了一些在琴斯托霍瓦的家境富裕的亲戚照管,后来他们去世了。亚库布打完仗回来后,把弟弟从堂兄那里接了回来,亲自将他养大。亚库布当时的生活极不安定,所以常常让阿姨们帮忙看管弟弟,但他也在尽己所能地照顾弟弟,从不会一连几周都不在家。他把莫雷茨送到了联盟所属的希斯霍幼儿园,那是一家位于克罗赫马尔纳街的中央意第绪语学校组织,用波兰语和意第绪语双语授课,莫雷茨的这两门语言都说得非常流利且标准。

莫雷茨的第三、第四门语言——希伯来语和法语——是在离西门斯廊子不远纳莱夫基街上的劳尔男子文理中学里学到的,亚库布每月为其支五十兹罗提的学费,而这五十兹罗提带来的结果,就是莫雷茨的学问智慧很快就远远超过了他并不愚笨的哥哥,并且在新学校那种精神氛围中迅速成了锡安工人党左翼支派中的一员。他既非只知学习的书呆子,也非一味埋头干活的灰姑娘,而是很会打架、不会错过斗殴机会的人。人们怕他,不仅仅因为上面那些原因,而是因为所有人都知道他是亚库布的弟弟。

但这一点却很快成了莫雷茨想方设法想摆脱的压力。高中毕业考试后,他没有听哥哥的话去大学注册。他从亚库布的住处搬了出来,在穆拉努夫街上的一座简陋破屋中租了一间小房间,找了份薪水很低的文书工作,工作之外的时间则投入到了锡安工人党左翼支派的活动组织中。

几年之后,他还是进了大学,但学习并不努力,而是心系,始终心系巴勒斯坦。他的希伯来语极其流利,就像他是在棕榈树下的某个以色列集体农庄出生的,而非诺沃利普基街23号那座屋顶长满了苔藓的31号公寓里。

"我们必须得去巴勒斯坦,亚库布。"他常常这么说。

后来兄弟俩就分道扬镳了,各自做回原本的工作:莫雷茨继续投身于各种集会和讨论,亚库布则忙着到凯尔采拉克集市上收保护费,以及去格维亚兹达训练拳击新人。

król

晚上，亚库布和埃米利亚做爱，我则听着他们做爱的声音。早上，亚库布和儿子们共进早餐，我也在旁听着他们的对话。我们每周都会去蕾夫卡那里好几次，有时亚库布会叫个女孩作陪；有时则只是喝酒，流泪以及在夜里哭号，这时，蕾夫卡便会把他搂在怀里，亲吻他，只有在蕾夫卡那里，他才会放下一切防备，脱去拳击手的盔甲，变得柔软无比。但在埃米利亚面前，他却不会哭，因为他必须得成为她的坚强后盾。

现在他开始攒钱，并兑换金子了。他和莫雷茨的讨论也越来越频率。

讨论关于以色列集体农庄和莫沙瓦的事。关于授权委员会的政务。关于艾登部长的演说和他八个月内召集起来的八千人手。关于奥德·温盖特的"夜间别动队"、他本人及其独树一帜的突击方法。以及关于哈贾纳的特殊武装组织，在那儿，像亚库布这样的人一定能在其中干出一番事业来。

亚库布仔细听着，梦想着未来。

在此期间，华沙城里发生了很多大事。

九月底，心情大好、喝得醉醺醺的编辑博宾斯基在一位年轻男士的贴心陪伴下，在布里斯托尔酒吧吃过晚饭后出来。那个住在多布拉街上的年轻男士告诉了编辑自己的住址，楼房管理员也很开放包容，没有为难他们。年轻男士邀请编辑先生共饮美酒，并讨论意大利法西斯主义的前景，以及将"民族"视为文化历史概念的优越性，而不是像在执着于血统观念的德国人那里一样意指种族概念。

当时已经很晚了。他们沿着维斯瓦河的斜坡走着，路过一处楼房的入口时，从入口里突然冲出来六个男人。

这六人都穿着民族激进分子的制服，浅色衬衫，黑色马裤。博宾斯基是个聪明人，马上就清楚地意识到，他们刚刚谈论的意大利法西斯的前景不能成真了，那个年轻人已朝维斯瓦方向飞也似的逃走了，他也不能亲吻后者的嘴唇，轻抚他浅色的头发，也不能感受体验他强有力的躯体甜蜜的重压了。

他马上从口袋里掏出了那把六毫米口径手枪，对准了冲过来的人。

"快滚，浑蛋！"他大骂。

那些人却没有离开。他们扑向他时，他立刻开了枪。他们肯定本以为他不会扣下扳机的。他射伤了其中一个人的肩膀，但马上就被对方放倒了；一人旋即用靴子朝他的太阳穴猛踢，他很快就不省人事了。随后，他们便把这个不省人事的人扔到了一辆福特货车的装货板上。

四十五分钟后，他被一桶水浇醒了。他一丝不挂，双手被反绑在背后；不仅如此，那些人为了增加他的疼痛，还是拗着他肩膀处的关节绑起了他的手，用一根挂在橡子上的绳子把他从后面拉起来，吊在了天花板上。

旁边一张椅子上坐着安杰伊·杰姆宾斯基，他穿着靓丽的西装，惬意地抽着烟。快抽完时，他把烟头在博宾斯基的额头上按灭，并朝后者的挡下猛踢了一脚，接着质问道，是不是他暴露了杰林斯基的身份。正因如此，杰林斯基的手下才挂设了绳子，把卡齐梅兹·博宾斯基的双臂掰到脱臼，他甚至时刻感觉自己似乎要被撕成两半。他连连哀号，一边哀号一边吃力地坦白是他告诉了那些人一切。

他说出了夏皮罗的名字。听到敌人的名字，杰姆宾斯基不由激动地颤抖了起来。

"把瓶子塞进这个娘娘腔叛徒的屁眼,再让他的脑袋吃一颗子弹,然后把他装进袋子里,绑上石头,沉到维斯瓦河里!"杰姆宾斯基命令道。

卡齐梅兹·博宾斯基此刻的脑海中全是去年夏天那个和他一起在罗马度过意乱情迷的两周的年轻男人嘴唇的味道,和在特拉斯提弗列一家餐厅里品过的葡萄酒和通心粉的味道,以及从飞机上眺望到的阿尔卑斯山景象,还有他母亲奥雷莉娅·博宾斯卡——娘家姓拉塔耶——柔软的手。随后,他被折磨得痛苦不堪,终于咽了气。他的尸体被扔进了维斯瓦河,永远沉到了河底。

安杰伊·杰姆宾斯基那晚完全没有工作的兴致,所以第二天早上才去了他的头儿博莱斯瓦夫·皮亚塞茨基那里。两人约在布里斯托尔酒吧——就是前一晚编辑博宾斯基和那个年轻叛徒吃饭的那家——共进早餐。

杰姆宾斯基报告说,那个退役的残疾军官,中尉耶齐·杰林斯基,很可能已经被亚库布·夏皮罗绑架;后者是拳击手,也是人称教父的大名鼎鼎的匪徒卡普里卡的强盗和亲信;他们应该好好制订一个计划,把夏皮罗解决掉,但这可不像解决博宾斯基那么简单。

博莱斯瓦夫·皮亚塞茨基,二十二岁,梳着细心打理过的金色鬈发和黄色的胡子;他吃了一大口炒蛋后说,他已经知道这件事了,因为昨晚一个叫亚努什·拉齐维韦克的博士主动联系了他,这人是保护协会的高级军官,也是卡普里卡的重要合作伙伴,以及沃拉、奥霍塔和华沙西北内城区社会主义工人运动的重要人物。博士说,中尉耶齐·杰林斯基现在在他手上,他也愿意跟皮亚塞茨基一方交涉。而皮亚塞茨基对昨晚他与上校科兹会谈后出现的一个小小技术难题想出了一个解决的妙方。这个难题涉及对教父卡普里卡所拥有的那条街道进行动员所需要的能力和所产生的影响问题。卡普里卡这个人不仅在萨纳奇政府左翼圈子里关系很硬,在整个华沙左翼的社会渣滓中也享有很高的威望。

卡齐梅兹·博宾斯基白白受苦,白白送命了,杰姆宾斯基心里想着,并暗自为这个人和这些国家机关工作人员觉得可惜,不过这个想法他自然是不会向他的头儿透露的。

皮亚塞茨基再一次说道,关于拉齐维韦克,他有一个独特的计划,而且已经和拉齐维韦克约好;如果杰姆宾斯基身上带着武器,他也得一起去,以防万一,见面地点离这里也不远,就在波维希莱……

杰姆宾斯基恰好带了武器,于是便一同前往了。

酷爱甜食的拉齐维韦克把会面地点选在了小甜品店扬科夫斯基,在波维希莱区,拉德纳街19号,离布罗瓦纳路口仅隔了一栋房子。这家甜品店精小简单,很适应波维希莱区消费能力不高的居民。店里,一侧墙边摆着五张大理石桌子,另一侧墙边则是一个陈列了各种甜点的橱柜,最里面则是烘焙间。

拉齐维韦克正吃着油煎饼,喝着咖啡。他独自坐着,穿着一套保卫协会军官的仪仗制服,系着腰带,穿着马裤和一双锃亮的高筒靴子。因为他觉得,他这一身制服的威仪能帮助他解决要谈的事。在狭小角落里的一张小桌子上坐着蒂乌切夫,他背着身,装作不是陪拉齐维韦克来的样子。他没吃什么,也没喝什么,只是思忖着会不会发生枪战。

皮亚塞茨基和杰姆宾斯基走进来后,拉齐维韦克没有起身,只是随意地指了个位置让皮亚塞茨基落座。蒂乌切夫则在一旁静候着。

"鄙人博莱斯瓦夫·皮亚塞茨基。但我不会跟您握手。"皮亚塞茨基先开了口，坐了下来。

"请坐吧，皮亚塞茨基。我不需要您递手过来。"拉齐维韦克用一口难得没有错误的波兰语厌恶地说道，一反跟我们说话时结结巴巴的样子。至少我印象中是这样的。

皮亚塞茨基只点了一杯咖啡。他看着服务生为拉齐维韦克上了第三份夹了玫瑰花果酱的油煎饼，以及后者馋涎欲滴的样子和粗鄙丑陋的吃相，露出一脸鄙夷的神情。

"要怎么办呢？"皮亚塞茨基终于忍不住发问了。

博士掸了掸制服衬衫袖子上的面包屑。

"那个浑蛋在我手上，"他说，"我可以为他在你们报纸上发表的胡言乱语狠狠地教训他一顿。或者我也可以把他还给你们。"

"我们不想把他要回来。这个残废的老酒鬼对我们的事业没什么用处。反倒是个累赘。"

这让拉齐维韦克一时无话可说了，他有点欣赏地看着面前这个法西斯分子：这是个令人厌恶却狡猾老练的对手啊！

"但你还是来找我了。"他找到了回他的话。

皮亚塞茨基爽朗地笑了起来。拉齐维韦克也渐渐明白，他得小心对付面前这个无赖。

"尽管教训他吧，"皮亚塞茨基回答说，"最好残暴一点。但要让怀疑落到卡普里卡的头上。"

拉齐维韦克翻了翻眼睛。想着自己怎么招惹上了这个年纪轻轻的法

221

西斯。

"那我能从中得到什么好处呢,皮亚塞茨基?"

"波兰不久就会有很大的变化。您会取代卡普里卡的地位,并享受我们组织的优待,不过,前提是波兰要发生天翻地覆的变化。您要知道,那些到现在为止一直力挺卡普里卡的人,比如斯瓦韦克和其他人,都不会再支持他了。"

"我是犹太人,您知道吗?"拉齐维韦克面色严肃起来,边说边拍掉了制服衬衫前胸上的食物碎渣。

"在全新的波兰,伙计,我可以决定谁是犹太人,谁不是。"皮亚塞茨基自信地笑了,这股狂傲无耻的自信让拉齐维韦克都有些吃惊。

"什么时候?"博士直截了当地问道,并未理会"伙计"这个侮辱性的称呼。

"用不了几天。十月八日。"

"给我什么作为保证呢?"拉齐维韦克继续问道。

"我的话。这就够了……"皮亚塞茨基说着想要站起身来。

"不行,这不够,"博士反驳了回去,"您可以用很多其他方式打击卡普里卡,不必非得牺牲一个毕竟是和您站在一边的人。"

皮亚塞茨基思考了片刻,捋了捋胡子。没有必要说谎了。

"我的组织正面临着重要任务。或许是我们民族历史上最重要的一次任务,"他情绪变得激动起来,"波兰要么变得更大,要么不复存在。而除了我们,我和我的组织,没有任何人能让它变得强大。我们的帝国将会诞生,即便我们要为此抛洒热血,您明白吗?不,您不明白。因为你们另有想法。不过事实就是如此。我的组织正面临威胁。我们里面有内鬼，又正遭受着敌人的攻击，这是显而易见的。我们需要一个牺牲品，一个让我们变得更强大、更团结的牺牲品。"

"像霍斯特·威塞尔的行径一样，或是古斯特洛夫，哼？"拉齐维韦克问道，对皮亚塞茨基的狂热感到失望。他本以为他会更聪明些，但实际上，对方种种的热忱在他看来却是愚蠢的表现。

皮亚塞茨基礼貌地笑了笑。

"如果您非要这么想，我也没办法。我们就是要找一个霍斯特·威塞尔或是古斯特洛夫。"

"这么说来，我们正好有个现成的战争英雄，这个嗜酒如命的瘸子对你们组织来说也构不成损失。我搞明白了。"

"没错。您告诉我，您有什么打算。怎么处理这个杰林斯基。他可是个反犹分子，不过反对犹太人的也大有人在。我自己也是。"

拉齐维韦克冷冷地瞟了皮亚塞茨基一眼。对方正在玩放在桌子上的那顶防护帽。

"他在你们报纸上写到了木板和铁丝网，说应该把犹太人关进集中营。"他终于指出了问题的症结。

"所以你们就把他绑了？就是因为他写了些关于木板的东西？"

拉齐维韦克耸了耸肩，无奈地冷笑了一下。

"拉齐维韦克先生，我现在就打电话给一位检察官，他能帮助我们。估计他很快就能过来。他是我一个手下的父亲，我左膀右臂的父亲。您一起等等？"

"好。只要别让我再跟您继续聊就行。"他同意了。

拉齐维韦克坐在自己的位子上没动，又吃了一块油煎饼，耐心地等着。检察官杰姆宾斯基一刻钟后到了。拉齐维韦克站起来,两人握手问候;后者也向皮亚塞茨基打了招呼。几个人坐下来,点了咖啡,博士和那个年轻的民族激进阵营成员解释了事情的原委。检察官针对这个与他们双方都利益相关的问题——这早已是不争的事实——给出了自己的解决方案。

"此外,"说到最后,检察官又补充道,"这个夏皮罗我也要监禁起来。"

"不可能。他是整件事情中的一个核心人物;另一方面,我也需要他。"博士拒绝道。

"该死的,这个杀人犯去了我私人裁缝的店铺!我不能和一个杀人犯在同一家裁缝店定做西装!"检察官变得无比激动。

"您别嚷嚷!"拉齐维韦克说道,并用他那死鱼一样木然的目光看向杰姆宾斯基。

这目光让杰姆宾斯基害怕。他几乎什么都不怕,但这眼神却着实让他毛骨悚然。

"您扳倒卡普里卡就够了,检察官先生。夏皮罗是街头英雄,人人都爱戴他。大家却不待见我。事情本应该是反过来的,但我对此也无能为力。我要是把夏皮罗交给您,那马上就会有人朝我背后捅刀或是开枪。所以,我不能照办,检察官先生。"

"我绝不允许强盗出现在我的私人裁缝店里。"

"那您就换个裁缝。"拉齐维韦克回答道。他那厚颜无耻的态度,就像当年玛丽·安托瓦内特给穷人建议时一样:他们如果没有面包吃,可以吃蛋糕。

检察官清了清嗓子，捋了捋自己的英式胡须。他从一开始就无法接受自己儿子被夏皮罗打败的事实。他越是想逼迫自己接受这个事实，被这种挫败感折磨得就越厉害。他从座位上站起来，冷冷地道了别，和皮亚塞茨基一起离开了咖啡店。

拉齐维韦克点了最后一块夹了玫瑰花果酱的油煎饼。

事情的发展应该是这样的。我根据当时听到的各种传闻和读到的各种报道，重新勾勒出了这幅情景。事实必定就是如此。

我已经停笔数月。甚至更久了。我自己也不知道。也不确定。总之，很久没有再打字了。但今天，我重新坐回到打字机前。

那毕竟是美好的时光，有它独特的美好之处。我指的是那时候。

那次野餐的几天后，亚库布给了我人生中的第一把手枪，一把西班牙产的六毫米口径手枪。他还教我射击。我们在别拉内的小树林里，在华沙中央体育学院①后面很远的地方，肩并肩站着，握枪的右手抬起，手肘微曲，像在参加军事技能比赛一样。那些摆在一张木头横梁的玻璃啤酒瓶被击碎，玻璃碎渣四处飞溅的情景，何等壮观！嘭，嘭，嘭，嘭！

当时的情景应该是这样的，我印象中即使如此。也或许只是亚库布自己开了枪。但我们都真实地活过。

而今天，现在，已经算不上活着了。今天早上，我从电视里看到了阿布·杰哈德被刺身亡的消息。在突尼斯。

---

① 即 Centralny Instytut Wychowania Fizycznego（CIWF），由元帅毕苏斯基领导的体育教育委员会于一九二七年建立，旨在为军队和地方培养竞技体育教练与一般体育教师。——译者注

那是我们的特别武装组织所为。只是我们不承认而已。根据电视里对该事件的报道,我只能推断出,这是我们的特别武装组织做的,却不知道具体是哪个组织,尽管我当然也能想到。但终归是猜测。现在我只是和其他人一起评估这整次行动。两三年后,我将成为整件行动的策划者。不过,不再会有这么一天了。

我不会驼着背对着图纸计划苦思冥想。不再会手持武器在茫茫大漠中连夜匍匐前进,也不会把刀插进敌军守卫的脖子里。这一切已成为我的历史。

现在,烟就是我的一切。但我没有再离开公寓半步,再也没离开过。我感觉自己已经不会说希伯来语了。现在只会用波兰语。至于意第绪语,我很久很久以前就彻底荒废了。

我也很久没写作了。今天我也不打算写东西。也没把打字机上的罩子掀开。我吃了一点干面包和两个西红柿,喝了一瓶可乐,打开了电视机。电视里重播着伊万德·霍利菲尔德和卡洛斯·德莱昂一周前进行的比赛,我从头看到了尾。

第一轮比赛中,德莱昂围着霍利菲尔德蹦跳着,保持着低位防守,一副斗志昂扬的样子。亚库布对战小多罗巴时也是这样。德莱昂变换着步伐的节奏,向霍利菲尔德的躯干打出勾拳;后者则只是回击了几记直拳,其中只有一拳打中了对手。

第二轮比赛中,霍利菲尔德开始积极进攻,把德莱昂逼到拳击台围绳上,开始了近身战。一拳,两拳,三拳,他带着一股机械式的顽强蛮劲,就像在敲打肉排一样。我印象中,每次过节之前,波兰女人们都会这样把猪肉敲打成肉排。那时猪肉很贵。连美丽优雅的埃米利亚,夏皮罗的妻子,也是这样把肉排敲软的,和其他波兰女人一样,就像霍利菲尔德奋力顽强地击打着德莱昂的身体。

甚至现在,我时而还会听到肉锤敲打的声音,嘭,嘭,嘭,但或许这只是我根据想象模拟出来的声音。

我把弟弟留在了波兰。也把母亲留在了波兰。永远无法相见。我本不想永远地离开他们。后来,我从巴勒斯坦给他们写过信,之后又写过一次,但从未收到过回信,他们原本还能寄信,那时是一九三九年一月。本来能回信。却没有回。或许他们搬家了?总之没有回信。或许他们也移民到巴勒斯坦了?我一直这么安慰自己。或许迁到纽约了。或许还是巴勒斯坦。或是别的什么地方。我没有找过他们,尽管如我这样的人想找到他们并非难事。过去每次我得到相关的命令,或得到了请托,我总能找到要找的人。

霍利菲尔德继续击打着德莱昂的身体,把他死死地压在围绳上,然后转而对后者的头部进行进攻;德莱昂尝试过几次反击,但他打出的拳已变得疲软无力,毫无杀伤力。第二轮比赛结束后,评论员询问了坐在观众席的泰森对比赛的看法。泰森胡扯了一通,我什么都没听明白,因为不会英文。泰森穿了一件米色的西装,在一头杂乱的鬈发中剃光了一道。我不喜欢泰森。

中间几轮平淡无奇的比赛被剪切掉了。泰森的评论之后,马上就开始了第七回合比赛。霍利菲尔德多次击中了德莱昂的头部,后者费尽力气才能保持站着的姿势。第八轮中上演了屠杀一幕:德莱昂因为被压在围绳上,才没有倒在拳击台上;霍利菲尔德则疯狂地猛击其头部,最终裁判不得不中止了比赛。

我对德莱昂的败北十分钦佩。忍受这么凶狠的暴击,却依然能顽强地站着……这真是不一般。比赛之后是新闻播报,以及阿布·吉哈德遇难的消息。看完电视后,我冲了个澡,然后拨通了玛格达的电话。

"你好?"听筒里传来一个男人的声音。是用波兰语说的。

我也用波兰语回答了。我质问那个浑蛋,他在我妻子的住处干什么,他有什么资格接电话,知不知道我是谁,以及他是否真的要惹我,惹我这样的人。

"又是他……"他用波兰语说着,声音很大,但不是对我说的。

我听到了玛格达的声音,从她新家的后面传来;但她的声音太远太轻,以至于我没听到她说了什么。然后电话那头就没有声音了,因为那个男人已经挂断了电话。

所以,肯定是玛格达说了什么,让那个男人挂断电话。

所以,现在我便继续开始写作。写之前只需再吃点东西。或者再训练一会儿。我不知道,是谁在给我送饭,因为冰箱里始终会有食物。东西不多,但总会有。可能是玛格达送的,我心爱的、亲爱的玛格达,从华沙到特拉维夫陪伴了我一生的玛格达,或许是她在我睡觉时拿来的食物,毕竟她也有钥匙。

或者是我两个儿子中的一个,阿维拉姆或约阿夫,我的儿子们,他俩可自称为扎巴林人[1]尊贵的首脑。可能他们中的一个出于感恩之心,感谢我推动了阿利亚运动,使得他们得以在以色列而非被咒诅的、血流成河的波兰出生,他们出于对我的感恩之情填满了我的冰箱。里面有一

---

[1] Tzabarim,以色列本土犹太人,又称萨布拉人(Sabras),包括德国莱茵兰一带的犹太人后裔与有东方血统的人。——译者注

罐腌牛肉、一些鸡蛋和几个西红柿。

不，我要先训练，再吃饭。

于是，我穿上了训练服，仔细、缓慢地在手上缠好了绷带。我打算用跳绳来热身，但已经跳不动了，绳子总会缠到脚上；于是只得做了些跳跃运动，然后是拳击跑步。

我的身体已经不听使唤了。我看着镜子里的自己。已是一个老头。我看上去比实际年龄还老二十岁。明明六十八岁，看着却像八十八岁。

我努力练习着拳击跑步，不愿朝镜子里看自己的样子。我的双腿已经抬不高，我只能拖着脚走，像个老头一样。我的双手也最多只能抬到齐肩的高度，这是一个老者对曾经像是被用鞭子抽打着那般充满活力的直拳、挥臂和勾拳悲哀滑稽的模仿。

我从镜子里看到了五十年前亚库布·夏皮罗训练时的样子，看到了，他那肌肉发达的双脚快速弹跳时几乎碰不到地面的样子：只是轻轻一触，旋即高高抬起；他的拳头直直地弹出去，又马上收回来，护住下巴，像被一根无形的线牵引着似的。他整个人就像被牵引着，灵活机动。他站在拳击赛场上的时候也是如此：双脚从不会在同一个点上停留数秒之久；全身都展现着他那神秘独特的、难以捉摸的舞蹈艺术；脑袋或偏向一侧，或向上仰，或向下俯，或转着圈，或画着三角形；戴着拳套的双手动作也十分复杂；不论是脚还是臀，没有哪处的动作是临时起意，毫无章法的。他将四肢、躯干与头部姿势数百种不同的组合方式运用得炉火纯青；他不断地寻找，寻找，寻找，在对手的两拳之间，打出的一系列拳之间，防守与反击之间，寻找着空档。他总能找到。没人像亚库布·夏皮罗那样深谙拳术，能直戳对手要害，把对手击倒在地；也没人像亚库布·夏皮罗那样，还会点上一支烟，因为不知道为什么，尽管他抽不少烟，但他的肺仍没有问题。

他是我所知道的唯一一个比赛前一两天照样抽烟，比赛时却也不会呼吸急促的拳手。

曾经的我也是这样。如今，镜子里的我，却已是个老头。

虚弱的手臂上挂着松弛的皮肤。膝盖也打着哆嗦。

但是不行，我不能就此放弃。我鼓起斗志，要再多练一分钟拳击跑步。我努力地抬起脚，它们却像被粘在地上；我努力出拳，却不能如我所愿。我再也做不到了，我做不到，却仍在强逼自己，紧接着就是胸部一阵剧烈的疼痛，我倒在了地上。

一小时后，我清醒了过来。疼痛感已经消失，只是屁股磕得变了色。我艰难地爬到桌子旁，牢牢地扶住桌沿，站了起来，脱了拳套。

我煎了鸡蛋，切了面包，想吃点东西，却毫无胃口。我又煮了咖啡，回到打字机前，那把手枪已经不在抽屉里了。

玛格达拿走了它，肯定是这样。或是阿维拉姆。或是约阿夫。肯定是他们中的一个。我的军装肯定也是他们拿走的。

我掀起了打字机上盖着的绿色罩子。想重新落笔。

我要写的是一九三七至一九三八年莫雷茨在那个学期大学里学习的情况。

他们混在犹太学生里，进了报告厅，甚至还戴着学生帽，均匀地分散在犹太人区的不同角落。不管是还不熟悉自己学生的教授，还是来自波兹南的基督徒男生都没发觉有什么不对劲。只有潘塔莱翁被安排在走

廊上，因为他比里面最高大的学生还高出一头，坐在学生席中会太过明显。亚库布带来了十五个人，来自波兹南的学生则有七十个，但这种情况下，战士的素质比数量重要得多。

莫雷茨·夏皮罗最后一个走进了报告厅，他关上了身后的门，等教授踏上讲台后，坐到了基督徒区的一个座位上。

"滚开，你这个让人恶心的浑蛋！"他隔壁座位上的学生对他呵斥道，头上还戴着韦莱吉亚学生协会的帽子。

莫雷茨则回了他一个灿烂的微笑。

"滚回你的犹太人座位上，否则我就把你大卸八块，一块一块运过去！"那个学生说着站了起来。

"你会后悔的。"莫雷茨回答道。

那个学生一拳打到莫雷茨的耳朵上。莫雷茨没有躲开，他正想让这第一拳打中自己，最好狠一点。

"先生们，怎么回事？"教授从他威严的讲台上发怒地问道。

"这个臭犹太人坐错地方了！"有人喊道。

"请管好您的嘴！"教授刚开始说，却停了下来，因为他突然注意到了一只朝他飞过来的瓶子，那是无比灵活敏捷的蒙亚扔的。教授赶紧躲到讲台后面。

一切就这样开始了。

那个学生又想打莫雷茨。但这次，年轻的夏皮罗灵巧地躲开了，并一把抓住这个波兰人的手腕和胳膊，猛地一拉，把他脸朝下按倒在地，然后不断用力扭转着他倒背着的手臂。

那个学生痛苦地喊叫起来，开始求饶；但莫雷茨并没有松手，直到那人肩膀处咔吧响了一声，那个学生也晕厥过去，莫雷茨才罢休。

这时，坐在犹太人区的亚库布和他的手下们也站了起来，纷纷扑向波兰人，厮打在一起。

亚库布先抓住一个人，一脚踢到了其肚子上，紧接着朝他下巴来了一记勾拳。这个戴着帕特丽亚协会会帽的男学生像个布娃娃似的摔到了这间大阶梯教室的隔排保护栏上，翻了下去，重重摔倒在低一排的课桌和椅背上，磕断了两条胳膊。

这两只胳膊得缠上石膏绷带，右胳膊还要用螺钉固定住；然后，他得卧床八周，他母亲还得给他擦屁股，像他小时候那样。

潘塔莱翁·卡平斯基在大厅主层也抓住一个人。他用伸开的手掌毫不费力地把那个男学生打倒在地；后者随即像一张被掏空了的肝肠①的外皮，躺在坐椅之间，失去了知觉。

这是最先被放倒的两个人。

"救命啊！警察！快叫警察！"教授帕林斯基躲在讲台后面一边呼喊，一边蜷缩起来，因为他看到人高马大的潘塔莱翁·卡平斯基正朝他冲来，一边呐喊着，跳过一排排坐椅，像在参加奥运跨栏比赛一样。潘塔莱翁想着，没有什么比胖揍一个教授更棒的了，这可是平常没人敢打的对象。殴打一个可怜虫，折磨一个付不起钱的穿长衫的犹太人多没劲；但收拾一个穿罩袍、戴眼镜、家里有很多用人、指甲修剪得精致仔细的教授，那却将有无比的乐趣，对这一场景的期待更是让人激动万分。

---

① 一种德式肉肠。——译者注

król

潘塔莱翁·卡平斯基此刻就站在讲台的底座上，抓着教授帕林斯基的头发，将左轮手枪顶在后者的太阳穴上。教授的鼻子里流出血来。教授的眼镜也掉到了地上，被潘塔莱翁的靴子踩得稀烂。

混战持续着。每排坐椅之间、写字台上，到处都在打斗。夏皮罗的手下明显占上风，但现在还不能说那群国家民族主义学生已经彻底失败。后者人数实在太多，每次有人被放倒，马上就有他的同伴赶来继续奋战。

夏皮罗朝潘塔莱翁做了个手势，后者暂时把纳甘手枪从教授的太阳穴上拿下来，举过头顶，朝天花板开了一枪。教授误认为自己中了这一枪，命不久矣，一下子吓得尿了裤子。

混乱平息了下来。

"教授先生现在要开始讲课了。"潘塔莱翁说着，又用枪口顶住了教授的太阳穴。

"这可是暴力，是造反，"教授一边虚弱无力地说着，一边无奈窘迫地看着自己裤子上逐渐扩大的污渍，"我抗议！"

"讲课！"潘塔莱翁怒吼一声。

无奈之下，教授只得用颤巍巍的声音开始讲解罗马法。

"亲爱的同学们都原地坐下！"夏皮罗命令道，手里同样拿着一把手枪。其余的手下也都拿着勃朗宁、瓦尔特和纳甘手枪。

学生们都坐了下来。蒙亚则用铁棒封锁了报告厅的所有出口。

学生们乖乖地听了十五分钟的课。有的气愤愤地攥紧拳头，想着如何报仇；胆子小的则在默默地祈祷，虔诚地认罪起誓，迫切祈求他们的上帝救他们免于一死。

233

十五分钟后,警察冲进了报告厅。

与此同时,即当警察破门而入时,离学校几百米开外的地方,刚刚结束了理事会主席团会议的元帅雷兹-希米格维和上校亚当·科兹也正要离开首相官邸。他们要步行——因为天气不错——去附近的西门和施泰基那家餐厅。

"您读到了吗?"亚当·科兹把《信使报》的头版举到了雷兹-希米格维面前。

"西门和施泰基餐厅即日起供应新鲜的龙虾、鳌虾和牡蛎,"元帅大声地读了出来,"那我们今天非去不可了。"

他们本可以去布里斯托尔那家,但西门和施泰基那里更隐秘些。他们的身后,隔着恰当的距离,跟着护卫队三名穿制服的武装人员。他们的手枪皮套里都装着勃朗宁,而且都按规定上了膛,并打开了保险。

出席刚才主席团会议的,除了各个部长、首相斯科瓦德科夫斯基、各个省长,以及若干助理和秘书之外,还有共和国总统伊格纳齐·莫希奇茨基。

会上,上校科兹当场指责西里西亚省长格拉任斯基阻挠了自己扩大国家统一阵营的计划。此外,他还要求解散一切工会。

"我们要用职业协会取代工会,多尔弗斯在奥地利就是这么做的,许士尼格也一直在推行该体系,"他开始夸夸其谈,还像牧师布道似的打着手势,"我们应该解散一切政党,把他们的结构体制纳入国家统一阵营中。波兰需要的不是政党,而是统一。"他想借此激怒部长曾德拉姆-科希恰科夫斯基、科维亚特科夫斯基和波尼亚托夫斯基,这三人都坚持左翼自由主义立场并属于"城堡派",即支持总统的那一派。

现在在餐厅里，元帅雷兹-希米格维和上校亚当·科兹要商讨重要事情，而此事不能让总统，更不能让首相知道。谈论这种秘事，西门和施泰基餐厅里那间不对一般客人开放的雅间是最适合不过的地点了。两人在里面坐了下来。

服务员倒上了斯大卡酒，那是一种谷物制成的陈年烧酒；并端来了油煎鲱鱼、沙丁鱼和鞑靼牛肉作为配菜。

希米格维等着服务员离开房间，一边摸着自己光秃秃的头顶。保密是服务人员的最重要品质之一，但没人能保证万无一失。

"报告吧！"他命令道。

"您已经知道一部分了，元帅。"

"继续。讲讲我们的准备工作，用俄国佬的话说就是'清理'工作，怎么样了。"

科兹喝了一口斯大卡，又吃了一小口东西，站起身来，看了看雅间的隔墙。

"别让任何人进来，军士，"他对护卫队的一位武装人员说道，"没有我们的命令，谁都不能进来。武器拿好，时刻警惕！"

看守的士兵点了点头，敬了个礼，把一把大口径勃朗宁 HP 从枪套里掏了出来。科兹这才回到桌子前。

"整个活动的直接指挥是副部长帕乔尔科夫斯基。组织进攻的是上校文达。他经验丰富。"

"那是肯定的！"希米格维笑了笑，不由想起十年前那起完美的扎古尔斯基将军"失踪"案，这正是文达一手策划的。想到这里，希米格维抿了一口酒，又把叉子插进了一块牛肉里。

235

"对，没错。"

"那谁来负责活动的具体实施呢？谁打头阵，谁带领撤退呢？"元帅吞下一小口牛肉后问道。

"民族激进阵营的那群人，包括皮亚塞茨基手下的那群年轻人。他们已经开始在格伦德齐努夫练习射击和扔手榴弹了。"科兹早就准备好了这些问题的答案。

"这样的话，我们岂不是把一件危险的工具交到了皮亚塞茨基手里？"元帅对这个问题尤为敏锐。

"目前来看的确如此。但事成之后，我们马上就把这件工具拿回来。我们的目标大约有一千五百人，其中绝大部分——您知道的。还有一些我们得把他们关进别廖扎里，另有几个更重要的就得关进监狱了。"

"把谁关进监狱？"

"总统是头一个。"

希米格维大笑起来。他的确对莫希奇茨基嗤之以鼻。

"我们也要把毕苏斯卡、斯瓦韦克和普雷斯托尔控制起来。要是毕苏斯卡保证不泄露半个字的话，我们可以放了她。而您，尊敬的元帅，到时候将和皮亚塞茨基一起暂时留在布加勒斯特。一切都将在二十五日晚到二十六日凌晨完成。"

"那斯瓦沃伊呢？"希米格维问道。

"这的确是个问题。我们也可以跟他合作。事后，首相肯定是不能让他当的，但我们可以随便给他一个什么部长的职位以表诚意。但不能是内政部长，这不用说。万一他临时倒戈了，那事情也好办。但他不会这么干的。他没这个胆识。"

"那个浑蛋科希恰科夫斯基呢？"

科兹滑稽夸张地指了指地板。

"很好！"元帅很满意，但仍不得不担心起来，"一千五百人，真不是个小数目……"

"没错。不过仔细算起来的话，的确有这么多人，"上校一边回答，一边又倒满了酒，"我们得把波兰社会党的人、共产主义分子、原国家民族主义分子和我们内部的相当一部分奸细一举扫除。这些加起来就有这么多了。"

"这样的话，人数岂不是太多了点？希特勒一九三四年消灭的才有多少人？"希米格维面露愁容道，"我们能干掉这么多吗？"

"据说希特勒当年消灭了一百来号人。但那是在已经解决了反对派的前提下，他只需再清理自己的内部阵营。而我们，元帅先生，却得同时解决斯瓦韦克在总统阵营以及反对统一的阵营里的同伙；波兰社会党的人及其手下的匪徒，比如凯尔采拉克的卡普里卡；加上国家民族主义分子；以及人民党的成员，所有这些人。"

元帅碰翻了酒杯。

"目标有一千五百人啊！我们需要多少人手呢？"

"大约要五千。"科兹无比骄傲地回答。

"我们有这么多人吗？"

"其一，我们掌握着博尔的手下。其二，我们还组织了三支年轻军官队伍，每支队伍都有各自的首领，必要时，每支队伍也都可以继续拆分，并分别遴选出中士和下士各两名。其三，我们还会把波兰警方拉拢过来，他们虽然不会直接进行清理工作，但可以负责逮捕，把他们聚集到某个地方，然后我们就可以对其分类处置了。"

元帅聚精会神地听着，时而深思熟虑地点点头。为了表示对科兹报告的赞许，他这次给自己倒满了伏特加。两人边喝酒，边用叉子叉上软嫩多汁的鲱鱼块吃着。

"亚当，那牧师呢？"满嘴食物的元帅又有了新的顾虑。

科兹咽下一口鲱鱼，两腮鼓鼓囊囊的，流露出鄙夷的神情。

"那个普里马斯发表了一个谴责违法行为的声明。但他们批判暴力之后终究会跟我们联合，一直是这样，不是吗？等他们看到我们清理得多么干净时，就会主动找上门来。因为，一方面，他们一定程度上也算是本分的波兰人；另一方面，他们会对我们心存畏惧，我们也满可以清理掉他们。如果我们之后再把矛头对准犹太人的话，他们也会为我们鼓掌欢呼的……"

"是的，没错。那犹太人呢，怎么处置……？"希米格维继续问道。

"对于阿古达，我还没有主意，不知道这群野蛮人想要怎样，我们还在处理此事。联盟的领导问题和犹太复国主义一定要尽快处理。此外，我们和贝塔尔也已达成共识：我们承诺为他们的人培训技能，提供武器，助他们一臂之力，祝他们去巴勒斯坦——如果他们还要和阿拉伯人纠缠到底的话——或去马达加斯加的途中一路顺风。不管去哪儿，只要离开华沙就行。别担心，元帅。我会暗中密切关注帕乔尔科夫斯基和文达的一举一动，"上校信誓旦旦地说道，"等您从罗马尼亚回来时，就能见到一个全新的波兰了，元帅。我们会击溃一切政党。集中营和军队将是维持整座城市运行的两大支柱,而这两者都将掌握在您元帅的手中。达成联合的波兰议会会将您提名为国家元首,按照从柯斯丘什科直至元帅毕苏斯基的优良传统行事。"

"我们要如何把这些写进宪法呢?"雷兹已被自己的虚荣心挑逗得期待不已。

"宪法肯定要修改补充的,"上校一副胸有成竹的样子,但并不想在这一点上做文章,"就像一九一九年那部小宪法的制定一样。问题在于,我们到底要如何处理犹太人。您肯定已经听说,从今年九月开始,所有大学里都设置了犹太学生专席吧?"

"嗯,当然听说了。"雷兹说。

"是的,对此没人反对。这是民意。大学已经陆续开始实行入学名额限制了。两年内我们就将全面停招,所有大学都将不再招收犹太新生。已经在读的犹太学生如果承诺毕业后移民出去,就可以照例完成学业。我们的打算是:到一九四二年,最晚一九四三年为止,波兰所有高校里都没有犹太学生了。从明年开始,我们也不再征召犹太人入伍了;至于现有的军官,我们会让他们退役。就这样一步一步收紧。"

"废除兵役之后呢?"雷兹问道。

"采用我们自己的一套军事税。第一步,我们先对已到服兵役年龄的犹太男性征收人头税,但到时候肯定有反对声音,认为应按社区团体征税,而不是对每个贫穷的犹太人为了几个兹罗提苦苦相逼。之后,我们再逐步撤销犹太医生的从业资格,对其他一些犹太裔的自由职业者也作同样处理。就远期目标而言,到一九四五年左右,我们会没收一切拒绝移民出境的犹太人的大宗财产。房产肯定是要收缴的,至于是否要没收流动财产,就取决于他们会不会离开了。采取诸如此类的措施。我们要强迫所有犹太人离开波兰;或者将他们彻底去犹化。"

"去犹化?"希米格维非常吃惊。

"进行波兰语语言考试,让他们认同十字架等等。但这还不是全部的计划。有几个很有利用价值的犹太人,我们还得留着。我们已经着手处理此事了。"科兹回答道。

希米格维点了点头,就此结束了这次谈话的正式部分。至少我是这么判断的,因为我认识很多大将军,他们都会用点头的方式示意官方会谈的结束。

科兹站起来,告知那个护卫队的看守士兵解除警戒。他和元帅便吃起龙虾、鳌虾和牡蛎,喝起白葡萄酒来。酒足饭饱之后,希米格维还要了几个女孩。

我是夏皮罗的人。那时的我穿着一套精美的西装,还没有手枪,只有一根包着外皮的铸铅短棍。我做着深呼吸。我已经学会如何在紧盯着对手的同时,躲避对手的挥拳;也学会了翻滚、屈腿,然后迅速进入攻击状态;一旦对手的拳套碰到了我的头发,我就会立马起身,在他的出拳距离之外一跃而起,借着这翻滚的惯性朝对手的下巴或肋骨处猛地挥拳。

穿着便衣的警察冲进报告厅时,夏皮罗大喊一声:

"撤退!"

这一切早已在莫雷茨和几个犹太自助组织的协助下提前与犹太学生们商量好了。所以,这一声令下后,在场的所有犹太学生都站起来,纷纷拥向报告厅的各个出口,并制造出尽可能大的混乱。这样一来,警察就不能把我们从学生中区分出来了,何况我们所有人都戴着同样的带檐帽子。我们顺利地跑出了报告厅,在全楼的一片混乱中顺着不同的走廊,从不同的出口撤离了学校,分散到了城市各处。

亚库布、潘塔莱翁和像个影子一样跟着他们的我一直跑到了特劳古特街上才放慢了脚步,脱下了学生帽。我们路过查普斯基宫时,从恰奇街上开出来一辆雪佛兰 Master 轿车,把路堵住了。安杰伊·杰姆宾斯基从车里走了出来,手里拿着枪。看来有人电话通知了他我们在大学报告厅里的行动。

他瞄准了走在最前面的潘塔莱翁,开了枪,但没有打中他,而是打到了几百米开外的克拉科夫郊区街上的 22 号楼,即鲁布莱夫斯基一家租住的房子上。

子弹打掉了一小块墙皮。杰姆宾斯基再次扣动了扳机,但这第二枪却根本没开成,因为这把西班牙产的阿斯特拉手枪的子弹卡在了枪管里,而杰姆宾斯基又来不及退回枪栓再次射击。潘塔莱翁趁机一拳把杰姆宾斯基持枪的手击开,发动进攻。杰姆宾斯基躲开了潘塔莱翁用力挥来的拳头,他作为专业拳手,若与后者进行单纯的拳击较量,本是很有胜算的。但这时卡平斯基却突然扑向他,像摔跤比赛中那样把他摔到地上,把自己虎背熊腰的身体沉沉地压在他身上,并开始用拳头暴击其头部。杰姆宾斯基手里的枪掉了出来。

"抓住他!"亚库布喊道。但这时,从杰姆宾斯基的车里又下来一个人。

她看上去二十五岁左右,身材高挑,并不迷人。顶多算得上好看,

241

这取决于观者的眼光，但肯定算不上迷人。她的双眼很大，但隔得很开，甚至都要挨近两侧的太阳穴了，有点像现在美国电视节目里播的那种身体干瘪的大眼外星人，当时自然没有人会联想到这个。她深棕色的头发烫成了时髦的波浪卷，身上穿着裤子和一件轻薄的套头衫。

她捡起杰姆宾斯基的手枪，娴熟地装好子弹，迅速解决了子弹卡壳的问题，对准了潘塔莱翁和亚库布。

"放开他！"她说。

亚库布闻声看向她，她也看向亚库布，于是便出现了女孩们看到亚库布时通常会出现的那一幕：他迷住了她，尽管她起初并没有意识到，因为她的枪还指着他。但亚库布身上就是有一种奇妙的能力，女人只要看他一眼，从此就会对他日思夜想。

她是安杰伊·杰姆宾斯基的妹妹，叫安娜。我们当时并不知道这些。

"你们走吧……"她说。

潘塔莱翁正在口袋里摸索他那把左轮手枪，但被亚库布禁止了。

"我们走，别开枪，我们这就走……"他轻声说道。连这说话的声音也让安娜着迷。尽管如此，她依旧拿枪指着他。

潘塔莱翁放开杰姆宾斯基，站了起来，我们小心翼翼地离开了。安娜一直紧盯着我们，直到我们跑到新教教堂后面的马瓦霍夫斯基广场上，从她的视线中消失。

安娜扶着她的哥哥进了车，擦干了他身上的血，坐到了驾驶座上。

"那人是谁？"她问。

"犹太强盗，亚库布·夏皮罗。我跟他打过拳击赛，败给了他。"

她哥哥回答道。

我们顺利回到了亚库布的住处，当天也没有再离开那里。亚库布的两个儿子没有去上学，而是一整下午都与亚库布和埃米利亚在一起，玩纸牌，读马库申斯基的《七年级的撒旦》，尽管亚库布一再抱怨，他们不读犹太人的书，却总是读这些波兰书。后来我们一起听了广播。

收音机里播着斯滕波夫斯基教授对塞缪尔·迪克斯坦教授著作的评析，然后是为当地青少年准备的节目，再之后，晚七点，是埃尔日别塔·谢姆普林斯卡-索博莱夫斯卡的广播剧《女半仙》的首播，我们都严肃专注地听到了最后，没有人再关注其间的背景音乐了。广播剧结束后，埃米利亚换到了另一个播放音乐唱片的频道。

晚饭我们吃了面包配黄油、奶酪和西红柿。还喝了白葡萄酒。亚库布也分别浅浅地给丹尼尔和大卫倒了些酒，并兑了水。

"你想干吗，亚库布？我是问你们这次在大学的行动？"埃米利亚问道，"是逞威风吗？是要说明，只要夏皮罗想要坐在报告厅里，波兰人都别想阻止吗？"

"不就是应该这样吗？"他回答道，"难道我该任凭这些浑蛋们为所欲为，像去年那样？"

埃米利亚想了一会儿。喝下一口酒。

"对，是应该的。"她赞同了亚库布的看法。

随即两人沉默了。亚库布沉默，是因为他正为即将要说的重要事情积蓄力量，以便可以掷地有声地讲出来。埃米利亚沉默，则是因为她知道亚库布马上就要说重要的事了。

"我想说，你说的有道理。我们移民出去吧，埃米利亚。去巴勒斯坦。波兰这个国家不久就会变得像希特勒统治下的德国一样。我知道，英国人现在禁止外国人入境，但莫雷茨会通过他们组织解决这个问题。我也愿意加入哈贾纳。在那里，我依然会做在这里做的事，只不过不再只为自己谋利益，而是将惠及更多人。"

埃米利亚沉默了片刻，皱起了眉头，看了看自己智慧而有力的双手。

"孩子们，我们要去巴勒斯坦，"她作出了最终决定，"你们得学希伯来语了。像你们的叔叔莫雷茨那样。"

"我还得在这儿处理些事情。收缴钱款什么的。我们去那儿可不能当乞丐。等办完这些，我们就出发。"

说着，他往自己和埃米利亚的酒杯里倒满了酒。

"为了巴勒斯坦，干杯！"她说道。

"为了巴勒斯坦！让波兰沦为人间地狱吧！"

"可我不想去巴勒斯坦，"丹尼尔打断了他们，"我在那里没有小伙伴。而且我讨厌希伯来语。"

"我也不想去，"大卫也附和道，"那里太远了，到处是沙子，也没有教我们波兰语的哈伊老师。哈伊老师不在的地方，我就不去。"

亚库布和埃米利亚耐心地劝导着儿子们，像所有父母安抚不愿听话的八岁孩子那样。八岁，是有足够智性的年纪了，八岁的孩子不会再对父母说的每句话都深信不疑，也很难安抚。

然后他们把儿子们送去睡觉，接着又喝了一瓶酒，然后开始做爱。我则在一旁偷窥，看着亚库布那高大、魁梧的巨大身躯压在埃米利亚身上。埃米利亚越过他的肩膀也看到了我，知道我在偷窥。她用双腿围住了他的屁股。

亚库布感觉到了我正在看他们。至少我觉得，他肯定察觉到了。他撑起身体，转过身来，坐了起来。

"谁在那儿？"他在一片漆黑中问道，一边伸手摸索着床头柜上的手枪。

"没有谁，亚库布，过来吧。"埃米利亚用无比轻柔的声音说着，像在安抚一匹暴怒的烈马。只有女人才会用这样的声音说话，只有智慧的女人才能做到。"没有人在那儿，来吧。"

她说着，把手放到了他的两腿之间。他朝门口的一片漆黑里又看了一会儿，不安地快速喘息着，但最终还是转向了她；我也回到了自己的房间，并再次看到了窗外的利塔尼，而他也正通过同一扇窗户朝我看过来。

我是约拿。主啊，我从深处向你呼求。

同一时刻，同在华沙城里，同在抹香鲸那炙热锐利的目光下，爱德华·蒂乌切夫正在肯帕·波托卡公园的矮树林中，在挂在树枝上的一盏灯笼的灯光下把中尉耶齐·杰林斯基的身体作最后一步肢解，即把中尉耶齐·杰林斯基的阴茎从中尉耶齐·杰林斯基的身体上割下来。中尉耶齐·杰林斯基还没有咽气，但已被大剂量的吗啡和酒精麻醉了，所以感觉不到疼痛。他凄惨人生的最后三周里，都被铐在蒂乌切夫那间小公寓里厨房的暖气片上。他是从索本斯基的馅饼店直接被带过去的。拉齐维韦克手中这张用来做交易的王牌，并没有得到蒂乌切夫的善待，反而遭受了冷漠无情。

现在终于到了打出"中尉耶齐·杰林斯基"这张王牌的时候了。拉齐维韦克要确保,警方验尸时能够清楚地判断出,这个人是被活活凌虐致死,而非死后才被肢解的。死者的痛苦和受难经历也是这场游戏中的一个重要细节。为其注射吗啡和酒精则是蒂乌切夫自己的主意。出于同情心和正常人的理智,他让杰林斯基喝了伏特加,又给其注射了吗啡,因为他不想受一个被折磨得大声号叫的囚徒烦扰,也不想铤而走险,让某个碰巧经过的路人听到叫喊声而发现他。

不过在华沙这座城市里,有很多聪明人,他们若是听到树丛中传来的吼叫声,会快步走开,而不会多管闲事。总之,杰林斯基给他注射了一整支吗啡。这般痛苦的确也不是他应得的。

耶齐·杰林斯基的意识仍保留了几分钟。本质上看,他早就死了。

他已经死了十七年了,他脑子里想的只有一件事,那就是自己惨遭背叛:被他缺了腿的身体、被犹太裔波兰人、被所有女性背叛了。那些女人们热忱真挚地与即将奔赴前线的他告别,亲吻他,挥舞着手帕示意,在他耳边信誓旦旦,甚至与他舌吻,却在他次日奔赴前线后,马上就背叛了他。

女人这群生物的一大代表——他的未婚妻——拉住他的手,当时的中尉耶齐·杰林斯基身着绿色的英式军装,配着德式军刀和俄制左轮手枪,要赶赴前线。当中尉耶齐·杰林斯基获得了若干勋章,又被提升了一级军衔,却少了一条腿从战场归来时,女人们早已对他失去了兴趣。他的未婚妻根本没料想到战争会结束,所以早在他失去那条腿之前就嫁给了一个叫马耶夫斯基,家境富有的、刚受过洗礼的基督徒。这个人在罗兹拥有三家殖民地商品店铺,在一家酿酒厂握有百分之二十的股份,在华沙还有一辆汽车和两栋出租房。他的下半身不仅双腿健全,而且还长了一根粗壮的、割过包皮的阴茎,因此让中尉的前未婚妻好不快活。

那时,中尉杰林斯基还幻想着,自己作为残疾军人和战争英雄很快就能从这个犹太妓女之外的其他女人那里得到安慰。但事实却是,没人搭理这个既无官职,又无财产,厌世、愤怒和悲伤情绪与日俱增,甚至与时俱增的瘸腿退役老兵。他这种消极情绪因五月政变导致的时代之变而更是发展成一种经常性、至暗的绝望。

"我们的母亲、姐妹,爱人及其父亲、兄弟和情夫,那位有着维伦多尔夫的维纳斯①之丰腴躯体和有着蟒蛇所张开之血盆大口的黑暗女神,正将我们慢慢吞噬,从头到脚,彻底吞没。"

蒂乌切夫拿出阿赫玛托娃的《车前草》,边读边等,直到杰林斯基咽了气。蒂乌切夫也尝过那满口獠牙的黑暗女神的厉害,见过她黑暗的大口;但他学会了与她和睦相处,任凭后者将自己吞噬,并与后者融合为一。于是,绝望之外的一切都在他里面腐烂,死灭。他成了她的化身,一个没有感情的半神,迈着轻巧的步伐,走在华沙的街道上。

等杰林斯基流尽了血,蒂乌切夫便把阿赫玛托娃的诗集塞回口袋,然后按照拉齐维韦克的命令,把死者血淋淋的、因已被割下来而软塌塌的阴茎塞入其早已掉光牙齿的嘴里。接着他又把后者瘦削的身体装进两只麻袋中,扛在肩上,气喘吁吁地运到了拉齐维韦克那辆停在戈多夫斯卡街上的后驱动奔驰轿车那儿,把他扔进前置储物箱里,开进了克拉科夫郊区街,卡罗瓦街拐角处,并在《华沙信使报》编辑部门前停了下来。他下了车,环视了一下四周。凌晨三点,街道上空无一人。他从储

---

① 1908年在奥地利的维伦多尔夫出土了一件距今约三万年的微型维纳斯雕像。该雕像由鲕粒灰岩制成;无面部形象刻画,体型丰腴,胸部、腹部与臀部突出。——译者注

物箱里抬出那两个包裹，倚放到路灯灯杆上，解开了口，把麻袋往下扯，拉到受害者肩部的位置，以便大家都能看到后者那血肉模糊的脑袋和挂在脖子上的那张纸条："以波兰社会主义者、教父卡普里卡的名义向所有反犹分子致以最诚挚的问候。"办完了这些，蒂乌切夫上了那辆奔驰，驾车离开了。到了下一处公用电话亭，他停了车，拨通了编辑维托尔德·索科林斯基的电话。

后者立马接了起来，他的电话就放在床上。

"我是戈托维伊。去编辑部看看吧。带上照相机。"蒂乌切夫说完就挂断了。

索科林斯基深深地叹了口气，掀开被子，站起来开始穿衣服。

"这个时候你要去哪儿……？"一旁的妻子抱怨道。

"去工作。"

她轻蔑地看着他。

"对这种半夜打来的电话，我不得不想，你肯定是要去找某个妓女。但没人会让你白占便宜的，你又没有钱，可怜的穷光蛋。"

"你这话是什么意思？"维托尔德一脸阴郁地反问道。

"我说的是实话。"索科林斯基太太咕哝着翻过身去。她说得没错。

维托尔德又叹了口气，拿上大衣和帽子，离开住处，骑上自行车，快马加鞭地赶往克拉科夫郊区街。

利塔尼愉悦地注视着中尉耶齐·杰林斯基那被百般蹂躏了的残躯废体。

那头抹香鲸的身材比例和身体线条，实在令人难以置信。人的骨架符合人的身体轮廓，但抹香鲸的骨架却像是属于另一种完全不同的动物，诸如一只体型巨大的海豚，或其他长着牙齿和长喙的动物。他那巨大而笨重的、包裹着透明油脂的头骨更是独特奇妙，每当接触空气时就会变成奶白色，让人不禁联想到精液。

与灵活敏捷、有着流线型体形的海豚和虎鲸相比，它算是什么动物呢？

海豚和虎鲸既不像是由上帝所造，也不是自然而生，而像是一位技艺高超的工程师、流体力学和潜艇专家的设计杰作，不是吗？而那头抹香鲸却十分古怪。它顶着硕大的头颅，像夯具一般笨重；它将辽阔的洋海分开，悠游自得。而它那小得不成比例的下颌则在巨大的头颅下一开一合，仿佛原本属于其他动物。

它看着我，就像看着一只让他馋涎欲滴的乌贼。

抹香鲸不会撕咬它们的猎物，而是会直接将其囫囵吞下。甚至一些颌骨断裂的抹香鲸仍能成功猎食。

体型大些的乌贼会奋力抵抗，用触手把抹香鲸那笨重的脑袋死死缠住，而这些触须会对后者厚厚的皮肤造成很大伤害。这便是乌贼的喙与抹香鲸下颌之间的较量。

利塔尼唱着歌。它不是用眼睛，而是通过歌声洞察万物的。瞎眼的抹香鲸能像视力正常的那些一样灵巧地猎食。因为在水下捕猎，既非靠光线，也无须看清猎物的脸；只需借助于它们的歌声。这歌声达到乌贼或其他鱼类身上后反射回来，并与它们内含鲸脑油的头骨产生谐振。

利塔尼唱的歌触动了我，触碰到了我内心深处隐藏的部分。一切都暴露无遗。在它的歌声和它那火焰般的目光面前，没有什么能够隐藏。

五 ה

HE

第二天，我们比往常早得多地赶往莱什诺街上的馅饼店，天还没亮，最早的一批报纸也还没印出。三人同行，夏皮罗、潘塔莱翁和我。城市沉沉地睡着，寂静无声，暗黑一片。

我们围着一张小桌子坐了下来。索本斯基煮着咖啡，给我们送上了热乎乎、香喷喷、有些酸涩却也香甜的馅饼，配着刚出锅的瘦肉香肠，以及面包、芥末和煮鸡蛋。我们边吃边喝，等待着第一份报纸。

信使最先送来了《ABC报》和《人民论坛报》。

"犹太匪徒史无前例的攻击。"亚库布把《ABC报》上头条新闻的标题读了出来。

"我真受不了这种垃圾报道，"潘塔莱翁·卡平斯基闷头抱怨着，"我是个好波兰人、天主教徒、工人、社会主义者。匪徒这东西，只在美国有。"

"还有更厉害的呢。真是疯了。上面还说，'或出于对遏制犹太黑手党在大学影响力的积极行动的不满,一群武装强盗肆意践踏文明传统,持左轮手枪恐吓无辜无助的基督徒学生,并无礼侵犯了教授的尊严'。"

"侵犯了什么?"潘塔莱翁难以置信地问道。

"尊严。'直到效率低下的警察姗姗来迟,犯罪分子才翻过约瑟夫-毕苏斯基大学的围墙逃跑。无人被警方逮捕。'把《论坛报》拿来。"

我递给了他。亚库布快速翻阅了一下。

"什么都没写……?"他十分吃惊,"啊哈,找到了,有的。是一则短消息。'约瑟夫-毕苏斯基大学里的骚乱:国家民族主义学生组织反犹主义政策所酿成的后果'。"

"我们那么做有意义吗,夏皮罗先生?"潘塔莱翁低沉地问道,"教父知道了会不爽的。"

"没有意义。但我不能什么都不做。"亚库布回答道。

索本斯基从柜台后面走了出来,给我们添了咖啡,并端上了新出炉的馅饼。

"这我理解,夏皮罗先生。有时候就是这样,必须得采取些行动。我懂。"潘塔莱翁想了一会儿后说道。

"您知道,潘塔莱翁先生,如果我们任凭他们为所欲为的话,事情会如何发展吗?会有什么后果呢?他们最后是不是也会把我们关进铁丝网里?我们必须自卫。否则他们就会认为,他们可以无法无天。然后,波兰就会出现一位小希特勒,跟德国那位没什么两样。当时没人反抗德国那个希特勒,您也看到,现在那里发生了什么事。"

"据说像我这样的人,他们会把我关进医院,把我活生生地开膛破肚，来研究我们里面有什么。那群所谓的科学家。"

"活体解剖？"夏皮罗更加吃惊了，"会对谁这么干？"

"对怪物，亚库布先生。对像我这样的怪胎。我在马戏团里认识的一个人告诉我的。说他们会拿畸形人做研究。做实验。那些异教徒残害人命，不惧神明，夏皮罗先生，他们既不怕我们所信的上帝，也不怕他们自己的神灵。"

"我没有神，潘塔莱翁先生。"夏皮罗说。

"每个人都有神，这是人生来就注定了的。要么是基督教的神，要么是犹太教的神，要么是中国人或黑人的某个神。谁注定有哪个神，就会被这个神所支配。就像动物被人类支配一样。神能让人吃饱，也能让他挨饿；可以充满爱意地看着他在壁炉前打盹，就像小妇人对她心爱的小狗那样，也可以用杖打它，或者割开它的喉咙，掏出它的内脏，剥下它的皮，朵颐它的肉，再扔掉剩下的零碎。神也可以对注定属于他的人做同样的事情。"

"胡说八道，潘塔莱翁……"亚库布正说着，被馅饼店门嘭的一声响打断了。教父疾步走了进来，怒气冲天，像一头被牛虻叮了的公牛。

他穿得很不讲究：无领衬衫还开了襟，领带也没系，大衣也只是随意搭在了肩上。他手里还拿着一份报纸。

"他妈的，这是什么东西？"他咆哮道。

"卡普里卡先生，我可以向您解释，"亚库布赶忙站了起来，"我知道未经您批准就擅自行动了。但时间紧迫。我难道能看着我弟弟被当作低等动物坐在特定座位上吗？"

"夏皮罗，你在这里跟我扯大学里什么乱七八糟的事？"教父把报纸扔到了桌子上,"我是说这到底是怎么回事,该死的!"

《华沙信使报》的头版赫然排着两张照片:其中一张上是中尉耶齐·杰林斯基的尸体,模糊不清;另一张拍的是他脖子上挂着的纸板。旁边还有维托尔德·索科林斯基写的一篇文章。

"扬·卡普里卡——波兰犹太强盗的头目。"

"我们把他带过来的当天,拉齐维韦克就把他带走了,那是三周前的事了……也就是说,他们肯定是把他关在他手下那个俄国佬蒂乌切夫的住处了,我也就没有再插手,这也不关我的事。"夏皮罗辩解道。

"不关你的事?与你无关?现在我们遇上麻烦了!拉齐维韦克在哪儿?"教父问道,"他把他要去就是这个目的!"

夏皮罗向潘塔莱翁使了个眼色。

两人知道该怎么做了。

"索本斯基,您现在就往拉齐维韦克家里打电话。"亚库布吩咐道。然而,不用问,他不会接的。索本斯基拨了电话,拉齐维韦克果然没有接听。

我们反应过来了。事情已一目了然。世界正发生天翻地覆的变化,原有的秩序和等级已被摇撼。升到高处的,正重重跌落下来。教父对此心知肚明。但他也知道,事情还未成定局,他还可以,也必须抗争。

这时,一个男孩跌跌撞撞地闯进店里,就是当时给我马卡比对战莱吉亚那场拳击赛门票的那个男孩。

"他们来了,教父,他们来了……"他大声喊叫着,已经跑得满脸通红,汗流浃背。

"耶塞,他妈的……"卡普里卡咒骂道,"谁来了?"

"长枪党派的人。"

"在哪儿？"

"现在到毕苏斯基广场了，他们应该会沿着特沃马凯街走。"男孩气喘吁吁地说。

"多少人？"

"好几百。"

"武器呢？"

"包里装着棍棒和手枪。他们还喊着'攻打犹大'和'人民的大波兰'。"

"警察呢？"

"没看见。"

教父把手放在男孩的肩膀上，躬下身，注视着他的眼睛。因为靠得太近，教父的胡子甚至都碰到了男孩长满了雀斑的鼻子上。教父嘱咐道：

"听着，小子。你现在就替我赶到凯尔采拉克集市，到霍罗曼奇克的餐馆那里，找到霍罗曼奇克先生，亲口转达他：卡普里卡下令，立刻召集所有可以上阵的人员，准备好拳头、刀子和左轮手枪。明白了吗？"

那个早已当惯了信使的男孩什么都没再问，一溜烟跑开了。

在我后来的人生中，在华沙和巴勒斯坦，以及在我参加过或者见证过的战争中，我见过多少这样的孩子呢？

所有城市内战、街头打斗、武装革命、造反活动和叛乱暴动的神经，正是这些十岁或十四岁左右的男孩。他们对整座城市就像对自己的背心口袋一样熟悉；他们很不起眼，可以躲过警察的眼目；又十分机灵狡猾，可以记住简单的命令，并穿街越巷地送到任何一个指定地点。人名、地点、任务，他们都能烂熟于心。他们甚至还会奉命杀人，打断什么人的腿，把钱交给谁，把谁放走，或是把谁抓住并带来。

他已经去执行任务了。

夏皮罗已经站在柜台后面，开始拨电话了。

"你要打给谁？"卡普里卡问。

我知道，亚库布这个强盗的脑子正全速运转，像俄国宇宙飞船启动时里面的那台电子计算机一样。

"给党派的人。我得调动我的战斗队伍。我马上就给马卡比打电话……'喂，你好！我是夏皮罗，我们现在有麻烦了……'"

夏皮罗要求尽快动员党内武装队伍，但卡普里卡已经没有心思听他说什么了。

"好，霍罗曼奇克也会召集人手的。"卡普里卡说着掏出了他的勃朗宁，检查了一下弹匣，并上了膛。

潘塔莱翁也在仔细检查他那把纳甘枪的枪膛。

"每次您检查手枪时，我都想问，您早上出门前没有检查过吗？"夏皮罗问卡普里卡。

"什么？"教父没明白夏皮罗的问题。

"我的意思是，您早上把枪放进口袋时，难道不知道里面有没有装子弹吗？"

卡普里卡依然一脸不解地看着夏皮罗，就像看着一个傻子。

"你到底想说什么，亚库布？"

亚库布只是摆了摆手。他从来不会检查自己的武器,因为后者总是装有弹药的,这一点无须再确认。他要射击时,只需扣下扳机。就这么简单。

"他们那么快就聚起人来了。报纸刚刚才印出来。"亚库布质疑道。

"他们肯定早就知道了。这是他们早有预谋的游戏。给我一份城市地图。"索本斯基马上就给卡普里卡拿来了一份,并在桌子上铺展开来。

"他们会沿着特沃马凯街朝沃拉方向前进。"教父说道。

"除非,他们的目标是我们的图书馆和理工学院大楼。或者是会堂。"

教父盯着地图,思索了一会儿。

"潘塔莱翁,您怎么看?"

潘塔莱翁正仰头看着天花板,听他那个魔鬼兄弟对他窃窃私语。

潘塔莱翁甚至相信,那个魔鬼兄弟闭着的眼睛可以看到凡人肉眼看不到的东西。他感觉到,后者正扭曲着其微小的脸做出哭咧咧的表情。

"他们会去凯尔采拉克。"

"沿着莱什诺街去那里?"

"是的。"潘塔莱翁像领受了神谕般笃定地回答道。

卡普里卡用粗短的指头点了点地图上莱什诺街和热拉兹纳街交叉处那个地带。

"我们就在这儿设立防线。在热拉兹纳街开始的那一端,就在这所理工学院这儿。一支队伍在奥格罗多瓦街待命,另一支去诺沃利皮耶街的那间医院附近。我们进攻敌方队伍的中间部位,把他们一分为二。到那时候,霍罗曼奇克就会带着他手下的人赶到,从这一边进攻。而警察则会从后面打击敌军。就这么办!亚库布,打电话通知警方!"

"最近这段时间,警察不太待见我们……"亚库布估摸着说道。

"好吧,那就打给斯瓦沃伊。不,还是我亲自打吧。还有您,索本斯基先生,快拿木板把店的窗户都封锁起来,我可不想我这么喜欢的一家漂亮酒馆被毁了。快!你们都去帮他!"

索本斯基赶紧行动起来。他的仓库里一直有为应对这种突发情况而准备的木板。夏皮罗、潘塔莱翁和我在一旁帮忙。华沙城里,太阳慢慢升了起来,利塔尼通过它的歌声,用那冷漠无情的眼神窥视着我们,逐渐将我们控制在它的威力之下。

"过不多时,"它唱着,"过不多时。再等少顷。"

大洋里的抹香鲸会吞食乌贼。那游荡在华沙城上方的利塔尼靠什么果腹呢?靠黑色的乳汁。

卡普里卡走到街上,脸色煞白。

他只说了一句:"我们走。"

他上了他那辆克莱斯勒;我们其余三人则上了夏皮罗的别克车,我坐在后面,潘塔莱翁坐在副驾驶座上。

"他肯定遭到拒绝了。"潘塔莱翁说道。

"我觉得,会比这更糟。"

我们出发了。消息在这儿传播得很快,所以犹太人居住区的街道上已空无一人。店铺都大门紧闭,很多店主也像索本斯基一样早早地用木板钉住了窗户。

大家对这种新闻已经见怪不怪了。华沙的街头时而频繁爆发激烈的斗争；时而风平浪静，有时和平期甚至可达数年之久，比如二三十年代之交的那段时期。而一九三七年却是疾风骤雨的一年，特别是与三十年代的头五年相比。因此，华沙每个谨慎小心的店主都时刻准备着在暴乱中自保。

街道上到处都是叮叮当当的捶打声。我看到，众人匆匆忙忙地钉着木板，以保护店铺昂贵的玻璃；看到他们快速撤走了方便摘卸的挂牌、花盆、长椅等物件。没人抱怨，大家只当是保护自己的家当不受一场即将来临的冰雹或雷雨摧残一样平常。

我们走的路程并不远，本可以靠步行，但在这种情况下，随时备一辆车仍有必要。我们把两辆车停到了沃尔诺希齐街上那处为无家可归的青年提供的旅馆前。

下车那一刻，我对自己的命运有了顿悟：倘若当时亚库布·夏皮罗没有把莫伊热什·伯恩斯坦护在其翅膀下，而是任其可怜无助地流落在华沙街头，伯恩斯坦便会孤独地暴露在利塔尼那火焰般的目光和残酷无情的歌声中。

或者说，亚库布·夏皮罗本想护我周全，也送给了我马卡比对战莱吉亚那场拳赛的门票，但我却把它撕碎或转卖了，毕竟，我这个出身虔诚犹太家庭的男孩在一场拳赛中能失去什么呢？

倘若我没有去观看比赛，而是待在母亲和弟弟身边，没有抛弃他们，那我们会怎样？屋主一定会把我们——母亲、弟弟和我——赶出去，因为没有父亲的兄弟俩和拖带着孤儿的寡妇算什么？我们只得在不情不愿的亲戚那里祈求栖身之处，但有谁会甘愿一下子接纳三个人？

我想不到有这样的亲戚。但一定是有的，我们亲戚不少。但他们最终都会把我们赶走。我们最终仍会流落街头。

我的母亲和弟弟现在如何，我一无所知。

我的母亲会不会做了妓女？她这样一个虔诚的犹太女人，在伺候嫖客的时候肯定冰冷得像块石头吧？或者她更可能开始了乞讨生活，就像华沙这座一贯残酷的城市里所有那些犹太和基督徒女乞丐那样？

我自己呢？或许眼前这处为流浪青年准备的旅馆就是我的归宿。若是这样，我就得喝那些稀薄的汤水；还要忍受基督徒小孩的愚弄。他们会逼我学习主祷文，在胸前画十字以及亲吻十字架。会把我的头按到马桶池里。会拉扯我的鬈发。会扯下我的裤子，嘲笑我割了包皮的阴茎。会踢我的裆部。会打我的脸。而我却无力反击，因为我没有机会像现在一样跟亚库布·夏皮罗在格维亚兹达场里训练，也就不会知道手臂应该是什么姿势；怎样躲避对方攻击；怎样在对方笨拙地挥来一拳时，翻滚身体从另一侧弹起，然后朝对方下颌或是耳后迅速出拳，把对方一拳放倒。

然后呢？然后会怎样？一年之后，收留所就会把我撵出来；再过两年，即到了一九三九年，又会发生什么？孤身一人的我肯定不会去巴勒斯坦，我为什么要去哪里，又要怎么去呢……？

亚库布·夏皮罗割断了瑙姆·伯恩斯坦的喉咙，是为了拯救莫伊热什·伯恩斯坦的性命。所以我才能活下来，所以我才能成为莫设·因巴将军，才能在战场上浴血奋战，今天才可以坐在打字机前，不必出门，只是坐着，写我的回忆录。

亚库布救了我的命，所以我心甘情愿地紧跟在教父、潘塔莱翁和亚库布的后面。我们一起赶到了约定的集合地点，即沃尔诺希齐街、诺沃利皮耶街、热拉兹纳街和日特尼亚街的交叉口，索发医院门前，后者是一家妇科诊所。

教父没跑几步就开始上气不接下气，减慢了速度，最后停了下来，扶着栅栏休息；我们则在旁等着他。亚库布和潘塔莱翁十分激动，情绪狂躁。亚库布双腿快速交替蹦跳着，转动着脖子和肩膀，仿佛要参加拳击赛。潘塔莱翁则咔吧咔吧地活动着关节，用指头捋过长发，温柔地抚摸着后脑勺上他那魔鬼兄弟的脸。

教父很快就赶上了我们，气喘吁吁，大汗淋漓，手枪始终紧紧地握在手里。

"我这把年纪干不了这个了，不行了……"他呼哧呼哧地说道。

"人们就是在这儿来到这个世界，而我们却在这里聚集，隆重赴死，"潘塔莱翁看了看这家医院，说道，"要么我们死，要么敌人亡。这个世界的规则就是这样。有一个人出生，就得有一个人死去。主耶稣用手指着说，这个将要出生，那个应该死去。人们互换着位置。谁出生了，也就占据了主耶稣指定要死的那人的位置。"

教父和夏皮罗根本没有听他说，只有我仔细听着。蒙亚则抽着烟，用一种我一个词也听不懂的语言嘟囔着什么。

我们的人员逐渐聚集起来了。我们顺着热拉兹纳街，朝莱什诺街方向下走。已经能听到长枪党的人赶来的声音了。我们总共只有二十三个人，却都是精兵强将：打头阵的不再是普通工人，而是帮派里最凶悍有力的年轻人，皆为经验丰富的打手。他们脱下各自的夹克，挂到路边围栏上，没人敢碰；他们手里都拿了指节铜环、棍棒、刀子或剃须刀。

"有枪的举手。"卡普里卡说。

大约十二只手举了起来。手里有左轮手枪、普通手枪和两把改装过的双管猎枪。

"我们要马上开枪吗？"夏皮罗想再次确认。

我又看到了他握着枪的手上那块深蓝色的文身，即那把双刃的剑和那四个希伯来字母拼成的"死亡"字眼。

"对。正面交锋之前就开枪。第一枪就要对准敌人，因为如果我们只是威胁性地放空枪，他们会更胆大妄为，向我们发起进攻，利用人数上的压倒性优势，将我们包围，碾压。但是如果他们有几个人先被打伤或被打死，剩下的就会吓得屁滚尿流了。然后我们再放空枪，以免打死太多人。有谁良心不安吗？"

没人说话。当然没人会觉得良心不安。教父刚才的问题里也带着一种大家都熟悉的威胁，这种威胁足以平复每一颗不安的良心。

"很好。拿好枪，我们冲！离敌人二十米左右时，开始用手枪射击；距离五米时，用猎枪。明白了吗？"

众人没有再把武器放回口袋，而是牢牢地握在手里。我们向前挺进。

队伍沿着热拉兹纳街下行了百米左右。

长枪党派的人的声音越来越清晰，他们是从市中心过来的。离我们已经很近了。

"五十米。"潘塔莱翁一边说着，一边温柔地摸了摸他那魔鬼兄弟的脸。

"警察怎么还没来？"夏皮罗小声问道。

"不知道。"教父无助地回答道。这是夏皮罗第一次看到教父失去了他绝对的自信。"我们走。把红旗举高。冲啊！警察们都去死吧。"

我们跑了起来。我记得很清楚。到莱什诺街拐角处还有二十米距离。我们跑着，高举着的手里拿着武器，到了拐角处，夏皮罗扣下了他那把巨型勃朗宁的扳机。

"别开枪！"教父喊道，想拦住整只队伍，"有警察！"

缓慢地走在长枪党派队伍最前方的正是警察，他们穿戴着德式头盔和铠甲，手握钢质盾牌和手枪。他们举起枪来就朝我们射击。

我们不得不马上掉头撤退。鞋子在路面上打滑，潘塔莱翁不小心跌倒了，夏皮罗抓住他的胳膊，把他一把拉了起来，同时还向身后的国家民族主义分子的游行队伍乱射一通。我们一路狂奔。警察射出的密密麻麻的子弹从我们头顶上呼啸而过，几乎是贴着头发飞过的，生死不过一线间。

我始终搞不明白。不理解这是怎么回事。头往左歪五厘米，就能活命；往右歪五厘米，头骨就会被击中、射穿，栖居在前额里的东西就会被彻底摧毁，换言之，整个人，所有使人成为人的神经元之间那些神秘细微的东西——因为若没有它们，我们便不存在了——都会被摧毁。

弗拉基米尔·德米霍夫把一只幼犬的头、肩和前腿接到了一只德国牧羊犬的脖子上。那是我们在热拉兹纳街上逃避戴着德式头盔的波兰警察追赶的二十年后发生的事。

同一副躯体的两个狗头虽不得不协调活动，但始终试图互相撕咬。潘塔莱翁憎恨他那个魔鬼兄弟，但同时，他们两个却也一起大笑，一起死去……

他们中的一个从哪里开始，另一个从哪里结束？

我实实在在地告诉你们，世上再也没有什么像人这样的东西。

偏左五厘米，就能活命；偏右五厘米，就一命呜呼。一个人和他亲密的同伴，是两个人。异卵双胞胎，是两个人。同卵双胞胎，是两个人。皮肤长在一起的连体双胞胎，是两个人。长了两个头、三只手臂，并共用其他身体部分的连体双胞胎，也是两个人。那么，只有一个头，却有两个身体的连体人，算是一个人吗？若好几颗头、好几个大脑都长到了一起，又算是几个人？

潘塔莱翁是一个人，还是两个人？我们中又有多少人在自己没有意识到的情况下，始终背负着一个兄弟或姐妹；后者早已融入他们体内，只是像囊肿一样存活着，但在其诞生的那一刻，却仍是一个独立的人？如果后者在诞生时的确是一个人，那后来被融入之后，仍算是一个人吗？他们到底算几个人呢？

如果我们连一副躯体内住着几个人都算不清，那就无所谓"人"这种存在了。毋宁说是会思考的肉，彼此各有不同而已，但不能算是"人"。人必须是独一无二的。拉丁语中的"人"说得更有道理，因为 persona 是面具，源自伊特拉斯坎语中的 Phersu 一词。面具是戴在那块会思考的肉上的东西，用来充分展示那块肉自以为独有的东西。Persona 并非真实的东西，并非原本就长在脸部那块肉上的东西。

五厘米。

"快回到车上！"卡普里卡喊着，"然后去我那儿。"

就在此刻，警察的一颗子弹打中了他的左小臂。

五厘米。他一边踉踉跄跄地继续跑，一边疼得大叫，一边大声咒骂。他那对短腿正使出全身力气跑着。

这是卡普里卡活过的五十七年里,第三颗打中他那矮小肥胖身体的子弹。

第一颗打中他的子弹也是开枪的那个俄国警察左轮手枪中最后一颗。那是一把美产史密斯威森四点四毫米口径左轮手枪;那个警察则是沙皇时代一个又胖又不善射击的俄国警官;事件发生于一九〇五年一月,还处在革命时期。当时,还不是教父的亚内克·卡普里卡正从格日波夫斯基广场跑出来,那个警察开了五枪都没有打中,第六枪才打中了这个当时年轻瘦弱的革命者,击穿了其左侧大腿的皮肉。卡普里卡摔倒在湿滑的地板上。他环顾四周,发现那个警察正笨拙地试着推出弹匣,把空弹匣拿出来并重新装上子弹。扬·卡普里卡无比镇定地用他的勃朗宁瞄准了警察,扣下扳机,一枪射中了后者的额头。

那并非卡普里卡杀死的第一个人,也不是他干掉的第一个沙皇警察。他第一次杀人是在一八九七年,那年他十七岁,还是赤手空拳。那个一九三七年时已经死了四十年的人只是因为偷了教父的一只鞋子,原本也是无心之过。他比当时的教父更年轻,更矮小,更瘦弱。没料到一只鞋子竟为自己招来了杀身之祸。

他杀死第一个俄国警察时也在格日波夫斯基广场上,是在他首次中弹的两个月前,即一九〇四年十一月,那次也是波兰社会党战斗组织的第一次武装行动。他对此始终无比自豪,并且对每个愿意听或者不得不听的人都不厌其烦地讲述。

卡普里卡第二次中弹的情形更严重些,他差点就命丧黄泉。那是在一九二二年十二月,纳鲁托维奇当选总统,引发巨大混乱。那时,教父已经是教父了。那把七点六三毫米口径毛瑟手枪的子弹穿过了他的肺。他差一点就没救过来。开枪的是一个年轻的国家民族主义分子,但这人几秒钟后就死在了教父一个同志的枪下。

而对这第三次枪伤的罪魁祸首,却没人能施以报复。时间紧迫,逃命要紧。

我们终于赶到了停在沃尔诺希齐街上的车那里。

"我们从城市外围走,经过沃拉、奥霍塔街和拉科维茨街,不要走市中心,"教父一边指挥,一边按着正在流血的手臂,"我们得分开跑路。"

蒙亚驾驶着卡普里卡的克莱斯勒。我们三人则坐着夏皮罗的别克,从沃尔诺希齐街转到奥科波瓦街上,然后马上右拐到了日特尼亚街上,这样就可以避开莱什诺街和凯尔采拉克集市。警察保护下的国家民族主义分子的武装队伍正在那一带胡作非为。

后来我们才知道,霍罗曼奇克起先召集了五十个人,但考虑到长枪党的人数实在太多,而且警察也明显站在他们那边——这还是一九二六年波兰五月政变以来的头一次——因而不愿铤而走险,于是又解散了他们,让他们四散在整个区的各个地方。

当杰姆宾斯基带着那群国家民族主义分子冲进凯尔采拉克时,整个集市广场已经空无一人。

店铺都关了,商贩都跑了。那些国家民族主义分子只抓到了两个犹太小商贩,他们都是因为行头太重,撤离得慢,才落入他们手中,并被狠狠虐待了一番。

那群暴徒发现的第一个人是买卖木桶的塞缪尔·革肖姆。他们用红旗的旗杆殴打他，打断了他的一条胳膊，还打掉了他的两颗门牙。"这是为中尉杰林斯基报仇的。"他们喊着。可怜的塞缪尔·革肖姆拖着三十只桶；还像中尉杰林斯基一样只有一条腿，另一条腿多年前就被电车轧掉了，所以才没能跑掉。

塞缪尔·革肖姆不读报纸，所以从没听说过什么中尉杰林斯基；他的波兰语也不好。但他坦然接受了自己的命运，任凭他们对自己拳打脚踢。他的理智告诉他，人活在世上都得受苦，现在轮到他了。

等那群暴徒打掉了他的牙，抢走了他的钱和货品，终于放了他之后，他还抽动着血流不止的嘴唇，默默无声地感谢着那位全能的上帝，一边从凯尔采拉克爬回了他在根夏街上的住处。

另一个犹太商贩是常在凯尔采拉克集市中心的小平台上摆摊的裁缝约瑟夫·什塔伊盖茨。他当时若肯放弃他的缝纫机，就能成功逃脱了。那是一台涂了黑漆的胜家牌缝纫机，他把它装在一个自己用厚厚的蜡纸板做成，又在边缘上钉了一层薄薄的黄铜片，大小正合适的箱子里，用一辆两轮小推车运了过来。

他若肯舍弃那台缝纫机、那辆小推车和那个自己做的箱子，就能逃过此劫了，但他不能舍弃缝纫机。其他的都可以，唯独它不行。没有缝纫机的约瑟夫·什塔伊盖茨就不再是约瑟夫·什塔伊盖茨了。而将是华沙三十五万犹太人中的一个，且是不名一文的一个。一个没有生存意义、没有使命、没有工作的穷鬼。

即便拥有那台缝纫机，他仍旧是个穷鬼；但若没有它，他和他的家人铁定都会饿死。那台胜家牌缝纫机定义了他的存在，使他成了一个真实而有用的人，成了独一无二的裁缝约瑟夫·什塔伊盖茨。

约瑟夫·什塔伊盖茨听到暴徒到来前众人的呼喊和警告时,并未马上逃命,因为他正为一个女顾客改她丈夫的夹克衫。后者的事业蒸蒸日上,身材也日渐肥胖,因此衣服需要改宽。之前那个裁缝很聪明地在衣服背部预藏了一小片布料,所以这次改装并不麻烦。叫喊和警告声响起时,约瑟夫已经快改完了。他不愿中途放弃。

霍罗曼奇克带着他召集起来的人手从他旁边跑过,其他的商贩都忙着收摊,他却仍在改,并试图说服那位女顾客一定要等他完成:"没什么问题的,尊敬的女士,您别害怕。"一方面,他的确认为,衣服马上就能改完了。另一方面,他也不想白白失掉商定好的两兹罗提改装费。

他终于改好了,那位女顾客丢下五兹罗提,不要找零,就跑开了。什塔伊盖茨赚到这么多钱很开心,终于开始把缝纫机装进箱子,把木桌折叠起来。这些收拾好的东西还要再固定在推车上,所以他跑到餐馆那里,去取他那辆停在遮阳棚下的车。暴徒们就在那儿发现了他,于是他马上跑开了。他不是残疾人,不像革肖姆。他虽然也非打手,不会打架,却双腿敏捷,没有大肚子,没有赘肉,没有其他累赘,所以甩掉了追他的人。

但他不能舍弃那台缝纫机。他把推车丢在一边,抓起那只装了缝纫机的箱子开始逃命。但逃命未果。他们在赫沃德纳的街角处逮住了他,把他打到失去意识,打断了他的鼻梁、下颌和五根肋骨,还造成了脑震荡和内出血。

最糟糕的是他的缝纫机被抢走了。他们并未拿走什么,因为不稀罕这些不值钱的东西。他们却从箱子里夺过他的缝纫机,扔到街上,摔得稀烂。

接着，这群满怀气馁与愤怒之情的暴徒又踢翻了那些慌乱中没来得及收走的摊位，在体内迅速增加的肾上腺素的刺激下疯狂而盲目地搞着破坏。他们期待着与敌人正面交锋，敌人却不知所踪，使得他们无比激动与失望。

他们本想一把火烧掉霍罗曼奇克的那家餐馆，但没得逞，因为前一晚刚下过雨，到处都很潮湿，点不着火。

后来，警察撤回了警局。没有了他们的保护，那群长枪党的人不敢继续留在此处单打独斗，所以也快速撤回了他们享有更大威望的市区。

什塔伊盖茨被好心人用一件大衣裹起来，送到了奇斯特街上的那家旧约医院里。他一醒过来，就开始找他的缝纫机。

"天哪，您还跟我提什么缝纫机，您都内出血了，非常严重，脾脏都破裂了。"医生冷冰冰地回答他。

"内出血是什么？"什塔伊盖茨用虚弱的声音问道。至少别人是这么跟我描述的。

"就是您出血了，但是是在身体里面出血的。"医生有些不耐烦了。

"您把我当傻子吗？这样的话，血不应该还是那么多吗，都在身体里面？"什塔伊盖茨不以为然地笑了，随后便咽了气。至少别人是这么跟我描述的。

我们则回到了卡普里卡别墅的院子里。

他的克莱斯勒已经停在那儿了。跟我们一起到的还有一辆出租车，车窗是摇下来的。司机穿了一件皮衣，抽着一根巨大的弯头烟管，我记得很清楚。从车上下来一位医生。我不认识他。他蓄着一缕倒三角形的山羊胡，戴着一副圆框眼镜，手里提着药箱。他看着像是医生，也的确是位医生。

我们一起走进了别墅。

"我在这儿！"卡普里卡喊道。

他坐在饭桌旁，只穿了一条裤子；胳膊上那个深深的伤口处正汩汩地往外冒着鲜血。面前的桌子上放着一瓶伏特加。他的嘴里还叼着一支烟。

卡普里卡太太正在烧水。她脸上有一道刚被打过的伤痕。两个女儿不在家。蒙亚站在窗边，手里拿着枪，心里满是疑惑。

"只是擦伤，"教父说道，"子弹打到别出去了。您缝一下吧。你们几个都坐下，喝点酒。我们要谈重要事情。"

我看着医生为伤口消毒，清洁，用钩形缝针穿透卡普里卡的皮肤，在他的皮肤上穿来穿去。

我缝过多少次针呢？ 我毕竟身经百战：六日战争、赎罪日战争[1]等等。这些战争留给我那么多伤口，那么多针眼和缝线。

我从打字机前站起身来，走进浴室，站在镜子前，但我一个疤痕都没找到。它们都藏进了衰老松弛的皮肤里，藏进了深深的褶皱和鳞状上皮中。若是伤疤都能消失不见，还有什么不会烟消云散呢？

我还记得，我在西奈山上约费的坟墓前被弹片打伤的事。坟墓里葬的肯定是约费。但我也不确定，那毕竟是二十年前的事了。那块弹片打

---

[1] 前者即一九六七年六月五日至十日发生的第三次中东战争，以色列方面称"六日战争"，阿拉伯国家方面称"六月战争""六五战争"或"六天战争"；战争以以色列战胜了阿拉伯国家告终。后者即一九七三年十月六日犹太人赎罪日（Jom Kippur）当天，叙利亚和埃及共同袭击以色列国一事；袭击行动以失败告终。——译者注

伤了我的肋骨；后来，我因那次战斗而获得的一枚蓝白红三色勋章就别在那个伤口旁边的制服上。

现在，我却找不到那个伤疤了。我甚至连自己的脸都看不到了。我的脸不见了，消失在眼睛和镜子中的某个地方。我站在浴室里，灯是开着的，我却看不到自己的脸，头发下面一片模糊。尽管鼻子、眼睛，仅剩的头发，松弛的脸蛋，大大的耳朵，下垂的眼袋，银色的胡根都清晰可见，却看不见脸。我找不到自己的脸，也本就没有自己的脸。

我走出了浴室。

维伦多夫那个龇牙咧嘴的黑色维纳斯既没有脸，也没有脖子，只有一个长了浓密髭发的脑袋。它张着血盆大口，喉咙清晰可见，十分骇人。黑暗与阴森攫住我们，扼住我们的脖子，几乎让我们窒息。

我得给玛格达打电话，我的玛格达，我所有的希望寄托在了她身上。

我还没有写过关于她的事，但她自始至终都在，从未缺席，只是没有参与主要事件。她才是连接我和过往时光的唯一纽带。我不知道自己为何不再写她。有关她的最后的记忆就是去看戏剧的那件事，之后似乎就乏善可陈了，但我们之间仍有剪不断的交集，玛格达·阿谢，我的玛格达，是我生命中第一个，也是唯一一个女人。

埃米利亚·夏皮罗不能算在内。她们两个十分相像，玛格达和埃米利亚都是新型犹太女人，新女性，是世人从未见过的犹太女人——爱好运动，自立自信，强壮有力。后来，正是这样的女人建立了我们的国家，用简单粗糙的工具改造了基布兹和莫沙瓦贫瘠干枯的土地。地里长出了庄稼，养育出了真正的以色列人，在以色列国成长的是扎巴林人。

他们不剃头，不信巫术，他们真实地活着。

但我和埃米利亚，是另一回事，完全另一回事。我以后再讲。

我记得，当我第一次登上拳击台时，玛格达就在观众席。我很早就开始上台打比赛了。我那时候的拳技还很差。对手是个年轻人，比我年轻，也比我矮小。为我鼓劲助威的只有独自坐在木制看台上的玛格达·阿谢的那双眼睛。除她以外，没人观看两个瘦削的年轻人打拳赛，连刚结束训练、在一旁跳绳放松的夏皮罗都不看我们一眼。

我感到了前所未有的自信。裁判的年纪与我相仿，他也刚结束训练，汗流浃背。他只拿了一块计算每轮比赛时间用的秒表和一面锣。连他也对我人生中的第一场比赛毫不感兴趣。

只有玛格达·阿谢，只有她的目光停在我身上，只有她为我鼓劲。

我感到了前所未有的自信。或许是因为对手又年轻又矮小。或许是因为她在看我。或许是因为当时的我还没遇到维伦多夫的黑色维纳斯，也没见过那头目光似火的抹香鲸。

裁判敲响了锣，我们碰了碰拳套，比赛开始。第二秒，我就被对方一记有力的左直拳打中了下巴；又被一记右勾拳打中了肝脏的位置，以至于我一时呼吸困难，我满腔的自信瞬间崩坍。我突然发现，自己从未处于这样的境地。从未有人跟我这样打斗过。

从前，我和来自其他宗教学校、其他出租房大院的男孩们在街头打架，在当时的"战场"和附近一带一本正经地组织"战斗"时，我随时都可以逃跑，找个地方藏起来。

现在，我却被圈在拳击台的围绳里单打独斗，我唯一的盼头就是锣声，玛格达还在一旁看着。

我不得不奋力打斗,尽管比赛开始十秒钟后,我就已经知道自己必败无疑了。这个比我又年轻又矮小的臭小子打得比我好太多,就像我看过的第一场拳击赛中,夏皮罗远胜杰姆宾斯基。

我的拳一直打空,因为他的脑袋总是快速移动,让我捉摸不透。他总能灵巧地躲过我的每一记直拳和勾拳,接着又用左拳两连击攻破我的防守,又连连击中我的头部,像是有人拿锤头敲打我一般。

第一回合,他把我的一只眼打青了。第二回合,他把我的鼻子打到流血。第三回合,他又在我左侧太阳穴的位置打出了一大片淤血,我花了两周时间才康复。那两周里,每天早上我都能从镜子中看到它慢慢扩散,先是蓝色,后变黄色。

我们没有打第四回合比赛,因为之前商定好只打三回合。三回合比赛我都没有被打倒,始终高昂着头,也没有躲避他的进攻,而是一直积极战斗,严密防守。我能做的也只有这些了。

但我一次都没有击中过他。

"我为你感到骄傲!"玛格达对被打得鼻青脸肿,颤抖着双腿走下拳击台的我说道。

又或许是别人说的。

她为我擦掉了鼻子上的血,把冰袋敷在我已经肿胀的眼皮上。夏皮罗自始至终没有看我一眼,一直忙于自己训练。他对着镜子打出一记记有力而自如的拳,并躲过虚拟对手的一次次进攻。

我从打字机前站起身来。写下的回忆录已经厚厚一沓。

"我可以读一读吗?"玛格达问道。

我甚至不知道她来了。我十分吃惊地回头看她。

"玛格达……?"

"别这么叫我。"她说着背过身去，走出了我写作的房间。

我跟着她出去了。她正在厨房，把鸡蛋放进冰箱门的塑料隔层里。厨具托盘上还放了一大包灰色的厕纸。

"我排了三个小时队。你早该出去走走了，我说真的。"

我耸了耸肩。外面的世界已经没有什么能吸引我的了。我回到了打字的房间。

玛格达没有道别就匆忙离开了。我听到她关门的声音和钥匙在门锁里转动的声音。她是把我锁在这里了吗？或许我真的被困在这儿了。但我无从求证，因为我根本就不想出去。那锁不锁还有什么所谓呢？ 无所谓了。

我继续打字。

"我们得谈些事情。"卡普里卡说着倒上了伏特加。我看得出，夏皮罗、潘塔莱翁和蒙亚也是头一次从卡普里卡的声音中听出无助与恐惧。

"肯定是拉齐维韦克在背后搞鬼，那么……"夏皮罗小心翼翼地开了口。

"毫无疑问。"卡普里卡打断了他。

蒙亚从窗边走了过来。将手枪插进了口袋。

"我这就走，"他说，"必须得走了。"

他们三个都看向他，卡普里卡、夏皮罗和潘塔莱翁也都理解，丝毫不觉得吃惊。蒙亚无奈地摊开了手。

"我能做什么呢……"他又加了一句，露出一脸尴尬的神情。

然后，他就从通往花园的后门出去了。

此时，正门的门铃响了。

"孩子他妈，去看看是谁，要干什么。"卡普里卡命令着他的妻子，尽管他早已料到来者何人。

玛丽亚·卡普里卡走到走廊上，从窗户望出去。别墅大门前停了三辆民用轿车，还有七个人站在那儿。除了两个穿着制服的警察，还有四个便衣，包括检察官杰姆宾斯基和督察切温斯基，两个人都一副胜券在握、得意洋洋的样子。

"警察来了。"玛丽亚·卡普里卡汇报道。

卡普里卡摸了摸他那胡子拉碴的脸，说道：

"小子们，你们跑吧。他们不会逮捕你们的。跟你们干架没什么意义。他们要抓的人是我。你们要快点把我救出去。替我打理好我的生意和家庭。"

说着，他把夹克甩在肩上，站起身来，朝大门走去。那些人二话不说就押住了他，连"您是扬·卡普里卡吗"这样的问题都懒得问。

"我等了十年了，"切温斯基低沉地说，"终于等到这一天了。"

与此同时，我们几个也从花园后门逃了出去。这原本毫无必要，因为他们若真想抓我们，早就把整栋房子包围了。他们只要教父一个人。人抓到了手，他们就马上离开了。

教父看到切温斯基那副得意的表情，已经预感到了什么，但我们其他人却还不知道这次抓捕非同寻常，也不知道教父这次不会被关进他之前去过的那些华沙的拘留所，甚至会不会去达尼沃维乔夫斯卡街的那个警察局。

相关文件已经写得清清楚楚。这一切都是拉齐维韦克和皮亚塞茨基组织策划的，尽管文件上并未出现他们二人的名字。

博莱斯瓦夫·皮亚塞茨基虽然在华沙的政客中无足轻重，但他却和检察官杰姆宾斯基跟上校亚当·科兹谈过，并成功用自己那套思想说服了上校，让后者也赞同把波兰社会党中工人一方的核心人物从中心城区的帮派组织中彻底铲除，并让绝对忠诚的拉齐维韦克取而代之。

拉齐维韦克则会利用保卫协会的组织架构支持和他本人在帮派团体里的人脉，把中心城区、沃拉和奥霍塔街等地的工人与强盗武装组织一切可能的抗议活动扼杀在摇篮里，以确保在科兹和希米格维计划中至关重要的一环万无一失。

于是，上校科兹开具了一份官方文件。他以民族统一阵营首领的身份，给华沙的特派市长斯特凡·斯塔日斯基写了信，并指明：人称"教父"的扬·卡普里卡，曾经的战斗组织成员、前革命联合政党波兰社会党的成员与忠实拥护者，是对公共秩序的巨大威胁，故应将其关入别廖扎—卡尔图斯卡的集中营中加以管制。

同为民族激进阵营成员的斯塔日斯基跟科兹通完电话，刚放下听筒，就有一个信使把这份文件送到了他手上。在电话里，上校把事情的来龙去脉向特派市长介绍了一番，这些内容不宜以书面形式转达。

波兰社会党从前是革命联合组织，由一群一九二八年分裂活动中坚决维护萨纳奇政权的波兰社会党成员组成，这些成员也并非别廖扎的常客。但科兹补充解释着为什么现在正是采取行动、改变局势的时候。

这份由华沙特派市长签署的文件接着也被送往内政部，以拉丁字母 I 为标志的政务部门，交到了部长手上。

上校科兹也给那位部长打了通电话。肯定的是，现任总理兼部长和曾经的恐怖分子斯瓦沃伊-斯科瓦德科夫斯基不会愿意把他在战斗组织那段辉煌年代里的老战友关进别廖扎的。所以，只能用诡计骗到他的签字。

要弄这样的诡计就像小学生仿造父母的笔记在请假条上签字一样。具体来说，第一部门的部长亲自把将卡普里卡关进别廖扎-卡尔图斯卡集中营的决议放进一摞厚厚的文件里，一并亲手交到总理面前。他礼貌地请总理在这儿签完了，在那儿签。总理并未细察到底签了什么文件。

总理很快地签完字，马上就继续忙重要的公务了。那份有了他签名的决议则被快马加鞭地送到了布列斯特的城堡，送到了在那儿负责集中营事务的预审法官手上。

那个预审法官不想做一辈子布列斯特的预审法官，于是十分爽快地答应了部里的要求，签署了把扬·卡普里卡——一个他毫不认识的五十七岁的人——转押到别廖扎-卡尔图斯卡的决议，像他签署所有其他决议时一样果断。

扬·卡普里卡，人称"教父"，现在正坐在警车狭窄的后座上。那辆警车是波兰产菲亚特508，灰色，挡泥板有点生锈了。警车驶过普瓦夫斯卡街时，教父还十分平静，只是为坐在这么一辆不上档次的车里而觉得有失身份。

驾驶警车的是上士奇维克瓦。他旁边坐着警官库拉斯。

"我们要去哪儿啊，嗯，小伙子们？"教父开始了话题。

奇维克瓦上士没有回答。因为上级命令他如此，而对他而言，命令高于一切。这也是头脑不灵光、才能也不突出的他很快就获得上士头衔的一大原因。

警官库拉斯也没说话，不过他是因为睡着了。车程太长的时候，他通常会睡一觉。

警车继续行驶，又经过了马沙科夫斯卡街，教父依旧十分从容。接着，奇维克瓦上士朝右打了方向盘，车拐进了耶罗佐利姆斯凯街。若是向左拐，教父还会神态自若。但那辆波兰产菲亚特 508 车却向右拐了，教父顿时感到一丝不安。车继续行驶，过了维斯瓦河，当车驶过华盛顿大道时，教父焦虑起来，陷入沉思。

直到当这辆波兰产菲亚特离开华沙，以二十马力的功率狂飙在通向马佐夫舍地区明斯克加固过的乡间道路上，教父顿时明白了他们要去哪里。他害怕了。

三年前，内政部里的一位警局负责人在别廖扎-卡尔图斯卡设立了一处拘留点，也正是此人签署了教父的押解令。在那里建立一处集中营的提议是总理利昂·科兹沃夫斯基提出的，毕苏斯基亲自批准了该提议。

总理科兹沃夫斯基对两年前德国人包装美化过的"预防性监禁"提法十分推崇，即警方可以不经由法庭审判，直接逮捕对公共秩序构成威胁的人，并将其关进集中营。卡尔·施密特本人竭力提倡清除德国法律体系中的犹太成分。他还主张，法官应秉承"健康的民族意识"原则进行审断。

当时，教父对这一提议也颇为赞同。

"他们总算把这些该死的乌克兰人关起来了！"一九三四年夏天在蕾夫卡那里，教父还为此开心地举杯庆祝。"那里还有国家民族主义分

277

子!那儿的警察们可是心狠手辣!人们见面打招呼的方式,都是给对方狠狠一拳!"

教父万万没有想到,他自己竟会被关进别廖扎。他倒是能想象,有朝一日,自己的尸体会顺着维斯瓦河漂流,而没有料想到进入集中营这一结局。

过了马佐夫舍地区明斯克后,加固的现代化道路也中断了。波兰的疆界就是在这里出现的。警官库拉斯替下了驾驶座上的奇维克瓦上士。到谢德尔采还有五十公里,车程要两个小时,都是坑坑洼洼的路。教父始终按压着他的伤口。

到了明齐热茨街上时,他们停车准备加油。教父在路边的黑土地上小解后,盯着眼前的田野看了好一会儿。庄稼已经收割,一片平坦,一直绵延到天际线。教父回到那辆菲亚特上,跟押送人员挤坐在一起,继续朝比亚瓦-波德拉斯卡行驶,然后路过了布列斯特、科布林和一段泥泞难行的路。

过了科布林后又行驶了四十公里,已经是第二天了,他们终于抵达了别廖扎。集中营建在市区外面,那里曾经是沙皇的砖瓦营房。

车停在了大门前。奇维克瓦上士去看守人员那里办理相关手续。

教父知道等待他的是什么。他对别廖扎的事了如指掌。他害怕了。

他见过在别廖扎里被关了三个月就放出来的人,也见过待过半年之久的。

态度最强硬的重犯都会说:他宁愿在最残酷艰苦的监狱里蹲一年,也不愿意在别廖扎待一个月。

以前在中心城区有个叫亚伯拉罕·布洛赫的人,他八面玲珑,既能跟强盗痞子混得开，又能跟警察打好交道。他不管在迪茨肯·约塞克面前，还是在委员会，又或是 IPS 里，都如鱼得水。他行事隐秘，私下为很多人处理过各种事情，既没有良心也没有顾虑。他的大部分钱来自售卖华沙城内的地产，对图书市场也有一定的话语权和操控力，他还会把一块地皮以远低于市场均价的价格同时卖给多个买主。但有一次，他倒了霉：他的一个客户恰好是内政部长的侄子，此人十分厌恶被人欺骗，也没有兴趣打一场耗时费力的官司。

布洛赫的一大特点在于他那种魅力十足的地中海式阴柔之美，尽管他实际上体态健壮，也有着宽大厚实的肩膀，但看起来仍像意大利的花花公子。他举止优雅，总是自信满满，心情爽朗。他擅长打拳，用刀，也是玩弄爱情的好手。他喷着法国香水，开着一辆优雅的蓝旗亚法利纳。女人们对他崇拜有加；男人们则无比嫉妒，背后叫他花花公子、纨绔子弟。但没人敢当他的面这么说。全华沙的人都在津津乐道，说是有一次一个从佐迪雅克来的叫威勒曼的枪骑兵少尉叫布洛赫花花公子，并嘲讽道："布洛赫那个犹太佬还自以为，只要把指甲修得好看些，再喷上些亚德利香水，就可以混进文明人的圈子里了，就没人会以为他还是纳莱夫基街区集市上的一个无名混混。但他至少得能说一口流利的波兰语，像个正常人那样！"

布洛赫的波兰语的确说得不怎么样，日常生活中，他只说意第绪语。但那次，他从面前的小桌子边站起来，咖啡还没有喝完，就向他的女伴道了歉，然后径直走向了穿着漂亮制服的军官威勒曼，直勾勾地盯着后者那对雅利安人的蓝色眼睛，看出了后者无比的自信，认为华沙没有哪个犹太人胆敢对一位波兰军官的制服不敬。

布洛赫一边咧嘴笑着,一边一把抓住威勒曼的肩带和军刀,把他从咖啡馆拖到了街上。客人们都惊呆了;威勒曼的腿被军刀的挂带绊住,无法反抗。布洛赫把他拖到街上后,一屁股坐到他身上,几拳下去就把他打晕,然后拿过他的军刀和公文包一跑了之,把备受羞辱的少尉留给惊魂未定的服务员处理。后来,为了补偿他那个还留在咖啡馆里的女伴,布洛赫还专门派了一位司机接她到自己的住处,并早早地捧着一大束鲜花在门口迎接她。她丝毫没有被怠慢之感。那天,她纵情欢乐的叫喊声响彻整栋楼房,直到第二天清晨。

布洛赫借此为自己赢得了双重名声。一来是因为他有胆量做很多人梦里才敢想象的事,即把阴险的上帝恣意地留在世界上祸害百姓的一群人中的一个教训了一顿;二来则是因为他竟然从中全身而退。

但某天早上他把奥特沃茨克的一处农业用地卖给部长的侄子那件事就要另当别论了。部长的侄子可不甘心被蒙骗,于是在一九三六年四月十七日那天,亚伯拉罕·布洛赫一觉醒来,发现自己并不是躺在他众多情人中某一个的床上,而是在别廖扎拘留所里的水泥地上,并至少在此后的一周里,都只能穿着内裤,在既没有被子也没有草褥的条件下睡觉;后来又被转移到单人牢房。

他被关进别廖扎后的第二天,就在体操课上被揍了。原因是违抗警察命令,他不在乎警察穿的是俄国、德国还是波兰制服。监狱看守命他在洒了一层屎尿的厕所地板上匍匐前进,他拒不服从,于是被打得鲜血直流,躺倒在地。

警察们对他拳打脚踢,直到他失去意识,然后把他的脑袋塞进一个装满排泄物的桶里,让他戴着桶回到自己的牢房,并禁止他洗手,洗脸。

他的抵抗只持续了一周,他每天都被打,每天都满身粪便地走来走去。

一周之后,他放弃抵抗了。但别廖扎的警察向来以殴打为乐,并不会因此收手。他们把他的一颗眼球都打掉了。为此,他在科布林的医院里卧床一周,之后作为独眼龙又回到了别廖扎。他们继续殴打他。他不停地徒手清理马桶里的粪便,挖了坑又将其填平,从井里打出水来又把水倒回去。若是他的手累得麻木无力,他们就会揍他。

他后来又被送去医院两次,被关进禁闭室三次。他一个人在禁闭室里,每两天才能吃到一点面包,喝到一点水。看守白天每十五分钟、晚上每半个小时都会用棍子敲门,被关在里面的人必须及时喊"到"。如果他不喊"到",看守们就会冲进来打他。更折磨人的是缺乏睡眠。整整三个月后,即七月,他才被放了出来。

他跟教父很熟。之前他偶尔还会去蕾夫卡的妓院,但我没在那里见到过他,我了解的这些事也都是听来的。他在凯尔采拉克集市上经营的生意很多,也抢了教父不少好处。教父得知布洛赫从别廖扎出来了并重回华沙后,联系了他,并安排了一次友好会面,以表达提供支持的意愿以及对他重获自由的祝贺。

教父在布洛赫被放出来好几天后才打听到他的消息。因为后者一回到华沙就马上躲进了佩尔措维兹纳街上的一处小房子里,从那以后,用门房的话说,就再也没呼吸过外面的空气。他雇了个跑腿男孩,给他送食物、伏特加和烟卷。

教父找上门时,经过很长一段时间的交涉,他才开了门。教父看到他的样子，马上就明白了他这么做的原因。

从别廖扎出来的亚伯拉罕·布洛赫已经不再是原来那个敢跟枪骑兵军官较量的亚伯拉罕·布洛赫了。他被打掉的眼睛处罩了一个黑色的盖子，这并未赋予他一种强盗的魅力，反而让他看上去像个乞丐。他已经因为少得可怜的定量食物饿得皮包骨头，双手不停颤抖着，门牙已被打掉，曾经浓密的黑发也变得稀疏而灰白，好像在三个月里老了二十岁。

卡普里卡着实震惊了，问布洛赫要怎么帮他，能做些什么等等。但布洛赫只是唠唠低语，说什么已经为自己作的孽受了惩罚，请求原谅，还请卡普里卡让他清静。窗外的电车鸣了一下笛，布洛赫一下子从床上跳了起来，像被电击了一样，接着就大哭起来。

"最可怕的是，他们不让人大便，"他犹豫了片刻后结结巴巴地说道，"他们是故意的。一连几天都不让。谁要是最后忍不住拉到了裤子里，他们就会对他一顿暴打，让他兜着粪便到处走。不让洗裤子。"

教父无法直视布洛赫哭泣的样子。他知道，布洛赫已是行尸走肉了。于是，他把二百兹罗提留在桌子上，又给了门房五十兹罗提，并嘱咐后者照顾好布洛赫先生。他以后再也不用在布洛赫身上耗费精力了。

不久之后，亚伯拉罕·布洛赫上吊自杀了，因为部长的侄子要求他赔偿那块地皮的费用，并威胁说，如果布洛赫不还钱，就把他再关回别廖扎。布洛赫已经一无所有，只能用自己唯一的腰带吊死，这也好过别廖扎的禁闭室、殴打和粪便。此后，世上再无亚伯拉罕·布洛赫这个人了。

正坐在那辆停在别廖扎-卡尔图斯卡拘留所门前的菲亚特 508 警车后座的教父，不禁想起了亚伯拉罕·布洛赫那张面如死灰的脸上的泪水；想到一个曾对别廖扎不屑一顾，把身穿制服的波兰军官从餐厅拖出来按倒在地一顿暴打的人，在切身经历了别廖扎之后，一听到电车鸣笛都会吓得缩成一团。教父害怕了。

他还想到了流氓们传述的那句话：宁坐十年牢，不在别廖扎里待三月。

奇维克瓦上士在守卫那里办完了手续，后者为他一并签署了其他一些文件。

在此期间，副驾驶座上的警官库拉斯则朝卡普里卡转过身来，说：

"我们不能一起进去，教父，这是禁令。我们警察负责维护公共秩序，他们要是放我们进集中营的话，别人就会质疑我们在亲爱的祖国没有维护好秩序。"

"您难道是共产主义者……？"教父满心反感地问道。

"完全不是。我是个出身工人家庭的本分的波兰人，是像您一样的社会主义者，所以我才会这么说。您进去之后，有事就找主管卡马拉-库尔哈尼斯基；您告诉他，阿德拉伊达阿姨向他致以诚挚的问候。阿姨住在，这一点很重要，因为能引起他的重视，住在雷伊坦街2号的1号楼，一楼，养了一只叫雷克斯的小狗。"

卡普里卡皱起了眉。

"我看出您犹豫了。我来跟您解释：一九二七年，您帮助过一位可怜的寡妇，叫乔安娜·库拉斯。她就住在拉德纳区的波维希莱街上。您还记得吗？"

卡普里卡依旧眉头紧锁，无奈地摊开双手。

"人总是会帮助很多人，也会伤害很多人。"卡普里卡的回答很在理。

"乔安娜·库拉斯是受过您帮助的人,我们都铭记于心,教父。她当时饥肠辘辘,走投无路了。您给了她吃的,也给她找了容身之地。还给了她抚养孩子、给孩子买鞋和课本的钱,而她正是我的母亲。您还帮助过很多其他人,教父。华沙城里的人都不会忘记的。现在,一切都发生得太突然,从上面一层层下达的命令不得不遵守,我们也来不及警告您,或者阻止这件事发生。但我们不会忘恩。阿德拉伊达·富克斯是卡马拉-库尔哈尼斯基的阿姨,也是寡妇。要是您跟主管说了这些关于阿德拉伊达的事,卡马拉就会紧张起来,就会打电话给他的阿姨。但我们肯定不会让阿德拉伊达阿姨接电话的,而是会让一个凶悍的流氓应付,他是我几天前刚抓到的某个罪犯的同伙。他保证会按我说的做,所以我就放了他。您看,他现在也在报答我了。卡马拉肯定会报警,但在警察赶到之前,我们就会把我那个帮手和阿德拉伊达阿姨转移走。我们会把他俩藏起来,牢牢地看住,直到他们把您放出来。"

教父此时已是满脸笑容。

"好汉……真是好汉一条啊!只要我从这个鬼地方出去,我就立马给你一千兹罗提,好孩子。到时候,你赶在天亮前去馅饼店拿钱就是了。"

"非常感谢您,教父。好人就应该帮助好人。我祝愿您一切顺利!扬起您高贵的头颅!"

奇维克瓦上士这时也走了回来。"下车。"他随口说道。

教父下了车,想到自己离开华沙这么远,不禁长叹了一口气。他不愿意离开华沙。在华沙之外的地方,他都感觉自己仿佛一丝不挂。除了经常要去罗兹——他视之为华沙的远郊——处理生意上的事之外,他只离开过华沙两次。

一次是在一九二八年,他和两个女儿以及妻子去了扎科帕内避暑。那边疗养公寓里的食物十分糟糕;周遭的人也愚笨至极;净是些自以为是的知识分子和令人作呕的装模作样的男男女女,到处都有蠢人和聪明人,但至蠢之人总是在知识分子中间。

旅行临近结束,教父无法继续忍受了。因为有次大家正在吃早餐,一个来自布朗伯格的官员已是第七次用他那男高音假声对着众人夸夸其谈,说全民族要团结起来,拼尽全力,坚定地抵制日耳曼人那套思想和制度体系。他已经听这个官员变着法地反复说教好多次,终于忍无可忍。他站起身来,请妻子和女儿们马上回自己房间收拾行李,并理解他的决定。她们从他说话的语气就知道,任何反对意见都是徒劳的,于是只得遵从丈夫和父亲的命令,把还没吃完的食物放在一边,赶忙跑了出去。教父走到那个布朗伯格的大嘴巴面前,怒不可遏地一拳打到其后脑勺上,后者的脸被啪的一声拍到了装有冷掉的咸土豆泥的盘子里。紧接着,教父一把把那个波兰官员的椅子推到一边,并狠狠地摔到官员背上,以表明自己坚决的态度;随后鞠了个躬,走出疗养公寓,叫来专车,一走了之。

几分钟后,两个服务员追了出来。他们是来自塔特拉山脉地区的俩兄弟与真杠头,因为那位出手阔绰的贵宾在这里被暴打,气愤不已,两人拿着鹰嘴锄,想要讨回公道,大骂着相互壮胆。卡普里卡拿出他的左轮手枪说道,这个世界上,比法西斯分子和俄国佬更让他痛恨的就是杠头;他们俩要是再敢放肆,他非常乐意开枪将他们就地解决。那对服务员兄弟一看到左轮手枪就乖乖地道歉了。教父上了车——当时还是一辆崭新的鱼雷设计式样的波兰CWS T-1——确认妻子和女儿们已带齐了所有行李,便回了华沙。他发誓,没有特殊情况,绝对不会再离开华沙半步。

然而,一年后,为了参加在波兹南举办的全国性展览,他还是离开了华沙。不过,他刚出发就后悔了。整个旅途让他精疲力竭。但这次至少没有上次那样的戏剧性事件。

现在则是第三次。

"往前走。"奇维克瓦上士命令道。教父高挺着胸脯,深吸了一口气,似乎觉得,一旦进了铁丝网后面的集中营,就没有足够的氧气了。

噩梦就此开始。

奇维克瓦上士把卡普里卡交给了警卫,庆幸着自己终于要离开这个鬼地方了。

"姓?"一个带着金属圆框眼镜、看上去像个善良的邮局局长的警卫坐在写字台后开始审问。

"卡普里卡。"

"名?"

"扬。"

"母亲的名?"

"卡塔齐娜。"

"出生日期和地点?"

"公元一八八〇年十二月二十三日,华沙。"

"宗教信仰？"

"无。"

"宗教信仰！"警卫加重语气，又问了一遍。

教父思考了片刻。

"罗马天主教。"为了不被当作犹太人处置，他只得这么说。

"把个人物品都交上来。"警卫命令道。

教父叹着气，把他包里大小物件悉数掏出：钱包、烟盒、贴着税票的火柴盒、便携小刀、梳子和用来打理胡子的润发油。警卫仔细地检查，分类一番，又列出了几样。

"还有鞋带、领带和背带。"

卡普里卡又叹了口气，弯腰开始脱鞋子。鞋带缠到了一起，鞋子半天没脱下来。

警卫一脚就踢到了他的屁股上，让他猝不及防，一时失去了平衡，额头一下子磕到地上，立马就流出了血来。

"快点，浑蛋，废物！快点，王八蛋！你来这儿可不是度假的！！！"长得像善良的邮局局长的警卫朝他吼道。

教父从地上爬起来，嘴唇已被碰裂。他吐出一口鲜血，一记右挥拳甩到了警卫的太阳穴上。后者立时失去了意识，眼镜也被打碎了。教父呻吟着，左臂上的枪伤还很痛，但刚才警卫倒地时那沉闷的一声却让他稍稍觉得安慰。现在，监察室里只有卡普里卡和那个不省人事的警卫。他盯着别在警卫腰带上装着纳甘手枪的皮套。他蠢蠢欲动。

他知道，如果他采取行动，从维尔诺到索斯诺维茨，从利沃夫到卡利什，乃至整个波兰都会为他大唱赞歌。整个北区和普拉加一带贼窝里的匪徒们都会为他举杯庆祝，人们也会无数次传唱教父的光辉事迹，说他在别廖扎里把一个警卫打趴下了，夺了他的左轮手枪，又和随后赶来的警察展开了一场英勇无畏、以一敌多的恶战，干掉了十几个警察后壮烈阵亡。

不，干掉十几个是不可能的，纳甘枪不可能这么快装弹，其弹匣不能像史密斯威森的新型左轮手枪那样快速弹出。对于后者，只需按一次按钮，空了的弹匣就会自动弹出。纳甘枪也不像英产韦伯利那样，整支手枪都可以打开，所有空弹壳都会自动掉落。使用纳甘手枪时，必须通过一个狭窄的开口把里面七枚空弹壳一一掏出，而且每掏出一枚，还要转动弹匣，再装进一枚新的子弹。所以快不了，更不用说当别人朝自己开枪时……

教父或许能干掉五个。到了强盗叙事歌谣中则会变成五十个，死者中还会加上集中营主管。真是不朽的荣耀啊！

教父看着手枪皮套。他蠢蠢欲动。

那个长了一张邮局局长脸的警卫开始慢慢醒过来了。教父知道，机不可失，时不再来。只剩最后的几秒了。他要作为一个强盗英勇光荣地死去，还是要忍受别廖扎里的羞辱与折磨呢？

他还想再见到女儿们；还想再去波特·雷伊凯姆肉店吃螃蟹配莳萝，喝咖啡，再加上他那家馅饼店里的一张馅饼；还要在格拉伊什米特卡那儿来一杯伏特加；在格鲁贝·约塞克那儿吃牛下水；在凯尔采拉克集市上的霍罗曼奇克那儿吃酸菜炖肉；还要从蕾夫卡的妓院里找来几个姑娘纵情享乐，以她们故作的羞涩之态取乐，用他粗糙的胡渣在她们细嫩的皮肤上蹭来蹭去调戏她们；然后回到惬意的别墅里享受家庭之乐，听女儿们一边唱《华沙曲1905》[1]，一边用钢琴伴奏，并为费用高昂的钢琴课物有所值而感到心满意足。活着真好。他至少得试着求生。

于是，他坐了下来。那个警卫恢复了意识，过了一会儿才明白发生了什么。教父无比镇静地坐着。无疑，他不必再花力气管鞋带的事了。

"快来人哪！"警卫一边大喊，一边慌忙地解开手枪皮套。

已成定局。他选择了活下来。

于是，很快就来了另外两个人，三人一起教训他。卡普里卡在地上蜷缩成一团，下巴抵着膝盖，双手抱头。他们疯了似的对他一顿暴打，后来进来的那两个还算中规中矩，而那个为被打坏的眼镜和自己的晕厥而感到无比气愤耻辱的警卫则下手格外凶狠。另外两个人还得拦着他，以免教父被打死。他们打断了教父的肋骨，打掉了其两颗牙齿，还打伤了其肾脏，左手臂上原有的伤口也崩裂开来，鲜血汩汩流出。教父被打晕过去后好一会儿，他们才总算停了手。

奄奄一息的教父被用担架抬到了营区医院。为他做检查的是一位叫巴卡拉奇克的军医助理，也是个屠夫和酗酒者。他对医学专业知识根本就一窍不通，却在全布雷斯特防卫营中以酒量闻名：他可以把全营的所有人喝倒，连布尔什维克也不在话下。这个助理尽其所能地处理了卡普里卡中枪的小臂，并斩钉截铁地断定，可以把他送去监禁了。于是，卡普里卡被用氨水泼醒；被扒光了衣服，一丝不挂地送到了监禁室，那是一座位于集中营中心的砖墙建筑。

他还走不了路，由两个警察架着。两条肮脏不堪、血迹斑斑的腿跟

---

[1] Warszawianka，又名《华沙工人歌》《华沙革命曲》等，是波兰社会党（PPS）之歌。——译者注

跄着,浑身上下唯一的身外之物只有左手臂上缠着的绷带。他大肚子下面那条硕大的阴茎来回摆动着,其中一个警官不无嫉妒地盯着看,因为自己的那条着实寒碜。

他们把教父推进一间房顶很高的单人牢房,虽然那年的十月有些反常的暖,但牢房里却十分阴冷。里面仅有的家具就是一条砌砖的长椅,没有草垫或其他任何东西。此外,地上还积了几厘米深的冰冷刺骨的废水。尽管牢房里温度低,但仍臭气熏天,因为废水里漂着粪便。被关在这里的犯人都吃不饱,所以他们的排泄物通常很稀。所有这些都即将成为教父那间牢房里的常态。

每隔十五分钟,就会有一个警察来敲教父牢房的门。教父早就学会了,每次有人敲门,都必须响亮地回答一声"到!"。看守们美其名曰为了犯人着想,他们可以借此知道犯人们是否还活着。

白天,他得一直站着,不允许坐下,所以他只能倚在冰冷发霉的墙上。他好不容易找到了一小块比地面其他地方稍高一些的落脚处,那儿的臭水只有不到一厘米深。他就站在那儿,高声回答"到"。他因发烧而颤抖着,心里还想着年轻姑娘的肉体,想着她们还没有发育完全的双乳,想着伏特加和高度啤酒的味道,想着霍罗曼奇克那儿的酸菜炖肉和蕾夫卡那儿的香槟。即便他那日渐衰老的身体明确告诉他,他会死在这里,他太老,太肥,太虚弱了,熬不过集中营的生活;但他仍自我激励着:"我会出去的。"他会出去的。他早晚会见到卡马拉-库尔哈尼斯基,并告诉他关于阿德拉伊达阿姨的事。最重要的是,那个流氓能耐心地等到集中营主管的电话,不要中途放弃。

敲门声响了。

"到!"

教父晕过去三次。看守们都会把他踢醒。晚上,他才获准躺一会儿。但每十五分钟的报到仍然必不可少。第七次的敲门他没听到,因为睡着了。穿着橡胶靴子的看守们便冲进来,用链条抽打了他一顿。

敲门声。

"到!"

敲门声。

"到!"

敲门声。

"我卡普里卡,教父,在这里呢,你们这群该死的浑蛋……!"

他们又把教父暴打了一顿,但他并不为刚才的行为感到后悔。

"你难道以为你还能从这里出去吗?你可是袭击了一个警察,这就相当于你是整个波兰的敌人,你这只恶心的跳蚤。你可不是第一个要在这儿翘辫子的家伙,王八蛋。"那个长得像邮局局长的警卫对着卡普里卡已被打伤的耳朵小声说道。

"我为波兰抗击伊万的进攻时,你还刚从你父亲的屌里滴出来。"

接着又是一顿暴打,这次,铁链打到了教父的背上。

教父本以为活不到明天了,但第二天早上,他醒了过来。他的左臂疼得要命,他咳嗽不止,鼻涕直流,还因发烧而意识混乱,开始出现幻觉。但当他必须起立时,他还是站起来了。

敲门声。

"到!"

敲门声。

"到!"

其间,没有了教父,我们在华沙就像孤儿一样。
我们一言不发地回到了夏皮罗的住处。亚库布也带上了潘塔莱翁,后者负责警卫。
潘塔莱翁从厨房里拿了一张凳子,放到夏皮罗家门口的走廊里,坐了下来,包里装着纳甘枪,腿上放着那支改装过的、装满子弹的双管猎枪。
这么一番确保安全的安排后,我们去睡了一会儿。亚库布在漆黑一片的卧室里和埃米利亚窃窃私语了好一段时间。
潘塔莱翁并不担心自己会睡着。他那个魔鬼兄弟不会让他睡着的。潘塔莱翁正在黑暗中与他长谈。他的魔鬼兄弟说道:
"你应该去杀了他的孩子。两个儿子,你正好能用那两根枪管对准他们。你进去,潜入他们的卧室,他们生活富裕,你自己的孩子却没有这么多财富,他们的父亲,这个犹太人,也过着上流人的生活。进去,用把那双管猎枪朝两个孩子的额头开两枪,然后拿上手枪去他的卧室,把他射死后再强奸他的妻子,然后把他的妻子也杀死。去,快去,去啊潘塔莱翁!"
"住口,魔鬼!"潘塔莱翁大声呵斥道,"奉圣父、圣子和圣灵之名,我命令你退去,魔鬼!"
他左侧肩胛骨和左肩上的皮肤因一处明显的疤痕皱了起来,那一部分皮肤毫无知觉。他相信,他身体的这一部分正是属于那个魔鬼兄弟的,后者肯定能感受到他这部分的皮肤。

"去啊潘塔莱翁，去用双管猎枪的枪口对准那两个孩子的头。"

"闭嘴，魔鬼！"潘塔莱翁喊叫着，从包里掏出了剃须刀。他右手拿刀，绕到背后，伸进衬衫里，在皮肤上割出一个深深的口子。原来那道长长的疤痕周围便又多了一道新伤。

那个魔鬼兄弟开始在潘塔莱翁的脑袋里咆哮起来，张开了藏在头发后面的无形大口，无声地苦苦哀求着，犹如耳边的嗡嗡声。

潘塔莱翁继续一动不动地守在门口。他能感到鲜血正顺着脊背流下来，但还是一坐就坐到了天明，直到亚库布走出来，解除了他的哨岗，并请他进屋吃早餐。亚库布并没有问起潘塔莱翁衬衫上干掉了的血迹，他心知肚明。

我们六个人一起吃了早餐。埃米利亚、两个孩子、亚库布、潘塔莱翁和我。

"他不在华沙，"亚库布说，"我问遍了。到处都找不到他。政府部门里那群人也突然不接我电话了。"

"他们把他送去别廖扎了，"埃米利亚说道，"这是最省事的处理办法。"

"别廖扎是什么？"丹尼尔问夏皮罗。

"是个集中营。"他的父亲解释道。

"集中营是什么？"丹尼尔继续追问着。

"是一种监狱，里面的犯人都是没经过法庭审判就直接被关进去的。德国人在达豪就有一个。德国人把犯人关在里面，让他们害怕，把他们控制住，最后摧毁他们。现在，波兰人仿照德国人也建了一个这样的集中营，就在别廖扎。"

"可我们不会被关进去吧?"

"不会。我们要去巴勒斯坦。"

"我不想去巴勒斯坦。"

亚库布朝埃米利亚笑了笑。埃米利亚也心领神会地笑了。

"我们得和莫雷茨谈谈,"亚库布说,"定个时间。比如明年年初。或者今年就商量好。然后就可以开始行动了。我只需要再多准备点钱,然后就出发。能今年办妥的话更好。"

几个小时后,我们三个人就坐在蕾夫卡妓院的酒吧台前了。亚库布、潘塔莱翁和我。亚库布喝着伏特加,潘塔莱翁则饮茶。蕾夫卡站在吧台后打磨着指甲。柜台上放了一份当天的《华沙信使报》,翻到了第六页,在雪佛兰 Master Sedan 轿车、福克斯家精品巧克力、一只自从家里安了通斯岚牌氖气灯泡后便无处藏身的老鼠以及马切耶夫斯基兄弟牌大衣的广告之间,有一篇编辑维托尔德·索科林斯基写的短文:"华沙匪徒终于落网,扬·卡普里卡已被关入别廖扎-卡尔图斯卡的集中营,首都如释重负。"

时间不早了,已是向晚时分,大约五点到七点之间。店里还没有客人来,妓院仍未开门营业,姑娘们还在收拾准备,只有我们几个坐在那儿,少有交流。

亚库布刚把索科林斯基的那篇文章读了三遍。

"畜生,真是不要脸的畜生……"亚库布暗暗地咒骂着,既气愤又无奈。

蒙亚和蒂乌切夫刚走进沙龙时,没人注意到他们,因为在蕾夫卡的妓院里看到他们就像在一个妓女身上发现梅毒一样正常。蒙亚甚至自己就有一把妓院的钥匙。

夏皮罗很快就反应过来，并伸手去拿他的左轮手枪。

"别这样……"蕾夫卡拦下了他。她知道得更多，反应得也更快。

蒙亚和蒂乌切夫赶紧举起了手。他们身上没带武器。

"博士让我们问问，能不能和平谈判，不要动刀动枪，"蒙亚开口了，"这对大家都好。"

夏皮罗焦躁地摸着自己胡子拉碴的下巴。

"谈判肯定是没问题的。"他终于松了口。

"那好。你们要亲口保证，"蒂乌切夫再次要求道，"不会开枪。"

双方达成了共识。蒙亚留在沙龙，蒂乌切夫则跑下楼去，和拉齐维韦克一起上来了。

博士打扮得比以往任何时候都好。他穿着一件保卫协会的新制服，戴一顶军官圆帽，胡子修理得干净利索，身上散发着喷了英式古龙水的香味。

"在座的先生们，大家好啊。"他说着脱下了帽子，以军官的姿态把帽子夹到腋下。秃顶的脑袋像抛了光一样闪闪发亮。

夏皮罗从高脚凳上下来，站到拉齐维韦克面前。两人一副针锋相对的架势：亚库布穿着一件扎进了高腰裤里的紧身运动背心，他那拳击手的肩膀和手臂都露在外面；拉齐维韦克则身着军装，配上一双锃亮的军官靴子。二人一般高，拉齐维韦克很瘦，亚库布则是大块头，肩膀很宽；二人也都是犹太人，但亚库布带有明显的地中海气质，这是拉齐维韦克完全不具备的。

"我要说的是，我需要找人打理凯尔采拉克集市上的生意，"博士说道,"没有比你更合适的人选了,亚库布先生。"

"我只为教父效劳。"亚库布回答道。

"夏皮罗先生,你知道的,世界会改变。有时候会这样。曾有沙皇,但现在沙皇时代已经过去;曾经没有波兰,但现在也有了这个国家;曾有教父,但现在他已不是教父了。改变是好的。我们必须乐意接受,也必须习惯适应这些改变。"

夏皮罗沉默不语。

"我需要您做的,跟之前一样,亚库布先生。你能从你为卡普里卡收来的钱里拿到多少回扣?"

"百分之七。"这个耿直的拳击手如实回答道。

"那么我给你双倍。百分之十四。"

亚库布摇了摇头,皱起了眉。

"百分之十五。"拉齐维韦克继续说道。

亚库布在心里默默计算着。他能感受到,愤怒正在他周身的血管中涌动;然而,他若不能抑制住这股愤怒,这条命早就没了。他的强大之处正在于,他可以控制住自己的力量,就像车夫驾驭马匹一样,而不是反过来。

他在权衡。巴勒斯坦,巴勒斯坦,巴勒斯坦。他需要钱。与拉齐维韦克对抗的代价太高了。而且胜算很小。这必将是一场公开的战争。他的确可以反抗,抗争很容易。但赢得胜利却很难。而他又憎恨失败,也从来不打无胜算之仗。打一场必定会输的仗着实不光荣。

"同意,"他作了决定,"但有一个条件。"

"洗恶恭听。"博士喜笑颜开地回答道。

"不是'恶',是洗'耳'恭听。"

"什么'耳'?你在说什么,亚库布先生?"

"算了。我的条件是,您不许再碰卡斯卡了。也不许再招惹蕾夫卡那儿的其他姑娘。最好您别出现在这里。"

"亚库布先生啊,"拉齐维韦克笑着摊开了手,"别的老鸨那里也有漂亮的妞儿!好,没问题!我再也不会踏进这间妓院一次!说话算话!为此干一杯吧!蕾夫卡小姐,给我们每个人都倒满伏特加,我今天要在这里待个尽兴!"

蕾夫卡倒了酒,大家都喝了,连潘塔莱翁也喝了。

"但我也有个条件,"拉齐维韦克擦了擦嘴,继续说道,"蕾夫卡小姐的业务范围太窄了。现在蕾夫卡小姐要做更大的买卖。蒂乌切夫,给我拿来。"

那个俄国手下走到吧台来,往柜台上放了两小包东西。

"可卡因和海洛因。各五十克。蕾夫卡小姐负责卖,想卖什么价都随她。但可卡因的销售额里我要一千兹罗提,海洛因的我要一千七百兹罗提,总共两千七百波兰兹罗提。"

"教父要是知道的话,肯定不会这么干的。"蕾夫卡说道。

"您说得对,蕾夫卡小姐。所以教父也许现在才被关在别廖扎里,而我们却坐在这儿。"

"每克可卡因的市场价为十八兹罗提,这一点我很肯定,正如我对耶稣基督的爱一样确定无疑,每克海洛因的市场价为三十兹罗提。"潘塔莱翁用低沉的声音说道。

"但蕾夫卡小姐这儿的顾客可不是一般人物!阔气得很!蕾夫卡小

297

姐可以每克分别卖到二十五和四十兹罗提。蕾夫卡小姐会稳赚不赔。"

"我没有这么多现金。您只能先从我的佣金里扣。"蕾夫卡说道。

"我没意见，但明天早上蒂乌切夫一定会来拿钱。"博士笑道。

"不是指佣金。"一腔怒火的夏皮罗敷衍地反驳了他。

博士却只是摊了摊手。他无须再进行恐吓，因为在场的所有人都懂得这种谈话的规矩，没有必要再赤裸裸地威胁。

"所以，用英国佬的话说，从今天开始，照常营业吧！"博士结束了这次对话，鞠了个躬，离开了。蒂乌切夫紧跟在他身后也出去了。蒙亚则有些犹豫，依然倚在吧台上。

"马上滚，"潘塔莱翁抱怨着，他对忠诚的理解简单而明确，"否则就把你从窗户扔出去。"

蒙亚可不想被扔出窗外，所以什么也没说，就低着头离开了。

我们四个，包括蕾夫卡，留在了沙龙。店很快就得开门营业了。

"你就这么同意了？"蕾夫卡质问道，"你要为他卖命？"

"至少表面上是这样的。我们是要去巴勒斯坦的。和莫雷茨一起。我们需要钱。我还得卖掉我的房子，但如果找不到买家，也只能作罢。"

蕾夫卡一下子愣住了，手里还拿着杯子和抹布。亚库布看着她，突然反应过来。羞愧之情随即袭来——他怎么会这么愚蠢鲁莽，就这么把这件事告诉她了，这么直截了当地说他们要离开波兰。

"你们要走……"她终于挤出了几个字。亚库布理解，他刚才用的"我们"一词与他想要从她生命中消失这事实，都令她心碎。

"你也可以离开的。"他回答道，并马上意识到这也是一句愚蠢至极的话。

她鼻子一酸。亚库布知道,眼泪即将从她眼里奔涌而出;但也知道,她会抑制住自己的眼泪。蕾夫卡不会轻易流泪的。

"你得先把教父从别廖扎救出来,亚库布。你不能留下我一个人对付拉齐维韦克。我要拿这些粉末怎么办呢?这可不是那么容易就能脱手的。"

"蕾夫卡小姐说得没错,我以上帝之名保证,"潘塔莱翁开了口,他那魔鬼兄弟开始隐隐作动了,"独自面对博士,真是厄运啊。"

"好,那你们倒是告诉我,怎么把人从别廖扎救出来。"

"得去找那些可以决定把谁关进去、把谁放出来的那些人,"蕾夫卡有气无力地回答道,但她说得没错,"或者,你把华沙、罗兹和卢布林所有强壮的年轻人都召集起来,偷来几辆载重汽车,开着这些车,带他们穿越半个波兰;到了集中营,再用你们的手枪和改装过的猎枪朝那儿的警察射击,释放囚犯们……然后……我也不知道,逃到苏联?"

夏皮罗听了连连摇头,尽管脸上还挂着微笑。蕾夫卡不再说话了,的确,还有什么好说的呢?

姑娘们从房间里走了出来,工作状态十分饱满。她们坐到各人的沙发椅上,摆出慵懒、矫饰的姿势,脸上也挂了一副被宠溺的年轻小姐的表情,这样的神态最能吸引顾客。接着,贝科夫身着一身配了乳白色西装上衣的工作礼服也走进沙龙,先吃了为他预备好的热乎饭,还一边委婉地评价说肉太硬了。然后他坐到钢琴前,翻开曲谱,开始轻声弹奏起来。第一批客人来了,姑娘们开始工作了。亚库布依旧坐在吧台前,继续小口喝着酒,认真思考。

蕾夫卡沉默不语，她与其说受辱，更应说是受伤了，而且被伤得很重，亚库布真的伤透了她的心。她还爱着他，他知道，他也同样爱着她，尽管不是以一种她期望被爱的方式。但她并无异议，她早已擅长逼迫自己接受现实。

她已经不再抱怨现实了，而是想着如何替拉齐维韦克把钱搞到手。确定无疑的是，她必须想办法赚钱，必须把毒品卖出去。

突然间，蕾夫卡店里安静了下来。姑娘们和顾客们商议价格的窃窃私语声渐渐消失，紧接着，贝科夫也在刚弹完《小姑娘今天喝酒了》的前奏后就戛然而止。店里鸦雀无声。

门口站了一个女人。这可不是什么好事。因为来找工作的女人从不会走进蕾夫卡店的大门；直接登门而入的女人一定是来找自己丈夫的。而这些能找到这里来的女人通常十分精明。因为男人们办事隐秘，蕾夫卡也没有悬挂招牌甚至门牌，而且只要拉齐维韦克没有朝惊慌失措的顾客乱开枪的话，店里始终会比较安静，连钢琴声都很轻柔。"真没料想到，又来了一个找自己男人的！"蕾夫卡满脸不爽地埋怨道。

这时，亚库布才转身看了过去。

站在门口的正是安娜·杰姆宾斯卡。她气势十足，就像这家店、这栋出租公寓、这个街区、这片城市南区，甚至从别拉内到莫科托夫，从奥霍塔街到塔尔古夫基街的整个华沙城都是属于她的一样。她穿着一件低领连衣裙，用蕾夫卡和亚库布都从未见过的布料做成，半透明的花边上绣了亮闪闪的黑钻、中国涂料和锆合金饰品，与右侧臀部一片不对称的裙摆钉在一起。

安娜走到吧台前，丝毫不觉羞耻，而是坚定自信，光彩照人。

蕾夫卡还没来得及欣赏杰姆宾斯卡的华丽装扮就知道，穿这种连衣裙的女人来高级妓院不是为了找她们出轨的男人的。她只是不知道，这个女人来这里到底想干什么。她看了看亚库布·夏皮罗，马上就知道了答案：一个穿着这样的裙子来蕾夫卡·基伊店里的女人，所欲所求只会有一个，那就是亚库布·夏皮罗。后者坐在高脚凳上已经在喝第五杯伏特加了。他穿着一件休闲背心，扎在华达呢高腰裤里。

蕾夫卡又打量了一番安娜，后者正真诚地向她微笑着，露出了雪白的小虎牙。蕾夫卡相较之下，觉得自己又老，又丑，又憔悴。她也清楚，在这个穿了一件价值肯定有五千兹罗提的裙子的身材高挑的年轻波兰女人面前，她在任何方面都无法企及，她从一开始就输了。

亚库布看着安娜，这才认出她来。

"什么事？"亚库布闷闷地问，他声音里那股明显的厌恶之情对蕾夫卡而言就是最美妙的音乐，宛如天使之声。

"我想，我或许可以跟您一起喝杯香槟，亚库布。"安娜说道。

夏皮罗坐在高脚凳上朝杰姆宾斯卡转过身去，用无比疲惫、对女人毫不感兴趣的眼神扫了她一眼。

"你这个愚蠢的波兰婊子，你以为你也可以想来就来吗？"他把声音压得很低，非常平静地说道。

安娜依然保持微笑。但蕾夫卡知道，亚库布的话已经达到了他预期的效果。就像一记耳光打到脸上。她也知道，亚库布这么说，一定程度上也是为了她。因为他依然爱着她，也不希望这个女基督徒的优势如此明显，如此伤人。蕾夫卡对男人比对其他任何东西都更了解。

安娜却不是那种习惯了被这样对待的女人。蕾夫卡则不一样。蕾夫卡自十三岁胸部开始发育，就被男人用各种不同的方式对待过，因为只有当她开始有女人的样子了，绝大部分男人才会注意到她。

她一九〇八年生，一九三七年时看上去要比她二十九岁的年纪大很多。我现在所写的关于她的事，都是在八月某一天里，我们俩人独处时她告诉我的。那次亚库布把我留在她那里，独自去凯尔采拉克处理教父为霍罗曼奇克担保的那笔高利贷的事了。

她来自罗兹，从没见过自己的父亲；她的犹太母亲则整日游手好闲，是罗兹流氓无产阶级中最底层的渣滓，声称蕾夫卡的父亲是个伟大的绅士，是德国男爵，他的家庭太过富裕显赫，所以才不愿为他和一个贱女人所生的私生女支付抚养费。蕾夫卡的童年在罗兹一家单亲母亲收容所里度过。战争过去后，她就流落街头了。起初她总混用波兰语和意第绪语，不会区分这两门语言。后来她就都学会了。

一九二二年，教父把她从罗兹的街头带到了华沙。起初，教父独占着她，让她住在科沃一处廉租房的一间小房间里。她献身于教父，但也毫不在意。有遮风挡雨的住处，有热乎乎的饭菜吃，有漂亮裙子穿而不用再披着破布，她很开心。更重要的是，教父甚至会给她钱，那时还是马克，她都小心收藏着，但一九二三年，那些钱就一文不值了。

两年后，教父把她送到南部市中心地区一家不错的妓院里，她在那里只工作了半年。由于一直受到教父的庇护，她过得并不难。她重新开始攒钱，那时开始通行兹罗提了。她会去凯尔采拉克把兹罗提兑换成美元，慢慢地就攒了一百二十美元。但当她从妓院直接被带到塞尔维亚——人们都是这么叫杰尔那街上那家女子监狱的——时，这笔钱再次丢了。那些身强力壮的警察们把蕾夫卡关进去后不到一刻钟里，其他女囚们就把她的家当悉数偷走了。

她被关进塞尔维亚，是因为杀了一个客人。凶器是一把西班牙产的弹簧刀，本是她从一个之前贪恋她肉体的客人那儿偷来的，并一直藏在床上，就是为了防备这种特殊情况。那个被杀的客人要把一个酒瓶插进她的肛门，想试试是否能完全塞进去。也许塞进去了，但并没有那么深，这触碰到了蕾夫卡的底线，她可没有兴致逾越这条底线，于是用那把刀一下子刺进了客人的喉咙，而之后为了保险，又朝那人的胸口捅去，最后割下了他的阴茎。那个客人还有五个孩子，他们和他们的母亲从此陷入了困窘绝望的境地。除了孩子的母亲自己，没有人为他们流过一滴泪，而她没活多久就去世了。后来，这几个孩子也走散了，分散在沃拉和穆拉努夫的大街小巷。他们一无所有了，而这一切的起因不过是一个酒瓶。

在蕾夫卡等候开庭审判的期间，善良周到的教父贿赂了审判官和检察官，于是她只被判了四年有期徒刑，且提前两年获释，还获得了坚强女孩的名声和其他很多女人的尊重。她必须一再用她的拳头赢得他人的尊重。她作为街头混混，有着一对坚硬有力的拳头。她在监狱里还有过几段风流韵事，这为她黯淡无聊的日常生活带来了一些慰藉和不错的消遣。蕾夫卡也因此更加确信，鸡巴对爱情来说必不可少，即使它通常只长在男性动物身上，实在可惜……

五月政变后，她不知为何被立马放了出来。是教父在一片混乱中找了这个，又找那个，贿赂了这个，又买通了那个。蕾夫卡终于重见天日。她从监狱出来的那一刻就决定，再也不要做妓女了。然而，她也不知道自己还能做什么别的，不过，同一天她就认识了亚库布。

303

事情是这样的:教父把所有人都请到了布里斯托尔酒吧,来庆祝蕾夫卡重获自由。直到现在,教父还是对蕾夫卡格外心软,准许她做很多事。亚库布则在一九二三年以排长的军衔从军队退出,一九二五年便开始与教父合作了。那时蕾夫卡还在蹲监狱。亚库布离开军营后,一时不知该何去何从,于是加入了一年前新组建的华沙马卡比拳击俱乐部,很快就展现出极高的拳击天赋,成了一个刻苦训练的英勇斗士。对拳击也感兴趣的教父看到亚库布训练,主动上前搭话,一眼就发现了他身上街头小子和流氓气质兼备的潜质。两人谈论监狱、战争话题,最后教父提供了一份工作给他。亚库布精明狡猾,身强力壮,擅长使用各种武器,又绝对忠心。蕾夫卡被放出来时,亚库布已经成了教父的左臂右膀。

那天,蕾夫卡和一个爱慕她的记者一起出现在了酒馆里。亚库布和蒙亚还有其他一些人已经到了,在场宾客已经不少。亚库布刚从索波特回来,在那儿刚摆脱了一个神经质的女人,现在正对大家说着,自己对女人有多么厌烦。那个记者正想通过自己认识夏皮罗这样大名鼎鼎的人物来引发蕾夫卡的好感,所以十分积极地坚持要介绍两人认识。他对夏皮罗说,蕾夫卡非常想认识他,但蕾夫卡立马就对此表示反驳。

后来,夏皮罗和蕾夫卡聊了起来,聊了很久。一个小时后,夏皮罗终于建议离开这场聚会。于是,两个醉意朦胧的人走了好一段路,走到维尔恰街和埃米利亚-普拉特街交叉口处的一栋房子前。那是夏皮罗当时的住处。蕾夫卡穿了一件花纹图案的长裙;亚库布一直小心注意着,当裙子绕到蕾夫卡的脚上时,自己不要踩到裙子上。

蕾夫卡没有上楼。亚库布没有邀请蕾夫卡上楼。他们坐在楼梯上聊天。最后,她起身要走,留下了自己的住址和电话号码,并说道,他若有兴趣共进早餐，可以给她打电话。

亚库布确实这样做了。他们两人去波维希莱一家再普通不过的小店里吃了早餐，蕾夫卡的胃口让亚库布好不吃惊。

经历了两年监狱生活的蕾夫卡也产生了未成年女孩通常都会有的感觉：人生苦短。她需要一个男人，一个高大、强壮、英俊的男人，像亚库布这样的男人。而亚库布也正需要一个可以像与男人那样交谈的女人，而蕾夫卡正是这样的女人。她虽年轻，却世故老练，又聪明过人。亚库布之前和以后拥有的女人中，无人能像她一样了解亚库布。

接下来的四天里，他们如胶似漆。第一天，他们住在布里斯托尔里的一间酒店房间里。二人共饮香槟，吸可卡因，做爱，点些吃的，然后继续喝，稍睡一会儿，接着做爱，然后继续睡。他们又去跳舞，去不入流的下等酒吧里纵情享乐好几个小时。他们在那里觉得最自在。然后，他们又在德齐卡街和奥科波瓦街交叉口处格拉伊什米特卡那家店里和犹太马车夫吃牛下水，一杯接一杯地喝伏特加，还会配上腌鲱鱼，即当时人们叫作"天主教徒"的菜肴。

亚库布那时还没住进纳莱夫基街 40 号的房子里，而是一直更换短期租房，是个随身带着帐篷睡袋和一切家当，以及好几个装满现金的包的居无定所的高贵绅士。他那时还不认识埃米利亚，也还没有孩子，二十六岁的年纪，远比十一年后的他对生活有更多的热情。他开着一辆绿色敞篷奥地利戴姆勒在华沙城里穿行，载着蕾夫卡去别拉内，并在一座公园里教她射击。随后又去马沙科夫斯卡街上的波特·雷伊凯姆肉店，大快朵颐螃蟹配莳萝。每逢春末夏初，这家肉店都会提供这道菜。他们还会点上奥地利白葡萄酒配着喝。

305

然后他们驱车去了柏林，因为蕾夫卡想去看看。她从没离开过波兰。开了三天，他们到达了目的地。一九二六年的柏林十分美丽宜人。

他们在柏林动物园站那儿的公园音乐会上听爵士乐，亚库布不喜欢爵士乐，所以他们喝香槟和烧酒消遣。他们又在一家墙壁用塑料彩带装饰的无产阶级小酒店跳舞，吃饭，在最高档的酒店做爱，然后又驱车三天返回波兰。开到波兹南时，那辆戴姆勒突然坏了，所以他们改乘火车。亚库布再也没管过那辆车，它肯定被某个乡下人开走，直到彻底报废；也可能是波兰人，或是十三年后战争爆发时的纳粹分子将其征收了。火车上的乘务员逮到过他们二人在头等车厢做爱，亚库布并没有停下，而是直接扔给了乘务员五十兹罗提；后者满意地走开了，后来也没再打扰过这对情人。

他们朝夕相处了一年之久。蕾夫卡经常穿着男士衣服，包里装着刀子和手枪，就像夏皮罗一样。她也开枪，打架，咒骂，喝酒，吸毒，晚上则换上最华丽的裙子，与亚库布去奥阿扎里跳舞。无论是他还是她，对他们在生活中已经拥有的，均已满足，别无所需，也别无他求。

但一年之后，两人都厌倦了。亚库布重拾了他一九二五年就中断了的训练，想过一种更稳定、更有规律的生活。而蕾夫卡则想继续享受生活。亚库布不想这样了。蕾夫卡说，她要再去柏林，她自己有足够的积蓄。亚库布不想一起去，所以留在了华沙。她不让他给她写信或打电话，除非他改变心意，要过去找她。但他不愿这样。他还得留下来照顾还未成年的莫雷茨。

她离开之后，他顿觉内心一阵虚空。他突然意识到自己多么需要她，她为他带来了那么多，在没有她的日子里，他有多孤独。他的大小事情只能跟她分享,也只有她理解,也真正关心他的生活,甚至比对她自己的生活更在意。他在她面前毫无秘密,也信赖她谜一般的智慧。

又过了半年,她从柏林回来了。她告诉他,她在这半年里拥有过很多男人,但没有一个人能及得上他的万分之一。亚库布也告诉她,他爱她,对其他女人毫无感觉。

于是他们搬到沃拉的一套小公寓里,住在一起。

蕾夫卡开始酗酒。其实蕾夫卡的酒量并不比以前大;只是亚库布喝得少了很多,因为他在认真训练,也的确厌倦了阿帕奇人的那种生活。蕾夫卡恣意无度的酗酒习惯让他越来越厌恶。

那段时间,整个犹太区的人都知道他们之间的矛盾争执。蕾夫卡用亚库布的手枪朝他开枪。打掉了他头上的帽子。原本对准了他的脑袋。却不小心失手了。

亚库布把装着她东西的抽屉柜破窗扔出,整个窗框都被砸落。扔出去的东西在街上待了三天都没人敢碰,因为连沃拉最小的贼都知道这些东西的主人是谁。之后,亚库布又中断了训练,两个人光着身子在公寓里放纵了三天——喝酒,吸毒,做爱,吵架。

蕾夫卡往亚库布的头上砸烂了好几个酒瓶。亚库布却从未出手打她,只是在她要爆发时紧紧抱着她,在她气愤而无助地哭号时对她笑。后来,她努力想做一个贤惠的家庭主妇,却没有成功,因为她既不会做饭,也不会打扫卫生,几次尝试未果后就放弃了。

亚库布为了不比他的弟弟落后太多,那时就开始读更多书了。除了读书学习,他也意识到,他想要孩子。

"我生不了孩子。我在妓院的时候,身体出了些问题,我不能生育。"蕾夫卡回答他。两天之后，亚库布就结识了埃米利亚·卡汉。那是在一九二八年年中。

埃米利亚出生于一个世俗化、有些去犹太化的正派家庭。父亲是律师、社会主义者；母亲则支持父亲的观点与立场。女儿也是在左倾的思想环境中长大的。因此，埃米利亚敏感地感觉到了整个社会日渐堕落的趋势。这种堕落通过一个英俊强壮、一百公斤重的拳击手——他穿着扎雷姆巴店里最昂贵的西装和大衣，开着漂亮的轿车，行为举止尽显杀手那样迷人而真诚的气质，并散发着让所有女人都能获得安全感的强大气场——很好地体现出来。

亚库布离开时，蕾夫卡放下狠话，要用剃须刀把这个埃米利亚的脸割花。亚库布则警告说，他要是看到她接近他的未婚妻，就会杀了她，并把她沉入维斯瓦河底。她可以想象鳗鲡和七鳃鳗咬烂她的脸蛋，在她的眼珠、嘴巴和屁眼里游走，把她从内到外慢慢吞噬的场景。

"你从没给我买过戒指。"蕾夫卡抱怨道，并决定不去找埃米利亚的麻烦了。因为她不想被鳗鲡和七鳃鳗吃掉，她早就学会严肃看待亚库布的威胁和警告了。

"没人会给不能生孩子的妓女送戒指。"夏皮罗嘟囔了一句就走了，再也没有回来。蕾夫卡没有因为他的这些话生气，毕竟，她的确是个妓女，也的确没有生育能力，他没说错什么。她不能原谅的，是他真的离开了她。

一年后，埃米利亚生下了一对双胞胎。她和亚库布并未结婚，也不需要结婚，就这么生活在一起。亚库布甚至一想到自己站在婚礼帐篷底下的场景就觉得难受；埃米利亚对此也并不在乎。她的父母倒是看重礼仪,不过这对他们而言也无所谓。

埃米利亚生下两个儿子后,亚库布在她知情却并未同意的情况下,给了蕾夫卡一千兹罗提作为她做生意的启动资金。他就这么给了她。这些钱是他专门为了她在克希科瓦街上那个国家彩票收集点光天化日之下偷来的:他和手下开着一辆载重货车,把一个拴在链子上的保险柜扯了下来,放到载货车厢里就开车逃走了。保险柜里有两千兹罗提,他把一千给了那个同伙,另外一千留下来,给了蕾夫卡。

出乎他意料的是,蕾夫卡竟接受了。

"她得到了你,也得到了戒指和你的种,所以钱理应归我,供我开公司用。"她说。

亚库布和埃米利亚生活得很幸福。这种生活持续了几年。他享受这种安稳的生活。但街头传唱的歌谣却不是关于埃米利亚的,而依旧是关于亚库布和蕾夫卡这对拿左轮手枪朝对方开枪的情人的,依旧是一个妓女和一个强盗间的情事。没人会对强盗和律师女儿的爱情感兴趣。

没有亚库布在身边,蕾夫卡过得并不幸福。但她对自己的财富和那间属于她自己、受到卡普里卡悉心关照的妓院为她带来的声望感到十分满意。那家妓院一开始就开在庇护十一世街上那栋高耸的出租公寓里,直到现在。

亚库布过了九年并非无忧无虑,却也算圆满完整的婚姻生活后,仍然与埃米利亚和他们的孩子生活在一起;蕾夫卡也依旧孑然一身,经营着自己那家妓院。但他们两个谁都不幸福:蕾夫卡从一开始就是如此,亚库布郁郁寡欢也有一段时间了。

他现在觉得,幸福这回事根本就不存在,也常常自问,若是他当时和蕾夫卡一起去了柏林会怎样。如果真是那样，一九三三年他们就得继续外迁，或许移民美国。对，他们完全可以去美国，他和蕾夫卡在一起会无比自由，也能做一切想做的事。而现在，自从有了丹尼尔和大卫，他的举止行为就受了很大限制，因为他的脑子、心思、良心都被这两个八岁的小生命占据了。

蕾夫卡精疲力竭。既因为烦琐枯燥的日常事务，与醉酒客人和叛逆姑娘之间的争执；也更因为这九年来她不得不为她那间规模不大，但生意火爆的店不断吸纳新的姑娘，像拧抹布一样榨干她们，眼看着她们身体从内而外出现各种问题，饥不择食地廉价出售她们的青春和美貌，最终却只能从这些得不偿失的肉体交易中，从用美貌换来的钱财中拿到寥寥收入——因为大部分收入要用来支付房租，以及流入蕾夫卡、教父和被贿赂的警察的口袋里。这些愚蠢的姑娘们却都傻傻地相信，总有一天，她们会在蕾夫卡这里遇到某个穿着帅气制服的军官，或某个医生，或某个地产大亨，他们会像爱情小说里写的那样，疯狂地追求她们，爱上她们，然后把她们从妓院里赎出来，娶为自己的太太，跟她们有孩子，又送给她们无数礼物和一切她们在生活中所需要的东西。的确有几个客人爱上了里面的姑娘，也会常常光顾妓院，在她们身上花光了家当，甚至让她们怀孕。但一旦他们没了钱，就会将她们弃之如敝屣，甚至反过来压榨她们。最后，这些姑娘便凄惨地流落街头，咒骂着这些卑鄙的嫖客，直到一切都过去。一切本都会烟消云散。蕾夫卡比任何人都清楚，男人是不会送给妓女戒指的。如果相安无事，妓女能喝到香槟；她们一旦违背嫖客的意愿，就会挨耳光。堕胎时还怀着对未来的美好期望，等上了年纪却只剩下贫穷和孤独。她们的一生正如低级小说所描写的道德沦丧的可怕后果。蕾夫卡有时会读这种小说，也不禁惊叹，作家明明不理解，也没经历过这种街头生活，却能将其实质描写得入木三分。

有时她会在街上碰到之前在她妓院里工作的姑娘，因为从事这一行的人不会越混越好。这些姑娘里，有的已在乞讨，最后死于贫穷与冷漠——蕾夫卡无法直视这种惨状，也早已对此疲惫不堪。

而另一边，亚库布和埃米利亚过得还不错。他只是自己觉得不幸福。他煞费苦心获得的稳定与平静开始让他难以忍受，因为他是个聪明人，知道自己本可以有另一种活法，本可以整日沉醉于伏特加之中，或者像很多他认识的，也亲眼看见逐渐堕落的人那样满足于一成不变的生活方式。但他还是厌恶了稳定的生活。因为他身上集中了士兵、强盗和拳击手这三种人格，早已习惯了用刀子、左轮手枪和拳头解决问题，习惯了争斗带来的那种独特的刺激，迅速将敌手打趴在地的感觉是连性高潮也无法相比的。相较律师或会计，经营一种稳定平静的生活对这样的人来说要困难得多。尽管如此，他还是做到了。而现在，他却怀念和蕾夫卡那段狂野不羁的日子。即便他从不在蕾夫卡面前表露这种想法，但后者心里一清二楚。但他终究不能放弃这种稳定的生活，因为他，这个从未对自己负责过的人，要对儿子们负责。

或者，也正是为了对自己负责，才不能放弃。

我端详着自己正在敲击打字机键盘的双手。看着我的右手手背。手背褶皱的皮肤上，色斑之间藏着些深蓝色的色渍，但这些渍不是滴在皮肤表面上，因为我很小心没有弄脏手，而是渗在皮肤里，在鳞状上皮组织的下面,有点像文身那样,渍的形状和亚库布·夏皮罗手上的图案一样,是一把剑和"死亡"的字眼。若真是文身,我已经不记得是什么时候文的了。

不过这无关紧要。重要的是继续写。只有过往才重要。

我感到自己仿佛要在这些回忆里消融了。世上并无莫伊热什·伯恩斯坦,没有莫伊热什,没有莫设·因巴,只有亚库布,亚库布,亚库布,亚库布。

我相信,亚库布当时在妓院里的举动不是为了别人,正是为了蕾夫卡。我也相信,他没有像爱蕾夫卡一样爱过其他任何女人,不管是从前,还是当时,还是一九二六年那个美好的夏天,乃至从那以后的一段时间,都没有。他对埃米利亚的爱可能胜过了之前对蕾夫卡的爱,因为前者毕竟是他两个儿子的母亲,他毕竟把戒指戴到了她手上,她毕竟的确是个善良、聪明又美丽的女人,一个他想与之共度一生的女生。但他对她的爱仍然不同于一九二六年在华沙、柏林、扎科帕内以及索波特的海边那段时间里对蕾夫卡的爱。这样的爱,他从那以后再也没给过别的女人。

所以他是为了她那么做的。为了她,他在一九二七年那个秋天,把安娜·杰姆宾斯卡叫作愚蠢的波兰婊子,尽管只有"波兰"这点是符合实际的。他那么做,是因为看到了留着二十年代过时了的发型、穿着品位不佳的裙子的蕾夫卡在安娜面前是多么相形见绌,黯淡无光。

杰姆宾斯卡倚在吧台边站着,手肘支在柜台上,似乎并不吃惊,也并未感觉到受了羞辱。她似乎在默默分析刚才发生的事以及此时此地的情势。她看了看蕾夫卡,又试探性地看了看夏皮罗那微醺的眼神,几秒钟之后,她似乎明白了怎么回事。

她露出了优雅而谅解的微笑。

"您不至于这么蠢吧,夏皮罗先生。"她再次开口。

亚库布转过身去,背对着她,继续喝伏特加,又掏出一小包吉卜赛女郎烟,给自己点了一根。

"您要是什么时候想接见我了,就请打电话吧。或许不是什么坏事。"安娜说着,往吧台上放了一张名片。

钢琴师开始继续弹奏了。亚库布手里还拿着打火机,于是拿过名片来就点着了,并扔进了烟灰缸。安娜再次淡淡地笑了笑,转过身,朝出口走去。她步履轻盈,慢慢地,丝毫不着急,臀部优雅得体地扭动着。她径直走向门外,没有道别,好像在蕾夫卡的这家妓院里,她不值得对谁说声再见。

"你真是个傻瓜、笨蛋,夏皮罗。"蕾夫卡对他说。

"为什么这么说?"

"你应该跟她约谈的,"她换成了波兰语,继续说道,"你应该发挥你的魅力,对她柔情蜜意,这样,她很快就会迷恋上你和你下面的那个东西,那样你就把她握于掌心了。"

"我用不着她。"

"别犯傻了,夏皮罗。你需要她的。她可是杰姆宾斯基的妹妹和那个老检察官的女儿。有了她的帮助,你可以接近他们所有人。而这么一个爱上你的婊子,亚库布,她会为了你背叛整个波兰,背叛她神圣的天主教信仰和那一套道德准则,更也会背叛她的父亲、哥哥、母亲乃至她整个该死的基督化的大家庭的。"

夏皮罗一言不发。只是抽着烟。

"或许你说得对吧……"他不得不承认。

"你看，你这个笨蛋，都把名片烧了，该怎么办才好呢？"她苦笑了起来。

他深深地吸了一口烟，仰头吐出一片蓝色的云烟，看着那团烟雾在日光灯的光线下打转。

"号码我已经记住了。"他不得不承认。

蕾夫卡立刻转过身去，背对着他，赶忙把酒杯放回原位，她不想让别人看到自己的眼泪即将夺眶而出。

就连她也没有逃过那头抹香鲸火焰般的目光和维伦多夫的维纳斯那可怕的黑色大口。

他们继续喝酒。一小时后，她把电话机推到他面前。

"打给她吧。"

"你为什么要这么做，蕾夫卡？"

"为了我，也为了你自己。"

他拨通了电话。

六 ו

WAW

　　他和她正躺在维尔兹波瓦街上一家安静的酒店里最豪华房间的床上。一切都发生过了，他并不在意自己为什么会来找她，也不在意为什么他先电话打给她，却对他在蕾夫卡那里对她的所作所为既没有解释也没有道歉；而她也没有要求他解释或道歉。

　　她躺在床的一边，赤裸着，头枕在自己手上，看着他，同样一丝不挂，抽着吉卜赛女郎烟。

　　"你的妻子知道……？"她丝毫不觉得羞耻，甚至笑得很开心。亚库布瞬间生发出一股对她的恨意，但同时又对她和她的肉体无比喜欢。她和犹太女孩不同，他暗忖，接着又转念一想，发现她本质上也异于一般的基督徒女孩，毕竟他拥有过不少基督徒女孩。这么看来，用莫雷茨的话说就是：区别在于阶级，而不在于种族。

　　甚至她的身体也是另一个阶层的人特有的。埃米利亚从小就有着一副运动员的身体；甚至在生了两个儿子后依旧是个活力满满的运动员。

然而安娜还是与众不同。她不做运动,这一点他很肯定,在这方面他是个内行。她几乎没什么肌肉,骨头和皮肤之间只有薄薄的一层脂肪,而这在他看来恰恰体现了她的性感与女人味。他琢磨了一会儿得出了结论:她很可能会骑马。这项活动也适合她,骑马本就是属于她这个阶层的小姐们的活动。要么骑马,要么打网球,但她却没有网球运动员那样的肩膀和肱二头肌。

"现在要怎样,你的妻子知道……?"她依然穷追不舍。

"闭嘴,"他回答道,"埃米利亚不是我的妻子,她是我的女人。我不跟你讨论关于她的事,你这个婊子。"

"我知道,你来我这儿并不只是为了找乐子。你对我另有所求,亚库布。所以你才给我打了电话。"

"那我找你是为什么呢?"他说完就发现,自己底气不足。

"你把我当傻子吗?"

"不,把你当成一个想要尝尝割了包皮的鸡巴是什么滋味的波兰妓女。"

"哼,谢谢你亚库布这个'妓女'的评价。若你觉得我是傻子,我才会受不了呢。给我一根烟。"

于是两人都抽起了烟。他在想,自己为什么要这么对待她,却想不出答案。她吸引着他,同时又抗拒着他,她的确对他很有防备。但他逐渐明白过来,自己所迷恋的并不是她这个人,不是她自己,而是她所代表的,或者毋宁说她象征的某种东西。

他们的第一次约会就是这样,那是在蕾夫卡妓院那次见面的几天之后。他想把她搞清楚,然后再也不跟她混在一起了。但他想不到任何问题,所以只能继续躺在她身边,躺在那张被她的汗水浸湿了的,散发着性爱气味、昂贵香水味和烟灰气味的床单上。因为,烟灰有时还来不及被掸进烟灰缸,就掉下来了。

他猛地从床上站了起来,掐灭了烟头,提上内裤和裤子,没套袜子就穿上了鞋,把衬衫甩到肩膀上,抓起夹克和领带,二话不说就走出了房间。

她胸有成竹地笑了。

十秒钟后他又回来了,火冒三丈,带着几分少见的尴尬,她却觉得他这副尴尬的样子十分可爱。他拉开酒店写字桌的抽屉,拿出手枪便又走了。

"再见啊,亚库布。"她对已关上的门说道。她知道,这不会是他们最后一次会面。

我在楼下的别克车里等他。我印象中是这样的,但我当时也可能在家里,和埃米利亚与他们的儿子在一起?

几天过去了,似乎什么都没发生,谁也没做过什么。或许事实确是如此。几乎什么事都没发生。我们去凯尔采拉克集市收钱,所有要交钱的店家看到亚库布独自前来都松了一口气。教父不在,就没人会对这些生意特别上心。虽然拉齐维韦克在集市上不受欢迎,但大家都知道,总得有个管事的人。只要像夏皮罗这样受尊重、受欢迎的人始终掌握着这个强盗帮的武装力量,就算像拉齐维韦克这样疯癫的畜生位置摆在他上面,大家也可以接受。

越来越多的潜在买家来看亚库布在纳莱夫基街 40 号上的出租房了,但他们的出价都不能让亚库布满意。

317

莫雷茨也频繁到访，和亚库布讨论巴勒斯坦的事。

"我们坐飞机去。"亚库布有一次说道。

"你知道这有多贵吗……？"莫雷茨反问他。

"我知道。我会付钱的。我要离开这个国家，就像鸟儿飞离地面那样。你懂吗？"

莫雷茨不懂，但也没有反驳他。

"好吧，亚库布，我们就先飞去塞萨洛尼基，从那里再转坐船。我已经给在雅法的哈加那①的人写过信了，也要了伪造的文件，这样那些英国佬就不会扣留我们。我们到了塞萨洛尼基稍作停留。或者我们去贝鲁特，然后在那里等。"

"大学里的事怎么样，莫雷茨？"

"一切正常。我们还是得老实坐在犹太人专区座位上。"

亚库布气愤地一拳打在桌子上。

"亚库布，我只想在我们离开前完成学业。我还缺两门课，再学一小段时间就结束了，彻底结束了。所以我们才要一走了之。我们要去的地方，没有该死的波兰人把我们禁锢在犹太人区；也没人会下达指示，说我们中只有多少人可以在系里注册，以免抢走他们那些浅色头发的绝顶天才的学习机会。我们已经证明，我们不会卑微懦弱地逆来顺受。现在我就只想完成学业。这是我现在唯一的心愿。我们不要继续谈论这个话题了。之后我们就离开这个鬼地方。"

"你会碰到杰姆宾斯基吗？在大学里？"

---

① 哈加纳（Haganah），犹太复国主义军事组织（1920—1948），一九二〇年由在巴勒斯坦的早期犹太移民建立，旨在保卫犹太人的居民区，防御巴勒斯坦阿拉伯人的袭击。——译者注

"嗯。"

"那你知道他住在哪儿吗？"

"不知道。我只知道他还和父母住在一起。不过如果你想知道的话，我可以搞清楚。"

"那就替我查查吧。你自己在他面前也要小心防范。"

莫雷茨掀起衬衫，露出手枪的枪柄，然后走了。埃米利亚把儿子们送去睡觉后，坐到亚库布旁边。

"你有了新女友吗？"她问道，"我从你眼神中能看出来。"

"唉，别闹了。"

她果真不再追问了，她总是会适可而止。毕竟，她知道自己委身于了什么人。有一次亚库布外出了，儿子们也在学校里，只有我们两个人在家，她就是这么告诉我的，又或者她是当着亚库布的面这么说的……？

但她肯定这么说过。她看向窗外的街道，看着密密麻麻的小商贩，穿长袍、戴圆帽的行人和少数几个戴帽子、穿西装的富人，以及戴着假发的和穿着连衣裙的女人。

"我知道自己嫁给了谁，"她说，"这里所有的女孩都想得到他，但他却要了我。我很清楚我嫁给了谁。我是个思想现代的女孩。对我来说，他不会因为偶尔跟别的女孩有段风流韵事就不好了。重要的是，他爱我。他也的确爱我。爱我和孩子们。这就够了。这是他和任何其他女人都不具备的，连蕾夫卡也没有。"

她知道蕾夫卡。她不喜欢后者，因为后者对她也充满敌意，她甚至有些瞧不起后者。埃米利亚是一个新潮的女性，是个犹太女性主义斗士和社会主义者。但她作为两个孩子的母亲，不禁会去或多或少鄙视那个没有孩子、不能生育的情妇，即便后者在街头叙事歌谣里是与自己丈夫比肩而在的主角之一。但另一方面，埃米利亚也不得不对蕾夫卡心存畏惧，尽管她比后者漂亮、年轻、聪明得多。

娘家姓卡汉的埃米利亚·夏皮罗或许某种程度上能体会到被蕾夫卡视作最珍贵且无比美好回忆的东西。这也是她在孤单的夜晚里辗转反思的：蕾夫卡与亚库布一起经历过任何其他女人都不会跟着去一同经历、埃米利亚更不会随之一起去经历的东西，因为埃米利亚这个娇生惯养的律师之女从来没有真正理解过他，不可能像蕾夫卡那样，像一个街头浪子理解另一个街头浪子那样。只有有过如此遭际的人才能互相理解：都经历过纯粹的生存，最残酷的兽性存在。在这种生存空间中，你会奋力攫取世上的一切，并誓死捍卫所获之物。

亚库布就有过这样的经历，蕾夫卡也是，所以他们两个才会如此相爱。这种爱完全不同于大户人家出身之人彼此的爱。大户人家出身的人会欣赏唱片机播放的音乐和若干架钢琴齐奏的声音，会在成群家仆的服侍下，在被电灯照得通明的餐厅里用餐，会在沙龙房里闻到父亲大人所抽的昂贵烟草的气味，还会在晚上和家人一起读书，并讨论犹太人、社会主义、精神发展以及科学成就等问题。

这样的大家庭虽然温馨美好，但里面的人却会失去某种东西，或者根本不可能有成长的机会。而这种东西，恰恰亚库布和蕾夫卡都具备，他们那种野性的、动物性的、肉体的爱便是从中迸发出来的。而这样的爱是亚库布和埃米利亚之间却无法建立起来。

娘家姓为卡汉的埃米利亚·夏皮罗或许早已知道一切。她知道很多事情，毕竟连大街上都流传着关于亚库布和蕾夫卡之间恩怨情仇的歌谣。或许也正因为与亚库布有短暂情史的女人们不是蕾夫卡，所以她才会甘心容忍。而每一个在拳击赛后带着绯红的脸颊偷偷溜进更衣室，被仍满身大汗的亚库布玩弄的女孩——不管是在哪里，对蕾夫卡来说都像一记重重的耳光，因为她们每个人都会让蕾夫卡显得更微不足道，而埃米利亚的地位却无可撼动。

"等我们到了巴勒斯坦，一切就都会结束。在那儿就不会有这些淫乱之事了。"她一边说着，一边又往下探了探头，看着街景。

她又突然想起了集体农庄的事，并坚决拒绝以后住到那里去。据说集体农庄里的人妻是属于大家的，难道在那里她也要跟别人分享亚库布吗？所以坚决不能去。最多可能搬去莫沙瓦。到了巴勒斯坦，她不会再跟别人分享亚库布了。不会跟任何人分享。她们会卖掉那套出租房，亚库布也会从他们辖区里尽可能多压榨出一些钱来。她那积极投身社会主义事业的父母向来会为别的事情殚精竭虑，却不会为女儿的生计花费心思。亚库布会把从辖区收来的钱兑换成黄金或美元，他们会在特拉维夫买下一栋房子，开始真正的生活。那里会有棕榈树、大海和橙子树，天气温暖，他们会找到家的感觉。亚库布却认为，在这里，纳莱夫基街，才是他们的家。她尽管也可以这样想，却不像亚库布一样被表象蒙蔽。亚库布被自己有力的拳头，被随身携带的手枪，被强势的朋友蒙蔽了。他被自己的力量蒙蔽了，所以无法理解，这里将不再是他们的家，或者说他们从未在这里有过家，因为每隔几百年，他们犹太人就会在欧洲被驱赶，四处流浪。但是，埃米利亚不会被亚库布的力量蒙蔽，她很清楚，他们在这里没有家。波兰人不会让他们在这里生根。在基督圣体圣血节的时候,他们的游行队伍走过特沃马凯街,俨然走在自家的街道上,尽管没有一个波兰人住在这一带。他们故意选了这条路,就是为了告诉华沙的犹太人:这里不是你们的家,连你们的聚居区或任何广场、会堂都不是。这是一个天主教国家,一切都是属于他们的,他们只是勉强容忍我们待在这儿。

而我们的容忍是有限度的。

夜幕笼罩了我们这座犹太人的城市,那头目光火焰般闪烁的抹香鲸也飘浮在我们这座犹太人的城市上方。马车、出租车穿梭其中,偶尔也会驶过一辆轿车;人们来来往往。利塔尼的目光落在路人身上,但他们却感觉不到它,也看不见它。比起他们的盲目无知,更要紧的却是利塔尼正看着他们。他的口一张一合,唱起了歌。我看到,人们怎样消失在它的咽喉里,一个接一个;它把他们吸了进去,吞进腹中;我也知道,世上再无其他力量能与之匹敌,或能抵挡它。世上没有什么比利塔尼,比它那双藏在厚厚皮肤中的小眼睛所射出的炽热的目光有更强大的力量,也没有什么比它那无声的吟唱更为响亮。它正是利用它的歌声捕获猎物,将他们吸入并吞噬。

埃米利亚没看见那头抹香鲸,但却能感受到它。她站在窗边,长久注视着纳莱夫基街上车水马龙的景象,自问着,她是否会有渴念。然后她转身看看大卫和丹尼尔,他们正坐在桌前,在电灯的光线里分别读着一本波兰语书籍和一份意第绪语报纸。她顿时明白,自己不会有一丁点儿渴念了。她只是想知道,亚库布现在在哪儿,是不是去找他那个新女友了。她觉得事实肯定这样。他要么去找那个女人了,要么就是去干其他见不得人的勾当去了。

在此期间，亚库布并没有去找安娜，尽管他后来的确和她约定见面了。

他去处理那些见不得人的事了。要办成这些事，他得到内阁宫邸跑一趟。但话说回来，那些见不得人的事与内阁宫邸里操纵着的事情相比，又算得了什么呢？

他特意在城里绕了很多路，以确保没人跟踪他。他穿上了他最好的西装，避开了主入口，穿过三个前厅，终于潜入了秘书利特温丘克的办公室。他在门口礼貌地等着，直到里面的人请他进去。

"我想见见总理。"他开门见山，连招呼都没打。

利特温丘克，一个臃肿秃头得彻头彻尾的政府官僚，打了个手势，表明自己正全神贯注于面前的一份文件，谁都不能打扰他处理眼下这桩无比重要的事务。夏皮罗意识到，他们之间的关系彻底反转了。教父被捕之前，利特温丘克肯定会立刻从写字台前恭敬地站起来，为他安排椅子，给他备好咖啡或甜点。

夏皮罗把武器留在了车里。他略一思忖，是否要用拳头给利特温丘克点颜色看看，但马上就放弃了这个想法。这个秘书继续研究着他那份文件，享受着对眼前这个男人高出一等的快感，单是把后者晾在那儿就已经是对其莫大的藐视与羞辱了。秘书一直对夏皮罗怀恨在心。首先是因为夏皮罗是犹太人；又因为犹太人没有资格这么强壮，这么英俊，穿着这么体面，开着这么豪华的轿车。也因为自己总是不禁怕他；还因为女人们都被夏皮罗迷得神魂颠倒，而他自己却得支付硬通货，即用教会圣礼来获得女人的情爱。

现在，他终于有机会报复了。他当然没有什么重要文件要审阅，只是目光呆滞地盯着桌上的日常汇报，干等着。他知道亚库布来找他的目的，已经听说教父被关进别廖扎的事了，他也知道，只要夏皮罗逮到机会面见总理，就肯定能把卡普里卡放出来。利特温丘克虽然跟希米格维和科兹的计划没有一丁点关系，但出于私人原因同样非常希望老教父一直待在集中营里。

亚库布看着这个埋头阅读的官僚的秃头，觉得他最终一定会拒绝自己的请求，与其受这般侮辱，不如趁早离开。

于是他转身走了。这让利特温丘克很失望。

利特温丘克若是知道亚库布离开后会直接去跟一个自己在一些社交场合中结识的漂亮女人幽会，会更沮丧。

亚库布和安娜约在了华沙的富人区见面，那里比他所住的纳莱夫基街和凯尔采拉克集市好得多，是属于安娜的华沙城，那儿从本质上看处于另一片大陆，是几乎是属于欧洲的华沙，而弥漫着亚洲气味、混乱嘈杂的纳莱夫基街和凯尔采拉克则明显不属于那个华沙。

亚库布已经知道了她的住处。莫雷茨打电话告诉过她的地址。但亚库布和安娜还是约在了华沙富裕区马特伊基街和乌亚兹多夫斯基街交叉口处那座新哥特式的马提亚斯鸽棚出租公寓前见。那片富裕区的小岛上和人行道上，都是穿着西装和制服、有优雅女士作陪的高贵男士；路上跑着的车也不仅是强盗和拳手通过征收保护费买来的，更有政府高官、工程师、作家或者演员的坐骑。比如迪姆沙就开着他的蓝旗亚法利纳经过了乌亚兹多夫斯基街，总统莫希奇茨基也开着一辆凯迪拉克 370 载着罗马尼亚国王飞驰而过。而三公里外的地方则是波兰人和犹太人的贫民区，即所有像亚库布、莫伊热什、卡普里卡、潘塔莱翁和蕾夫卡这类人生活的地方。

夏皮罗故意让她等他,她便等着。十分温顺,一点都不生气,似乎这理应就是他们两人相处的模式。她精心打扮,妆容精致,穿着一件薄薄的秋季风衣和一双红色高跟鞋。路过的男人们都会转身看她;而她则因生平第一次要等一个男人而觉得饶有兴味,这是第一次有男人让她等待。

他开着那辆大气的棕色别克来了,在黄昏时分的乌亚兹多夫斯基街上竟也十分显眼,尽管自然不如卡普里卡那辆现在在他别墅车库里荒废着的红色克莱斯勒来得霸气。

她上了车。

"我们要去酒店吗?"她问道。

"你要去酒店干吗?"他回道。

她笑了。

他们从中央大道上那座桥的后面沿着柯斯丘什科河岸下行。在驶过波尼亚托夫斯基桥的第一个桥墩上方后,他停下了车,什么也没说,直接解开了裤子。她则马上低头俯到他身上,同样什么都没说。

面对她的时候,他有一种说不出的无力感。他待她越不好,她越享受这一切,至少他是这么理解的。他还注意到,在他内心,而不是在她的心里面,正逐渐产生一种依赖感、一个薄弱点。

很快,结束之后,她溜到了后排坐椅上。他在前排安了一个电灯,灯光朝上打到了车的顶棚,形状不规则的影子笼罩着她。其实他想看清她的脸。

又过了一刻钟,两人并排坐着,气喘吁吁,大汗淋漓。她全身赤裸,头发蓬乱;亚库布则敞着怀,裤子也没系上。她抽着亚库布的烟,她自己没带烟。

"说吧,你到底想要什么?"她问。

亚库布的确在认真思考,自己究竟想从她那儿得到什么。他为什么要和她躲在桥下的车里翻云覆雨?为什么偏偏是和她?到底为了什么?撇开每次拳击赛后的短暂风流以及和蕾夫卡那儿的姑娘快活不谈——因为跟她们当然是另一回事——他早就不近女色了。他没有爱上安娜,既没有引诱她也没有被她引诱,尽管的确是她先向他投怀送抱。

蕾夫卡在他心里撕开了一个大洞,埃米利亚则让这个大洞愈合,结痂,她和两个孩子做到了。而他现在为什么又会跟安娜·杰姆宾斯卡,检察官杰姆宾斯基的女儿和安杰伊·杰姆宾斯基的妹妹一同坐在车里?到底是为了什么?

他想起蕾夫卡说过的话,试着寻找解释;但他知道,这只是事情的表面,本质上却是另一回事,他知道自己在自欺欺人。

"我在找对付你父亲和哥哥的办法。我本想,只要我把你上了,你就会愿意帮我。"

她不禁大笑起来。甚至笑呛了,便捂住了嘴。一丝不挂的她满身口水、汗水和精液,但她丝毫不觉得羞耻。她的笑声太有传染力,以至于他最后也忍不住笑了。

"好一套关于女人心理的精致理论!从一个拳击手嘴里说出来真是一个让人舒坦的惊喜!"

他耸了耸肩。

她的表情突然严肃了起来。

326　król

"你真蠢。"

他又耸了耸肩,甚至瞥过眼去不再看她,呆呆地直视前方,看着吐出的烟雾顺着半开的车窗缝缓缓飘散出去。

"你真的很蠢。倘若我是他们派来的呢?我的爸爸,或者安杰伊?你想过这个吗?"

他没想过这点。只得继续沉默。

"好吧,你听仔细了。我恨我的父亲。我这已经是第二次见你了,因为你讨人喜欢,因为我喜欢你精液的味道;但我也喜欢你,因为我父亲把你视为眼中钉,视为他个人和整个波兰民族的敌人。在他眼里,所有犹太人都是波兰民族的敌人,尤其是你。而我恨我的父亲。所以我想让你帮我,让他痛苦。"

他还从未见过这样的女人。那些出身并习惯于父权制家庭的小女人——这也是波兰绝大多数女性的情况——从来不能引起他的兴趣。关于蕾夫卡,他不能说她是一个被解放了的女人,因为她从未被什么禁锢过。她天性本就狂野不羁,在街头长大,就像出身热带雨林的孩子,她的自由是狼一般的自由,而非女人的自由。她从未束缚于那些要求女人端庄得体的规范,自然不需要从中脱离出来。

埃米利亚倒是一个自由的女人,一个真正的社会主义者,甚至被称为"犹太人的柯基维慈卡①"。虽然柯基维慈卡这个自由思想家的确是个犹太女性,但不管在虔诚的犹太人还是世俗化了的犹太人看来,像她这样的被同化者已经背离了犹太传统,处于模棱两可的位置,是个四不

---

① 柯基维慈卡(Irena Kryzwicka, 1899—1994),波兰作家、翻译家、女性主义者,倡导性教育、避孕和计划生育。——译者注

像，既非犹太人，也非波兰人。无论如何，埃米利亚的解放是值得称赞的，她没有扭捏拘谨，而是受过良好的教育。他和她在床上配合得也很好。但她身上却没有腐败的气息。

或许他需要一丝腐败。需要波兰人而非犹太人身上的那种腐败。

他恍然大悟。他又看向她。后者坐在他旁边，一丝不挂，半躺着，纤长的双腿搭在司机座位的靠背上，丝毫没有要把她裸露的身体稍微遮住一点的意思。她正是腐败的化身。这种腐败刺激着他，吸引着他。所以他才会跟她坐在这里，坐在桥下的车里。

"但你得先跟我保证，不能动我哥哥一根手指头。"

"我要怎么跟你保证？我是个犹太社会主义者，又是斗士；而他是波皮亚分子，长枪党的人，国家民族主义分子，波兰的小希特勒。况且我们还朝对方开过枪。"亚库布回答道。但他马上就意识到，倘若他真的只是因为，或者主要是遂蕾夫卡的请求而来，他满可以二话不说就答应她的一切要求，不管是什么，加入纳粹党也好，为她买下整座格但斯克自由城也好，都无所谓，只要他能达到预期的目的。

"我知道，"她说着朝他转过身去，钻进他的怀里，睫毛膏粘到了他白色的衬衫上，"但我爱我哥哥。胜过爱世界上其他任何人。所以，你要么撒个谎答应下来；要么就想个办法，让我既能打击到那个畜生，又不会伤害到安杰伊。"

"好，只要他不招惹我，我就不动他。"亚库布信誓旦旦地说道，随即便吃惊地反应过来，自己竟真的允诺了她。

"他会招惹你的。"

"妈的，那我就得自卫了。但我不会带着潘塔莱翁去你们的住处，不会把他从床上拖起来，带出华沙，割断他的喉咙，把他大卸八块，然后扔到不同的黏土坑里。"

她沉默了片刻。仔细观察着他。在愈渐昏暗的路灯下，他看不清她的眼睛，也记不起她瞳孔的颜色。但他却看得出来，她正第一次暗地自问，他究竟是谁。

蕾夫卡早就知道亚库布是怎样的人，也从来不曾忘记。埃米利亚也差不多了解他。之所以说"差不多"，是因为她虽知道自己的丈夫是个强盗；对于后者干过杀人灭口的事，她肯定也心知肚明。但她若是目睹他手刃瑙姆·伯恩斯坦的情景，又会作何反应？

"你做过这样的事吗……？"安娜忍不住问出了口。

"不关你的事。"

她吻了吻他。他看得出，她的情绪有些激动。

"我的父亲是个魔鬼。他虽然从没打过我，却杀了我母亲。"

"说说吧。"

"他打了她一辈子，因为各种原因动手。通常是用马鞭。四年前，受了二十年折磨的母亲终于下定决心离开父亲。但当他在楼梯上碰到母亲时，盛怒之下狠狠地推了母亲一把。母亲滚落下去，摔断了脊柱，去世了。"

"没有人起诉他吗……？"亚库布问了个愚蠢的问题。

她满怀同情地看了看他。

"唉，好吧……"他已经知道了答案。

"起诉别人是他的工作，但他自己不会被别人起诉。警方判定，母亲是自己摔倒的，意外死亡。"

他只是点了点头。

"你常和妓女搞在一起,是吗?她们给你钱吗?"

"你是在问,我是不是个皮条客?"他笑着说,"我曾经是。但那是很久以前了。战争刚结束那会儿。现在早就跟她们断绝关系了。我有别的事要忙。"

"可是在那间妓院里,你认识那儿的妓女,不是吗?"

"她们都交钱给教父。不过眼下不交给他了,因为他正被关在别廖扎里。不过她们的确要交钱。我也的确认识她们。"

"那你听好了。我的父亲也会找一个妓女,在沃拉。人称'波托基夫人',不过她要真是波托基夫人,那我就是约克侯爵夫人了。她是个身材高大的女人。你认识她吗?"

"认识。"亚库布回答道。

"我偷偷配了一把我父亲书房的钥匙。他收集了很多女人性虐男人的照片。其中有些甚至都会让我觉得兴奋。我猜想,他正是冲着这一点才去找她的。"

亚库布仔细琢磨着。他知道这个波托卡。后者每月的第一个周五会向教父上交五十兹罗提。关于"波托卡"这个名字,安娜说得对,她的真名是阿涅拉·库伊尼克,像蒙亚·韦伯一样出生于哈尔滨。她学过严格精细的礼仪规范,因为她从一九一〇年开始就在当时帝国里最富裕的家庭里做用人,先是在彼得堡,从一九一三年起又在华沙做。这个女人有着极其敏捷的理解力,又天生具有表演天赋,因此,她轻而易举地就掌握了与她那些金主们言谈、交往之道。

战争一结束,她又开始伺候某个部长一家。就是在那段时间里,在男主人的怂恿下,她除了负责做饭和清理工作外,还负责对男主人鞭打以及诸如此类的事情。她对男人丝毫不感兴趣,也不允许男人们碰她,这反而正对她那男主人的胃口,后者为此私下给了她不少酬劳,这远比她作为女佣赚得的多。

她从自己这些新的能力中发现了一条绝妙的生财之路,比做家政轻松得多。几年之后,她就彻底放弃了原来的工作,在沃拉租了一处公寓,住在那里,也在那里接待她精心挑选的有钱的客人。那时她四十三岁。从没有客人见过她的裸体,她从不让人碰她,也从不把自己看作妓女,那些挑选出来的客人们也不会这样看待她。工作之外,她跟男人没有任何来往,只是偶尔会有一个年轻的姑娘总去她的住处,她和后者有过一段热烈狂野的情史。后来,那个女孩带着她的几百兹罗提心满意足地一走了之,只留下她心碎不已、账户缩水地徘徊在储蓄银行门前。

但后来,一个接一个的客人让她的腰包重新鼓了起来。她对着律师界、工业领域、政坛和文化圈里那群大佬雪白、肥胖的屁股狠狠抽打,钱就这么赚到手了。她甚至上过一门教师培训课程,亚库布最后一次听说有关她的事——尽管他也只是依稀记得——即她打算成为教师。正因如此,她才从原来那间有些污秽肮脏的公寓里搬了出来,住进了在贝姆街上一间相当宽敞的教师公寓。

"你会采取什么行动吗?"安娜问道。

"会。"

"我只想让他知道,这事是我干的。你要转告他。"

"好。"

"你知道我住在哪里吗?"

"知道。若利博兹,科伊米亚纳街 5 号。"

"你从哪儿知道的?"

"有些事情是我必须知道的。这是我的工作。"

他吻了吻她,把她拉到怀里。安娜知道,她已经赢了。

利塔尼正高高地飘浮在桥的上方,注视着他们两个,爱着他们,也爱着这座造就了他们的城市。它也爱他们策划的诡计,甚至希望他们永远活着;他也爱他们的梦想和计划。他又唱起了那首爱的猎歌。

"你还在写吗?"玛格达问道。

我闻声转过身去。她吓了我一跳。我竟不知道她什么时候进来的。我注视着她,她已经老了,真的老态龙钟了。脸上布满了深深的皱纹。下巴底下的皮肤松弛地挂着。手上的皮肤也尽是褶皱和老年斑。我的玛格达,竟这么老了。

我把纸张从打字机里抽出来,放到已经写好的那一摞上,让有字的一面朝下,这样她就看不到我写的内容了。

"是的。"

"为什么呢?"

"自从他们把我赶出阿曼之后,我除了写作,还能干什么呢?"

"你说的是什么天方夜谭?"

"我不懂你的意思。"

"我是问,那个阿曼是什么?"

我不明白玛格达的问题。

"你指的是什么?"我十分不解。

"阿曼是什么?是个人吗?你到底在说什么?"

"我在那里服役过……在那个情报机构里……你明明知道的。你在这儿要干什么,玛格达?"

"我不是玛格达。那个玛格达到底是谁?"

我哑口无言了。一阵悲伤袭上心头。

"我们能别再这样了吗?"她问道,"停止这个游戏吧。我们别再纠缠于这个你臆想出来的童话了,好吗,亚库布?这个玛格达到底是个什么人?"

亚库布?亚库布?亚库布?

我赶紧看了看自己的双手。右手上的确有处淡化了的文身。已经很不清晰了,但仍看得出。

"我不是亚库布。"我回答道,但底气不足。

"那你是谁呢?"

"我是莫伊热什·伯恩斯坦。"我很小声地说着,我很愿相信这就是事实。

"谁?"玛格达仍满腹疑惑地问着。

"莫伊热什·伯恩斯坦。就是瑙姆·伯恩斯坦的儿子啊。"

"你是说那个一九三七年因为欠了卡普里卡钱而被你杀了的可怜孩子吗?"

我沉默了。

"噢不,死了的那个叫瑙姆,"她继续说道,"我懂了。你把自己想象成他的儿子了?你难道不知道,真的不知道那个男孩发生什么了吗?"

我沉默着,不知能说些什么。

我在逃避。走吧,我心想,走吧。

"走吧,"我尽可能地压低声音说道,"走啊。"

我闭上了眼睛,等着她离开。然后继续开始打字。

我还记得,这个莫伊热什·伯恩斯坦发生了什么事。

亚库布开着车从波尼亚托夫斯基桥下驶了出来。他没有等安娜穿好衣服;而安娜对此也没有意见,她喜欢裸着。她慢慢穿好了衣服。行驶过程中,突然下起了雨。尽管风雨交加,但亚库布还是让安娜在三十字架广场就下了车。两个人没有说声再见就分开了。

亚库布·夏皮罗认为,分别时最好要快,也不要说什么话。因为他知道有两种分别的方式:一种会带来痛苦,就像现在安娜的离开让他心痛一样,因为他不愿意和她分开;另一种会让他愉悦,比如脱离一个他一分一秒都不想多待的令人不爽的场合。对这两种情况而言,爽快地转身离开都不错。

他本想直接去找阿涅拉·库伊尼克,但突然发现自己饿了,于是决定路上先去特沃马凯街上汉德谢开的那家诺威大都会酒吧弄点吃的。他沿着诺维-希维亚特迪街和克拉科夫郊区街一路下行,然后向左拐进特伦巴卡街,接着开过了维尔兹波瓦街和剧院广场。在那儿,这座华沙城就丝毫没有欧洲大都市的样子了,而它也从来不是。但正因如此,他在别拉尼斯卡街一带才有像在家里一样轻松自如的感觉;在特沃马凯街上更是如此,他就像遗产继承人回到了自家院子一样。

他在酒吧前面停下车，走了进去。几乎没有顾客了，汉德谢也已在收拾桌子。夏皮罗的出现会让他不高兴，因为只要后者一来，他就不能按时——即晚上十点——关门，随之而来的便是又一张罚单，只要有警察过来的话。而警察肯定会过来的，因为周围的居民早有抱怨，而警方也始终密切关注这家酒吧。他长叹了一口气，心里默默地向某个全能的神明祈祷着。他是个自然神论者，这样至少不用在不同神灵之间纠结。

亚库布点了鲱鱼和半升热烧酒，一边吃鱼一边小口啜饮着酒。他并没有注意到，有人正从窗外注视着他。那人就是我。

他吃着，想要付钱，但汉德谢坚持不收，于是他打算离开。他一走出酒吧，我就冲了出来，我一直藏在他那辆我从未坐过的别克车的后备厢后面。饥寒交迫的我扑向了他，虚弱无力的我握着一把便携小刀，想一刀捅进他的背里。但关键时刻，我的手打滑了，不长的刀刃插进了亚库布的臀部。

莫伊热什·伯恩斯坦拿小刀捅了我的屁股。

亚库布·夏皮罗并未把莫伊热什留在身边抚养其长大。

我本想把他留在身边，当时我的确想要救这个我只见过两次的可怜犹太男孩。第一次看见他，是我去抓他父亲的时候；第二次则是我和埃米利亚去看剧，碰到他和玛格达·阿谢也在那儿。我一眼就认了出来，玛格达就是在马卡比俱乐部那个泳池里游泳的女孩。我偶尔也会在那里游泳，因为游泳是一项全面提高运动员身体素质的训练，也能提高拳击手的运动能力。

玛格达·阿谢，就是马卡比俱乐部泳池里的那个女孩。

亚库布·夏皮罗也在同一个游泳池、同一条维斯瓦河里游泳。亚库布·夏皮罗杀了我的父亲瑙姆·伯恩斯坦，把他的身体肢解成了四块，扔进了不同的粘土坑；也把我、我的母亲和弟弟推入无底深渊。父亲死后不久，他们便流落街头，失去了一切生活来源。

母亲在父亲死后一个月也去世了。她死于悲痛、贫穷，但最致命的还是肺部感染。弟弟则被送进了一家犹太人的孤儿院。我不知道他后来变成什么样了，但他又能有什么出息呢……

而我却不甘被关在孤儿院里。我逃跑了。我终日四处流荡，寻找睡觉的地方，趴在街上乞讨。我没有睡在亚库布家里那张温暖的床上。没有享受过他妻子埃米利亚肉体的温热。我只是经常抬头望着他们家的窗户，在夜里看着他们在灯火通明房间的墙上投下他们黑色的剪影。我看着他们带着儿子在萨克森花园里，或是沿着克拉辛斯基街一起散步，看着他们一起吃冰激淋。我甚至还跟踪过他们，想着有朝一日终会杀了他们。

利塔尼，那头老迈的抹香鲸，一直以来都在我、我们所有人的头顶上飘浮着，安静无声，忍耐着，漠然而残忍。

我衣衫褴褛。亚库布从未带我去扎雷姆巴的服装店为我定做一件漂亮的西装。他只会为自己定制。

我没有移民去巴勒斯坦。既没有在帕尔马也没有在哈贾纳服役过。没用过因巴这个名字。也没跟玛格达·阿谢生过孩子。也没有成为将军。一切的一切都未曾发生；或者更确切地说，所有这些都没有发生在我身上，而是另外某个人的经历。另外的那个人有儿子，是将军，服过役，获得过勋章，也受过伤。而我，则没有这些，一无所有，什么都

336　król

没有。

我也没有埋伏在大都会酒吧外面等亚库布。我只是站在橱窗外，看着里面的食物——盘子上热气腾腾的牛下水，鲜嫩多汁的鱼丸，麻花，肉排和腌制的"天主教徒"——至少能暂时缓解一点饥饿感。而当在看到他时，我想，这或许是我最后的机会了。我发着烧，生着病，也知道自己命不久矣，会像母亲那样死于肺炎。我不想还没替父亲报仇就死去，父亲死后，竟无一人为他的葬礼安排哀悼、祷告。我无法完成这件事了，因为我知道，没有上帝，父亲也没了，对着空气说话毫无意义。

我躲在他的别克车后。我想杀死亚库布·夏皮罗，这个强盗以及华沙马卡比俱乐部的拳手。但我最终只是把我从凯尔采拉克集市上偷来的那把便携小刀短短的刀刃浅浅地刺进了他的屁股。

亚库布被刺时，大叫了一声。他转过身来，几乎本能地使出一个重量级拳手的全部力量，一拳打到了我的太阳穴上。我立刻失去了意识，一阵眩晕，向后倒去，像被锤子击中一样，后脑勺磕在路沿石上，血液随即流到了大脑里。我死了。莫伊热什·伯恩斯坦，十七岁，犹太教徒，一九二〇年出生于华沙，瑙姆·伯恩斯坦的儿子。我的后脑勺磕在特沃马凯街上大都会酒吧前的路沿石上，死时饥肠辘辘，带着病痛，孤苦无依；而那个让我成为孤儿的恶人却只是受了皮毛之伤。

他没能读到文理中学的最高年级。既没有通过中学结业考试，也没有通过约瑟夫-毕苏斯基大学医学专业的入学考试。他未曾坐在大学报告厅的犹太人专座上，后来也没有藏在已满目疮痍的犹太人区的围墙后面。他既非因起义时身染伤寒，也非因饥饿而死，或是命丧毒气室。他是因为脑袋磕到了路沿石上死的。

亚库布走到车后，深深地弓下腰，掏出了他的手枪，机警地环视着四周，以为此次暗杀活动还未结束。但过了几分钟，什么都没发生。他又仔细看了看那个拿刀刺杀他的男孩，这才认出了我，明白了一切。他试了试我的脖颈，已经没了脉搏，他小声咒骂起来。

他从此记住了我，再也无法将我的脸从他的记忆中抹去。

他收起手枪，捂住正在流血的屁股，决定处理一下伤口。他打开后备厢，把莫伊热什·伯恩斯坦那像羽毛一样轻飘飘的尸体扔了进去，又找来一块破布，铺到了驾驶座上，以防鲜血染脏坐垫。然后，他上了车，思考着要先去医院，还是先去维斯瓦河。

他决定先去维斯瓦河，那条良善之河。他经过穆拉努夫街，朝格但斯克车站的方向行驶，从扎科罗齐姆斯卡街拐上了城堡那儿的一座桥梁。

在他头顶上方，利塔尼正慵懒地飘浮在高空中，吟唱着它的歌谣。

亚库布在桥中间停了车，走下来，一边流血，一边一瘸一拐地绕到后备厢处，把我那饿得皮包骨的、已经冰凉的尸体拖了出来，在我冷冰冰的额头上吻了一下，接着把我举过栏杆抛了出去。不久前还存在着的莫伊热什·伯恩斯坦，在空中画出一条弧线，摔入水中，被卷入黑色的洪流。亚库布倚在栏杆上。尽管他受的伤并不重，但伤口依旧阵阵作痛。他哭了起来。

那头抹香鲸俯身潜入了维斯瓦河中，在水中翻滚游动。它唱着歌，并用它的歌声发现了我，继而把我一口吞了进去。我便在它的肚腹中住了下来。上帝命令它三天之后也不许把我吐出来。我的确始终没有被它吐出来，三天后也没有在华沙的大街小巷里穿行，没有呼吁路人悔改；

338　król

市长斯塔日斯基也没有脱下他的西装而换上悔改长袍。不管犹太人还是波兰人，穷人还是富人，女人还是男人，孩童还是青年，瞎眼的还是能看见的，正直的人还是流氓，没有一人把灰扬到头上，没有一人禁食、悔改。

上帝才不会怜悯这座受咒诅的罪恶之城。

可亚库布却哭了。

他看着维斯瓦河，这条良善之河中的黑色洪流。利塔尼依旧唱着歌。鲜血从亚库布屁股上被划开的口子里顺着腿流了下来。亚库布深吸了一口气，有那么一瞬间，他感到自己的人生简直已无法忍受。但他马上就回过神来，提醒自己：

"我是亚库布·夏皮罗。"他对着一片黑暗大声喊叫着。无人应答。

他小心翼翼地跛着脚走回车里，觉得今天发生的事已经够多了。于是他回了家。他没有把车停进德纳瑟里，而是直接停到了自家房子前。他进了楼梯，每爬一阶都会疼得呻吟一下。他让埃米利亚叫了医生，又拿起一瓶伏特加，躺到了床上。

医生赶来时，亚库布已经喝了半升伏特加了。医生检查了伤口后做出了诊断：伤口不深，也没有受污染，很快就能痊愈。他只是对那个尴尬的受伤部位略感诧异。医生马上对伤口做了清理和消毒，缝了四针，并嘱咐道，缝合处不要用力，收了十兹罗提费用便离开了。

亚库布恨自己怎么那么不小心。他今天本可以办完更多的事。要不是自己在那短短的一瞬间里放松了警惕，他本可以去找库伊尼克的。就是因为他的不小心，教父又得在别廖扎里多待一晚上。谁知道，像他这个年纪的人要如何忍受别廖扎-卡尔图斯卡里的百般折磨呢。

他把剩下的半升酒也喝了,很快就在酒精的作用下沉沉地睡去,眼前还浮现着我瘦削的身体,浮现着这身体怎样沉入那条善良的维斯瓦河,又消失在那头抹香鲸的大嘴里。我的身体被吞入抹香鲸的肚腹里,我的皮肤在《圣经》所说的那种消化液的浸泡中变软,脆弱无力的肌肉和内脏都逐渐融入抹香鲸的身体中,我的身体随着那条良善之河漂过肯帕·波托卡、佩尔措维兹纳、别拉内,并继续向前,最终离开了这个被咒诅的城市。

埃米利亚坐到了亚库布身边,轻抚着他的头发和他那结实的肩膀,心里想着,眼前躺在床上的这个男人夺走了她全部的人生,而她永远也不可能从他那儿把属于自己的人生拿回来。

教父也在等。他已经完全失去了时间概念,早就不再计算每次敲门之间的那片刻时间了。牢房里一片黑暗,白昼和黑夜的区别仅在于,白天他不能躺在木板床上。每隔一刻钟,依旧会传来敲门声。敲门声。敲门声。

"到!"

有时,守卫们敲得会更频繁些。他感觉到,手臂上的伤口已经严重发炎了。

"我的手臂上有伤,已经化脓了。"守卫开门给他送来作为午饭的面包和几小口水时,他抓紧机会说道。

"你可不是第一个在这儿翘辫子的人,浑蛋!"守卫恶狠狠地回了一句,踹了他一脚,便关门走了。

又是敲门声。

"到……"

三天后，来敲门的守卫没有听到他喊"到"，也没有听到里面有任何动静，便开门把他抬了出去。他光着身子，被自己的排泄物弄得脏臭无比，被用担架抬到了医务室。小臂上那处枪伤的伤口处往外淌着血和脓，整只手也肿了，并已严重发炎。

集中营医务室里的那个费尔德舍尔·巴卡拉奇克查看了一下教父的小臂，说，这种情况已经超出了他本就非常有限的诊治能力。他开了转院证明，卡普里卡便被送去了科布林的一家医院。

科布林离别廖扎有六十公里远。从被送到医务室，到被抬到一辆由一匹瘦弱的马驹拉着的农用车上，在波利西亚的大片泥沼地和崎岖不平的道路上好一阵颠簸，卡普里卡始终没有醒过来。他的小臂已经腐臭。

科布林那家医院里的医生不像巴卡拉奇克那样，而是医学专业出身，他检查了教父的伤口后斩钉截铁地说：必须得截肢。

他原本考虑着，要不要保留手肘；但仔细检查一番后，还是决定不冒这个险了。鉴于病人现在的情况，他马上开始准备，亲自主刀，细致、专业地完成了截肢手术。

几个小时后，教父终于醒了过来。他看了看自己残余的左臂，感觉自己老迈无比，也极其虚弱，一败涂地，内心已经崩溃。他回想着自己以往取得的一切胜利和他那些悲惨的手下败将；回想着那些被抛尸于维斯瓦河的人；那些尸骨被胡乱埋进华沙周边某片树林里，他们晚上临时挖的坟墓里的人；还有那些妻子或女儿惨遭强暴，被逼无奈终于付钱的人。他第一次从另一种角度回想他的受害者们。

扬·卡普里卡只尊重胜利者。他对战败者满是轻蔑，他也不允许自己有任何弱点。而现在他却发着烧,少了一条胳膊,躺在医院里,完全没了胜者的样子,无法接受这样的现实。

他在医院里只住了两天。四十八小时后,指挥官卡马拉-库尔哈尼斯基就闯进了科布林这家医院的医务室。

"听说有个装病的人正在这儿享受生活呢!"他四处吼叫着,直到有人乖乖地把卡普里卡所在的病房指给他看。

卡马拉-库尔哈尼斯基在两个警察的陪同下来到医院。后者紧挨着教父的病床站着,大惊失色的医生则站在他们后面。

"您看,这儿,我为了装病都截掉了一根胳膊呢。"教父用虚弱的声音说着,抬了抬被绷带裹得紧紧的残肢。

"带走!"指挥官命令道。

"指挥官先生,您不能这么做,他做完手术才两天……"医生慌忙解释道。

"闭嘴!"卡马拉-库尔哈尼斯基呵斥了一声,"他要回我们那里的医务室待一周,然后就得在禁闭室里忏悔他的罪过。这个浑蛋得学着管住自己的臭嘴。"

"所有人都出去,只有指挥官先生留下。"教父用一贯的命令语气说道。尽管他的声音十分虚弱微小,但仍带着足够的坚定与自信,以至于警察和医生都几乎本能地朝门口走了过去。

"你想干什么,你这个王八蛋?!"一脸惊愕的卡马拉-库尔哈尼斯基朝他喊着,叫住了其他人。

"您在华沙有个阿姨吧?"教父小声说道,"就住在雷伊坦街2号,1号楼底层,养了一只叫莱克斯的小狗。您阿姨叫阿德拉伊达。您给她打个电话吧,但她不会接的,因为她正被绑在椅子上吓得尿裤子呢,就像我们在您的禁闭室里那样,指挥官先生。她身边有个浑蛋看着,那可是个卑鄙狡猾的骗子。他会接您电话的。"

卡马拉-库尔哈尼斯基直勾勾地盯着卡普里卡,脸色煞白,说不出话来。他一动不动,一言不发,过了好一会儿,才突然冲向门外,砰的一声关上了病房的门。

与此同时,在华沙,纳莱夫基街上的住宅里,亚库布一早就醒了,屁股上的伤也已经不疼了。在有妻子为他煮咖啡、煎鸡蛋的温暖的家里,他从自己那张温暖的床上爬起来,对着镜子查看了一番屁股上被小刀刺过的地方,庆幸伤口愈合得很好,没再流血,也没有化脓。

然后他就不得不——我就不得不,想着我自己那瘦削的身体,想着它在那条良善之河的黑色河水里随波翻滚的情景。

他刮好了胡子,对着镜子,在自己脸上寻找所有被他杀死之人的痕迹。他什么也发现,唯独那个叫莫伊热什·伯恩斯坦的男孩留下了一道痕迹。当他把他的身体扔过栏杆时才感觉到,他是那么地轻。或许只有四十公斤吧。只剩皮和骨头了。

他在上唇上面留了一小撮髭须。这样好看些。

"留髭须了?"两人坐下来要吃早饭时,埃米利亚问道。

"留髭须的浑蛋。"他闷闷地回应道。

两人笑了起来。

"爸爸说什么?"大卫问道。

"没说什么,好儿子。亚库布,我为这栋出租房找到了一个买家。"

"他出多少钱?"

"八万兹罗提。"

"交两万美元,他就能把房子拿走。但我们得在这儿住到出发那天为止。你能跟他协商好这些事吗?"

"他不会想和我谈的。你才是他的合作伙伴,而不是我这个女人。"

"房子是登记在你名下的。告诉他,你是亚库布·夏皮罗的女人,他跟你谈比跟我谈好得多。跟我谈话完全是另外一种情形。"

她又笑了。

"我明天就去办。"她怀着感恩之情答应了。

"我不想走。"丹尼尔小声嘀咕着,但父母并未理会他。

"但签字还需要你自己来。以防有任何变动。我不懂这些,完全不了解。"

"我会的。保管好那两万美元。那是我们的未来。我手头还有另外五万。有了这七万美元,我们就可以在巴勒斯坦重新开始了。而且会是个很好的开始。"

这时,有人敲门了,还是用了长期以来只有最亲近的人才知道的暗号:敲四下,停一会儿,再敲两下,再停一会儿,再敲三下。埃米利亚开了门,莫雷茨站在门口。

"你要跟我们一起吃吗?"她问道。

"去他妈的!"他一边同亚库布全家在桌前坐下,一边骂道。

"莫雷茨!孩子们都在呢!"埃米利亚嘘了一声提醒他。

"你要去谁的妈?"亚库布问道。埃米利亚不满地翻了个白眼。

"所有一切都去他妈的。我不能完成学业了。据说这场暴动一触即发。他们一旦成功了,这里很快就会变得跟在德国一样。"

"你肯定吗?"

"肯定,我们在政府内部有线人。"

"谁?"

"你疯了吗?"莫雷茨笑了,"我为什么要告诉你呢?"

"因为我们都要走了。"

"那么这些也无关紧要了。我们得尽快出发。"

"走是肯定的了,不管有没有暴动。"

"没错。我得到了巴勒斯坦那边的回复。他们为我们安排了从塞萨洛尼基到雅法的轮渡的座位。"

"我知道,那次在机场你跟我说过了。但我打听了一下,据说可以坐飞机直达巴勒斯坦,到拉达。有这样的机票。我们觉得,你应该飞到利沃夫,然后从那儿转到切尔诺夫策、布加勒斯特、索非亚、塞萨洛尼基、雅典,最后到达拉达。只需要十或十二个小时,中途停几站,然后我们就到巴勒斯坦了。"

"到机场那边可能会遇到手续上的麻烦。检查护照之类的。组织肯定考虑到了这个问题,才会建议从塞萨洛尼基转坐轮渡。不过我会再问问。这么一张机票多少钱呢?"

"一千四。"

莫雷茨倒吸了一口凉气。

"我可没有这么多钱。连一半也没有,也就是说,连我和左西娅两张机票总费用的四分之一都不够。"

"我给你出钱。"

这个崇高的犹太复国主义者不得不考虑了片刻，要不要接受一个强盗的钱，尽管这个强盗是自己的亲哥哥。他想了一会儿，决定接受，尽管他早就知道自己会不假思索这样做。

"我可以接受你给我的一张去巴勒斯坦的机票。埃米利亚昨天说，你们找到了这栋房子的买主，是吗？"

亚库布点了点头，站起身来，什么都没说，走进卧室，很快就出来了。他递给了莫雷茨一沓钞票。

"这里是一万。够买我们大家的票了，还会有富余。你去处理吧。"

"买什么时候的票？"

"越快越好。"

莫雷茨把钱装了起来。他平生还从未把那些钱的十分之一拿在手里过。他也感到诧异，自己并没有为此大惊小怪。他吃了几个鸡蛋和一片涂了黄油的面包，喝了咖啡，就走了。

他乘坐 A 线电车去了奥肯切，买了六张十月二十一日去往塞萨洛尼基的机票。他本可以直接在市中心的售票点买票的，但他没能提前从机场的售票员那里得知。

亚库布喝完了他的咖啡，系上领带，穿上夹克，走了出去，上了车，找了一个不会让受伤的屁股太疼的姿势，往波托基夫人住处的方向驶去。

她住在沃拉区，铁路轨道旁边，贝姆街和谢德苗格罗德兹卡街交叉口处通识教育学校所在的那栋大楼旁的教师之家里。她自九月就在那所学校上基础教育课程,只是学校的领导部门对她的主要业务一无所知。教师之家的门卫尽管早就知道了一切,但因接受了一大笔封口费以及她每月支付一笔费用的承诺而守口如瓶。因此,那些贵客们进到这座四层建筑的楼梯间里才不会被找麻烦。而波托基夫人隔间的门和墙壁又都安了厚厚的隔音材料,所以那些被鞭笞者的叫喊声也不会被外面不该听到的人听到。

他敲了三次门,她才开了门,而且仅仅是挂着防盗链打开了一条门缝。她一眼就认出了他。

"每月的最后一天才是交钱的日子。"她操着一口浓重的俄国口音说道,门也始终没有打开。对她而言,打招呼是多此一举的。

她扮演波托基夫人时,会说一口完美的波兰语、俄语或是法语,这取决于客人的要求。但作为阿涅拉·库伊尼克,她就会保持本色,说自己最习惯的、掺杂了些俄语成分的污言秽语。

"我不是来管你要钱的。而是要给你一个建议。让我进去。"

"我这儿还有个客人。"

"我可以等。"

她犹豫了一小会儿便解下了防盗链,给他指了一张椅子坐。她的体形可谓比一般女性魁梧得多,和亚库布一样高,只是比后者稍瘦一点。她穿着一件带图案的丝质睡袍,紧紧地裹在丰满的身体上,让她看起来像一件路易·菲利普时期风格的巨大的软垫家具,只不过腿上多了双裤袜和一双优雅的鞋子。

"你得等等,还需要一会儿。"

他刚才坐下时,疼得呻吟了一声。

347

波托基夫人一脸好奇地看着他。

"你可不是为了降神会来这里的吧?"

"降神会……?"他困惑不解地反问道。

"哦,我是说你受伤的屁股。你还嫌不够?需要我推荐吗?还是说你的妻子不愿意鞭打你?"

"我?"他终于明白了她的意思,"不,不是那回事。是一个男孩用刀刺到了我。"他笑着说道。

"一个男孩?用刀?"她更好奇了。

"不是!我是说'是的',但不是你说的意思,而是在街上,是偷袭!"

"妻子,男孩,随便吧。我才不关心这些,"她摆了摆手说,"在这儿等着吧。"

她脱下了睡袍,里面穿了一件紧身胸衣、一双吊带袜,还挂了一串珍珠,没有其他的。穿着这身行头,她看上去就不像家具了。她回到隔间里。尽管那扇门安了隔音装置,但仍能听到抽打声与叫喊声。一刻钟后,声音停止了。一个着装整齐、大腹便便、已显老态的男士从隔间里走了出来,对亚库布视而不见,只是默默地向波托基夫人鞠躬示意后就出去了。

波托基夫人再次披上她的睡袍,抖掉那双优雅的鞋子,换了一双软底拖鞋,然后便以阿涅拉·库伊尼克的身份请亚库布进了厨房,让他坐下。她准备好从俄国图拉带来的茶壶,从炉灶上刮下一些烧红的炭火,填进了茶壶里装炉料的地方。茶的精华部分已经在上面那层小一点的壶里煮好了。

"说吧,你的建议是什么,马拉杰斯"? 她过了好一阵子才开口问道,一边把茶壶里的热茶倒进薄壁的杯子里。

"检察官杰姆宾斯基也会来你这儿,是吧?"

她没有回答。沉默不语。手指在滚烫的茶杯边缘轻轻敲打着,也并没有喝,而是用钢铁一样冰冷的眼神看着他。他明白了。

"我知道你不想说。"

"我的客人们都是有权有势的人物。他们会给我很多钱。这些钱不仅是对我抽打他们撅起来的屁股的酬劳,也是给我的封口费。"

"我需要一张他的照片,关于你和他在这里搞事情的照片。我也会给你报酬,非常丰厚。"

"你给的报酬够买一口漂亮的棺材吗?"

他沉默了,思考了一会儿,才说道:

"我必须掌握他的一些小辫子。否则就无法接近总理。我必须见到总理。否则教父熬不过别廖扎里的折磨。他太老了。"

"我为什么要帮你呢?教父帮过我吗?你又帮过我吗?"

"我们会非常感激你的。"

"要是他们把我杀了,我还能捞到什么?"

"他们不会杀你的。除了你没人能救教父了。你肯定有想要、需要的东西。我会给你的。"

"你要糖吗?"

他摇了摇头。她便只给自己加了三勺糖,仔细地搅匀,动作优雅,勺子均未碰到杯壁。

"我确有所求。我想要的,是玛蕾夏爱我。但只有当我付钱给她时，她才会爱我。而我太愚蠢，竟然想试验一下，她究竟是爱我还是爱我的钱。而我得到了答案，因为我太蠢了。她并不爱我，而只是爱我的钱。始终只爱钱。我煞费苦心，终于看到了真相。但我爱玛蕾夏。我也想要她爱我。你可以把这个给我吗，亚库布？你能为我拿来吗？"

"这可是世界上最值得追求的东西了。"他回答道。

"是的，的确。"

"不管怎样，我都会把教父从别廖扎里救出来。但你要是拒绝帮助我们，我们不会忘记的。你肯定不希望我们是这样记住你的吧。"

"您听好了，亚库布。有部长舔我的靴子，有警察探长任由我抽打屁股，还有别的大人物让我往嘴里撒尿。你以为，如果我允许他们亲吻我的屁眼，他们难道不会乐意帮助我，不会对我言听计从吗？"

"你不会想跟我们闹翻的。"

"那我就要冒险一试了。因为我更不想跟他们闹翻。"

亚库布颇有些欣赏阿涅拉·库伊尼克了。他不再说话。他喝光了自己那杯茶，站起来，从衣帽架上拿下帽子，一句话也没说就走了。他去敲了底层门房的门，询问最近的公用电话在哪儿。门房指了指大楼入口处的电话亭，亚库布进来时并未注意到。

"很好，"他说，"你赚多少钱，好先生？"

"每周二十五兹罗提，尊敬的先生，另外，看情况还有小费。"门房积极回答道，因为他注意到亚库布在掏什么东西出来。

亚库布果真掏出一卷钞票，从中拿出了五百兹罗提。门房看得两眼放光。

"有一个先生经常来找波托基女士。"

"很多先生都会来。"

"我说的那个叫杰姆宾斯基。"

"我从来不问人家的名字。否则我就是笨到家了。"

"他是检察官。"

"检察官的额头上不会写着自己是检察官的。"

"他很高,灰色头发,瘦瘦的,留着髭须。是个真爷们。"

门房首要的美德就是记脸的能力。第二个美德就是忘记这些脸的能力。而第三个美德,则是在有钞票晃动在眼前时,随时记起忘掉了的东西。

"没错,是有这么个人。"

"他来波托卡女士这里一般待多久?"

"大约两个小时。"

亚库布把剩下的几百兹罗提都塞到门房手里,暗自惋惜着,他们将来外迁用的储备金就这么打水漂了。"下次他再来找波托卡时,你要是马上打电话告诉我,就还能拿到这么多钱。给你这个号码。你拨通后找蕾夫卡小姐,并告诉她,她订的猪肉到了。"

"一言为定,亲爱的先生。可是蕾夫卡和猪肉……?"

"她不是。"

门房的两根手指抵在帽檐上,行了个军礼。

"遵命,长官!"

亚库布叹了口气,离开了,开车驶向蕾夫卡那里。

"留髭须了……?"还没等亚库布踏进沙龙,她就好奇地说道。

"留髭须的浑蛋。"他闷闷不乐地回道。

"浑蛋倒是没错,"她表示赞同,"你要找个姑娘吗?"

他摇了摇头道:"不。"

蕾夫卡想到了安娜,便伤心起来,因为她料想,亚库布现在只想要这一个波兰女人。

"伏特加?"

"给我来点吧。"

他喝了不多,只喝了三小杯。他打电话到家里,让埃米利亚给他寄干净的内衣裤来。这也让蕾夫卡觉得受伤了,但她没有流露出来。她太聪明,也太累了,已无心表现受伤之感。亚库布又给潘塔莱翁打了通电话,后者马上就赶到了。

稍后,姑娘们、钢琴师和客人也陆续到了。蕾夫卡·基伊的妓院里又开始了常规的一天。

"我们现在要做什么?"蕾夫卡问道。

"等。"

于是他们就等着。

他们等了两天,终于等来了电话。与此同时,教父仍在别廖扎那暗无天日的监牢里痛苦忍耐着,而他们这些人也被等待的无聊与不安吞噬了。然后,贝姆街上教师之家的门房就看到了他该看到的东西,跑到电话亭里拨通了亚库布给他的号码。

"来了两个,杰姆宾斯基和一个秃头的男人。他们正爬楼梯上去呢。"蕾夫卡把听筒递给夏皮罗后,门房小声地对着听筒说道。

亚库布和潘塔莱翁在蕾夫卡那里时刻准备着,都没怎么喝酒。门房的电话一进来，夏皮罗就通知了埃米利亚，让她马上打包，带着儿子们和卖房子的钱去位于马沙科夫斯卡街 12 号那家店面不大的法国酒店。酒店所在的同一栋楼里还有一家名字叫斯蒂洛维的电影院，她可以为了他的缘故带着儿子们每天看三场电影，还得告诉儿子们，现在是假期。总之，他们无论如何都得待在那栋楼里，不能跑到外面，直到他再次联系他们。

埃米利亚没有任何异议。她从不会反对他的安排。他们在家里始终保管着一笔不会轻易动用的储备金——五千兹罗提加一千美元——以备不时之需。所以这次用不到卖房子得来的那两万美金。一刻钟后，她就打好包了。她拿上那笔储备金，又给自己和儿子们带了几本书，坐着出租车去了法国酒店。她用了假名和假的证件登记入住。前台的女招待满腹狐疑地打量着她，但她丝毫不惧这种眼神，轻松应对着，因为她感到亚库布就站在背后给予她力量。

埃米利亚完全是一副雅利安人的样貌，所以她那份假证件上也用了玛丽亚·安娜·什切比卡这样一个罗马天主教徒的波兰名字。亚库布也有类似的一个名字，即皮奥特·什切比基。但他从不用会，因为他作为亚库布·夏皮罗很骄傲自豪，所以不愿意用某个无名之辈的名字，何况还是个波兰名字。

到了房间，她给了那个把那件轻便的行李搬过来的年轻侍者十兹罗提；又把两个有点被吓到了的儿子抱到了沙发上，给他们书读；自己则坐到床上，想要找到迫使他们不得不搬到酒店来住的这一系列错综复杂事件的源头。这一切究竟是何时开始的？出于什么原因？她为什么在这一切事上都听从了他的安排？她为什么没有离开他？没有带着儿子们一走了之?

没人会离开亚库布·夏皮罗的,她自言自语道,尽管自己都觉得这难以置信。

她站起身来,把两个孩子紧紧搂在怀里。孩子们对妈妈突如其来的温柔感到十分惊奇。她不想哭,却无声地啜泣了一下,身体随之一抖。

"你也不想去巴勒斯坦吗,妈妈?你为什么哭呀?"丹尼尔问道。

"妈妈没有哭。"她回答道。

潘塔莱翁和亚库布带上了几件常规武器,再加上卡平斯基那把改装过的双管猎枪,一台照相机和两把粗壮的铁撬。潘塔莱翁坐到副驾驶座上;亚库布站在装上了装备的后备厢前思考了一会儿,才关上盖子。他确信,这就是他想要的生活,他不适合过其他任何形式的生活。

然后,他又琢磨起巴勒斯坦的事来。他到了那里要卖力地赚钱养家吗?还是说有人会出钱雇他用左轮手枪猎杀某些指定目标吗?

但在巴勒斯坦没有安娜。这个念头把他自己都惊到了。在巴勒斯坦没有安娜,在那里将会开始新的生活,会有埃米利亚和其他很多女人,却没有安娜。

他不相信自己会产生这样的念头,却的确这么想了。

他坐在方向盘前,点了一支烟,朝沃拉方向行驶,到了贝姆街上的教师之家前面。

门房已经站在街道上等着了。他当然不是在等亚库布,而是在等后者允诺的五百兹罗提。他的确把这笔钱拿到手了。

"要是再有一百兹罗提,我就会乖乖地告诉您,我有里面所有房间的钥匙,长官。"他一边说着,一边把到手的钱塞进了包里。

于是,另外一百兹罗提又到了门房手里。潘塔莱翁和夏皮罗把铁撬留在了后备厢,拿着整套钥匙走到了波托基夫人的公寓前。亚库布蹑手蹑脚地打开了房门,两人走了进去,掏出武器。

亚库布对潘塔莱翁指了指那扇通向书房的安了隔音装置的门。他用指头倒数了三个数,随即两人按下门把手,冲了进去。

检察官耶齐·杰姆宾斯基正跪在地上。他一丝不挂,手腕和脚踝绑在了一起,眼睛也被蒙着。他的大腿之间露出了编辑索科林斯基的脑袋。

编辑也是全身赤裸,双臂被一根细绳绑在肥胖柔软的身体两侧,像根捆扎起来的火腿卷。

波托基夫人则穿着裤袜和紧身胸衣,手持一根藤条,坐在一张类似古罗马市政官坐的椅子上,几条 U 形的剪刀式椅子腿交叉成 X 的形状。

"怎么回事?"检察官杰姆宾斯基听到有人进来了,大惊失色地问道。

"大家好啊,"夏皮罗说道,"都不许动。"

"他妈的!"编辑索科林斯基咒骂了一句。

"真是索多玛和蛾摩拉!羞耻和罪恶!上帝都看见了!你们没有羞耻心吗?"潘塔莱翁发出了悲叹。

波托卡一言不发。她很聪明,既不叫嚷也不反抗。

"潘塔莱翁,把他的眼罩弄下来。"

"可是这实在让我恶心,亚库布先生。"卡平斯基回答道。于是夏皮罗拿出一把刀,弹出刀片,自己割开了检察官头上绑着的带子。

"您真是一箭双雕啊，亚库布先生，"体形高大的检察官说道，"不过害您不幸目睹了人的丑陋肮脏。"

"难道不是吗？太棒了！您现在可不要动！"夏皮罗十分得意，说着打开了那台徕卡D型照相机的盒子，"我可没预料到会有这么棒的素材。夫人，请您按照常规程序跟两位先生继续干，我们只是记录下来而已。"

索科林斯基、波托卡和杰姆宾斯基一句话都说不出来。杰姆宾斯基的脑子里快速搜索着各种威胁手段，但没有一种能行之有效，因为现在他的手腕和脚踝都被绑在一起，赤裸裸地跪在地上。

波托卡犹豫了。

"别这样。"杰姆宾斯基无力地低声恳求着。

波托基夫人站了起来，手里的藤条一下子就甩到了他的脸上。

"去地狱里焚烧吧！"检察官咒骂道。波托基夫人的藤条已经开始挥舞，杰姆宾斯基发出连连哀求声。

"我看不下去了，亚库布先生，"潘塔莱翁抱怨道，"基督徒不该目睹一个女人殴打一个男人，哪怕后者是个法西斯浑蛋，况且这个法西斯浑蛋还是个检察官。她也不应该殴打记者，即便记者们是世界上最恶心的垃圾，即便他们连给妓女们擦鞋都不配。尽管如此，这样也是很不应该的。这不成体统，世界可不是这样被造的，亚库布先生。"

他说着，同时也感觉到那魔鬼兄弟正露出狰狞的嘴脸，朝他脑子里耳语："杀了她，动手！强奸她，强奸！杀了她，动手！"

他因为这些恶语惩罚了那个魔鬼兄弟。

"你不必旁观。在门口那里等着吧。"亚库布回答他说。

潘塔莱翁照做了。亚库布只需要拍一刻钟。波托基夫人在按套路操作，检察官和编辑只得配合她作出该有的回应。夏皮罗则在一边拍照，并对波托基夫人丰富的想象力惊异不止。他小心仔细剪辑着，为了拍尽量多有杰姆宾斯基和索科林斯基各自独照的照片，这样他就能对两人分别加以威胁，以免在不必要的情况下牵连另外一个。

"我会把你们每人的照片各洗十份，"他们结束后，亚库布说道，"然后藏到不同地方。现在请波托基夫人带着编辑先生离开这间房间，我要跟检察官先生单独商量些事。"

他把门打开一条缝，喊了喊卡平斯基。

"看好他们，先别让他们出去。"

杰姆宾斯基还躺在隔间里的地上，身上青一块紫一块，手脚被绑着。

"你最好现在就开枪打死我，否则我的余生都会用来搞死你，这个犹太畜生。"杰姆宾斯基喘着粗气放出了狠话。

亚库布突然想起了安娜的恳求。

"你知道我是怎么知道你在这里的吗？"

杰姆宾斯基没有回答。

"安娜告诉我的。"

"哪个安娜，犹太佬？"

"你的女儿。她告诉我，你在这里乱搞。她偷偷配了你书房的钥匙，看到了那些照片。她知道你的这些事，你这个鸡奸者。"

"我不是鸡奸者。"

"我不知道尊贵的检察官您是怎么定义'鸡奸'的，不过不到一刻钟前，我可是亲眼看到您的鸡巴在一个拙劣写手的嘴里呢。所以我们还是尊重事实吧。"

"你到底想要什么？"

"把我带到总理那里去。明天。"

"为什么？"

"关你屁事。"

"明天不行。"

"那就可惜了，因为明天我就能拿到照片的洗印件了。"亚库布嘘声道。

"您要是逼我的话，我会保证华沙的所有政客、记者、法官和检察官都会看到照片。你们和潘塔莱翁在这儿等着，我现在就去把照片冲洗、复印出来。搞定之后，我会让潘塔莱翁把你们放了。要是我发生了什么事，那么照片就流传出去了，明白了吗？明白？"

"明白了。"杰姆宾斯基无奈地咕哝着。

"你身上带着武器吗？"

"在裤子口袋里。"

夏皮罗仔仔细细地把杰姆宾斯基挂在隔间里的西装搜查了一遍，找到了一把镀了镍的六毫米口径小手枪。他拿出弹匣，费力地把里面的子弹一一抠出来，装进了自己口袋，然后把枪放了回去。他还在杰姆宾斯基的夹克口袋里发现了一个钱夹，里面有好几张折了三次的公文纸。他一一展开，浏览了一番。上面是打字机打出的一份名单，姓名旁边还有批注。有几个名字已经被划掉了，另外还有用铅笔添上的一些。亚库布把这份名单也装进了口袋。

"明天一早我会回来,您爬到电话那儿,给我约一个见面时间,我们要从这儿直接去找总理。"

"他要是不给我安排见面呢?"

"您会搞定的。这是您的事。我只关心结果。"

亚库布走了。

"与编辑先生嘛,我们下次再谈。"他开心地告诉杰姆宾斯基道。后者沮丧地坐在地上,已经穿好衣服。

"那我怎么办呢,夏皮罗?"阿涅拉·库伊尼克披着她那件丝质睡袍,问道。

"他们不会把你怎么样。"

"他们会的。现在或许不会,但他们绝不会忘记此事。等你早就忘了这件事后,他就会来找我报仇,而且你也很快就会忘了这件事。"

亚库布知道,她说得没错。

他在想,自己能否帮帮她。不。他耸了耸肩。这不是他要管的事。

库伊尼克点了点头。

"你们都一样,全都一样!"她说道。

"所有人本来就一样,尊贵的女士。我们的主上帝就是这么造的我们,"潘塔莱翁回答她道,"世上没有好人,只有恶人。所有人都是恶的。连您也是罪大恶极的。"

库伊尼克用充满憎恨的眼光看着潘塔莱翁。

"今天晚上可得把这美好的场景维护好!"亚库布对潘塔莱翁下完命令就走了。

天下起了雨。亚库布在雨中仰起脸来。

"我恨这座城市。我真恨这座城市！"他大声地喊着。他上了车。巴勒斯坦，他想。我们一定要去那里。那里一切都将不同。我恨波兰。去巴勒斯坦，那就对了。

但眼下要先去纳莱夫基街上他那家专属影楼。他把小照片胶卷放在那儿，付了每张照片十份的洗印费以及封口费共一百兹罗提，然后开车去莱什诺街上的馅饼店吃午餐。但他到那里之后却只喝了一瓶伏特加。

巴勒斯坦。我们一定要去那里。

安娜，他又想起了她。

"我得见她。"他坐在馅饼店的桌子前自言自语道。

"您要见谁啊，尊敬的亚库布先生？"索本斯基毕恭毕敬地询问着。

"你有可卡因吗？"

索本斯基立刻给他拿了些来。亚库布直接吸了起来，并未道谢，因为他不需要向任何人为任何事道谢。他吸净了小包里的粉末，又喝了口咖啡和最后一小杯伏特加当作漱口，披上大衣，走了出去，上了车，毫不犹豫，直奔若利博兹安娜的家，他已经喝得醉醺醺的，又在毒品的刺激下无比亢奋。

他必须要见她一面。

七 ｆ

SAJIN

  与此同时，上校亚当·科兹正坐着政务专用的凯迪拉克里，经过城堡处的那座桥，到了维斯瓦河对岸，继而拐到莫德林斯卡街上，往格伦德齐努夫方向行驶，要去设在前希利维奇要塞的国家警察预备队营房。在这种动荡不安的时期，预备队就是总理斯瓦沃伊-斯科瓦德科夫斯基最娇生惯养的孩子。总理要亲自监督其一切的组织、训练和装备情况。他持守的信条便是：武力是将一切社会不安因素扼杀在摇篮里的最可靠手段。

  要塞的院子里正进行着训练。但训练的不是警察。当然，院子里也站了十位穿蓝色制服的警察，但他们的角色是教员。参与训练的是足足百来号青年和中年男子。他们都穿着高筒靴、深色马裤和被肩带勒紧的浅色制服上衣。带领那群长枪党志愿兵训练的正是安杰伊·杰姆宾斯基。他们其中的几个人，包括杰姆宾斯基自己，还在左侧臀后别了手枪皮套。

训练以常规的热身动作开始,包括腿部伸展、屈膝运动、卧倒、起身与弯身练习。大家训练都很刻苦,没有一个人叫苦埋怨。

科兹一下车,马上就跑来一个肩上有三颗星的军官,向他行了军礼,带着一副野心家虚伪做作的样子,恭维道,上校的驾到是全营莫大之荣幸。科兹示意他们训练继续。

热身之后,警察们把长枪党志愿兵分成十组,每组十几个人,各组相继去武器库拿武器来装备自己。他们带来了步枪、左轮手枪和冲锋枪,摆到一排支起来的桌子上。然后把枪靶依次安置在一座作为射击壁垒的土墙前。

警察负责教授理论。他们先演示了曼利夏步枪的使用方法。这种枪与长枪党人最熟悉的莫辛枪和毛瑟枪的最大区别在于,前者的闭锁不会发生转动;装弹时,只需把枪栓拉开,再将装满枪弹的弹匣从弹匣口插入。教员解释着如何上膛、退膛,并简单说明了瞄准的方法;接着又讲解了纳甘左轮手枪的上膛、退膛方式和射击姿势等;最后是对冲锋枪使用的说明。

教员先介绍了配有弹鼓的索米九毫米口径冲锋枪,又介绍了汤普森冲锋枪,该枪为美产,配备了点四五弹药,这比德产冲锋枪的枪弹直径还粗二点五毫米。他解释了枪支的拆卸、安装、上膛、射击姿势、瞄准等等。

科兹上校对冲锋枪最感兴趣。他看好的并非这种武器本身,而是它们在对抗游行队伍时的优势。他们就是为这个目的采购这批枪。他询问过一位十分殷勤的警官镇压反抗者的经验,后者对这种自动武器简直赞不绝口。

"首先，尊贵的上校先生，步枪子弹的穿透力极强。对抗游行活动时的射击距离一般在五十到一百米之间，子弹可以射穿对手，跳弹的杀伤力也极强……这种弹药用于巷战再合适不过了。您知道的——您肯定读过上校罗韦茨基写的那本关于巷战的书吧——第一次连发一定要对准人群，然后才要向空中放空枪，因为连发的不同阶段会造成不同的心理效果，比哪怕整个连队的一次性连发更有震慑力。"

安杰伊·杰姆宾斯基，穿着一身长枪党制服，拿着一把汤普森冲锋枪，此时朝科兹走了过去。

"上校先生，大家在警察们的训练下都士气高昂，但我想极力推荐，我们的队伍同样……"

上校赶忙打了个"嘘"的手势。这的确是机密！杰姆宾斯基听令住了口。两人避开其他训练者，走到了一边。

"请您原谅，我还不太适应……"杰姆宾斯基解释着，"警察们犹犹豫豫，不愿意把冲锋枪分给我们。这儿的库存共有五十把，我强烈建议，给在敌方反抗势力最强的地方冲锋陷阵的那些突击队每队都配备一把。"

"我会尽力搞定的。"

杰姆宾斯基敬了个礼，但马上就反应过来，在穿着上校制服、胸前别了若干勋章的科兹面前行这样的军礼很不合适。上校却没有表现出丝毫不满。但实际上，他的确有些生气，毫无疑问。

训练进入了射击环节。长枪党志愿兵已经掌握了步枪和左轮手枪的使用方法，都迫不及待地想真枪实弹地练练。教员们便开始指导实战练习，包括移动射击、安装刺刀、从掩体向外射击等。

科兹上校认为，一切都在按计划井然有序地推进。那群志愿兵尽管可能缺乏战斗经验，但这一不足却可以通过他们坚定高昂的斗志，全身心的投入以及极强的攻击性得以弥补。这一点让上校很满意。他之前还视察过为政变特选出来的军官的训练，他们当时临时决定驻扎在第 21 步兵团"华沙之子"的营房里。十七年前，亚库布·夏皮罗就是在这个步兵团里参加了抗击布尔什维克的战争。当时参战的都是忠诚可靠、意志坚定的少尉和中尉。他们在同样可靠而顽强的队长的带领下，组建了战斗力极强的三支分队。一批可靠而顽强的少校领导着这个十分复杂多元的组织。这个组织的唯一任务就是对抗一切会威胁，损害到他们的共和国精英分子，对波兰，对大波兰进行"清洗"。

现在，志愿兵正练习将刺刀刺入稻草人靶子中，用警用索米和汤普森冲锋枪把靶子打得千疮百孔。

"您正在见证一个崭新的波兰的诞生，中士。"杰姆宾斯基回到他的凯迪拉克里后，对司机说道。

"是的，上校先生，"司机一边回答，一边心想得去美国才对。他同意他妻子的看法：越早离开波兰越好。

与此同时，亚库布正在去若利博兹的路上，也在想着移民的事，去巴勒斯坦。逃离波兰。到别的地方去，建立一个犹太家园，成为一个新的犹太人，一个全新的人，真正的马加比人。莫雷茨负责机票的事。他们要乘飞机离开。飞去巴勒斯坦。

但亚库布却从卡平斯基街拐到了科尼亚伊宁街上，寻找着 5 号楼。

他终于找到了她的住处。杰姆宾斯基一家住在一栋富丽堂皇、屋顶铺了红砖的城市别墅里,室内有一个被四根巨大的柱子围起来的游廊,游廊顶上还有个带拱形窗户的小阳台。

他又从小瓶里吸了一点可卡因,下了别克车,跃过大门处低矮的围栏,按响了房门的门铃。

给他开门的是一个男人,并不是安杰伊·杰姆宾斯基。这个男人穿了一件艾德莱斯短款家居袍,脖子上还围了一条印花软绸,看上去明显比亚库布年轻许多,双手也细嫩得多,打了发蜡的头发也梳理得整整齐齐。

"见鬼,你是谁?"夏皮罗在可卡因的刺激下激动地问道,然后就注意到了安娜。她正站在后面的走廊上,穿着一件优雅保守的睡裙,肩上披了一件与之不太相配的御寒围巾。

"他是我的未婚夫。"她直截了当地说道。

夏皮罗的体内一阵火烧似的炙热。一股突如其来的嫉妒之情涌遍全身。不过那股烧灼感也可能是可卡因在作祟。

"到底是怎么回事,先生……"那个穿着家居袍的男人还没说完,就挨了亚库布狠狠的一拳。

这一拳打了个正着,力道很大,那个男人立刻倒地,不省人事。亚库布一脚跨过他,走到安娜面前。

"你真的以为武力可以解决一切问题?"安娜问道。

"没有什么问题是武力解决不了的。"

"你来这里干什么?"

"来找你。"

"我的未婚夫会不高兴的。"

"那你呢?"

"我倒挺高兴的。"

亚库布转回身,抓着那个晕倒在地的人的衣领,把他拖到游廊上,关上门,插上门闩。然后走到安娜面前,把她转过身去,掀起她的睡裙,又解开了自己的裤子拉链。安娜双肘撑在走廊里的镜台上,还碰翻了几件陶瓷饰品。

"打我。"她说。

他打了她一下,然后又打了第二下。他用力抓住她那结实而富有肌肉的屁股,开始了他来要做的事。两人很快就纠缠着滚到了地上,安娜坐到了他身上。

但他没有射精,因为房子入口的门闩啪的一声响了,安杰伊·杰姆宾斯基出现在他们面前,穿着一身民族激进阵营的制服,手里拿着武器。

"你们他妈的这是在做什么?!"他咆哮起来。

当他开进院子,看到未来的妹夫血迹斑斑地躺在家门前,他的第一反应是政治暗杀。门虽关着,但只插了一根门闩,所以他很容易就进来了。他的确料想到夏皮罗和他的人会在这里,所以本想救妹妹,结果却看到妹妹正无比狂野地骑在这个犹太拳手身上,一只手扶在其胸膛上,另一只手在其嘴里。这是他万万没想到的。

他放下了武器。

夏皮罗立刻站了起来,把安娜推到一边。但他不该这么做,因为只要安娜还骑在他身上,杰姆宾斯基就不会朝他开枪。

"不要开枪!"安娜喊道。

杰姆宾斯基还是开了枪,但没打中。一跃而起的亚库布被自己的裤子绊住,直挺挺地摔倒在地。但在倒地的一瞬间,他还是迅速掏出了夹克衫口袋里的那把小勃朗宁,并将枪口对准了杰姆宾斯基,即便他知道,手枪里并没有子弹。

"别开枪!"安娜再一次喊道。

亚库布没有开枪。他们互相瞄准,杰姆宾斯基穿着制服;亚库布仰面躺在地上,裤子仍卡在脚踝处,割了包皮的阴茎还滑稽地挺立在蓬乱的衣服中。

安娜冲到二人中间,同样衣冠不整,睡裙已经被扯到胸部。

"你们都把枪扔了!"她恳求道。

二人都放下了武器。亚库布站了起来,一只手提上了裤子。这时,杰姆宾斯基身后安娜的未婚夫也醒了过来,正站在门边。

"发生什么事了?"

"她干了这个犹太人。"安杰伊阴沉沉地回答。未婚夫一下子跪到地上,像又被一个右直拳打中了下巴似的。

"我早就知道……"

"我要干谁,关你们屁事!"安娜愤怒地大喊。

"可是我爱你。"她的未婚夫用极其哀怨可怜的声音小声说道。正在系裤扣的亚库布听了觉得十分恶心,嘴巴一撇。

"再见了,先生们。"亚库布说着往大门方向走去,不紧不慢,并始终注意着杰姆宾斯基的一举一动。

"你会后悔的!"安娜的哥哥冷冷地放了话。

夏皮罗却笑了。

"你遗传你爸爸的禀赋了吗?"

"什么?"

"肯定是的。那么喜欢让人来干你屁眼,我的先生。"

杰姆宾斯基最终没有开枪,因为他没有马上明白亚库布的意思。等他反应过来,夏皮罗已经发动了车,自己再要开枪为时已晚。上了车的亚库布俯身到副驾驶座上,摇下了车窗。

"你要来吗?"他朝安娜喊道。

安娜从衣钩上扯下一件大衣,披到身上,跑了过来,里面一丝不挂,正如她一贯喜欢的样子,手里还拿着一瓶不知从哪里搞来的白兰地,上了亚库布的车。安杰伊紧紧抓着她的胳膊,她却一拳狠狠地打到了哥哥脸上。安杰伊松开了手。未婚夫依旧跪在地上,哭个不停。

"滚开,愚蠢的懦夫!"杰姆宾斯基毫不留情地呵斥了他。

未来的妹夫没有反应,杰姆宾斯基便把他一脚踢到被撬坏了的门前,回到自己的卧室,脱下制服,换上了便装西服。夜晚时分,他穿上西装,带着武器进了城,心里已经有了一个周密的计划。

亚库布开走了。从科伊米亚纳街左拐进了沿着维斯瓦河的卡梅杜武夫街,一言不发地一路往前。安娜也沉默不语。她喝了一大口白兰地,又把酒递给他,他也喝了。他们来到了靠近华沙边界的那处曾经的卡马多勒斯会修道院[1]。

"沃洛杜耶夫斯基的修道院。"她冷不丁地说道。

---

[1] 卡马多勒斯会(Kamaldulenser)位于意大利中部阿雷佐市附近的高山上,包括修士与修女两个修道院社区,名字源于卡马尔多利(Camaldoli)的神圣冬宫,可追溯到圣罗慕铎(Saint Romuald)发起的修道院运动。——译者注

"谁的？"

"就是沃洛杜耶夫斯基的啊。他在这里成为卡马多勒斯会成员。"

"可这个沃洛杜耶夫斯基是谁？"

她看着他，想知道他是不是在开玩笑。他并没有。

"就是显克维奇小说三部曲里的上校沃洛杜耶夫斯基，你不可能不知道吧。"

"不知道，"他耸了耸肩，"我倒是听说过你们那个作家显克维奇，但没读过他写的东西。不是我的菜。"

她直直地注视着他，被他迷住了。

"真是不可思议。难以置信又不可思议！我现在更喜欢你了。"

亚库布扮出一点天真的样子，因为他知道，他这样会让她更喜欢。他试着把沃洛杜耶夫斯基这个名字和波兰人的某本重要读物联系起来，但他有限的知识限制了他的联想。所以他也不需要费力伪装了。

"你那个未婚夫是怎么回事？"

"没怎么回事。你是什么意思？我会成为他的妻子。"

"你跟他睡吗？"

她扑哧一声笑了，笑得特别大声，就像刚听到最逗乐的笑话，笑得简直停不下来，笑得身体也蜷缩成一团。

"就是跟他，没有……"她平静一会儿后说道，"我们要等到婚礼那天。"

他看着她，满腹愤怒与狐疑。

"是真的，伊格纳齐非常虔诚。"

他信了她。这么滑稽的事本会把他逗乐，但这次他偏偏觉得一点都

369

不好笑。

"那和其他人呢？"他追问着，同时被自己的话和其中的意思惊到了。

"跟别人，当然会睡咯。就像跟你一样。我享受爱情。不然我该怎么办呢？"

亚库布从修道院后面沿着街一路下行，开上了一条乡间小路，进入一片灌木丛。他双手紧握着方向盘。不知道自己内心深处到底怎么了。他意识到，他竟为了女人生出嫉妒之心。他为蕾夫卡而发的嫉妒是动物性的，当他们还在一起的时候，后者也喜欢耍弄他的这种嫉妒。而后来，她和另一个男人一起出现在公共场合，而那个男人几天后仍没有被打掉牙齿或打断肋骨——像之前她用来激怒亚库布的那些男伴们一样——这也标志着他们的爱情真正地结束了。

而埃米利亚在压抑自己嫉妒之情的同时，也不给亚库布嫉妒的理由。她虽然也会跟其他男人调情打趣，但亚库布却不相信她会跟他们睡，因为他不相信有人如此胆大包天，竟敢调戏夏皮罗的女人。同样，埃米利亚也不允许自己产生一丝嫉妒之情，一定会将其扼杀在摇篮里。

而此情此景之下，面对这个奇怪的波兰女人，亚库布一想到有人想占有她，像他一样——他曾一直这样以为——与之发生单纯的肉体关系，他的肚腹里就仿佛燃起了熊熊烈火。

"我享受爱情。"她是这么说的。他不禁想象着别的男人和安娜做着他和她做的事，大脑里就像炸开了一颗炮弹，一切都在盛怒之下炸成了亮闪闪的白色粉末；而愤怒之后只剩下无助。表现出自己的嫉妒即暴露出自己的一大软肋，夏皮罗从不允许自己在女人面前这样。

对他而言，无助是最致命的感受了。二十年前，他在沃姆扎的红监狱里被打，挨饿，遭到虐待，轻了三十公斤——他被放出来后足足增重了四十五公斤，这都是包裹在松弛干燥的皮肤下的骨骼与愤怒——的那段时间里，并未感到无助。他在斯特雷的战壕里，手中的莫辛手枪里仅剩四颗子弹的情况下，要面对一整个连队的布尔什维克进攻，也没有感到无助。对于后一种情况，更糟的是，他一点也不能确定，自己是否在捍卫正义，或者自己是否更应站在敌人那方。他不懂，为什么要保卫那些将所有仇恨都向犹太人倾泻的大人先生的波兰。要知道，在苏联的犹太人可以成为他们想成为的人，可以成为警官、军官、部长或者什么的。生活在苏联的犹太人甚至可以成为让别人闻风丧胆的人，比如托洛茨基。又或是那个更加恐怖的人物，波兰人杰尔任斯基。

所以说，他在上述那场战争中虽然犹豫过，但并未感到无助。不管在拳击台上，还是躲避警察的追捕，或是在街头打斗时，又或是在以往的情事中，他都从未感到无助。而现在，他却因她的几句话而陷入无助，就像人在面对飓风、雪崩或洪水时那样。

他停了车。

她弯下身来，解开他只系了一个扣子的裤子拉链，开始为他口交。当他进入状态后，她又坐到他的身上，并搂住了他的脖子。他任凭她做一切。

"犹太小子吃醋咯。"她笑了起来，说着一拳打到了他的脸上。他回了她一拳，她在性欲的狂喜中呻吟起来，含住他的手指吮吸着，在他身上不断蠕动。

但他没有高潮，她却高潮了好几次，叫喊着，一拳拳打在他脸上。

他毫不反抗。他不知道为什么，或者毋宁说他知道原因，只是对自己感到惊讶——他甚至可以放任她的一切举动，只要他和她的肉体仍交融在一起，或者说只要他还有希望再次进入她的肉体。

结束之后，他们沉默着彼此分开，看着黑灰色阴云笼罩的天空下一排排树木的黑色剪影，饮着白兰地。白兰地喝没了，就下车从汽车后座上囤放的好几瓶伏特加中拿来一瓶。回到车里，安娜豪饮起来。她看似一直神志清醒，直到她突然打开车门，吐了起来，然后嘟哝着一些听不清是什么的话爬到后座上，蜷缩起来，嘴里咕哝着"回家"。

亚库布立刻把她送回到了她家大门前，叫醒了她。她下了车，没有道别，摇摇晃晃地往里走。他想吻她，却被她笑着推开了。她浑身散发着伏特加的气味；他颤抖着，又吸了些可卡因，这给了他精气神。他知道自己现在不会再睡过去了。于是，他等她踉跄地走到那扇被敲坏了的门的边上，一个油门开走了。他在昏暗的路灯下穿行在阴雨连绵的华沙城，一直开到第二天天亮。

他开得很慢，在若利博兹区、玛丽蒙特区、科沃区和沃拉区漫无目的地绕来绕去，随后拐进了贫穷的犹太人聚居区，从那里又拐进了富裕的波兰人聚居的中心地带，接着又去到贫穷的波兰人居住的普拉加区和格罗胡夫区，然后过到河对岸，再回到纳莱夫基街，路过了他自己家的房子，又路过了莱什诺街上那家馅饼店，想起那一大笔钱，不禁大笑起来。

他突然想起了那五万美元，就像雨天突然想起了他忘了放在哪里的那把雨伞。他在馅饼店前停了车。店门锁着，但他自己有一副钥匙，于是开了门，走进厨房，掀开炉子上轻盖着的瓷砖，拿出了一个小包裹，里面捆扎着印有本杰明·富兰克林头像的五百美元面额的钞票。

他把包裹扔进车上放拳套的隔层里，挨着那把巨型勃朗宁手枪——他通常都会把这把枪藏在这里——然后继续行驶，并没有锁上馅饼店的门。身后的一切都已经与他无关。

他驶过特沃马凯街，然后继续朝南开，路过了埃米利亚和儿子们下榻的酒店，也路过了蕾夫卡的妓院，但都没有逗留，也没有下车，而是继续行驶。正在他体内分解的酒精，和他为了保持清醒时不时吸食一点的可卡因，让他颤抖不已，并且变得异常敏感。

路过一家香肠小摊时，他停了车，走下来，点了香肠吃，并没有在意商贩讲述的午夜奇闻：有一群妓女来过，本来都想白吃白喝。那个亚库布就给了她们其中一个一些吃的，但条件是，她要为他在房子里好好地做些事情，他会又多给了她一根香肠，就是，您知道的，吃他下面那根小香肠。嘿嘿，当时警察也在这儿，还有一个喝醉了的马车夫。几个小贼也在四处侦察，但很快就溜走了。亚库布他还看到一位高挑的女士孤零零地坐在一辆漂亮的马车后座上路过。如此这般。

亚库布吞下了最后一口瘦肉香肠，又塞进一口蘸了芥末酱的面包，便回到车上。继续行驶。他掏出手枪，放到了副驾驶座上，随后又放到了膝盖上，但立即拿到右手中，一次又一次地抵住自己的下巴，手指放在扳机上，想看看汽车颠簸的时候，枪会不会走火。但他突然想到了自己的儿子们，于是放下了手；但随即又把枪举到下巴。他突然一个急刹车，别克车嘎扎一声停了下来。他推开门，把刚刚吃下去的香肠吐了个干净。

路灯渐次熄灭，十月的太阳用透过云层漫射出的灰色、稀薄的光照亮了华沙城。亚库布吸了最后一大口可卡因,来到贝姆街上的教师之家,走进了波托基夫人的公寓。

"确定见面日期了吗?"他问检察官杰姆宾斯基说。

后者点了点头。

"就在他的宫邸?"

"不能在那儿。得私下进行。总理会去西门和施太奇那家店吃早餐,你可以跟他一起。"

"那就走吧。还有一件事。"

他走到索科林斯基面前。编辑始终一副沮丧悔恨的样子,仅就他眼下的处境来看,也的确是相当尴尬。

"编辑先生,《信使报》是反犹的垃圾报刊吗?"

"坦诚地说,不是的,亚库布大人。"索科林斯基吓得声音都颤抖了。

"那么我要您,编辑先生,从现在起每周写一篇文章,谴责反犹主义是最恶心的精神错乱,明白了吗?"

索科林斯基连连点头。

"要是我两周后还是没见到文章,那我们就把那些美妙的照片发给相关人士,明白了吗?"

"明白了,亚库布大人。我保证猛烈地抨击反犹主义……"

夏皮罗不再听他继续说,指示潘塔莱翁把他放了,然后立刻去蕾夫卡那里等候进一步指示。他们四个人一同出发了。潘塔莱翁去坐了电车,编辑索科林斯基骑上了自行车。比起面对夏皮罗而言,他更害怕回家面对妻子,害怕要解释一整晚都去了哪里。

之后的两年里,他都得不停地撰文抨击反犹主义,老老实实地做个不显眼的写手。一九三九年九月,他走在大街上时被一枚德国炮弹炸开了花,从此以后,世上便再无编辑索科林斯基。

亚库布和杰姆宾斯基上了亚库布的别克车。

"这里面真是酒气熏天,好像您一整周都烂醉如泥。"杰姆宾斯基似乎想通过莫名其妙的评论缓解自己无助的尴尬。

"昨天才开始喝的。也可以说已经喝了二十年了。"

"您要以现在这样的状态去与总理先生交流吗?"

"难道屁眼里插着鸡巴更合适一些吗?"

杰姆宾斯基像是遭了雷击,把脸转向车窗。强烈的挫败感让他无比痛苦,感觉仿佛眼前这个无耻的犹太强盗往他胸膛里钉进了一枚钉子。

亚库布也马上意识到了自己当下的状态:在可卡因的刺激下正无比亢奋,肝脏里大量酒精分解后的产物也毒害着他的身体。这时,他突然想起了夹克口袋里的那张名单,一下子觉得更有把握了。

他们到了西门和施太奇店门口。杰姆宾斯基跟在夏皮罗后面走了进去,感到脖子上似乎紧紧地套着一根无法挣脱的绳子。他这个高层市民的生死就握在这个犹太强盗手里,而后者对他的性命不会有丝毫怜惜。所以杰姆宾斯基要么对他言听计从,要么杀死他;可他不是那么容易就能杀死,那些照片也得一并销毁,而这正是夏皮罗用来保全自己的王牌。

总理正独自坐在空荡荡大厅里的桌边,店主为了他请走了其他所有客人。服务员个个手忙脚乱。墙边还站着私人护卫队几个凶神恶煞的保镖。

费利恰恩·斯瓦沃伊-斯科瓦德科夫斯基将军身材偏瘦，中等身高，稀疏的灰色头发向后梳着，鼻子下留着一撮浓密显眼的髭须。他的眉毛同样浓厚茂盛，这让他看上去跟元帅毕苏斯基有点相像。他的确毕生都想成为毕苏斯基那样的人物，却从不敢幻想能与之匹敌。他脸上一片阴郁，仿佛是因为自己的名字只有靠与之同名的品牌茅厕"斯瓦沃伊卡"才会被人记住。他在佩有将军绶带的军装衣领处别上了一块餐布，正准备将叉起的一块软嫩鸡蛋往嘴里送。

"检察官先生！"他看到杰姆宾斯基进来十分高兴，叉起来的蛋黄都洒到了餐布上。"先生们请坐，请与我共进早餐吧。"

杰姆宾斯基尴尬羞愧地向将军打了个招呼。总理将鸡蛋咽了下去，又叉起一块来。蛋黄流淌在了餐盘里。总理有些不满地拿起一块面包，想把蛋黄蘸干净。在可卡因的作用下无比自信的亚库布一把按住总理的手，开始自我介绍起来。

"那么我就先告辞了，请将军见谅，夏皮罗先生有事要跟您谈……"杰姆宾斯基结结巴巴地说着，感受到自己的脸因羞愧而火辣辣的，"我不打扰二位了。"

"可是……"将军还满嘴食物，没等他说完，杰姆宾斯基就鞠了个躬，转身要走，刚给他摆好餐具的店员一脸惊讶地目送着他走出了店。

检察官走到外面大街上，深吸了一口新鲜空气，又感受到了脖子上紧紧箍着的那根绳索。他想回家，却先去了趟圣安娜教堂，坐到一张长椅上想平静一下，并为自己的累累罪行向上帝忏悔，但祷告到一半却发现这么做或许太荒唐了。他突然想起他放进夹克口袋里的那张黑名单的副本，便伸手到钱夹里翻找。名单不见了。他马上就想到，必定是夏皮罗拿去了。正因如此，夏皮罗才取走了他那把最钟爱的、镀了镍的六毫米口径赫斯塔尔手枪里的子弹，而把枪还给了他，作为对他最大的羞辱。

就是夏皮罗，这个阿帕奇犹太人，在自己的帮助下才得以与总理共进早餐。

杰姆宾斯基走出教堂，冒雨打了出租车，回到了在若利博兹的家，却发现家门已被砸坏。他走进了别墅。他的女儿正半裸着躺在地板上，身上只盖了一件大衣，睡着了，还轻声地打着鼾。即便满屋子都是她身上酒精呕吐物的气味，但仍掩盖不了女孩那种独有的气质。走廊尽头的木制壁板上多出了一个小洞，作为经验丰富的刑事检察官，他立刻断定是一个弹孔。

我的人生已变得支离破碎，他心想，一切都是因为我的女儿恨我。

又或者，是因为没有什么能像在一个发号施令的女人面前受到侮辱和贬损而让他激动。只有波托基夫人能做到，让检察官杰姆宾斯基的阴茎随情景、气氛的变化产生反应。而普通妓女根本无法唤醒检察官身体里这种动物本能。

难道他是因此才不能像其他以常规方式满足自己性需求的人那样有效地服务于祖国波兰吗？

他从他女儿身边走过，没有叫醒她，而是直接上了楼梯，进了自己的书房，坐到了那张巨大的、像他的罪孽一样漆黑的乌檀木写字台前，打开了下层抽屉的锁，拿出那一沓色情照片，照片内容就像萨赫-马索克小说中幻想的情景一样。他看着这些照片，并未产生性兴奋，反而生发出一股怀旧之情，正如常人偶尔翻看旧照片时的心情。那些美好的往日时光已一去不返，甚至连对其的回忆也变得不真实了。他点燃了照片，扔进纸篓。照片在火焰中蜷缩，变黑，化为灰烬。

他想到了其他一些需要销毁的文件，便看了一眼那台装满了各种机密文件的防火保险柜。他想到那些文件所反映出、记录下的百态人生；想到隐藏在字里行间的人性的种种弱点、错误与卑劣本性；想到这些文件给人带来的希望与恐惧；想到它们赋予他的权力，凌驾于许多有影响力的大人物的巨大权力。然而，这些大人物中，没有一个可以解开那个连中学都没毕业的野蛮拳击手套在他脖子上的绳索。

"上帝与我们同在，其他人都下地狱吧！"他嘟哝着学生社团成员当年常说的祝酒词，却再也没有当时那种笃定感，认为所作的所有决定都是正确的。

"你们都下地狱吧！"他气愤地在一张公文纸上写下了这几个词，随即又从抽屉里掏出了一盒六点三五毫米口径的子弹，装进手枪弹匣中，上了膛，没有丝毫犹豫，迅速对准了自己的太阳穴，扣动了扳机。他毫不犹豫，因为要摆脱恐惧，摆脱一切可能让他犹豫、让他软弱、让他双手颤抖的东西，否则他就无法扣动那个可以触发击锤，进而决定他生死的小扳机。

他立刻开了枪，为了摆脱一切疑虑。他成功了。他解脱了。

利塔尼从维斯瓦河的深处显现，朝若利博兹游动着。它的身体几乎贴着地面前行，火焰般的目光透过杰姆宾斯基家的窗户投射进去，看到了检察官的尸体。它张开嘴，唱起那熟悉的歌谣，并用歌声窥探着他。

枪声吵醒了安娜。她眨了眨眼睛，有好一会儿都没反应过来自己在哪里，自己是谁，以及身处什么境况。随后才慢慢认出了自己的家，想起了自己是谁，以及——毫无疑问——她刚刚经历了什么尴尬。她口很干，头也痛得像要炸开，但她确定自己听到了枪声，确定她不是在做梦。而她即便浑身难受，也要寻声而去，看看究竟发生了什么。

有危险。她站了起来。尽管难受，她依然醉意未消。她能分辨出枪声是从楼上传来的。她拖着两条颤抖无力的腿爬到了二楼，看到父亲书房的门开着，便走了进去。耶齐·杰姆宾斯基坐在椅子上，被子弹打穿了的脑袋趴在桌子上，手直直地垂向地面，墙上、地上都是血。

安娜一惊，顿时吐出了胆汁。

"到底是什么事啊，夏皮罗先生？您也吃点吧。"总理向夏皮罗发出了邀请，同时咽下一口烤面包，又喝了一口咖啡。

夏皮罗看了看桌上的早餐。用叉子戳到那个软嫩而有弹性的鸡蛋上，想把它切开，同样，蛋黄流到了餐盘上。他什么都不想吃。

"我可以抽烟吗……？"

"当然，请吧。"

他点了一支烟。抽了一口。烟味香浓，却也引发了一丝恶心，是从胃的底部某个地方产生的。

"那么是什么事？"

"你们把卡普里卡关进别廖扎了。"

斯科瓦德科夫斯基听到后惊诧无比。

"什么？关进去了？我们谁干的？把教父，卡普里卡关了？关进了别廖扎？因为他的强盗行径？因为在凯尔采拉克集市上收的保护费？"

"我不知道为什么，将军先生。"

"不管是什么原因……一个波兰社会党的老战士,毕苏斯基那样的男人,狂风骤雨般的人物——却被关进了别廖扎,就是因为一些鸡毛蒜皮的小事,因为收了几个犹太人的钱?……"

"您可是波兰的总理啊,将军。"

斯科瓦德科夫斯基看上去更加愁烦了。

"我也不知道怎么会这样。我肯定是签字批准过的。"

"是正规程序,将军。"

"他们肯定是偷偷摸摸塞给我,骗我签字的。"

"看来是这样。他们是要把那次政变没能干掉的我们其余人全都关进别廖扎啊。"

"哪里的话,您刚刚说的纯粹是愚蠢的谣言……"将军摇头否认道。

夏皮罗掏出了从杰姆宾斯基身上拿到的那张黑名单,放到了摆着咖啡杯、果酱和黄油小碟、面包篮和切片盘的餐桌中间。斯科瓦德科夫斯基用餐巾擦了擦手,戴上眼镜,开始浏览那张名单。

"这是什么?"

"一份黑名单。您看看用铅笔写的批注。"

"亚历山德拉·毕苏斯卡,如有反抗,就地正法。斯瓦韦克,准其光荣自杀;如有反抗,就地正法。莫斯齐斯基,就地正法。普雷斯托尔,就地正法……"斯科瓦德科夫斯基大声地念着。

"您的名字也在名单上,将军。在另一页上。"

"斯科瓦德科夫斯基,强迫其在支持政变的书面声明上签字。如有反抗,就地正法,"他一字一句读了出来,"您从哪里搞到这个的?"

"从杰姆宾斯基身上拿到的。我威胁他来着。所以他才会把我带到您这儿。"

"您是怎么威胁他的？"

"这是我自己的事。"

斯科瓦德科夫斯基一时陷入了沉思。

"这跟卡普里卡被关进别廖扎有什么关系？"

"拉齐维韦克已经取得了对华沙北区的统治权。他曾是卡普里卡的代言人，但现在和皮亚塞茨基以及民族统一阵营联合了，并向后者保证，政变那晚绝不让我们和波兰无产阶级者有动手的机会。到时候就不会像一九二六年一样有街头战斗了，他们将势不可当。把卡普里卡关进别廖扎后，他们就很有把握了。他手下的武装人员就不会上街反抗。但只要卡普里卡回来，政变就不可能成功。过不了我们这一关。我们是华沙街头的王者，我们可以随心所欲地把那些法西斯分子打得屁滚尿流，这么多年来一直这样。"

"这倒不假，我懂。可是您又能从中得到什么好处呢？"

"这是我欠卡普里卡的，这是其一。其二，您想想，在皮亚塞茨基统治的国家里，我们的人会有什么下场？就像活在希特勒的统治之下一样，甚至更糟。众所周知，德国至少是个有文化的民族。"

"但话说回来，皮亚塞茨基自己也曾在别廖扎里待过，一九三四年。当时他们没能清除他脑子里的那股法西斯狂热。不管怎样，我马上给卡马拉-库尔哈尼斯基打电话，派人把卡普里卡接回华沙，"斯科瓦德科夫斯基笃定地说，"我给他派一辆专车。"

"派专车去别廖扎？要注意隐秘啊，将军先生！最好是我派个我手下的人，开卡普里卡自己的车去接。这样更保险。您的敌人太多了。"

"我吗？"

"是，在你们政府内部。不是有人骗您签了卡普里卡的逮捕令吗？"

"是的。那好吧。但您得给我一张名片之类的，我还得联系您。"

"您肯定有蕾夫卡·基伊的号码吧，将军？"

"您的意思是？"

"我们都知道您会光顾她那里。您打给她就行。我会在那里的。"

总理捋了捋髭须，什么也没说。

夏皮罗一点东西都没吃，站起身来，笨拙地鞠了个躬。总理也站了起来，向亚库布伸出粘着黄油的手。髭须上还粘着蛋黄。

夏皮罗走回车里，被一阵突如其来的强烈而难受的疲惫感攫住。他坚持着赶到了蕾夫卡那里。

所有人都死了，只有我还活着。

在通往蕾夫卡妓院的楼梯上，亚库布不得不停下好几次休息。他开始回想一生中参与的无数次打斗，回想自己无数次目睹对手断气的瞬间，以此重新激发体内蕴含的力量。他打出一连串的左拳，试图击溃对手的防守，将其逼到围绳上，再打出一记右拳。对手还在抵抗，躲避，于是他的右拳又朝对方肝脏部位挥去，这一拳让对手疼痛难忍，松下了防守。接着，他又一记左拳打到对方的肋骨和脾脏处，将其肺里剩余的空气一并打了出来。对方的防守已经丝毫不起作用了；而亚库布双肩和腹部的肌肉却仍有余力，他的臀部、肩膀都自如地伸展收缩着。最后，他的拳头快速拱起,以一记右勾拳正中对方的下巴,结束比赛。

他现在得先爬上楼梯,却力不从心。肺里呼哧作响。应该是抽了太多烟。又疏于训练,很久没有训练了。

他不会再打拳,也不会再战斗了。这很明显。

他终于到了蕾夫卡那一层,按下了门把手,门却是锁着的。他敲了敲门。潘塔莱翁开了门,手里还拿着那把改装过的双管猎枪。

"今天歇业吗?"夏皮罗问道。

"我觉得这样更妥当些。"蕾夫卡回答道。

她没有站在吧台后,而是坐在一张沙发椅上,叼着一根细长的烟卷,喝着白兰地。

"我得睡一觉了。潘塔莱翁,你去卡普里卡的家,开着他的车去别廖扎接他吧。你知道他家在哪里吗?"

"在科布林后面的某个地方吧,亚库布先生?"

"你能在地图上找到的。到了别廖扎之后去找守卫,他们会把教父交出来的。我已经跟总理谈过话了。万一出现意外情况,就给这里打电话。"

"那我这就出发。上帝会与我同在,夏皮罗先生。"

"找个帮手和你一起去开车吧,除了加油,路上不要停。尽早把教父带回来。"

"蒙亚倒是个好人选……可惜不行。"

"不行,不能用他。你去吧。我要休息了,得好好睡一觉。"

潘塔莱翁穿了大衣,戴上工装帽,走了出去,把双管猎枪留在吧台上。很快,他就打了一辆出租车,赶往了卡普里卡在莫科托夫的别墅。

383

尽管路程遥远,但出租车司机没收费用。

"您坐我的车永远免费,亲爱的先生!"司机说着,恭恭敬敬地朝潘塔莱翁鞠了个躬,发自内心的惧怕之情流露无遗。潘塔莱翁将恭敬与恐惧都视为对他的尊重,感到十分舒坦。

潘塔莱翁敲了敲大门。卡普里卡的一个女儿开了门。礼貌地打过招呼之后,她请他进去了。玛丽亚·卡普里卡正坐在厨房里。虽然她已经跟卡普里卡在这栋别墅里过了多年的富裕生活,但似乎仍觉得有些陌生与胆怯。

"卡平斯基先生……他现在遭到报应了,我家那位,他们把他带走了,他完蛋了。"

"我需要车,卡普里卡夫人。我会把他带回家,带到您面前的,卡普里卡夫人。"

"好,您尽管开走吧。我留着车有什么用呢,我对汽车一窍不通。"

大女儿把车钥匙给了潘塔莱翁。他深深地鞠了一躬,满怀敬意,然后走了出去,坐进那辆克莱斯勒,向东疾驰而去。

"莫雷茨来过我这儿,"与此同时,在妓院里,蕾夫卡对亚库布说道,"他给你留了一个信封。"

"你肯定打开看过了,别表现得好像你不知道里面是什么一样。"

"是机票。给你、你那迷人的妻子和可爱的孩子的。明天一早的飞机。二十四小时后起飞。"

"闪开吧,蕾夫卡。我要先睡觉。"

"我给你一点缬草滴剂。"

亚库布把机票装进夹克口袋,喝了几滴,进了一间房间,把手枪放到枕头下,躺下来睡着了。他做了梦,梦到自己正在拳击台上与一个高出他两头、至少二百公斤重的庞然大物搏斗。他使出了全身力气,但对手厚厚的脂肪却消解了他有力的进攻。那个肥胖的拳手大笑起来,随即变身成维伦多夫的维纳斯,巨大无比,没有脸,却露出了那巨大漆黑的口。

而在拳击台上方的夜空里,利塔尼飘浮在那里,它那火焰般的双眼如飞行器的航行灯般闪烁着。

亚库布喊叫起来。他已经睡着了,但一直在叫。

不久之后,妓院的门再次敲响了。蕾夫卡拿起那把双管猎枪,通过猫眼看出去,犹豫着要不要开门。

"我听到里面有人了,"安娜在门外说道,"让我进去。"

蕾夫卡深吸一口气,转动了门锁里的钥匙,摘下了结实的门链,想着开门后,就将这下贱的母狗挡在门口,然后将她扔出楼外。她可不愿躲在门后,而是要面对面地与之交锋,因为她足够强大。不管从哪一方面看,这个自以为是、霸道无理的波兰小女人都比不上她——身世不明、在街头长大的蕾夫卡·基伊。

安娜穿着一身撕破了的睡袍站在楼梯里,外面裹了一件大衣,瑟瑟发抖。她一副宿醉的样子,脸上的妆已经花掉,浑身还散发着酒精和呕吐物的恶臭。蕾夫卡顿时产生了同情之心。她退了一步,给安娜让开了路。什么都没说就请她进去了。

"出租车还等着付钱呢。"安娜的声音很虚弱。

"难道这应该要我做吗……?"蕾夫卡气愤地反问道。

"我身上没带钱,我的父亲开枪自杀了。"

蕾夫卡叹了一口气。她虽然很想把眼前这个混账女孩扔下楼梯,却想到了正在旁边房间睡觉的亚库布。于是,她把安娜扶到一张她那些姑娘们坐着候客的椅子上,跑到楼下,付了车费又回来。

安娜乖乖地坐在蕾夫卡扶她坐下的地方,仍是一副仿佛世界上所有的苦难都降临在她身上的样子。蕾夫卡把晕乎乎的安娜架起来,搀到了女浴室里,把她扶到高脚凳上,往浴盆里放了水,撒上了一些沐浴盐,又把安娜扶着站起来,给她脱了衣服。安娜十分顺服。蕾夫卡把她扶到浴盆里后,回到沙龙,灌下一大口白兰地,开始煮咖啡,做早餐——鸡蛋、面包、咖啡和果酱。

"我为什么要这么做?"她自问,她也着实对自己的行为感到吃惊。她可受不了这个波兰婊子。

"为了亚库布,你这个蠢女人,你做这些都是为了亚库布。因为他会希望你这么做的。"她以同样响亮的声音回答了自己提的问题。

她又为安娜把早餐端进了浴室。

扬·卡普里卡,人称"教父",同一天早上却没能吃上饭。他站在别廖扎-卡尔图斯卡集中营里的集合场上。他穿着底裤,光着脚,左侧的断臂上缠着肮脏不堪的绷带。天还下着雨。他冻得瑟瑟发抖。和卡普里卡一同站着的还有两排犯人,其中有乌克兰的活动分子、共产主义者、几个国家民族主义分子、几个死硬的左派记者、投机分子,还有几个联盟成员。所有人都只穿了一条底裤,都是未经法庭审判、直接通过政府决议被送进来的。

卡马拉-库尔哈尼斯基发出了指示。

"这个家伙,叫什么卡普里卡来着,是华沙的一个强盗,该死的共产主义者。他妄想要威胁我,指挥官兼督察员约瑟夫·卡马拉-库尔哈尼斯基。这个卡普里卡派他的一个小喽罗到了我阿姨阿德拉伊达在华沙的住处。他还想要挟我说,要是他在这里受苦,那他就会给我阿姨好果子吃。你们这些浑蛋、畜生、人渣们,可以想象吗?"

犯人们都不敢出声。

"我问你们话呢!"卡马拉-库尔哈尼斯基怒吼一声。

依然没人出声。几个警察便冲进犯人队伍里,用棍棒朝他们猛打一通。犯人们不得不高声喊"不",说他们无法想象这种情况。

"看到你们这群下贱的流氓也认为这是匪夷所思的事,我十分欣慰。卡马拉-库尔哈尼斯基是不会被任何人威胁的,听到了吗,你们这些臭虫子?绝对不可能!"

警察们又对着几个犯人狠狠地踢了几脚。

"是,我们听到了,指挥官先生。"犯人们齐声答道。

"知道为什么吗,你们这群垃圾?"

"不知道!"

"因为我才不关心阿德拉伊达阿姨的死活呢。按我的意思,阿德拉伊达阿姨早就该被沉入维斯瓦河,顺着河水漂到汉萨同盟里的那个自由城市格但斯克!你们可以尽管把她绑走!你们不能从我这里夺去的,是我们亲爱的祖国,就是你们这群垃圾想要摧毁的国家!而我正是要把你们这群浑蛋的这个想法清除出去!我以一个波兰军官的身份向你们保证！你们这些臭虫子！都给我趴下！"

犯人们迅速卧倒在了泥泞肮脏的地上。卡普里卡也不得不照做了，但他身体虚弱，又拖着一条断臂，所以动作比别人慢了些。一个警察一棍子打到他的膝盖上，害他猛地扑倒在地。倒地的一瞬间，他那根刚截掉一段的断臂着了地。他痛苦地哀号着，晕了过去。警察们又是一顿毒打，把他打醒。他手臂上的绷带处又渗出汩汩鲜血。

"站起来！"

他站了起来，像其他人一样。

紧接着，卡马拉-库尔哈尼斯基又命令犯人们在淤泥里匍匐前进，然后让他们挖壕沟，再重新填满。一个警察递给卡普里卡一把铁锹。卡普里卡已经站不直了，他指了指自己的断臂。那个警察二话不说，一拳挥到了他脸上，卡普里卡脸朝地再次扑倒在淤泥里。

"放了他，你这个走狗！"一个二十岁左右的年轻犯人喊道，"他是个老人！还断了一条手臂！"

这个年轻犯人也立刻遭到了毒打。

"要打就打我，浑蛋，"教父躺在地上，无力地唉哼着，"放开那个年轻人！我是个比你们这些人都好的波兰公民！但我也是个老强盗，双手沾满了别人的鲜血。"

警察又朝卡普里卡的肋骨猛踢了一脚。

"踢吧，有种你就继续踢。该踢的是我，只有我罪有应得。那些年轻人不应该被关进来。我造了孽。他们都是无辜的。"

"你个老不死的，给我用手挖！"警察呵斥道。

"等等！"卡马拉-库尔哈尼斯基又开腔了，"卡普里卡先生的身体还有些不适。我们应该为他安排一项轻松点的工作。让他去清理粪坑！"

粪坑的粪便都是犯人一桶一桶提过去倒在靠近外侧围墙的那个大坑里的。粪坑必须定期清理，粪便会被运到一辆马拉翻斗车上，而这个出粪的活儿也要靠犯人们泡在及膝甚或及臀深的腐臭粪便里一桶一桶完成。

警察们把卡普里卡带到他的工作场地，一把把他推进粪坑里，又扔下去一只大桶。

"你们这些人都该吃屎！"教父咒骂道，"教父我才不干铲屎的事。"

于是又是一阵殴打。他们打断了教父两根肋骨，将脏臭的他赤条条扔进禁闭室。他连底裤也没有了，因为他的底裤抵挡不住之前的棍棒交加，又被横流的屎尿弄脏。

敲门声。

"到！"

敲门声。

"到！"

敲门声。

所有人都死了，只有我还活着。

她也活着。我却不知道她是谁。

我坐在窗边。啃了一口黄油面包。用掉光了牙的颌骨咀嚼着。我忘记把假牙放到哪里了。我看向窗外特拉维夫的街道。

依然是那个推着车的阿拉伯男孩，车上装满了用旧或做旧了的家具，精雕细刻的桌腿和沙发椅与沙发的条纹套子高高地堆叠在一起。

我在这儿见过他。一切都没变。

还有来来往往的汽车。有一辆黄色菲亚特，一辆白色标致，还有一辆黄色奔驰。我甚至觉得听到了车喇叭声。

在报刊亭那里，一个穿长袍的虔诚的犹太人正抽着烟，等待着什么。他长得像瑙姆·伯恩斯坦，那个像赎罪鸡一样被分尸的犹太人。一个穿了绿色制服的女孩走过他身边，背上还背着一把黑色步枪。头发是浅色的。

我不知道她长得是否漂亮，因为她始终背对着我。我甚至看见了她屁股的扭动，看得清她走路的样子。

屋里一片寂静。窗户隔绝了外界的一切声音。

"我什么都不记得了，我不知道后来发生的事，一概忘记了。"

"你还要继续假装不认识我吗？"她问我。

她坐到我身边的椅子上。她老了，非常老。

"我记起来你指的是哪个玛格达了。玛格达·阿谢，对吗？的确有过这么个女孩，相当漂亮。你还跟她睡过，正如你跟我们片区里所有的漂亮女生都睡过一样。你自己臆想出那个被你杀死的可怜男孩和这个玛格达·阿谢约会的故事，还想象他跟她一起参与了阿利亚运动，不是吗？"

我没有听她讲。也没有回答。

"傻子。"她脱口而出。

"我们什么时候离开华沙的？"我问道。

她看着我,那双钢铁般冰冷坚硬的眼睛像两筒枪管似的。她欲言又止。只是耸了耸肩,把身体转了过去。她把一块黄色的奶酪和随随便便包在油纸中的瘦肉香肠放进了冰箱。又把一根变硬了的长条面包塞进了面包袋。

我看了看打字机旁厚厚的一摞纸。我写完了。

现在要说的事,不能写下来。

"我不知道,我们是怎么来到特拉维夫的……"我声音颤抖着地说。

她转过身来注视着我。我仍有着拳击手宽大的肩膀,尽管其他身体部位已经变得松弛无力,像一只秃鹰,头顶已秃,双下巴上挂着松弛的皮肤,手背上也布满了老年斑。右手上还有依稀可见的那几个希伯来字母,מוות,即 mem、waw、waw、taw,即死亡、死亡、死亡、死亡。

"你把自己想象成了别人,在别的地方,是吗?"

那个推车的阿拉伯男孩,车上装着用旧或做旧了的家具,精雕细刻的桌腿和沙发与沙发椅上的条纹套子高高地堆叠在一起。

一张从报纸上剪切下来的照片裱在一具原本用来装圣像画的画框里,挂在墙上。

"你是亚库布·夏皮罗。你就在这里。你八十八岁了。你和我在一起。"

我恍然大悟。其实我一直知道这个事实,只不过现在才突然明白过来,就像有人开了灯,瞬间照亮了漆黑的房间。一时间,一切我始终熟知的过往都清晰地浮现在了眼前。

蕾夫卡。她是蕾夫卡。可为什么是蕾夫卡呢?埃米利亚在哪儿?我看向了墙。

蕾夫卡站了起来,连连悲叹着,拉开了窗帘。我们住得很高,在九楼。外面是一片片灰色的住宅区,几座小房子,还有一片很大的池塘。池塘里还有几只鸭子。街上停着几辆车。两辆菲亚特、一辆老式华沙轿车和一辆斯柯达。都是浅色的。后面还有几棵树和一座教堂。这儿的人们把那片池塘叫作"摩洛哥"。这我是知道的。住宅区里住的大部分都是矿工,他们说着一口奇怪的波兰语,某种俚语,我有时会隔着门听到他们说话,但从未见过他们,因为我已经十年没离开过这间公寓了。

"我们不在特拉维夫。"我说道,却不知道为何要这么说。

"你曾是华沙之王。两年之久。"

这个我也知道,我曾统治华沙二十三个月,却不记得其间的任何事了。

"然后呢……"

"你觉得呢?"

之后的事就像一个黑洞。什么都没有。空空如也。

"埃米利亚太脆弱了。承受不了犹太人区的生活。富裕家庭里出来的公主。她没能挺过去。"

"闭嘴……"我小声说道,尽管我本想吼叫出来。

"你才应该闭嘴,亚库布。我沉默太久了。我在波兰度过的整个糟糕透顶的人生里,一直在沉默。一直配合着你的游戏。你还有波兰证件呢,你还记得吗?"

我什么都不记得了。

"你只是不想记起来而已。当年的你太出名了。亚库布·夏皮罗,伟大的一城之主，本应逃离华沙，却认为这是有辱尊严之事。后来你终于被他们告发，因此沦落到了犹太人区，像其他所有人一样。你还记得犹太人区吗？"

我什么都不记得了。

"伟大的匪徒亚库布·夏皮罗，戴着一顶警察帽，胳膊上缠着'犹太区警察'的臂章。俨然已是一头肥胖的、醉酒的、腰间别了一根棍棒的野猪。这你记得吗？"

我什么都不记得了。我费力地抬起手，捂住耳朵。但我仍能听到她说的每个字。

"你记得一清二楚。你只是在做样子。是我把我们从犹太人区里救出来的，是我！这你也忘了吗？"

"别说了，求你，别说了……"我无力地呻吟着。

"我不会住口的。我沉默太久了。是我，救了我们，你这个浑蛋。你常常烂醉如泥。又肥又懒。是我拿了你剩下的钱，把我们赎了出去。你记得吗？是在一九四二年，那时还没有组成大联合政府。"

突然间，一个念头，一个无比恐怖的念头在我脑子中爆炸开来，燃烧着，跳动着，闪着刺眼的白光。

"孩子们呢……？"我问。

蕾夫卡笑了起来。

"他们他妈的还能在哪儿？"她喊叫着，"在其他所有人都在的地方！"

为什么我活着？为什么她也活着？我继续使劲捂住耳朵，却什么都能听到。

"我不想要他们。我不想要埃米利亚。我只想要你。你那些钱和黄金也只够把我们两个买出来,你明白吗?他们留在那里了。"

丹尼尔。大卫。我还记得他们幼小的身体。那团炽热的白光在我颅顶下炸开,在我肚腹中翻滚,撕扯着我的五脏六腑。丹尼尔。大卫。

我们都在维斯瓦河岸边。我不记得是哪一年了。他们两个七八岁的样子。兄弟俩站在及膝深的水里。七月的阳光洒在他们身上,天气很热。他们在水里嬉戏着,叫喊着,扑哧扑哧地笑着。我则仰面躺在一张铺开的毛巾上,感受着身上的水滴慢慢蒸发。丹尼尔一边叫着"爸爸!"一边跑过来,扑倒在我身上。浑身湿透、皮肤凉凉的他躺在我身上,身上的鸡皮疙瘩和细柔透亮的汗毛清晰可见,那条小手臂细到我一只手就能握过来。丹尼尔紧紧地贴着我,我则轻抚着他湿湿的头发。过了不久,大卫嫉妒丹尼尔独享父爱,也跑了过来,我便把他也揽在怀里。两个孩子的皮肤贴着我的皮肤,都爬到我身上,我们便开始了瞎闹腾。他们想要制服我,骑在我的胳膊上叫喊着,让我投降。我乖乖地投降,承认他们战胜了我。我从来不曾,将来再也不会像这样爱谁,从来没有过,以后也不会。我以一种本可以救赎他们的爱来爱着他们。但是爱最终没有拯救他们。

莫雷茨把为亚库布和埃米利亚买的飞往塞萨洛尼基的机票留在蕾夫卡那里后,便回到了自己简陋的住处。左西娅正在家里等着他。他拿出机票给左西娅看。后者久久地捧在手里,像个虔诚的犹太人研读《妥拉》一样端详着它们。

"我们要走了,"她看了好一会儿后说道,"我们要走了。"

她拥抱了他。亲吻了他。他们进了卧室,开始做爱,对新的生活期待不已。两人躺在床上,抽着烟,又光着身子吃了早饭,随后又回到床上,继续做爱。机票放在床头柜上。他们聊着天,紧紧依偎在一起。

他们压低声音,像在讨论什么秘密似的,畅谈着各自对巴勒斯坦生活的了解和想象,试想着可能遇到的艰辛,但更多的是美好的希望。他们还讨论着将来在那里生养孩子之事。

左西娅一想到要坐飞机旅行,表现出难以言喻的兴奋。她激动地问莫雷茨,他们将乘坐什么样的飞机。莫雷茨告诉她,很可能会坐一架洛克希德伊莱克特拉,但他不确定。

然后他们睡着了,紧紧相拥,然后就被房门撞破的声音惊醒了。

莫雷茨醒得晚了半秒钟。他抓起手枪,却还没来得及扣动扳机,就被安杰伊·杰姆宾斯基那把阿斯特拉手枪射出的子弹击中了,两发打到了胸膛,一发打进了额头。打进额头的那发,和另外两发同样的七点六五毫米口径的子弹,打穿了莫雷茨·夏皮罗的额叶,于是世上便再也没有莫雷茨·夏皮罗这个人了。而莫雷茨·夏皮罗甚至都不知道发生了什么。他最后感知到的是恐惧,而恐惧却不是知识,只是身体的自然反应。莫雷茨·夏皮罗不复存在的那一刻,仿佛他从未在世上存在过。世上的确有人还记得他,连我也记得他,记得我的兄弟莫雷茨,但我对莫雷茨的记忆是我,不是莫雷茨自己。莫雷茨存在过,但后来消失了,仿佛从未存在过。他什么都没留下,唯有已死的身体。但身体也会消逝,在他咽气之后,没过多久就开始腐坏,因为身体只是物质的组合,而这一组合的终结就是死亡。从虚无到虚无。

左西娅尖叫起来,但没叫多久,就被第四颗子弹打中了额头。左西

395

娅也在短短的一瞬里消失不见了,还没反应过来究竟发生了什么事,以及她为什么去不了塞萨洛尼基了。世上再无左西娅·贝琳这个人了,她再也没有机会成为左西娅·夏皮罗,并在巴勒斯坦获得一个新名字了。

"安杰伊,你从没跟我们提过这个女人……她真漂亮……"杰姆宾斯基其中一个手下说道。

他有自己的名和姓,也有自己的故事,但这不重要。重要的是,从他开枪打死左西娅·夏皮罗的那一刻起,他就再也不能摆脱她,直到几十年后他撒手人寰,始终不得不时常想到她。

"我们不该搞出这么大动静。赶紧撤!"杰姆宾斯基看了一眼尸体,对手下们说道。他感到一种满足,成功的报复所带来的火辣辣的满足感。他走向床头柜,拿起机票,看了一眼,便装进了口袋。

他们离开了。

而我正在睡觉。睡了一整天。当他们杀死我兄弟的时候,我在睡觉,但睡得并不好。直到蕾夫卡叫醒了我。

"莫雷茨死了。"她直截了当地告诉了我这个消息。

我看着她,满眼困惑,随后明白过来了。

"怎么死的?"我挤出了几个字。

"杰姆宾斯基干的。左西娅也死了。枪杀。今天早上的事。"

"而我却在睡觉。"

"是的,"她不带一丝同情地说道,"你那个波兰婊子来了。她比你晚来了一个小时,宿醉得没有人样,半死不活的。她正睡着呢。她的父亲开枪自杀了。"

我从床上坐了起来,穿着底裤和背心,看着她,感到她所说的每字每句都沉到了我的心底,然后在那里挖出深深的沟壑。莫雷茨。左西娅。死了。机票。巴勒斯坦。他们不能到那里生活了。杰姆宾斯基。我的下颌和喉咙刺痛,鼻子也堵住了。

我知道自己站了起来,但又仿佛不是我,而是另外某个人。

他站了起来,我站了起来,亚库布站了起来,沉默良久后,提上裤子,把吊带搭在肩上,穿上了鞋。

莫雷茨。死了。

"我要打电话。"他用一种她从未听过的语气,一种毫无生气的语气说道。

他走进空荡荡的沙龙,拿起听筒,拨通了法国酒店的电话,要求与埃米利亚通话。他等待着,把听筒紧紧地贴在耳旁,听着传来的嗡嗡声,脑袋里那团炽热的白光正剧烈地跳动着。蕾夫卡递给了他阿司匹林和一杯水。

"埃米利亚,收拾好你们的东西。我马上过去接你们。没错,我们现在就去机场。是的。你带着卖房子的钱了吗?是的,我们明早就起飞,去塞萨洛尼基。别告诉孩子们,否则他们会激动不安的。"

他又听着电话那头说了些什么。

"我们要在机场过夜。不行,绝对不行,埃米利亚。莫雷茨死了。我知道。但我没时间管这些了。来不及。对,我现在去接你们。"

他挂断了电话。还有生的希望。

"你就这么一走了之了?"蕾夫卡问道,"去巴勒斯坦?你去那里要做谁呢?一个普普通通的犹太人?还是一个小商贩?"

"你闭嘴。"

"你得先去找杰姆宾斯基。你得杀了他报仇。"

"没有我必须要做的事了。我不想杀人了。至少在这座城市里不会了。我要逃离这座受咒诅的城市。带上我的儿子们。远走高飞。离波兰越远越好。到一个没有,也永远不会有波兰的地方。"

"你就这么轻易放过他了?"

"蕾夫卡,你有手枪吗?"

"有。"

"那你去吧,亲手干掉他。你不是会扣扳机吗。"

"那可是你兄弟。"

"人已经没了。我也不能把他从阴间拉回来。"

"你得在他坟墓前念祷词。还要杀了杰姆宾斯基。"

"去他妈的祷词,蕾夫卡。哪个拉比愿意念,就让他念去吧。根本没有上帝。什么都没有。没有什么魔法能让莫雷茨重新活过来。莫雷茨已经不在了。"

我很平静,亚库布十分平静,他没有提高嗓门,只是像电台播音员一样漠然地说着。

"你有干净的衬衫吗?"他问。

蕾夫卡的衣橱里一直存放着好几件,以备不时之需。衣服有两种尺寸,亚库布的,以及卡普里卡的。

"蓝色、白色还是条纹的?"

"随便。"

她打量了一眼他穿着的西装,又看了一遍衣橱里挂着的若干条领带,递给他了一件蓝色衬衫和一条波尔多酒红色的意大利式领带。有那么一瞬间,她感到似乎一切都如往常。亚库布穿上了衣服,系上了领带。那件英国华达呢料子的灰色西装上起了些褶,但他已经不在乎这些了。反正到了巴勒斯坦后,他也会买新的衣服。莫雷茨曾说过,那里没人穿西装,有衬衣和裤子就够了。只是要把手枪放到哪里呢?或许放到裤子口袋里?但那就太不舒服了。

莫雷茨。死了。莫雷茨再也不存在了。亚库布心如止水。

"那她怎么办呢?"蕾夫卡又问道。

这时他的心才动了一下,这是从他睡醒到现在第一次。

他回想着她,想着她皮肤的味道,想着他怎样进入她体内,如何使她满足的场景。

莫雷茨。死了。

机票。巴勒斯坦。

"什么'她怎么办'?"他有气无力地回答着。

"你明明爱上了她,亚库布。我很清楚。你以为我看不出来吗?你以为我接待她,跟我有什么关系吗?我是为你这么做的。"

亚库布平静地看着蕾夫卡,用一种似乎与当下现实隔断开了的目光注视着她,只是注视着,没有说话。她忍受着这一沉默。

"所以呢……?"他终于反问道。

"你要把她留在这儿?把她留在这儿,而你飞往巴勒斯坦?"

"蕾夫卡,你是在质问我,我能不能像个男人?这点你最清楚,蕾夫卡,我是个男人,是个能像个男人的男人。"

她没有再回答。她知道他说得没错。她知道他是个男人,以及是个什么样的男人。她也知道,她自己失去了最后的机会,不能把他留在这里，不能像过去他哪怕与埃米利亚和他们的孩子在一起时那样，将他留在自己身边。她早就知道，他一定会离开。他早晚会从她生命中消失。她也不能跟他一起远走高飞。她无法逃离华沙。

"你不想见她吗？"话一出口，她就感觉仿佛在亲手撕扯着自己的五脏六腑。过去有个客人想把一个葡萄酒瓶插进她肛门。那件事曾导致她后来被关进"塞尔维亚"，但比之眼下的情形，突然显得无足轻重了。她当时用刀刺死了那个嫖客，现在却不会对亚库布动手。她下不了手。她很想，但做不到。

但她的话触动了亚库布。

"她在哪儿？"亚库布问道。

"在卡斯卡的房间。睡着了。"

他进了那间房间。她的确睡着了，身体反常地蜷缩到一起，光着身子，只有屁股以下盖着被子。她那白色的肌肤，蓬乱却柔顺的秀发，纤长的手指，苗条的躯体……他多想在她身边躺下来。脱下她的衣服。亲吻她的脖子，像她最喜欢的那样，舔舐她，亲吻她，然后整个身体压在她身上，进入她的身体，把手指塞进她的嘴里……

但他转身离开了房间，轻轻地关上了门。蕾夫卡站在沙龙里。

"你要走？"她问道。

他耸了耸肩，走进过道，下了楼梯，将蕾夫卡留在身后，仿佛她消失了一样，仿佛她从未存在过。

他想到了他们在柏林的那段时间。想到了她本可以去纽约，他通过与梅耶·兰斯基保有联系的拉齐维韦克在那儿找到了一处秘密聚会点。兰斯基当时正在招募强壮的犹太人，而亚库布是理想人选，没有复杂的人际关系,向来独自混,又绝对忠诚。他在纽约本可以做在华沙一样的事情,同样拥有漂亮的轿车和精致的西装。他也本可以照样打拳。或者只是打拳?他的职业生涯还有几年时间。至于英语,他总能学会的。

况且语言在他的专业领域也没那么重要。不用语言交流也没关系,有拳头和勇气就够了。

然而他没有去纽约。却要去巴勒斯坦。这也不错。只要能远远地离开华沙,离开这座受咒诅的,令人窒息的,到处散发出烂泥、粪便、大蒜和熏香气味的城市就好。离得越远越好。

他走到街上,坐进别克车,看了看手表。还有足够的时间。他惊奇地发现,自己可以重新自如地呼吸了,体内的烟草、可卡因和酒精仿佛被一扫而空。崭新的人生即将开始。人生。新的开始。

这时,卡普里卡的那辆红色克莱斯勒拐进了庇护十一世街。潘塔莱翁坐在驾驶座上。亚库布下了车,跑了过去。

潘塔莱翁关了引擎,下了车。他本人也像被关停了一样,仿佛体内一直驱动着他的燃料已然消耗殆尽。

"教父死了,亚库布先生。"他说。

亚库布注意到,我注意到了汽车后座上卡普里卡的尸体。潘塔莱翁的大衣下面,露出一双脏臭不堪的光脚。

"我去的时候,他们立刻就把他交给我了。我一路马不停蹄地赶。当时他已经奄奄一息了。我本想送他去医院,但他坚持要回华沙。"

"你接上人就连夜赶回来了?"

"我睡了一会儿,我兄弟负责盯梢,监察周边环境,就像我亲自监察一样。"

"你吃什么东西了吗?"

"喝了点伏特加垫了垫,又吸了点粉防止自己睡着。教父给您捎了话,录到那台录音机里了,亚库布先生。"

"什么……?"亚库布吃惊地问。

"就在这台记录的机器里,亚库布先生,用来录音的。您见过的。在车里。您听听吧。"

夏皮罗进了那辆克莱斯勒。车内臭气熏天。卡普里卡的尸体就放在后座上。亚库布打开折叠坐椅,坐了下来。

"你一路上都忍受着这股臭味吗?"

"臭味总是可以忍受的,亲爱的上帝赐给了人们这样的力量,亚库布先生。臭味不要紧的。它不是伤口,不是疾病,也不是绝望。人是可以忍受的。"

留声机圆筒还插在录音机上。亚库布从支架上取下那个既是话筒又是听筒的胶木喇叭口,把唱针放到圆筒上,从"录音"键转到了"播放"键,并接通了电源。

"我还从没录过音,但现在我要用这台机器记录我说的话。我叫亚库布·夏皮罗,是华沙的拳击手,三十七岁,一九〇〇年五月十二日出生于华沙,并一直生活在这里。我的母亲名叫多拉,父亲叫扬凯夫……"亚库布自己的声音传了出来,又中断了,继而是一阵兹兹啦啦声。

我想起了当年录音的场景。打完那场拳赛后,我们坐着卡普里卡的车去大都会酒吧,蒙亚负责开车,这都是不久前的事。我随后在酒吧里胖揍了那个记者辛格一顿,索科林斯基也目睹了这一幕。后来我们又去了蕾夫卡那里，像往常一样，有教父、蒙亚和我。

"我亲爱的亚库布啊，是我，教父，"喇叭中兹兹啦啦地传出了卡普里卡的声音，十分虚弱，"当你听到这段录音时，我已经死了。你听到的是从彼岸传来的声音，像个幽魂。我快死了。我很虚弱，快死了。我曾是个恶人。是个大罪人。我曾不公平地对待过很多人。现在轮到你了。你将成为这座城市之王，但要记住……"

亚库布关上了录音机。

"教父还没说完呢。"潘塔莱翁说道。

"我不需要继续听了。我们得赶快把他送到蕾夫卡楼上去。然后把这两辆车藏起来。"

"遵命，头儿！"

"我不是你的头儿，潘塔莱翁。不再是了。明天一早我就会离开这里，我要飞去巴勒斯坦。"

"遵命，头儿！"

潘塔莱翁把大衣从卡普里卡身上拿下来，铺到人行道上，然后毫不费力地把教父的尸体从克莱斯勒中抱出来放到上面。亚库布看到了卡普里卡那缠着一块肮脏绷带的残肢。

帝国就此消亡。国王就此陨落。

他们把裹在大衣里的卡普里卡尸体抬到了蕾夫卡住处的门前。亚库布敲了门，蕾夫卡过了一会儿才来开门，没有把门链解下来。

"又是你？"她一脸惊讶。她原以为，再也不会再见到他了，而现在，一刻钟后，他又站在她面前了，仿佛他们是热恋中的青少年，一天内分手三次，但每次过后又马上海誓山盟。

"开门！"亚库布命令道。

她开了门。看到了教父的尸体。明白过来。

"教父终于从别廖扎回来了……把他抬进来吧。"

他们把教父抬了进去。

"把他放到这儿，我要再看看他。"

她站在教父一旁，回想着他当年把十二岁的她从罗兹的街头带走，又把十二岁的她关在科沃的一间小房间里；回想着他来找十二岁的她，对她所做的事，以及后来把她送去妓院的往事。

"如今你躺在这儿，我却好好地站着，你这个浑蛋，这是你的报应。"

她吐了一口口水，口水落到了教父肮脏不堪、没有了生气的脸上。潘塔莱翁虔诚地在胸前画着十字，好像并非是蕾夫卡吐了口水，而是教区牧师把圣水洒到了卡普里卡的尸体上，并为他祝福。

"把他随便抬进一个房间吧。"蕾夫卡吩咐道。

他们照做了。

亚库布看了看表。还有一点时间。

"潘塔莱翁，你得去杀了拉齐维韦克。"他说。

"遵命，头儿！"

"你能找到他吗？"

"只要您一声令下，我就能找到他。"

"蕾夫卡，打电话告诉他，你卖了他的毒品，拿到钱了。一定确保他本人过来。"

"他没那么蠢，亚库布。他肯定会派蒂乌切夫或是蒙亚来，或者更保险的是，差一个衣衫褴褛的信童过来。"

她说得对。潘塔莱翁把纳甘手枪的弹匣转动了七次，检查里面是否装满了子弹，直到亚库布扑哧一声笑了出来。他也马上预感到，这是他最后一次取笑这个过分谨慎的同伴了。卡平斯基随即从蕾夫卡的厨房里拿了一把大屠夫刀，又拿上克莱斯勒的车钥匙，走了。

他在深夜的华沙里穿行。那个魔鬼兄弟不停地对他耳语，但潘塔莱翁却不理会他。他既疲惫又亢奋；既因为可卡因的作用，又因为长时间的驾驶，还因为魔鬼兄弟的声音，也因为即将要完成的这件大事而激动。

楼上，亚库布把蕾夫卡笨拙地拥入怀中。她不希望他拥抱她，却没有反抗。

"你马上就得清静了。潘塔莱翁会找到他，杀了他。"

"你应该跟他一起去的。"

"我杀人杀够了。潘塔莱翁一个人也处理得来。"

她从他的怀中挣脱了出来。她不想这样。

"然后呢？"

"潘塔莱翁会留在这里。他会接替教父的位置。"

"你比我更清楚，潘塔莱翁不能接替这个位置。你可以，他不行。早晚会有人篡位的。潘塔莱翁会甘心臣服于任何一个足够强大的人。到时候，万一哪个波兰人取而代之就糟了。上帝保佑不会发生这种事。"

"教父也是波兰人。"

"什么话。教父是个正常人，和我们所有人一样。"

亚库布能料想到一场不可避免的流血事件。要么潘塔莱翁杀了拉齐维韦克。要么反过来。流血是必然的。利塔尼则会得意扬扬地唱起它的歌,并在歌声中窥探众人。

正在这时候,安娜睡眼惺忪地走进了沙龙,身上穿了一件暴露的睡裙,亚库布和蕾夫卡一眼就看出那是卡夏工作时穿的一件衣服。

"你要是想找工作的话,可以留在我这里干。"蕾夫卡看着她的外形,十分满意地说道。

安娜耸了耸肩,朝坐在吧台前的亚库布走过去。她把手搭在了他的肩上。

"带我离开这里吧。我们一起去任何地方都好。求你了。"

夏皮罗又看了一眼表。

"八个小时后,我的飞机就要从奥肯切起飞了。我要去巴勒斯坦,再也不会回来了。我不能带你走。"

她的鼻头一皱,似乎眼泪马上就要夺眶而出,但她没有哭。

"够了。带我离开这里。"

亚库布看了看蕾夫卡。后者已转过身去不看他了。她不想被他看到自己流泪。亚库布走到她身边,他深知这是见她的最后一面。他拉住她的手臂,在她耳边轻声说道:

"再见,蕾夫卡。我会一直爱你,永远不会忘记你。"说着对自己刚说的话也感到害臊,这种感伤的情绪本会让他作呕。但他实在太想对她说点什么,以至于不小心说出了最蠢的话。

"他妈的,亚库布!我诅咒你,诅咒你的犹太妻子、犹太儿子和这个波兰婊子,诅咒你那该死的巴勒斯坦和你对你兄弟的怀念!我诅咒你!"

亚库布转过身去，拉起安娜的胳膊，两人走了。诅咒已落在了他的身上，落在了我的身上，种在了我的脑子里，生生世世，直到永远，永不消逝。"我诅咒你，你的犹太妻子、犹太儿子和波兰婊子。直到永远。"脑子里那团燃烧着、跳动着的白光是如此炙热，仿佛要把我的头盖骨、皮肤和头发焚烧干净，仿佛要让我彻底消失，在这团烈焰中化为灰烬。

而外面，利塔尼正在庇护十一世街的上空翻滚，躁动而兴奋。它也在吟唱着。

安杰伊·杰姆宾斯基心满意足地从莫雷茨的住处走了出来，但仍感觉缺点什么。于是他开着他那辆 Master 去奥阿扎街喝了酒，喝了很久，又跟妓女们攀谈了一番，最后带着其中一个开了钟点房。但他喝了太多，无法做爱，所以干脆和那个妓女抱在一起躺着。后者给他唠叨着个人经历中那些平淡无奇的故事，简直事无巨细，既包括她这个流氓无产者人生转折点中的戏剧性细节，也涉及哈尼娅、卡夏、斯塔希、娅内克和克日什托夫等女孩的家世。她讲的都是些社会底层人物的故事，连街头的说唱艺人对此都不感兴趣。后者只会传唱亚库布和蕾夫卡爱情故事之类的东西。杰姆宾斯基听着听着，就无聊地睡着了。

没有人传唱上校科兹的事迹。上校科兹并非有趣之人，此刻的他恰也发现，自己是个无聊透顶、毫无魅力的追逐名利者。他在去找元帅——元帅给他打电话，紧急召见——的路上时想到了这些。他感到一阵悲哀。但他始终心怀希望，相信他要和元帅共同建立的新的波兰会给他带来更好的人生。一个更真实的人生。一个让他甘愿为波兰的荣誉奉

407

献全部的人生。

他到了宫邸,打过报告后,穿过几间前厅,愈发紧张。被元帅召见后,他走了进去,鞋跟啪的一声碰在一起,笔直地站着。除了元帅之外,总理也在场,这让科兹始料未及。没人请他落座。

"瞧瞧,这是谁来了。"元帅有些冷嘲热讽地说道。

科兹紧张地抽了抽鼻子。

总理斯科瓦德科夫斯基则沉默不语。

"我从总理先生这儿听说,有人正密谋一场叛乱!不管是谁在散布谣言,上校,谋反可是要定罪的!我希望您跟此事无关!"雷兹咆哮道。

科兹见状赶紧思考对策。

"元帅先生,我绝对没有……"

"住口,上校!您要对此负责!不管从道义上、从法律程序上而言,还是为了我们的祖国,正是为了我们的祖国……!您要对此负责!"

"遵命!"

"我命您交出民族统一阵营的领导权!您一点都不适合这份工作!您也不许再和长枪党那群浑蛋拉帮结伙。听清楚了吗?"

"遵命!"科兹响亮地回答着,并注意到元帅每次咆哮时喷出来的口水飞过好几米的距离落到了他脸上。

这时,总理斯科瓦德科夫斯基站了起来。

"民族激进阵营这群浑蛋正在格伦德齐努夫训练,是真的吗?"

"我如实汇报,绝无此事,将军先生!"科兹高声答道,心里一边寻思着，总理既然既是内政部长，又是国家警察部的总司令，也负责格伦德齐努夫那里的营房，怎么会问他这个问题。

"退下！"元帅命令道。

科兹离开了元帅办公室，一股强烈、纯粹、无力的恨意。因此而产生的极其邪恶的恨意袭上心头。

一秒钟后，元帅办公室的门开了一条缝。雷兹探出头来看了看，随即走了出来。

"这他妈的到底是怎么回事？"他压低声音说，"斯科瓦德科夫斯基竟然拿着我们那份黑名单找上门来了！"

"实在抱歉，元帅先生！"

"别道歉了，还是多加防范，确保他们采取有力行动，把他们赶紧都送进别廖扎吧！"

"您是指长枪党那群人吗……？"

"难道还能是牧师吗？！废话，当然是他们了，还会有谁。"

"一锅端？"

"他们到底有多少人？"

"一百五十。"

"不，你把其中三十人关进去，剩下的自然就吓得屁滚尿流了。"

"可是这得经过内政部的批准。"

"什么狗屁批准！给别纳茨基打电话，告诉他，我们会派一辆运输车去格伦德齐努夫，让警察逮捕那些浑蛋们，把他们全部关进一辆护送专车，再让别纳茨基派卡马尔关他们几个月。"

"没有文件？"

"不，没有文件，做这件事不能留下痕迹。"

"遵命！也把皮亚塞茨基关起来吗？"

"不，放了皮亚塞茨基。他们才懒得关心他的事。"

"遵命！"

"哎呀，亚当，别担心，一切都在掌握之中。"元帅语气突变，一下子变得和蔼可亲。他甚至拍了拍科兹的肩膀，说："等我当上了总统，就把内政部交给你。到时候我们终归要一起进行大清理。我们只需要再等等。等到一九四〇年，一切就可以按我们的意思进行了。欲速则不达。明白了吗？"

"遵命！"

"退下！"

科兹离开后径直赶往了格伦德齐努夫。他仔细想着，要是元帅果真当上了总统，那三年后的波兰将会变成什么样子；他们的清理工作要怎么进行，怎么清理一切；以及怎么把民众统一起来，全力以赴地朝一个方向，朝波兰的伟大前进。

在格伦德齐努夫，他既不需要官方文件也不需要许可证明。他很清楚，在波兰，制服、肩章和名号比那些政府公文有用得多。没有哪个警官胆敢抗拒科兹上校的命令。科兹毕竟是上校科兹，所以即便没有权力下达某个命令，他的命令却仍能顺利执行下去。民族激进阵营那帮人会被逮捕，他们不会进行大规模反抗，除了断几根肋骨、手指，掉几颗牙齿外，也不会遭受太大打击。

四天后，三十个如同惊弓之鸟的民族激进分子落入了卡马拉-库尔哈尼斯基的魔窟中，这让行动的指挥官有些不爽。后者明显更想先把犹太人和共产主义者抓起来。然而他也是名波兰军官，而对军官而言，命令即义务，义务则事关荣誉。所以，既然命令已经明确地下达了，他只能竭尽全力、按照专业要求接纳皮亚塞茨手下的那些人。

没过三年，盖世太保就逮捕了卡马拉-库尔哈尼斯基，用了一个假名，将他作为第一批囚徒送到了奥斯维辛。有共产主义者与他同乘一辆运输车被送往集中营，其中很多人都多次蹲过别廖扎监狱。他们在当天就认出了他。

然后是疯狂的群起而攻之。德国守卫们饶有兴致地在旁观看。最后，卡马拉-库尔哈尼斯基遭受彻底摧残，几乎没剩下什么可以埋进坟墓里的了——他被那些曾受过他折磨的人用指甲撕扯一空。这事并无特别的意味，只不过就这么发生了。

潘塔莱翁则很快找到了拉齐维韦克。这其中也没有什么特别的意味，事情就这么发生了。

拉齐维韦克正在格拉伊什米特卡的酒吧喝酒，那副样子就像整座城市，甚至整个世界都在他脚下似的。他丝毫没有注意到，潘塔莱翁开着卡普里卡的那辆帝国豪车从外面奥科波瓦街上驶过。而潘塔莱翁却把他看得一清二楚，看见他趴在吧台上，身边还坐着蒙亚和蒂乌切夫。潘塔莱翁拐进了德齐卡街，把克莱斯勒停得稍远一点，停在那个人称"马戏团"的地方，那是个阿尔贝提纳夫妇组建的流浪人之家。他回想起自己从马戏团逃出来之后，一九二四年在这里待过三个月，后来又被赶了出去，因为他把一个想用驱邪术将他的魔鬼兄弟赶出去的修士打断了鼻梁、一只手和三根肋骨。

他想着这些往事，不禁笑了起来。

他把左轮手枪装进大衣一侧的口袋，把刀子放进了另一侧口袋，下了车，朝格拉伊什米特卡的酒吧走去，在门前等着。酒吧里没有厕所，客人要想方便只能出来，到旁边楼房入口处解决。潘塔莱翁就在那儿的一面墙后面守着。那里臭气熏天，但潘塔莱翁从来不会被恶臭困扰。

最先出来的是蒙亚。他解开裤子，掏出阴茎的那一刻，潘塔莱翁从后面一把用左手捂住他的嘴，右手拿刀捅进了他的肾，接着又拔出来，再次捅进去，拔出来，继续捅进去。刀子穿透肾脏，刺破了上面众多的神经丛和动脉，那种疼痛让蒙亚变得瘫软无力。潘塔莱翁的大手依然捂在蒙亚的嘴上，以便能扶住他。肋间已中数刀的蒙亚在潘塔莱翁强有力的左臂控制下跪倒在地。潘塔莱翁将刀拔出，伸长了手臂，迅速割断了蒙亚的喉咙。一时间，蒙亚的动脉、静脉、食道和喉头一并被割断，伤口延伸到脊柱，发出了嘎吱一声。而潘塔莱翁始终没有松手。

"终于了结了，我尊敬的同志，我终于像剖开一头猪一样割断了你的喉咙，而不是你割断我的，"他对着蒙亚的耳朵轻声说道，"你是幸运的，因为你现在受的苦抵消了你所有的罪过，你的血把你洗净了，现在，我的同志，去吧，作为一个无罪之身死去。"

几秒钟之后，蒙亚咽了气。潘塔莱翁出于基督徒的怜悯之心和对死者的尊重，把蒙亚的阴茎塞回他的裤子，拉上拉链，又把他的尸体拖到院子里，扔到了一个木制鸡舍后面，回来继续埋伏。

他没料到拉齐维韦克会跟在蒙亚后来出来。博士肯定完全没注意到蒙亚不见了，只顾着自己出来小便。他还没等拉开制服裤子的拉链，就感到更大的内急，干脆把裤子和内裤一并扯了下来，费力地蹲了下来，一只手撑在墙上。潘塔莱翁刚要冲出来拿住他时，楼房门口进来了一个人。

"滚开,我在拉屎呢!"拉齐维韦克呵斥道。

"蒙亚没有回来。"蒂乌切夫说。

"肯定是回家了。赶紧滚开!"

蒂乌切夫便回到酒吧,继续独自喝着酒,读他那本诗集。

对于博士,潘塔莱翁不愿施与丝毫仁慈,像刚才对待蒙亚一样。他和他那魔鬼兄弟尤其不会忘记博士对他们所做的一切残忍之事。

拉齐维韦克从活人到死人耗费了很长时间。他躺在离蒙亚尸体不远的地方,裤子始终没有提上。潘塔莱翁没有给拉齐维韦克拉上裤子,因为他还想到了蕾夫卡那儿的姑娘们及其遭受的百般摧残。潘塔莱翁在拉齐维韦克咽气前的一刻,还把他的阴茎割下来,拿到他的眼前,然后才杀了他,用他的制服擦了擦手,又拿过他的手枪,走进了酒吧。他在蒂乌切夫旁边坐了下来。

正在读书的蒂乌切夫抬头看到了潘塔莱翁,注意到了后者衣服上的血迹,不禁打了个哆嗦,似乎想掏出手枪,却发现为时已晚。

"放下枪!"潘塔莱翁一声怒吼,"他们已经下地狱了。但我不会对付你。"

饶蒂乌切夫一命,是潘塔莱翁的个人决定。

"你可以加入我们。"

蒂乌切夫摇了摇头,点了一杯茶,继续低头读他的诗。

潘塔莱翁觉得,该完成的任务已经完成,于是喝了两小杯伏特加犒劳自己,又吃了些鲱鱼,然后回家了,把卡普里卡那辆克莱斯勒留在了原地。他住在附近,就在米瓦街和鲁贝齐街的交叉口。家里的灯亮着,他知道妻子还没睡。他心情大好。

但妻子见到他却马上开始抱怨。她不知道这些天他去哪里鬼混了。当初她嫁给他的时候,他滴酒不沾,现在却总是满身酒味。潘塔莱翁可不愿忍受责备,于是一把抓住她的脖子,把她拖到厨房里,按倒在桌子上,借着酒劲,开始解腰带。

潘塔莱翁·卡平斯基的妻子知道自己即将要遭的罪:殴打,凶狠、长时间的抽打,直到皮开肉绽,鲜血直流,直到他累得喘不过气来。更恐怖的是,随后他很可能还会逼她玩那个无比痛苦的性爱游戏。

于是她挣脱着站起来,狠狠地盯着他。

"我母亲曾说过,不管你是什么样的人,至少你不喝酒。但现在你却像其他所有人一样成了臭酒鬼。"

潘塔莱翁才不听她说话,因为在他看来,听从女人的话比听鸟叫更愚蠢。妻子便抓起一把厨房用刀,朝潘塔莱翁的喉咙刺了进去,不偏不倚。

潘塔莱翁双手捂着被割开的喉咙,跟跄起来。他看着地上那片不断扩大的血迹,似乎意识到,上帝真的在彰显公义了。他像刚刚命丧他手的那两个人一样被杀了。

"只有魔鬼将审判我们。"他那魔鬼兄弟残喘着说道。接着潘塔莱翁就死了。

潘塔莱翁·卡平斯基向前扑倒在地,他的妻子把他后脑勺上的头发拨开,露出了藏在下面的魔鬼兄弟的那张脸。他的嘴唇仍在无声地颤抖。她把刀插了进去,一次,两次,深深地刺入潘塔莱翁·卡平斯基后脑勺上那魔鬼兄弟的脸里,确保两人都死了。然后她慢慢平静下来,洗净了身上的血,在潘塔莱翁的夹克里翻找钱夹。看到里面厚厚的钞票,她很高兴,便马上动身进了城,要庆祝这个不寻常的夜晚,并重温战前漂亮年轻的她被男人们如饥似渴盯着的情景。

她已经记不真切了,时间过去太久了。但没有谁能剥夺她和她的人儿这最后一次享乐。她把潘塔莱翁的钱慷慨大方地给了这些人。她这六十岁的肥胖之躯仍有人喜欢,那个情郎在穆拉努夫街广场一处偏僻角落里的长椅上带给她诸多乐子。

后来,夜深了,她这才晃晃悠悠地顺着米瓦街往家走。潘塔莱翁依然躺在家里,像所有死人那样极度安静。此时的米瓦街上总会有几个不法之徒四处游逛,他们不再干一些可疑的勾当,而是公然地违法乱纪。但他们都清楚,潘塔莱翁的妻子是万万碰不得的,只要她丈夫的死讯还没在这一带传播开来。

米瓦街的上空飘浮着利塔尼。当潘塔莱翁·卡平斯基的妻子路过十字路口的斑马线时,那头抹香鲸闪着它那火焰般的眼睛倏地向下潜入了一排排四层高的出租公寓之中,把嘴巴张到最大,叼住了肥胖的卡平斯卡,把她一口吸了进去,吞进肚里,消化干净,随即将她作为一个在空中呈雾化状态的棕色云团排泄出来,就像它将我们所有人吞噬、排泄出来那样。

在华沙的另一个角落,利塔尼又注视着安娜和亚库布上了别克车,看到我们上了车,朝杰姆宾斯基一家的住处驶去。

"我的父亲开枪自杀了,"安娜说道,"安杰伊会杀了我的。"

亚库布没有说话。我没有说话。我能感受到体内有东西即将爆炸,清楚自己得赶在这个东西炸开之前完成要做之事。我知道,她刚才那句话更多是对自己说的。我也知道,她心里还在对自己默念:"别丢下我一个人。留在我身边。把她送去巴勒斯坦,你留下陪我。"但她并没有大声说出来。

我把车停在了杰姆宾斯基家的别墅门前,我们走了进去。

"他还在里面,脑袋被打穿了,趴在他的写字台上。"安娜指了指楼梯和楼上。

我不知道该对她说些什么。要说她父亲的死关我屁事吗?还是我其实很高兴听到他的死讯?连她自己对此似乎也并不吃惊。她吻了吻我,抓住了我的裤子拉链。我很想拒绝,却无法抵抗。

"留在我身边。"我们的身体已经融为一体时,她轻声对我说着。轻到我几乎听不见。

她的手指插进了我的嘴里。

我挣脱了她,系上了裤子。她半裸着坐在过道里的写字柜上,写字柜的抽屉里想必藏着衣刷、鞋油、针线或者其他类似可有可无的零碎用品。她看着我。没有说话。"别丢下我一个人,"她的沉默在这么表达,"不要走。"沉默比任何呼喊都刺耳。

我转过身,打算离开。

我想留在她身边。世界上所有的东西中,我就想要这个。

我想要。但我走了。一步一步,就像我刚学习走路一样。我走了。我想回去,但不能回去。已经没有回头路了。

我走出了杰姆宾斯基家的别墅。别墅前停着安杰伊·杰姆宾斯基的雪佛兰,车前站着杰姆宾斯基,手里拿着枪。可我的武器呢?

那把我从不离身的扁平的小型柯尔特手枪正藏在蕾夫卡某个房间里

的枕头下面。

我竟然没有带上它,我为什么没带武器?

而那把大勃朗宁现在也在车上的拳套隔层里,在装了五百张百元美金大钞的包裹旁边。两把枪都装满了子弹,我所有武器的弹匣始终是满的,枪膛始终通畅无阻。可我却一把也没带在身上。

杰姆宾斯基盯着我,却没有抬起拿着手枪的那只手。我朝别克车走去,迈着从容、坚定的步伐。我走着,心怦怦直跳,仿佛刚在拳击赛场上打完了第二回合恶战。我走着。他目光呆滞地看着我。我走过他身边,他却没有朝我脸上开枪,或许他会朝我背后开枪,但他始终没有开枪。我就那么走了过去。

"我杀了你兄弟。和他那个妓女情妇。现在我也要杀死你的妓女情妇。"他在我背后说道,没向我开枪。我没有转回身去,而是径直上了车。

杰姆宾斯基没有看过来,而是进了别墅。

我本可以掏出手枪,在拳套隔层里。然后下车,在他进去找到她之前就一枪杀死他。

我有三秒钟时间。足够了。我一发即中。但我要是杀了他,就会想去找她。我要是再见到她,就不会赶去机场了。我会留在她身边。我该救她,杀死她哥哥。但我没那么做。

我发动了汽车,似乎在慢镜头中,清楚地听到亚库布拉动挡杆和汽缸发动的声音。突然间,火星冒出,发动机运转了起来。我清楚地知道,我已错失救她的最佳时机。安杰伊·杰姆宾斯基走了进去,安娜坐在里面等他。

我无法一脚油门开走了之。我知道,现在冲进去已经太迟,我做不到,但仍应试一试;或许他会犹豫,或许他的手指还没放到扳机上,毕竟,朝自己的亲生妹妹开枪并非那么容易。我应该马上下车,冲到里面杀了他。然而我却不想杀他。所以我继续坐在车里。

一声枪响。紧接着又是一声。现在确定无疑了。是我放任他杀了她。我放任他杀了她,为了自己能逃离华沙。

突然间,我变得无比镇静,驾车而去。

杰姆宾斯基将来也会死,像所有人那样。一九四七年,他在经历了长时间的拘留、刑讯后,经监狱法庭草草审判,在拉科维茨卡被执行枪决。事后,他们为了掩人耳目,把他的尸体套上了德意志国防军的制服,扔进了众多匿名坟墓中的一个。

但到那时为止,他还活了十年。我允许他多活了这十年。为了自己能逃离华沙。

我一路行驶,周围的街道、行人和其他轿车对我来说变得完全陌生。我机械地挂换挡位,踩着油门和刹车;时而拐弯,时而直行穿过十字路口。我的大脑一片空白。

不知什么时候,我才发现,自己已开过法国酒店。我看了看表,一下子清醒过来,突然又回到了现实中。飞机四十五分钟后就要起飞了。

四十五分钟。还来得及。

我一个急刹车,别克车在铺路石上震了几次才停了下来。我冲下车,飞快地上楼接埃米利亚和孩子们。他们三个都有些怕我。没时间收拾行李了。你喝醉了,埃米利亚喊道。无所谓了,走吧。她一手抓起几个包,一手拉住丹尼尔,我拉着大卫,两个孩子则拿着他们的毛绒熊。

那是之前某次旅行时我给他们带回来的,当时他们还很小。现在他们却哭喊着不想去巴勒斯坦,不想坐飞机。我想到,没有莫雷茨同行,我在那边没人接头。不过那又如何,我有七万美元,用这些钱足够买来新的人生了。我们也许至少可以飞到卢德。我们驶过耶罗佐里姆斯凯街和格鲁耶卡街,踩油门时,直列引擎的八台汽缸会吼叫,咆哮。我以一百或一百二十公里的时速沿格鲁耶卡一路飞驰。

我向后伸手,不顾孩子们的反抗,把他们的玩具熊抓了过来,递给了埃米利亚,又从包里拿出一把刀,同样递给了她。

"把它们剪开,把钱藏进去。留下两千美元路上用。你带针线了吗?"

她带着针线盒,并快速穿好了线。像往常一样麻利。我不能一边开车一边缝。时间紧急。飞机不等人。埃米利亚粗粗地把熊缝好,还给了孩子们。手枪依然放在拳套隔层里。我们下了车。车钥匙留在了车座上。我也没有锁车。因为以后不会再用到这辆车了。

这辆车后来肯定很久都没人敢碰,因为人人都认识,这是我的别克车,他们都怕我。

我的记忆为何会这么残缺不全?

我还记得,我们及时到达了机场。这一点很重要。

我们赶上了。

检查护照时,我们都出示了真实的身份证件和机票。"亚库布·夏皮罗,埃米利亚·卡汉,这是您的妻子吗?""不,但这两个是我俩的儿子。"

儿子们已经忘了他们不想旅行这事了,反而无比兴奋,因为跑道上正停着一架机身虽然短胖但外形漂亮的洛克希德伊莱克特拉,银色的机身闪闪发光,像面镜子;还配了两台发动机和两个尾翼。机组人员让我们登机。窗户的上方印了"波兰航空 Lot"的标志,一侧的机翼上空还盘旋着一只鹳鸟。我们一心等着乘务人员打开舱门。登机前,我拥抱了埃米利亚和孩子们。舱门开了,我们穿过一个小门走了进去,里面有十个座位,分成两排。所有的靠窗座位都配有一条狭窄的过道。飞行员对我们表示欢迎。

他们问起了乘客莫雷茨·夏皮罗和左西娅·贝琳的情况。不,飞行员先生,莫雷茨和左西娅不去巴勒斯坦了。孩子们也开始问叔叔莫雷茨去哪儿了。我没有回答他们,埃米利亚也沉默不语。

我们坐在靠前的位置,座位很舒服。孩子们无比激动,因为他们也能像大人们那样,每人都有自己单独的座位;还能看见前面驾驶舱里的样子。我们后面坐了三位乘客,都是男性,都穿着大衣,戴着帽子,说着法语。引擎发动了,螺旋桨轰隆着转动起来,飞机开始颤抖,随即在跑道上滑行。这是我第一次,也是最后一次坐飞机。埃米利亚有些害怕,我却不怕,孩子们则高兴地尖声叫着。起飞跑道在机轮下飞驰,继而整架飞机脱离地面。我听到了起落架收起的声音。突然,整座华沙城出现在我们下方。

被维斯瓦河分割成几块的华沙又由四座大桥连接起来;莫科托夫、奥霍塔街和萨斯卡街,跑马场的椭圆形跑道,平地上矩形的自来水厂和后面的北区——我的家乡,我的王国——都一览无余。我这个既不信上帝,又不信《圣经》,也不信犹太血统的人,却为了以色列的沙土和棕榈树放弃了我的王国。

我鸟瞰着。我看到了特沃马凯街。我看到了凯尔采拉克集市。看到了一条条交错蜿蜒的街道——莱什诺街、赫沃德纳街和米瓦街——却分不清哪儿是哪儿了。但我知道，它们就在下面；我认识街上走着的每个人，每个人肯定也认识我。在那一带街区，我就是亚库布·夏皮罗，警察会向我问好，年轻姑娘们会向我微笑，虔诚的犹太人会气愤愤地转过脸去，法西斯分子和集市上的商贩会怕我，因为我是亚库布·夏皮罗。

"做这座城市之王，"留声机里发出教父沙沙的声音，"做这座城市之王！那里才是你的王国！"

"我们回去。"我小声说道。

"什么？"埃米利亚大吃一惊。

"我不能离开。你和孩子们先走吧。我之后赶上你们。"

"你喝醉了。你真是疯了！"

"我们回去！"我叫喊起来，"飞行员先生！请马上降落！抱歉！请着陆！"

我解开了安全带，飞机还在爬升，走到驾驶舱那里要像爬山一样费不少力气。我好不容易抓住了狭窄过道的扶手，站定下来。

"坐下！"飞行员命令道，"坐回座位上，他妈的！"

"飞行员先生，请您降落吧，我必须得留在华沙。请降落！我有急事要处理！"

"坐回去！"

"亚库布，坐下！"埃米利亚也朝我喊。孩子们吓哭了。坐在后面的三位男士也开始用波兰语和法语叫嚷着，让我冷静下来。但我无法冷静。

这时，副驾驶解开了自己的安全带，站起身来，一只手抓住我的胳膊，另一只手扶住椅背。

"请您冷静一下，坐下来。"

"我不能飞啊，我真的不能！"我喊叫着。

"您听着，您非要下机的话，可以在利沃夫下，我们两小时后就到那儿了。"

"快降落！降落！"我咆哮起来。

副驾驶朝驾驶舱转过身去，一只手仍紧扶着坐椅。

"斯塔希，降落吧，我们可不能载着一个疯子飞行啊。恐慌是极大的风险。我们必须先降落！"他对着飞行员喊道，后者点了点头。"我们现在就降落，您听到了吗！但现在请回到座位上！"

"可恶的犹太佬，浑蛋！"机长毫不掩饰自己的愤怒，咒骂道，"疯子！"

我坐了下来。可恶的犹太佬，浑蛋。我坐了下来。

埃米利亚无比震惊地看着我。一句话也说不出来。

"我们不去巴勒斯坦了吗？"丹尼尔问道。

"你们先去，我晚些去找你们。"我安慰道，尽管我很清楚，埃米利亚没有我陪伴是不会飞过去的。

"我们留下咯！"大卫也知道这点，所以高兴地欢呼起来。

两个孩子都很开心。

倘若我当时把伯恩斯坦留在身边，他当时就会跟我们在一起，我也会确保让他留在飞机上。那样他就会飞去巴勒斯坦。会在以后瑙姆·伯恩斯坦的每个忌日都为他预定祷告词。会参加莫设·因巴率领进行的所有战争。这些战争，我整个一生都通过《西方日报》在读，通过电视在看。要是我当时把伯恩斯坦留在身边就好了。

我的儿子们也会一起征战。如果我当时没有下飞机的话。

然而，我没有把伯恩斯坦留在身边。我也下了飞机。瑙姆·伯恩斯坦的身体也像赎罪鸡一样被肢解为四块。

那架洛克希德开始向下倾斜，飞行高度逐渐降低。

我们开始降落。

我是亚库布·夏皮罗。现在还没到谢幕的时候。

我是这座城市的王者。

我闭上了眼睛。

那两台普拉特惠特尼星形发动机带动着两架螺旋桨旋转着。每个螺旋桨都是双叶的。桨叶在空气中旋转，将闪着银光的洛克希德的机身带动起来。飞行员按下起落架按钮，轮子便从发动机段仓中的壁龛里放了出来。

华沙仍在我们下方。我们开始降落。不久后，飞机将重新起飞，但这次机上就不会有我们几个了。飞行员会选东南航线，朝第一个中转站利沃夫方向飞行。然后依次停经切尔诺夫策、布加勒斯特、索非亚和塞萨洛尼基，接着又到雅典、卢德。但我留下了。埃米利亚也留下了。孩子们——我又不禁想起了他们那柔软娇小的身体，还有他们那湿答答、冰凉凉的皮肤贴在维斯瓦河边炙热沙地上的样子——也留下了。我留下，是为了统治华沙，而我的王位将维持二十三个月之久，之后我将一无所有。

孩子们那柔软的身体，纤瘦的手臂和双腿，细细的手指啊。命运赐予了他们死亡，却判处了我苟活。

"你什么时候回来呀，爸爸？"大卫问道。当我四年后戴着制服帽子和奥德马尼的臂章离开家的时候，他已经长大很多了。我醉醺醺地离开了，却还不知道，那竟是我最后一次看到他了。后来，我到另一边后，始终怀着希望，以为自己能把他们救出来，自己能做到。后来，蕾夫卡和我混入了犹太人区隔离墙波兰一侧的波兰人中，我没有了制服帽子和奥德马尼的臂章，胸前也没了六芒星。我戴了一顶帽子和一副眼镜，留着髭须，拿着伪造的证件。蕾夫卡拉着我的手，我们眼睁睁地看着，围墙另一边的纳莱夫基街已成一片火海，特沃马凯街、米瓦街，我们整个的世界和它所有的居民都烧了起来。我知道，我没能拯救他们。我便想起了那架飞机，它从奥肯切起飞，停经六地，最终抵达卢德。

他们那柔软的身体，那纤细的手臂，我一只手就可以攥过来了；还有维斯瓦炙热的沙地上那湿答答、冰凉凉的皮肤。他们的身体像瑙姆·伯恩斯坦的身体那样被肢解成赎罪鸡。

但此时此刻，我们尚在华沙上空。在纳莱夫基街、特沃马凯街、米瓦街、根夏街、凯尔采里广场和我王国的上空。那辆洛克希德平稳地盘旋在城市上方，就像挂在我写字台上方的那个飞机模型。

我透过飞机舷窗往外看去，瞥见了那头抹香鲸灰色的颌骨。它的眼睛闪着火焰。

它看着我，张开了布满尖牙的大嘴，唱起了它的狩猎之歌。

柏林—皮尔乔伊斯，
克维森 2015—克泽维克 2016

写在最后的话

（德文版译后记）

特瓦多赫的小说，虽然情节和主要人物具有虚构性，但因带入构成小说故事背景的某些历史事件而呈现出深度。《国王》的故事发生在 1937 年。差不多在此 20 年前，第一次世界大战结束的时候，波兰经历 123 年的分裂之后得到了让国家重新统一的机会。彼时，俄国由于十月革命与内战而实力受损，同盟国也被一战大大削弱了力量。波兰第二共和国（1918—1939）建立之时，国内林立的党系派别中产生了两种国家建设方案。坚持第一种方案的代表是罗曼·德莫夫斯基（Roman Dmowski），从他组建于 1893 年的"民族联盟"（Nationale Liga）中产生了"国家民主党"（ND）。德莫夫斯基认为，国家是由血缘和地域决定的单一民族的统一体。他早在 1911 年就发起过一场抵制犹太企业的运动。在对外政策方面，德莫夫斯基有意亲俄，因他视普鲁士为波兰更强的对手与对波兰独立更大的威胁。

第二种方案则基于波兰—立陶宛联邦（1569—1795）的多元文化历

史经验，代表人是参与建立了"波兰社会党"（PPS）的约瑟夫·毕苏斯基（Józef Piłsudski）。毕苏斯基凭借"波兰社会党战斗团"（1905/1906）的一系列地下活动，"保卫协会"的诸多军事动作以及其本人作为波兰志愿军团总指挥的身份在奥匈帝国享有很高声誉。他带领的志愿军团与波兰社会党中都没有反犹主义分子，他本人应更倾向于以"亲犹"派自称。

1918年，德国方面在马格德堡释放了毕苏斯基，给予其华沙军队的最高领导权并令其组建政府。苏波战争时期，在1920年，濒临溃败的波兰军队在毕苏斯基的带领下击退了图哈切夫斯基的苏维埃联邦军队（该事件也被称为"维斯瓦河的奇迹"），毕苏斯基的声望因而不断提高。

但毕苏斯基对于议会民主制的态度却充满矛盾。波兰议会中的左右两派混战，诸多社会问题——失业问题、土地改革、恶性通货膨胀等——迟迟得不到解决。毕苏斯基对摇摆不定的多数派的效率低下与政府的频繁更迭感到失望，于1926年发动"五月政变"，推翻了联合政府，开始推行总统集权制度。他的新政府自称"萨纳奇"（Sanacja），标榜公共生活的道德"康复"，试图与上校瓦勒雷·斯瓦韦克（Walery Sławek）建立的"与政府合作的超党派集团"（BBWR）一同限制众党派的权力。1930年，毕苏斯基下令逮捕了70名反对派政治人士，以阻止他们参选。政府阵营从那时起直到二战开始，通过操控权力与弄虚作假，在波兰议会中确保其多数派地位。

党派间的政治斗争也延伸到政府之外。波兰社会党组织了一系列大型罢工活动，右翼阵营不断活跃壮大。1934年，一群国家民族主义青年激进分子建立了ONR，即"民族激进阵营"，其领导头目于1934年7月被关进别廖扎-卡尔图斯卡监狱,该组织自此转入地下活动。

1935年,从ONR中分离出另一个组织——"民族激进阵营长枪党"(Falanga),其成员也根据其领导者博莱斯瓦夫·皮亚塞茨基(Bolesław Piasecki)的姓名缩写被称为Bopias(波兰语 bepiści)。长枪党谴责政府为"犹太—萨纳奇";与各左翼党派进行斗争;还组织了一系列针对犹太人的运动,大肆毁坏犹太人的住宅与商店。该组织在意识形态、领导崇拜、党派标志、符号设计以及"罗马军礼"等方面都效法意大利法西斯。皮亚塞茨基本人也直言该组织是"法西斯主义的"。1935年皮亚塞茨基死后,萨纳奇政府中,元帅雷兹-希米格维(Rydz-Śmigły)领导下的国家民族主义一派大权在握。与之相对的是效忠于波兰总统伊格纳齐·莫希奇茨基(Ignacy Mościcki)的温和中庸的"城堡派"。

在雷兹-希米格维指派下,上校亚当·科兹(Adam Koc)——苏波战争的退役雇佣兵——于1936年组建了"民族统一阵营"(OZN,或称Ozon)。德莫夫斯基认为,犹太人是"外来因素",应遏制其影响力。于是,华沙发生了一系列破坏与抵制犹太人经营商店的活动,其间还得到了天主教会的支持。雷兹-希米格维表面上是奉毕苏斯基之命行事,实际上已日益偏离其"同志"的初衷。

波兰境内当时共有约270万犹太人,他们是2700万波兰公民中继人口总数将近400万的乌克兰人之后的第二大少数民族。犹太人有一套独立的中学教育体系和新闻机构,如《人民论坛报》。政治上,犹太人多属社会主义方向的"锡安工人党"(Poale Zion)或极端右翼的"贝塔尔"(Betar),二者均主张犹太复国主义;此外,还有一部分加入了马克思主义"联盟"或基督教民主主义的"阿古达以色列"(Agudath

Israel）。在民族主义青年组织的推动下，大学开始设置犹太人隔离区，强迫犹太学生坐在特定座位上。华沙大学里，民族激进阵营的学生会无故殴打犹太学生以及帮助他们的基督徒学生。有些大学甚至引入了针对犹太学生的招生限额制度。

特瓦多赫在小说中描述的右翼势力的政变，即1937年10月上校亚当·科兹代表元帅雷兹-希米格维策划的活动，未经历史考证，当时却广泛流传着这样的说法。根据此类说法，"长刀之夜"旨在暗杀政府反对派与本派内部共1500名左右的成员；并将另外约1500人监禁起来，而主要监禁地点正是别廖扎-卡尔图斯卡。该监狱经毕苏斯基批准，于1934年在波兰东部建成，导火索为波兰内政部长布罗尼斯瓦夫·皮耶拉茨基（Bronisław Pieracki）遭"乌克兰民族主义者组织"（OUN）刺杀这一事件。在战后的社会主义宣传机构出现之前，当时的纳粹分子——竟认可了这一机构！——就已将该据点称为"集中营"（后来蒂莫西·斯奈德与切斯瓦夫·米沃什也用了该叫法）。一切反政府者，包括社会主义者、国家民族主义分子、乌克兰纳粹分子等，都会被关进去，遭受身体与精神的极端折磨。

随着波兰内忧的加剧，外患也在不断增加。两年后，德国与苏联这两大曾经瓜分波兰的集权制邻国将新独立不久的波兰第二共和国推向灭亡。

而长枪党的领袖皮亚塞茨基则在苏联的庇护与支持下，自1945年起在波兰政坛重新活跃起来。

奥拉夫·库尔

król

图书在版编目（CIP）数据

国王 / (波) 什切潘·特瓦多赫著；张潇, 谢建文译. -- 上海：上海文艺出版社, 2023
(当代丝路文库)
ISBN 978-7-5321-8283-1
Ⅰ.①国… Ⅱ.①什…②张…③谢… Ⅲ.①长篇小说－波兰－现代
Ⅳ.①I513.45
中国国家版本馆CIP数据核字(2023)第112049号

Król by Szczepan Twardoch
© Copyright by Szczepan Twardoch
© Copyright by Wydawnictwo Literackie, Kraków, 2016
All rights reserved
著作权合同登记图字：09-2019-806号
本项目是上海文化发展基金会资助项目。

发 行 人：毕　胜
责任编辑：曹　晴
封面设计：周伟伟

书　　名：国王
作　　者：[波兰] 什切潘·特瓦多赫
译　　者：张　潇　谢建文
出　　版：上海世纪出版集团　上海文艺出版社
地　　址：上海市闵行区号景路159弄A座2楼 201101
发　　行：上海文艺出版社发行中心发行
　　　　　上海市闵行区号景路159弄A座2楼206室 201101 www.ewen.co
印　　刷：启东市人民印刷有限公司
开　　本：890×1240 1/32
印　　张：14.125
插　　页：2
字　　数：322,000
印　　次：2024年1月第1版 2024年1月第1次印刷
I S B N：978-7-5321-8283-1/I·6541
定　　价：89.00元
告 读 者：如发现本书有质量问题请与印刷厂质量科联系　T:0513-83349365